U0763470

古典精粹

五雜組

上册

［明］謝肇淛 撰

中國書店

圖書在版編目（CIP）數據

五雜組：全三册 /（明）謝肇淛撰. — 北京:中國書店,2019.9

ISBN 978-7-5149-2207-3

Ⅰ. ①五… Ⅱ. ①謝… Ⅲ. ①筆記小説－小説集－中國－明代 Ⅳ. ①I242.1

中國版本圖書館CIP數據核字(2018)第215121號

五雜組（全三册）

[明] 謝肇淛　撰
責任編輯：趙文傑

出版發行：中國書店
地　　址：北京市西城區琉璃廠東街115號
郵　　編：100050
印　　刷：藝堂印刷（天津）有限公司
開　　本：787毫米×1092毫米　1/16
版　　次：2019年9月第1版　2019年9月第1次印刷
印　　張：89.25
書　　號：ISBN 978-7-5149-2207-3
定　　價：445.00元（全三册）

出版説明

『古典精粹』叢書收録了耳熟能詳的中國古代典籍，注重趣味性、可讀性。中國古代圖籍内容豐富，涉及門類廣泛，精刻本校勘謹嚴。選擇其中的經典本影印，可爲當代研究提供準確的資料，也可爲普通讀者接觸古籍提供機會。

《五雜組》，明謝肇淛撰。謝肇淛（一五六七—一六二四），字在杭，號武林、小草齋主人。福建長樂（今屬福建福州）人。明萬曆二十年（一五九二）進士，歷任湖州推官、東昌司理、南京刑部主事、兵部郎中、廣西左布政使等職。自幼穎悟聰敏，擅長詩文，入仕後，游歷名山大川，所至皆有吟咏。在閩期間，謝肇淛編修了多種福建地方志。收集宋人文集頗富，秘本較多，爲明代晚期福建文壇的代表人物之一。

《五雜組》是作者的隨筆札記，書名取各種色彩織成的絲帶之意。後世蓋因唐人段成式有《酉陽雜俎》，遂常訛爲《五雜俎》。全書十六卷，分爲天部二卷，地部二卷，人部四卷，物部四卷，事部四卷。其中，天部記述天文氣候，地部記述山川活動，人部記述形體心性，物部記述花卉草木、文玩樂器，事部記述社會市貌、人間世俗。該書是作者的讀書心得及對事理的分析，也記載了政局時事和風土人情，主要涉及明代晚期的經濟文化、天文地理、政治軍事、山川草木等衆多方面，内容廣泛、觀點鮮明，具有重要的文學及史料學等價值。

《五雜組》明代有两次刊刻，一爲萬曆四十四年（一六一六）潘膺祉如韋軒刻本，此本又有德聚堂刷印本（臺湾『中央圖書館』、日本國立國會圖書館藏）。一爲明刊本（確切刊刻時間不詳），美國哈佛大學哈佛燕京圖書館、重慶圖書館等處藏本卷端鎸『吴航寶樹堂藏板』，此本較如韋軒刻本的顯著不同之處是正文多了二十條内容，均摘録自《太平廣記》。日本寬文元年（一六六一）曾據明刊本重刊，寬文七年（一六六八）又有補版。清乾隆年間，因涉及清朝違礙言論，《五雜組》被軍機處奏請銷毁，故此書清代未見刊行，直至民國間才得以印行。

此次出版，係以明刊『吴航寶樹堂藏板』本爲底本影印。

中國書店出版社

二〇一九年五月

目録

下册

五雜組序

五雜組詩三言蓋詩之一體耳而水部謝在杭著書取名之何以稱五其說分部曰天曰地曰人曰物曰事則說之類也何以稱雜

雜易有雜卦物相雜故曰文雜物撰德辨是與非則說之旨也天數五地數五河圖洛書五為中數宇宙至大陰陽相摩品物流形變化無方要不出五者五

行雜而成時五色雜而成
章五聲雜而成樂五味雜
而成食禮曰人者天地之心
五行之端食味別聲被色
而生具斯五者故雜而係
之五也爾雅組似組産東

海織者效之間次五采或
縮璽印或為冕纓或執
轡或詠干旌或毛連綱或
偕老纏入貢或玄朱繩綦
緼辮等威或文二撫鎮方
外經緯錯綜物色鮮明達

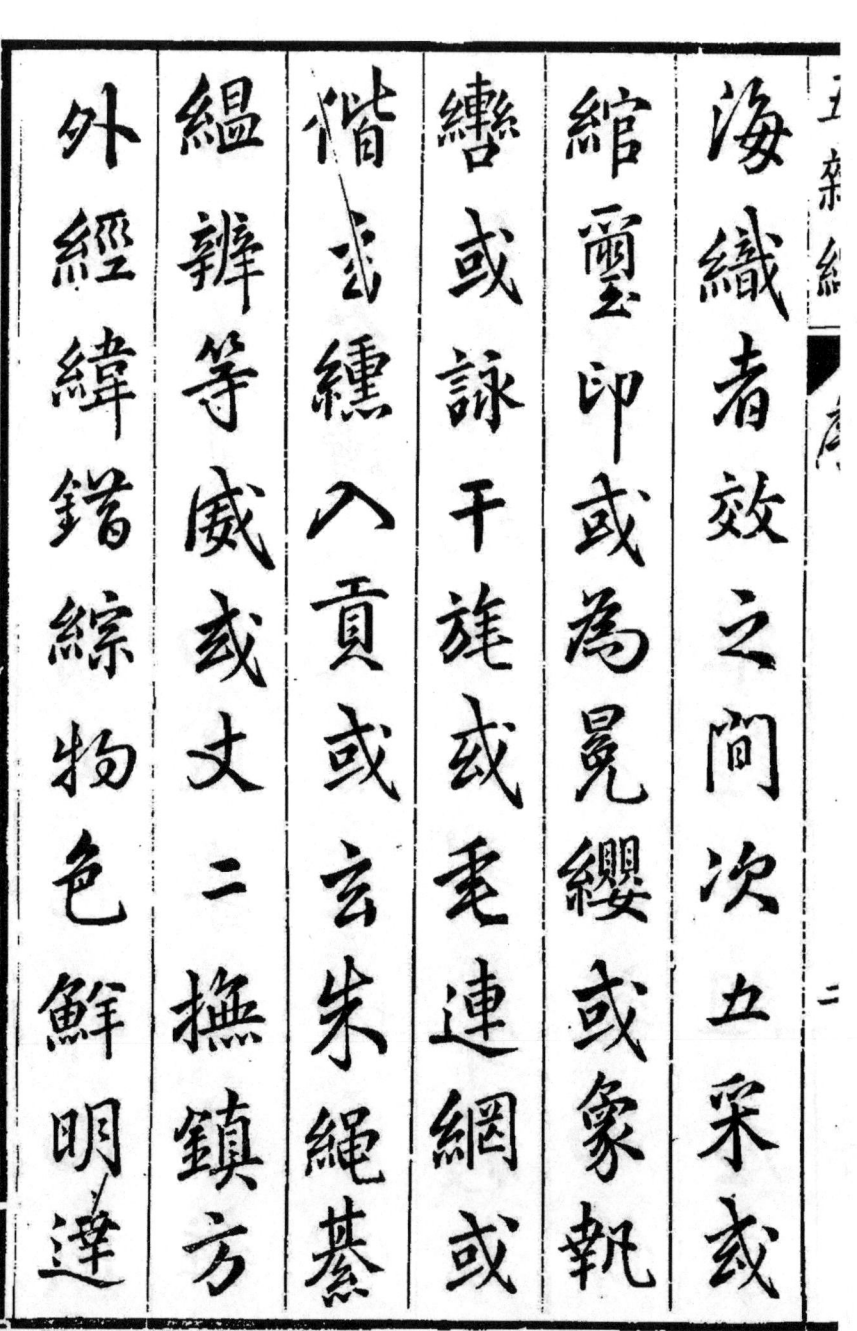

于上下以爲縈飾在杭產
東海多文爲富故雜而係
之組也昔劉向七畧叙諸
子凡十家班固藝文志因
之儒道陰陽法名墨縱橫
小說農之外有雜家擯其

書云出于議官兼陰陽墨
合名法知國體之有此見
王治之無不貫小說家出
于稗官街談巷語道聽塗
說者之所造兩家不同如
此班言可觀者九家意在

黜小說後代小說極盛其
中無所不有則小說與雜
相似在杭此編總九流而
出之言天下之至賾而不
可惡也即目之雜家可矣
龍門六家儒次陰陽殊失

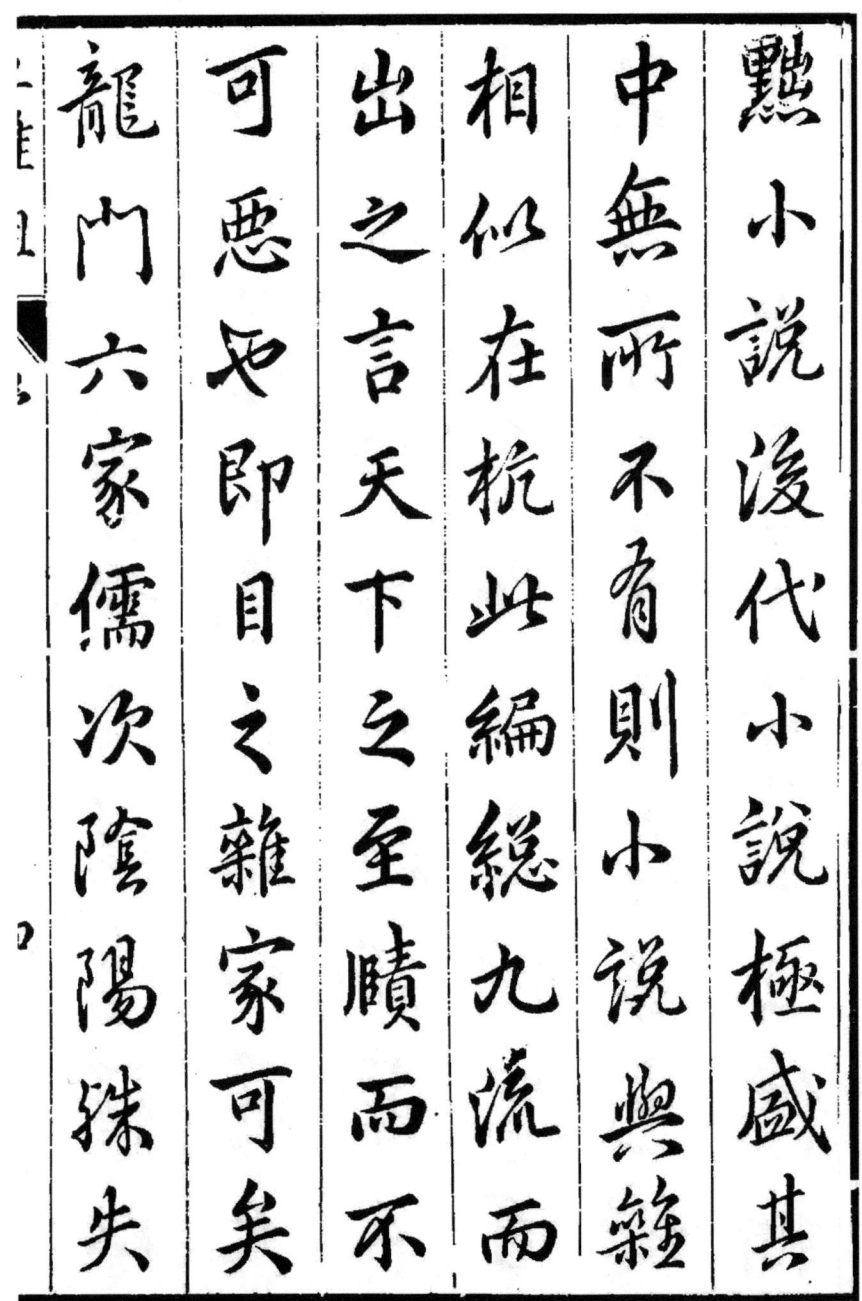

本末蘭臺首儒議者猶以並列藝文為非語曰通天地人曰儒在杭此編葉三才而用之即目之儒家可矣余嘗見書有名五色線者小言詹詹耳世且傳誦

熟而在杭廣大悉備萬人
蒙霞益人意智者不敢秘
諸帳中亟授剞劂與天下
共寶焉

大泌山人李維楨

本寧父

五雜組卷之一

吳航寶樹堂藏板
陳留謝肇淛著

天部一

老子謂有物混成先天地生不知天地未生時此物寄在甚麼處噫蓋難言之矣天氣也地質也以質視氣則質爲粗以氣視太極則氣又爲粗未有天地之時混沌如雞子然雞子雖混沌其中一團生意包藏其中故雖歷歲時而字之便能變化成形使天地混沌時無這箇道理包

管其中譬如濁泥臭水萬年不改又安能變化許多物事出來故老氏謂之玄牝夫子謂之太極雖謂之有其實無也周子謂太極本無極似於畫蛇添足矣

天地未生之初本無也無之中能生有而無不可以訓故曰易有太極蓋已包管於無之先矣即不言無極可也若要言之則無極之前又須有物始得幾於白馬之辯矣

天之蒼蒼其正色耶其遠而無所至極耶然且

月五星可以躔度周步推測則天之爲天斷有形體旣有形體必有窮極釋氏以爲有三十三天幻說也假使信然三十三天之外又復何物語曰六合之外聖人存而不論噫非不論也所謂極其至雖聖人亦有所不知也

朱晦翁曰天者理而已矣夫理者天之主宰也而謂理卽天終恐未是理者虛位天者定體天有毀壞理無生滅如目之主視耳之主聽世有無耳無目之人視聽之理將何所屬況聖人舉

天以敵奧竈此即蒼蒼之天不專言理也
天積氣爾此亘古不易之論也夫果積氣則當茫然無知混然無能而四時百物孰司其柄生死治亂孰尸其權如以為偶然則孛蝕變故誰非偶然者而天變不足畏之說誠是也然而惠迪從逆捷如影響治亂得失信於金石雷擊霜飛入妖物告皆非偶然者也故積氣之說雖足解杞人之憂而誤天下後世不淺也
象緯術數之學聖人所不廢也舜以耕稼陶漁

之夫一旦踐帝位便作璿璣玉衡以齊七政則造化之理固盡在聖人槖籥中矣後世如洛下閎僧一行王朴之輩冥思精數亦能範圍天地渾儀倚蓋旋轉不差黍管葭灰晷刻靡爽亦奇矣至宋儒議論動欲以理該之噫天下事理之所不能盡者多矣况於天乎

天之不足西北也何以知之日月行斗之南而不行斗之北故也漢明帝嘲張重曰日南郡人應北向看日然北方瀚海有熟羊胛而天明之

國出塞七千里便可南視北斗矣安知無北向看日之地乎天去地九萬里天體徑三十五萬七千里此亦臆度之詞耳天之體日月星辰所不能周也而況於人乎

七政之行自消自息何與人事而聖人必以璇璣玉衡測之也遂使後世私智之士轉相摹效互出已見如周髀宣夜渾儀之屬議論紛拏各有刺繆及測之而不得求之而不應遂以爲幽

遠難明之事而天變不足畏之説昉於此矣然
則舜非與曰舜之齊七政所以協歲時戒農事
也非後世無用之空談也
天地有大陽九大百六有小陽九小百六又云
天阸於陽九地虧於百六大期九千九百年小
期三千三十年故當陽九之會天旱海消而陸
燋當百六之會海水竭而陵自塡按漢書曰四
千五百歲爲一元一元之中有九厄陽厄五陰
厄四陽爲旱陰爲水又云初入元百六會有厄

故曰百六之會二說互異前說期似太遠荒唐無稽後說四千五百歲之中九厄則五百歲當一厄而自古及今未有三百年不亂者至於水旱頻仍恐無十年無災之國耳又何陽九百六之多也耶異聞錄所載又有陰七陽七陰五陽五陰三陽三皆謂之災歲大率經歲四千五百六十而災歲五十七以數計則每八十歲而值其一此說又不知何所據也按漢書又有元二之厄或云卽元元之誤未知是否又吹劒錄載

丙午丁未年中國遇之必有灾然亦有不盡然者即百六陽九亦如是耳

日陽精也而雷電虹霓皆陽屬也月陰精也而雨露霜雪皆陰屬也星宿風雲行乎陰陽之間者也日月恒有者也雷電雨露之屬不恒有者也星宿體生於地而精成於天風雲皆從地起而行天者也故兼陰陽之氣也

日出而葵藿傾月虛而魚腦減下之應上也虎交而月暈麟鬭而日蝕上之應下也潮之逐月

桐之合閨上下卦為離也

秦始皇登君山遇大風雨遂赭其山隋煬帝泛
舟遇風怒曰此風可謂跋扈將軍一吾之與風
雨為仇不若魯陽揮戈以止日宋景發善言而
熒惑退舍也

禮統曰雨者輔時生長均遍又曰雨者輔也今
閩人方言尚以雨為輔

雲根石也然張協詩曰雲根臨八極雨足灑四
溟曹毗詠雨文曰雲蔚根山積而中披雨足垂零

而復散則專指雲言也
四時纂要曰梅熟而雨曰梅雨瑣碎錄云閩人以立夏後逢庚日爲入梅芒種後逢壬爲出梅按梅雨詩人多用之而閩人所謂入梅出梅者乃黴濕之黴非梅也
客星犯帝座此史官文飾之詞耳未必實也古今帝王求賢下士者多矣未聞天象之遽應也即漢文帝之於鄧通哀帝之於董賢同卧起者數矣未聞帝座之有犯也而子陵賢者一夕之

寖遽云犯帝座耶武帝微行宿主人婢婢壻拔刀襲之同宿書生見客星掩帝座此賊也而子陵同之乎史官於是爲失詞矣符堅之母以送少子至灞上而太史奏后妃星失明羯胡腥羶乃上干天象若是耶矯誣甚矣至於海内分裂之時史官各私其主人君各帝其國不知上天將何適從也宋仁宗嘉祐中有道人遊于京師上聞召見賜酒次日司天臺奏壽星臨帝座恐亦妄耳

客星有五周伯老子王蓬絮國星溫星所臨之國周伯主喪老子主饑王蓬絮主兵國星主疾溫星主暴骸然則五者俱非吉星也而史以子陵當之不亦冤乎

星宿宿字俗音秀然辰之所舍有止宿之義則音夙亦可也陰符經云天發殺機移星易宿地發殺機龍蛇走陸人發殺機天地反覆則從夙音久矣

天體東南下而西北高日月之行皆自南至中

天而止故南方爕而北方寒然日月之大有限
方夏至時雖距數萬里更無北向看日者此又
不可曉之理也
日一歲而一周天月二十九日有奇而一周天
非謂月行速於日也周天度數每日日行一度
月行十三度有奇凡月初生明時行南陸如冬
至時之日及生魄時行中天如夏至時之日故
月行一月抵日行一歲也
中宫天極星帝星也三台三公星也文昌六星

在北斗魁前天之六府故世以文昌爲魁星也太微東西藩各四星將相星也東壁文章星也南極壽星也貫索獄星也昴胡星也箕風星也畢雨星也彗孛欃槍熒惑妖星也太白兵星也攷之歷代天文太白竟天兵戈大起彗星竟天則有禪代之事

正德初彗星掃文昌文昌者館閣之應也未幾逆瑾出首逐內閣劉健謝遷而後九卿臺諫無不被禍萬曆丁丑十月異星見西南方光芒亘

天時余十餘歲在長沙官邸亦能看之無何而張居正以奪情事杖趙用賢吳中行艾穆鄒元標等編管遠方逐王錫爵張位等朝中正人爲之一空變不虛生自由然矣

俗言南斗注生北斗注死故以北斗爲司命而文昌者斗魁戴匡六星之一也俗以魁故祠文星以祈科第因其近斗也故亦稱文昌司命云傅會甚矣至以蜀梓潼神爲文昌化身者又可笑也

數起於一而成於九陽數也故曰九天九霄
九垠九垓九閡九有九野九關九氣九位九域
之類非必實有九也猶號物之數謂之萬且聖
人則之分地爲九州別人爲九族序官爲九流
九卿九府天子門曰九重亦取九垓之義也
道書云九霄謂神霄青霄碧霄丹霄景霄玉霄
琅霄紫霄太霄恐亦附會之詞如天門九重又
安能一一臆爲之名耶
蠡海録云天之色蒼蒼然也而人稱曰丹霄絳

霄河漢曰絳河蓋觀天以北極爲標準仰而見者皆在北極之南故借南之色以爲喻此言亦恐未然天無色借日以爲色故稱丹與絳者從日言耳不然彼稱青天銀漢者又豈指北斗之北哉

酉陽雜俎載人不欲看天獄星有流星入當披髮坐哭之候星出灾方弭金樓子言予以仰占辛苦侵犯霜露又恐流星入天牢方知俗忌巳久今閨中新婦不載星行云恐犯天狗星則損

子嗣閨女間亦忌之而見流星以爲不吉亦古
之遺禁也
灾祥之降也謂天無意乎吾未見聖世之多灾
亂世之多瑞也謂天有意乎亦有遇灾而反福
遇瑞而遘凶者又有灾祥同而事應負然不同
者必求其故則牽合傳會不求其故而盡委之
偶然將啓昏君亂主謂天變不足畏之端則如
何而可也春秋著灾異而不著事應子産曰天
道遠人道邇瑞不足言也遇灾而懼此理之常

何必問其應乎自漢書五行志以其事屬其占至今仍之然史氏既事而言之司天氏未事而言言多不驗於是人主毎遇災變恬然無復畏懼之心矣今於歷代五行摘其尤異者錄之

漢惠帝二年天裂東北廣十餘丈長二十餘丈

文帝五年齊雍城門外有狗生角

成帝永始元年河南樗樹生支如人頭眉目鬚皆具又建始元年八月滿未盡三刻有兩月重

見
哀帝建平四年山陽湖陵雨血廣三尺長五尺
大者如錢小者如麻子
靈帝中平元年東郡界生草備鳩雀龍蛇鳥獸
之形毛羽頭目足翅皆具又樹中有人面生鬚
伐之出血
桓帝建和三年北地雨肉似羊肋又大如手
元和元年司徒長史馮巡馬生人
晉懷帝永嘉元年洛陽地陷有二鵝飛出蒼者

冲天白者墮地

公孫淵時襄平北市生肉長圍各數尺有頭目口喙無手足而動搖

愍帝時平陽雨肉長三十步廣二十七步旁有哭聲晝夜不絕臭聞百里數日劉聰后產一蛇一虎各害人而走尋之不得頃之見於隕肉之傍俄而后死諸妖俱不見

太康九年幽州有死牛頭能作人言

永嘉中吳郡萬詳婢生子鳥頭兩足馬蹄一手

尾黃色大如桄又抱𦥺令嚴根妓産一龍一女

一鵝

義熙七年無錫人趙未年八歲一旦暴長八尺

髭鬚蔚然

唐開元二年五月晦天星盡搖曙乃止

元和二年十月日傍有物如人形跪手捧盤向

日盤中有物如人頭又四年閏三月日傍又有

一日

乾符六年十一月朔有兩日竝出而鬬

元和六年三月日晡天陰寒有流星大如一斛器墜兗鄆間聲震數百里所墜之上有赤氣如立蛇長丈餘至夕乃滅野雉皆雊又十二年九月甲辰有流星起中天首如甕尾如二百斛船長十餘丈聲如羣鴨飛明若火炬須臾墜地有大聲如壞屋者三

咸通十四年宋州獵者得雉五足其三出背上弘道初梁州倉有大鼠長二尺餘爲猫所嚙數百鼠反嚙猫少選聚萬餘鼠州遣人捕大鼠擊

殺之餘皆去
大中十年三月舒州吳塘堰有衆禽成巢闊七尺高一尺水禽山鳥無不馴狎中有如人面綠毛紺爪觜者其聲曰甘人謂之甘蟲
中宗時中郎將毛婆羅炊飯一夕化爲血
天寶十三載汝州葉縣南有土塊相鬬血出數日不止
咸通八年七月丁巳邳雨沸湯殺鳥雀
周顯德七年正月日下復有一日

宋景德元年十二月日下復有二日
天禧四年四月有兩月同出西南方
淳熙十四年五月有星晝出大如日與日相摩
盪而入
咸淳十年九月有星見西方曲如蚓又有一星
鬬於中天良久一星墜
元豐末嘗有物如席見寢殿上而神宗崩元符
末又數見而哲宗崩至大觀間漸晝見政和以
後大作每得人語則出先若刻屋摧倒之聲其

形丈餘彷彿如龜金眼行動有聲黒氣蒙之氣之所及腥血四灑兵刃皆不能施又或變人形或爲驢多在掖庭間自後人亦不大怖宣和末

青息而北狩矣

慶曆三年十二月天雄軍降紅雪旣化盡血也

端平三年七月亦雨血

紹興二年宣州有鐵佛坐高丈餘自動迭前迭郤者數日

淳熙九年德興縣民家鏡自飛舞與日相射

雨毛雨土史不絕書而元至元二十四年雨土至七晝夜深七八尺牛畜盡沒死則亦亘古未有之變也

百草不畏雪而畏霜蓋雪生於雲陽位也霜生於露陰位也不畏北風而畏西風蓋西轉而北陰未艾也北轉而東陽已生也

夏霜冬雷風霾星孛謂之天變可也至於月月交蝕既有躔度分數可預測於十數年之前逃之而不得禳之而不能而且無害於事無損於

歲也指以爲天之變不亦矯誣乎蝕而必復天體之常管窺蠡測莫知其故而奔走馳鶩伐鼓陳兵若倉卒疾病而亟救之者不亦兒戲乎傳稱魯哀之時刑政爾亂而絕不日食以爲天譴之無益告之不悟也然司馬之時羊車宴安羯胡啓釁日食三朝不一而足天何嘗譴而有益也文景之世日月薄蝕相望於冊而海內富庶粟朽貫紅以爲天譴之厚於魯哀乎是爲父者日朴責賢子而姑息不肖子也天不亦舛耶然

則何說之從曰日食變也而非其變者也譬之人之有疾病也固有兢業保守而抱痾不絕者矣亦有放縱酒色而恬無疾疢者矣乃其壽命脩短之源則固不係是也聖人之事天也無時不敬而遇其災變則尤加皇懼焉曰吾知敬天而已初不爲禍福計也蓋自俗儒占候之說與必以其變屬之某事求之不得則多方傅會不覺其自相矛盾而啓人主不信之端故金陵有天變不足畏之說雖千古之罪言而亦自有一

段之見解也
三代之時日食皆不預占孔子答曾子諸侯見天子入門不得終禮者太廟火日食是也不知古人不能知耶抑知之而不以告耶而預占日食又不知起於何時也但不預占則必有陰雲不見者故春秋於日食不恒書非不食也
使日食不預占令人主卒然遇之猶有戒懼之心今則時刻杪分已預定之矣不獨人主玩之即天下亦共玩之矣予觀官府之救護者既餘

而後往一拜而退栝酌捐命俟其復也復一拜而訖事夫百官若此何以責人主之畏天哉

谷永有云日食四方不見而京師見者沈湎於酒禍在內也京師不見而四方見者百姓屈竭禍在外也司馬溫公又言四方不見而京師見者禍尚淺也四方見而京師不見者禍寖深也其言雖各有理終亦穿鑿傅會浮雲蔽塞一時偶然卽百里之中陰晴互異又安能必四方之皆見否乎假令中國不見而夷狄見南夷不見

而北狄見又將何詞以解耶至於當食不食與食而不及分數者則歷官推步之失尤不當舉賀也

世間第一誕妄可笑者莫如日中之烏月中之兎而右今詩文沿襲相用若以爲實然者其說蓋出於春秋元命苞淮南鴻烈解及張衡靈憲語耳然屈原天問已有羿彃之說而史記龜策傳載孔子言日爲德而辱於三足之烏夫史記所載不見經書而天問所疑皆兒童里俗之談

近於遊戲至漢以後遂通用之而不疑矣

弇州載宋慶元中一歲五次月食而皆非望其後有一歲八次而亦不拘望晦今攷宋史天文志並無之不知何所出也

日中既有烏又有羲和馭車月中既有兎又有蟾蜍有桂有吳剛姮娥結璘又有廣寒宮殿瓊樓金闕及八萬三千脩月户何月中之淆雜而人又何能一一見之也此本不必辯宋儒辯之已自腐爛而以爲大地山河影者又以五十步

笑百步也

東坡鑒空閣詩云懸空如水鏡瀉此山河影妄稱蟾兎蟇俗說皆可屏然坡知蟾兎蟇之爲俗說而不知山河影亦俗說也段成式酉陽雜俎云月中蟾桂地影也空處水影也宋人之論本此

周昭王時九月竝出貫紫微之府無何而王濟江溺死今人知尭時之有十日而不知周時之九月也

相傳永樂中　上方燕坐樓上見雲際一羽士駕鶴而下問之對曰上帝建白玉殿遣臣於陛下索紫金梁一枝長二丈其月日來取言畢騰空而去上驚異欲從之獨夏原吉曰此幻術也天積氣耳安有玉殿金梁之理即有之亦不當索之人間也猶疑不決數日道士復至曰陛下以臣為誑乎上帝震怒將遣雷神示警　上謝之又去翊日雷震謹身殿　上大懼括內外金如式製之至期道士復至稽首稱謝梁逾千斤

而二鶴銜之以去　上語廷臣原吉終不以爲然迺密遣人訪天下金賤去處則蹤跡之至西華山下果有人鬻金者甚賤乃隨之至山頂見六七道士方共斲梁見人卽飛身而去使者持半梁復命　上始悔悟又傳弘治中有徽王亦被道士以此術詐得一銀鏤紋門檻後事發被擒此與小說載彈子和尚詐王太尉錢十萬貫事極相類想羅公遠葉法善輩皆用此術而世相傳眞以明皇爲遊月宮夫月豈誠有宮哉

燕齊之地無日不風塵埃漲天不辨咫尺江南人初至者甚以爲苦土人殊不屑意也楚蜀之地則十日九雨江干嶺側行甚艱難其風日晴朗者一歲中不能三十日也豈天地之氣固有所偏耶

江南每歲三四月苦霪雨不止百物黴腐俗謂之梅雨蓋當梅子青黄時也自徐淮而北則春夏常旱至六七月之交愁霖不止物始黴焉俗亦謂之梅雨蓋徽與梅同音也又江南多霹靂

北方差少
魏時河間王子元家雨中有小兒八九枚墮於庭前長六七寸自言家在河東南爲風所飄至此與之言甚有所知　國初山東新城王氏方䝱居一日天大風晦冥良久旣霽於塵坌中得一好女子年十八九云外國人也乘車遇風欻然飄墮遂爲夫婦今王氏百年科名貴盛無比皆天女之後也
月犯少微戴逵以爲憂而謝敷死人爲之語曰

是中高士求死不得熒惑入南斗梁武帝徒跣下殿以禳之旣而聞魏主西奔大慙曰虜亦應天象耶二人之心一也一負時名一負正朔而卒不應也然不以爲幸而反以爲慙固知好名之心有甚於生者矣

習鑿齒謂星人曰君嘗聞千知星宿有不覆之義乎大凡占星者皆於中天野次窺之故云不覆

晉郭翰少有清標乘月卧庭中織女降之與諧

伉儷後以七寶枕留贈訣別而去吾友孫子長少年美晳七夕之夜感牛女之事爲文以祝之詞甚婉麗忽如夢中爲女仙召至瓊樓玉闕殊極人間之樂七日始甦時皆笑以爲妄余謂非妄也魅也人有邪念盅祟得干之就其所想以相戲耳

北斗相傳如豕狀唐一行於渾天寺中掩獲羣豕而北斗不見　國朝徐武功奉斗齋甚虔閨門不食豕肉及論決之日大風霾雷電有物若

豕蹲錦衣堂上者七馬遂得赦戌金齒是其驗也一云北斗九星七見二隱

晉天文志凡五星降於地爲人歲星爲貫臣熒惑爲兒童歌謡嬉戲鎮星爲老人婦女太白爲壯夫辰爲婦人其言甚恠誕然東方朔爲歲星蕭何爲昴星李白爲太白星唐太宗時北斗化爲七僧西市飲酒一行時北斗化爲豕入渾天寺中西川章仇兼瓊時太白酒星變爲紗帽藜杖四人飲酒宋嘉祐中壽星變爲道士飲酒不

醉夫星之精爲人所感而生理或有之豈有在天之宿變爲人物下遊人間者哉野史之誕甚矣至謂俍星直日遺有殘羊益妄矣

古今名世公卿皆上應列宿如諸葛武侯祖逖馬燧武元衡之屬皆將卒而星殞然自古及今星殞不知其幾而懸象在天者不覺其稀少也豈既殞之後還復生長如人耶夫天之星應地之石也山海之中石累取而不竭斵盡而復出則星可知矣

徐整長曆云大星徑百里中星五十里小星三十里然星之墜地化爲石不過尺寸計耳豈應遽縮至是萬曆壬子十二月廿五日申時四川順慶府安州無風無雲雷忽震動墜石六塊其一重八斤一重十五斤一重十七斤小者重一斤或十餘兩豈有三十里之徑而僅一拳石之多哉大率以里數言天者皆杜譔之詞聖人不道也

流星色青赤者名地鴈有光者名天鴈其墜地之

地主兵
今曆家祿命金木水火土五星之外又有四餘星一曰紫氣二曰月孛三曰羅睺四曰計都而羅計二星人多忌之考歷代天文志實無此二星也不知此說倣自何時余考宋蠡海錄所載有之則其說久矣今術家以四餘爲暗曜豈亦以天象無所見故强爲之說耶
上宮禁時虹下宮中飲井井爲竭越王無諸宮中斷虹飲於宮池漸漸縮小化爲男子韋臯在

蜀宴將佐有虹垂首於筵吸其飲食晉陵薛願虹飲其釜願輦酒灌之遂吐金以報劉義慶在廣陵方食粥虹飲其粥張子良在潤州虹飲其甕後魏首陽山中虹飲於溪史傳所書不一而足夫虹乃陰陽之氣倏忽生滅雖有形而無質乃能飲食亦可怪矣今山谷中虹飲溪澗人常遇之亦有飲於池者昔秦符生謂太白入井自爲渴爾以此觀之其言亦未足深笑也

今人虹霓俱作平聲讀然虹亦作去聲今鳳陽

虹縣是也霓亦作入聲沈約郊居賦雌霓連蜷云恐人讀作平聲是也既有雌雄復能飲食故字皆從蟲

余在浙中見人呼虹作厚音嘗笑之後見用脩丹鉛錄作鱟鱟者海物之名也其字從魚豈可指爲虹霓乎燕齊人呼爲讚又可笑矣吾郡方言呼爲空去聲按韻書虹一音貢又作珙則閩音亦有自來也

唐代州西有大槐樹震雷擊之中裂數丈雷公

爲樹所夾狂吼彌日衆披靡不敢近狄仁傑爲都督逼而問之乃云樹有乖龍所由令我逐之落勢不堪爲樹所夾若相救者當厚報德仁傑乃命鋸匠破樹方得出夫雷公被樹夾已異矣能與人言尤可恠也又葉遷招曾避雨亦救雷公於夾樹間翌日雷公授以墨篆與仁傑事政同

雷之擊人多由龍起或因雷自地中起偶然值之則不幸矣一云乖龍憚於行雨往往逃於人

家屋壁及人耳鼻或牛角之中所由令雷公捉之去多致霹靂然亦似有知不妄擊者野史載柴再思當大雷時危坐不動忽有四人舁其牀出庭中俄而大震龍出僧道宣右手小指上有小點如麻因雷鳴不已出手戶外一震而失半指又有藏老僧耳中者出而僧熟睡不覺余從大父廷柱幼時婢抱入園中雷下擊婢婢走雷逐之入室安兒牀上而婢震死兒無恙也東郡馬生爾騏言其母一日雷遶戶外念東室漏趍

視之大震一聲有龍自其枕下出穿屋而升枕
撳地上此非人之幸亦雷及龍之有知也
風俗通云雷不蓋醬雷聲者陽氣之發也收斂
之物觸之輙變動今人新死未斂者聞雷聲屍
輙漲起是也
論衡曰畫工圖雷公狀如連鼓形一人椎之可
見漢時相傳若此然雷之形人常有見之者大
約似雌雞肉翅其響乃兩翅奮撲作聲也宋儒
以陰陽之理解釋雷電此誠可笑夫旣有形有

聲春而起秋而蟄其爲物類審矣且與雲雨相挾而行又南方多而北方少理之不可曉者萬曆戊戌六月余在真州避暑於天寧寺大樹下旁有浮屠早午方袒跣與客對奕忽雷震一聲起於坐隅若天崩地裂客驚仆地余仰視見火燄一派從塔頂直入雲中塔角一磚擊碎墮地是日揚州相距六十里亦震死一婦人

雷之擊人也謂其有心耶則枯樹畜產亦有震者彼寧何罪謂其無心耶則古今傳記所震所

擊者皆凶惡淫盜之輩，未聞有正人君子死於
霹靂者。惟王始興殺雉，其禍卒亦僅免，非妄擊
也。蓋其罪伏不恒，或有卒遇之者。至於擊人，則
非大故不足以動天之怒耳。然而世之凶惡淫
盜者，其不盡擊，何也？曰：此所以為天也。使雷公
終日轟然搜人而擊之，則天之威褻矣。聖人迅
雷風烈必變，不可以自反無誅而遂不赦天怒
也。
余舊居九仙山下，庖室外有相樹，每歲初春雷

必從樹傍起根枝半被焦灼色如炭云居此四年雷凡四起則雷之蟄伏似亦有定所也

今嶺南有物雞形肉翅秋冬藏山土中掘者遇之轟然一聲而走土人逐得殺而食之謂之雷公余謂此獸也以其似雷故名之耳彼天上雷公人得而食之耶

傳記六和塔頂有月桂因風飄落此說不經之甚月中豈眞有桂耶夜靜風高從山外飄來者耳史傳所載雨粟雨麥及魏河内雨棗安陽殿

雨朱李者皆此類也蓋自上而下故通謂之雨
耳
天門九重形容之言也天豈眞有門哉然嘗有
人見天門開中有樓臺衣冠人物往來者何也
曰此氣之開合也其樓臺人物如海市蜃蜃頃
刻變幻者也考之史傳燕馮跋北齊高洋皆獨
見天開自知必貴羊襲吉馬浩瀾皆見之王文
正公旦幼時見天門開中有巳姓名則又異矣
俗云見天開不以語人拜之大吉又有時裂十

餘丈人所共見者則灾異也
諒輔爲五官掾大旱禱雨不獲積薪自焚火起而雨大至戴封在西華亦然臨武張憙爲平輿令乃卒焚死有主簿小吏皆從焚焚訖而澍雨至水旱之數聖帝明王不能卻也而以身殉之不亦過乎諒戴幸而獲免張憙死而効靈前二人之雨天所以示聽卑之意也後者之焚天所以絕矯誣之端也天亦巧矣
昔人謂亢旱之時上帝有命封禁五瀆此誠似

之每遇旱即千方祈禱雖精誠懇禱者無其應也
燕齊之地四五月間嘗苦不雨土人謂有魃鬼
在地中必掘出鞭而焚之方雨魃既不可得而
人家有小兒新死者輒指為旱魃率衆發掘其家
人極力拒敵嘗有叢毆至死者時時形之訟牘
間真可笑也
西安王三元撫寧相州刺史禱雨不効鞭石虎像
一百未幾祖發其屍焚之康生在相亦以禱雨取
西門豹吾三日見暴骸身亦遇疾萬曆己丑吾郡

大旱仁和江公鐸爲守與城隍約十日不雨則暴之旣而暴又不雨則枷之良久始解無何江至芋江登舟墮而傷足病累月幾殆人亦以爲黷神之報也

元微之詩云江喧過雲雨船泊打頭風過雲雨打頭風皆俚語也今閩人猶謂暑天小雨爲過雲雨

齊地東至於海西至於河毎盛夏徃雨雲自西而興者其雨甘苗皆潤澤自東來者雨黒而苦

亦不能滋草木蓋龍自海中出也

俗云千里不同風百里不同雨然雨非獨百里有咫尺之地晴雨迥別者余一日與徐興公集法海寺至暮而別余西行數十步即遇大雨如注衣巾淋漓與公東行點滴而已陳後山云中秋陰晴天下如一此語未試然亦恐不盡然也後山又云世兎皆雌惟月中兎雄故兎望月而孕此村巷小兒之談安所得而稱之雄兎脚撲朔雌兎眼迷離古詩有之矣使置兎闇室中終

歲不令見月其有不孕者耶月爲羣陰之宗月望而蚌蛤實月虛而魚腦減月死而蠃蛖膲又豈月中有雄魚蚌耶

宋秘閣畫有梁文瓚五星二十八宿圖形狀詭異不知其何所本亦猶五嶽眞形圖也

周書謂天狗所止地盡傾餘光燭天爲流星長數十丈其疾如風其聲如雷其光如電吳楚七國反時吠過梁者是也然梁雖被圍未有陷軍敗將之衂略地屠城之慘而七國不旋踵以亡

則天狗亦惡能爲禍福俗云天狗所止輙夜食人家小兒故婦女嬰兒多忌之

閩中無雪然間十餘年亦一有之則稚子里兒奔走狂喜以爲未始見也余憶萬曆戊子二月初旬天氣陡寒家中集諸弟妹搆火炙蠣房啖之俄而雪花零落如絮逾數刻地下深幾六七寸童兒爭聚爲鳥獸置盆中戲樂故老云數十年未之見也至嶺南則絕無矣柳子厚答韋中立書云二年冬大雪踰嶺被越中數州桂州之

犬皆倉皇噬吠狂走累日此言當不誣也

山海經曰由首山小威山空桑山皆冬夏有雪漢書西域傳曰天山冬夏有雪今蜀峨眉山夏有積雪其中有雪蛆云

峨眉雖六月盛寒未必有雪惟至絕頂望正西一片白茫茫然不知其幾千里士人云此西域雪山也有一年酷暑西望不見白者而巴江之水漲逾百倍云是雪山水消耳

困學紀聞云瓊爲赤玉詠雪者不宜用之此言

雖是糅雜是宋人議論古人以玉比雪亦取其
意與月瓊瑶玖皆玉之美名非顏色也且亦
比況之詞譬旄一二者相耶至於白驪失言白
驪曰霄霄霰原非純白伯厚又不知糾其非何
也

詩相彼雨雪先集維霰霰雪之未成花者今俗
謂之米粒雪雨水初凍結而成者也爾雅注引詩
作霙又謂之霄雪雜霄即消蓋誤以霄為霰也
矣之愈遠矣霄亦音肖從雨從肖非從月也揚

用脩辨之甚明
雹似是霰之大者但雨霰寒而雨雹不寒霰難
晴而雹易晴如驟雨然北方常遇之相傳龍過
則雹下四時皆有余在齊魯四五月間屢見之
不必冬也然雹下之地禾麥經年不生蓋冷氣
凝結入地未化耳史書所載雹有大如桃李者
如雞子者如斧者如斗者惟武帝元封中雹大
如馬頭極矣稽神錄又載楊行自言天祐初在
鼓城避暑于佛寺忽聞大聲震地走視門外乃

見一雹其高與寺樓等入地可丈餘經月乃消其言似誕然宇宙之中恐亦何所不有

春秋書雨木氷蓋陰霧凝封樹上連日不開凍而成氷人折取之枝葉皆具謂之樹介亦謂之稼俗言木稼達官怕唐末微宋元豐中皆有此異卒有牝雞新法之禍萬曆丁丑余在楚亦一見之時江陵不犇喪斥逐言官天下多故是其應也

風之微也一紙之隔則不能過及其怒也拔木

折屋掀海搖山天地爲之震動日月爲之蔽虧所謂天下之至柔馳騁天下之至剛者耶且百物之生非風不能長養而及其肅殺收成之者亦風也人居大塊之中秉氣以行鼻息呼吸不能頃刻去風而及其侵肌骨中榮衛卒然而發雖盧扁無如之何至釋氏又謂業風一吹金石皆成烏有豈非陶鑄萬物與天地相終始者哉蓋天地之中空洞無物須得一氣鼓舞動盪其間方不至毀壞卽如人之有氣息一般莊子所

謂野馬也塵埃也生物之以息相吹也此息字亦有二義有生息之息有休息之息當其生息便是薰風及其休息便是業風小則爲春夏秋冬大則爲元會運世如斯而已

常言謂魚不見水人不見氣故人終日在氣中遊未嘗得見惟於屋漏日光之中始見塵埃衮衮奔忙雖暗室之内若有疾風驅之者此等境界可以悟道可以閱世可以息心可以參禪漆園齊物之論首發此義亦可謂通天人之故者

矣

易曰天地盈虛與時消息而況於人乎況於鬼神乎可見盈虛消息自有主宰之者雖天地亦不能違也然除却天地更有何物此處見解難以語人亦不得不以語人也

聖人之所謂知天者豈有它哉亦不過識得盈虛消息之理而已說天者莫辯乎易易之一書千言萬語總不出此四字但天之盈虛消息自然者也聖人之知存亡進退而不失其正亦自

然者也世之高賢亦有懼盛滿而勇退者矣亦有薄富貴而高蹈者矣但以出處之間未免有心故又多一番魔障也

李賀詩門前流水江陵道鯉魚風起芙蓉老鯉魚風乃九月風也又六月中有東南風謂之黃雀風

海風謂之颶風以其具四方之風即石尤風四面斷行旅者也相傳石氏女嫁爲尤郎婦尤出不歸妻憶之至死曰吾當作大風爲天下婦人

阻商旅也故名石尤云亦作石郵見李義山詩
今閩人方音謂之颶風音如貝焉颶者籔也颶
颶字相近畫容有訛音不應差或者誤作颶而
强爲之解耳
北地之風不減於海颶而吹揚黃沙天地晦冥
咫尺不相見歲恒一二三云然每月風之起多以
七八之日無者得雨則解閩地亦然也
閩中亦有颶風但一歲不一二發發輒拔樹掀
瓦而止耳惟嶺南瓊崖之間颶風三二五年始一

發發則村落屋瓦林木數百里如洗舟楫漂蕩盡成虀粉其將至數日前土人皆知而預避之巨室皆以鐵楞木爲柱銅鐵爲瓦防其患也此亦可謂之小業風矣

周禮以十有二風察天地之和命乖別之妖祥蓋每歲十有二辰皆有風吹其律以知其和與否此後世風角之始也春秋襄十八年楚師伐鄭師曠曰吾驟歌北風又歌南風南風不競楚人多死古人音律之微足以察天地辨吉凶如

此其法今不復傳矣但占卜之家量晴較雨一二應驗其宅災祥即史官所占不盡然也

閩東西風則晴東風則雨關西西風則雨東風則晴此續博物志之言不知信否大抵東風必雨此理之常詩云習習谷風以陰以雨谷風東風也東風主發生故陰陽和而雨澤降西風剛燥自能致旱若吾閩中西風連日必有火災亦以燥能召火也

古語云巢居知風穴居知雨然鳩鳴鳶園皆爲

雨候則巢者亦知雨也虎嘯聿見皆爲風徵則
穴者亦知風也至於飛蛾蜻蜓蝙蟻之屬皆能
預知風雨蓋得氣之先不自知其所以然也
⿺風追⿺風僉也舶趠也石尤也羊角也少女也扶搖也
孟婆也皆風之別名也濯枝也隔轍也潑火也
霡霂也皆雨之別名也按爾雅風從上而下曰
飆亦曰扶搖莊子摶扶搖羊角而上者九萬里
言大鵬摶此二風而上也近見諸書引用多云
搖羊角而上而以摶扶作連緜字誤矣即杜少

陵詩五雲高太甲六月曠搏扶想此老亦誤讀
也
廬山記天將雨則有白雲或冠峰巖或亘中嶺
謂之山帶不出三日必雨然不獨廬山爲然大
凡山極高而有洞穴者皆能吐雲作雨孔子曰
膚寸之雲不崇朝而雨天下者其惟泰山乎安
定郡有峴陽峰將雨則雲起其上若張蓋然里
諺曰峴山張蓋雨滂沱閩中鼓山大頂峰高臨
海表城中家家望見之雲冒其頂來日必雨故

亦有鼓山戴帽之謠然它山不皆爾以鼓山有洞穴故也海錄碎事云大雨由天小雨由山想不誣耳

五雜組卷之一終

五雜組卷之二

吳航寳樹堂藏板

陳留謝肇淛著

天部二

徐幹中論曰名之繫於實也猶物之繫於時也生物者春也吐華者夏也布葉者秋也收成者冬也若强爲之則傷其性矣

春夏秋冬之序皆以斗柄所指定之指東曰春指南曰夏指西曰秋指北曰冬今曆日某月建某者卽斗柄之所指也斗居中央而運四時故

爲君象也

夏日長冬日短者日夏行天中出於正東入於正西徑天中而過度數多也冬行南陸出於東南隅入於西南隅度數少也日之不行東北西北者天體欹而不足西北也

漢高帝時謁者趙堯舉春李舜舉夏兒湯舉秋貢禹舉冬四臣之名亦異矣豈故爲之耶抑偶合也而貢禹在高帝時又非彈冠之貢禹也

閩距京師七千餘里閩以正月桃華開而京師

以三月桃花開氣候相去差兩月有餘然則自闗而更南自燕而更北氣候差殊復何紀極故大漠有不毛之地而日南有八蠶之繭非虛語也曆家所載二月桃始華蓋約其中言之耳

賈佩蘭云在宮中時以正月上辰出池邊盥濯食蓬餌以去妖邪則不但上巳有戲上辰亦有戲矣

正月一日謂之三朝師古漢書注云歲之朝月之朝日之朝故謂之三朝朝之義猶旦也又謂

之四始正義史記注云謂歲之始時之始日之
始月之始也
元旦古人有畫雞懸葦酌椒栢服桃湯食膠餳
折松枝之儀今俱不傳矣惟有換桃符及神荼
鬱壘爾閩中俗不除糞土至初五日輦至野地
取石而返云得寶則古人喚如願之意也
以一月爲正月蓋自唐虞已然舜以正月上日
受終於文祖是已唐虞月建不可攷而歲首必
曰正月足以證昔人改年不改月之謬詩豳風

以十一月爲一之日十二月爲二之日正月爲三之日則知周之建子也小雅所謂正月繁霜者則以四月純陽之月名之非歲首之正月矣正者取義以正朔也至秦始皇諱政改爲平聲至今沿之可笑甚矣

歲後八日一雞二猪三羊四狗五牛六馬七人八穀此雖出東方朔占書然亦俗說晉以前不甚言也案晉議郎董勛答問禮謂之俗言魏主置百寮問人日之義惟魏收知之以邢子才之

博不能知也然收但知引董勛言而不知引方朔占書則固未爲眞知耳

天下上元燈燭之盛無逾閩中者閩方言以燈爲丁每添設一燈則俗謂之添丁自十一夜已有燃燈者至十三則家家燈火照耀如同白日富貴之家曲房燕寢無不張設殆以千計重門洞開縱人遊玩市上則每家門首懸燈二架十家則一綵棚其燈上自綵珠下至紙畫魚龍果樹無所不有遊人士女車馬喧闐竟夜乃散直

至二十外薄暮市上兒童即連臂諠呼謂求饒燈大約至二十二夜始息蓋天下有五夜而閩有十夜也大家婦女肩輿出行從數橋上經過謂之轉三橋貧者步行而已余總角時所見猶極華麗至萬曆乙酉春不戒於火延燒千餘家於是有司禁之綵棚鼇山漸漸減少而它尚如故也火灾自有天數而士女遊觀亦足占昇平之象亦何必禁哉

蔡君謨守福州上元日命民閒一家點燈七盞

陳烈作大燈丈餘書其上云富家一盞燈太倉一粒粟貧家一盞燈父子相對哭風流太守知不知猶恨笙歌無妙曲然吾郡至今每家點燈何嘗以爲苦也烈莆田人莆中上元其燈火陳設盛於福州數倍何曾見父子流離耶大抵習俗所尚不必强之如競渡遊春之類小民多有衣食於是者損富家之羨鏹以度貧民之餬口非徒無益有害比也

齊魯人多以正月十六日遊寺觀謂之走百病

閩中以正月二十九日爲窮九謂是日天氣常窮晦然也家家以糖棗之屬作糜餔之四時寶鑑云高陽氏子好衣敝食糜正月晦日死世作糜棄破衣於巷口除貧鬼又池陽風俗以正月二十九爲窮九掃除屋室塵穢投之水中謂之送窮唐人亦以正月晦日送窮韓退之有送窮文姚合詩萬戸千門看何人不送窮余謂俗說不足信窮也窮也皆晦盡之義也諸月不言而獨言正月者舉其端也

凡月晦謂之提月見公羊傳何休注提月邊也
魯人之方言也
景龍文館記云景龍四年正月二十八日晦夫
二十八日亦可爲晦耶
北人二月二日皆以灰圍室云辟虫蟻又以灰
圍倉云辟鼠也閩人以雷始發聲掃虫蟻
二十四番花信風者自小寒至穀雨凡四月八
氣二十四候每候五日以一花之風信應之小
寒一候梅花二候山茶三候水仙大寒一候瑞

香二候蘭花三候山礬立春一候迎春二候櫻桃三候望春雨水一候菜花二候杏花三候李花驚蟄一候桃花二候棣棠三候薔薇春分一候海棠二候梨花三候木蘭清明一候桐花二候麥花三候柳花穀雨一候牡丹二候酴醾三候楝花過此則立夏矣然亦舉其大意耳其先後之序固亦不能盡定也

唐德宗以前世上巳九日皆大宴集而寒食多與上巳同時欲以二月名節自我作古李泌請

廢正月晦以二月朔爲中和節可見唐以前正月晦寒食皆作節也夫晦爲窮日寒食禁烟以之宴會皆非禮之正而二月十五自有花朝節足敵中秋何鄴侯不引此而另作節名宜其行之不久也按道經以二月一日爲天正節八日爲芳春節蜀中以二月二日爲踏青節則安得謂二月無節也

秦俗以二月二日攜鼓樂郊外朝往暮回謂之迎富相傳人有生子而乞於隣者隣家大富因

以二月二日取歸遂爲此戲此訛說也大凡月盡爲窮月新爲富每月皆然而聊以歲首舉行之故正月晦送窮而二月二日迎富也即如寒食禁火托之介子推五日競渡托之屈原皆俗說耳福州志載閩中以五月四日作節謂閩王審知以五月五日死故避之考五代史年譜審知則以十二月死非五月也志乘猶不可信而況其他乎

唐宋以前皆以社日停針線而不知其所從起

余按呂公忌云社日男女輟業一日否則令人不聰始知俗傳社日飲酒治耳聾者爲此而停針線者亦以此也

養生論曰二月行路勿飲陰地流泉令人發瘧此不可不知也

仲春之月雷始發聲夫婦有不戒其容止者生子不備大凡雷電晦冥日月薄蝕而交合者生子多缺蓋邪沴之氣所感也然周禮又以仲春令會男女聖人豈不知愚民之易犯而故驅之

耶可爲一笑
唐時清明有拔河之戲其法以大麻絙兩頭各
繫十餘小索數人執之對挽以强弱爲勝負時
中宗幸梨園命侍臣爲之七宰相二駙馬爲東
朋三相五將爲西朋僕射韋巨源少師唐休璟
年老無力隨絙踣地久不能起上以爲笑夫此
戲乃市井兒童之樂壯夫爲之已自不雅而况
以將相貴戚之臣使之角力仆地毁冠裂裳不
亦甚乎秦京雜記載寒食内僕司車與諸軍容

使爲繩𤣪之戲今亦不行今清明寒食時惟有鞦韆一事較之諸戲爲雅然亦盛行於北方南人不甚舉也

先王之制鑽燧改火雖云節宣天地之氣然亦迂矣寒食禁火以爲起自介子推者固俗說之悞而以爲龍星見東方心爲大火懼火之盛而禁之則尤迂之迂也今之俗不知禁火亦不知改火而四時之氣何嘗不宣豈可必謂古之是而今之非乎

周禮司烜氏仲春以木鐸徇火禁於國中注云
爲季春將出火也此亦今人謹愼火燭之意非禁
烟也禁烟不知起何時至唐宋已然改火之不
行似已久矣詩人吟咏之詞未足據也楊用脩
謂不改火出於胡元國俗之政此眞可笑使今
日必行之則閩廣之地安得榆杏而檀槐之地
安得檀使民走數千里而求火種亦不情之甚
矣
北人重墓祭余在山東每遇寒食郊外哭聲相

望至不忍聞當時使有善歌者歌白樂天寒食行作變徵之聲坐客未有不墮泪者南人借祭墓爲踏青遊戲之具紙錢未灰舄履相錯日暮墦間主客無不頹然醉矣夫墓祭已非古而況以焄蒿悽愴之地爲讙浪酩酊之資乎

琴操謂介子綏以五月五日死文公哀之令民不得舉火今人以冬至一百五日爲寒食其說已互異矣鄴中記載并州爲介子推斷火冷食三日漢書周舉傳謂太原以介子推焚骸每冬

中輒一月寒食至魏武帝令又謂太原上黨冬
至後百有五日皆絕火訛以傳訛日甚一日至
唐時遂有普天皆滅燄匝地盡藏烟之語則無
論朝野貴賤皆絕火食故曰日暮漢宮傳蠟燭
謂至是始禁火也然此猶之可也至於民間犯
禁以雞羽插入灰中焦者輒論死是何等刑法
耶　國朝之不禁火其見卓矣
三月三日爲上巳此指魏晉以後相沿漢猶用
巳不以三日也事見宋書周公謹癸辛雜志謂

上巳當作上己謂古人用日例以十干恐上旬無己日不知西京雜記正月以上辰三月以上巳其文甚明非誤也但巳字原訓作止謂陽氣之止此也則巳恐即是己字但不可以支爲干耳

田家五行曰三月無三卯田家米不飽

月令四月靡草死靡草薺苨葶藶之屬非一草也薺苨似人參冬水而生夏土而死麥秋至麥至是熟凡物之熟者皆謂之秋耳今俗指麥間

小蟲爲麥秋可笑也亦猶北人指七月間小蜻蜓爲處暑耳

四月十五日天下僧尼就禪刹搭挂謂之結夏又謂之結制蓋方長養之辰出外恐傷草木蟲蟻故九十日安居釋苑宗規云祝融在候炎帝司方當法王禁足之辰是釋子護生之日至七月十五日始盡散去謂之觧夏又謂之觧制西域記作十六日爲是余見近作詩者以入定搭挂槩謂之結夏非其義矣

結夏以十六日爲始者印度之法也中國以月
時爲一月天竺以月滿爲一月則中國之十六
日乃印度之朔日也攷西域記又有白月黑月
及額沙茶室羅伐拏婆達羅鉢陁等月說者謂
二十八宿之名未知是否
古人歲時之事行於今者獨端午爲多競渡也
作粽也繫五色絲也飲昌蒲也懸艾也作艾虎
也佩符也浴蘭湯也鬭草也采藥也書儀方也
而又以雄黄入酒飲之并噴屋壁牀帳嬰兒塗

其耳鼻云以辟虺蟲諸毒蘭湯不可得則以午時取五色草沸而浴之至於競渡楚蜀爲甚吾閩亦喜爲之云以驅疫有司禁之不能也

五月五日子唐以前忌之今不爾也考之載籍齊則田文漢則王鳳胡廣晉則紀邁王鎮惡北齊則高緯唐則崔信明張嘉宋則道君皇帝金則田特秀然而覆宗亡國者高緯道君二人耳然一以不軌服天刑一以盤荒取喪亂卽不五日生能免乎

田特秀大定間進士也所居里名半十行第五以五月五日生小名五兒年二十五舉於鄉鄉試府試省試殿試皆第五年五十五以五月五日卒世間有如此異事可笑

容齋隨筆云唐玄宗以八月五日爲千秋節張九齡上大衍曆序云謹以開元十六年八月端午獻之又宋璟表云月惟仲秋日在端午然則凡月之五日皆可稱端午也余謂古人午五二字想通用端始也端午猶言初五耳

五月十三是龍生日栽竹多茂盛一云是竹醉日

田家五忌迎梅雨諺云迎梅一寸送梅一尺然南方驗而北方不爾也

夏至後九九氣候諺云一九二九扇子不離手三九二十七冰水甜如蜜四九三十六汗出如洗浴五九四十五頭戴秋葉舞六九五十四乘涼入佛寺七九六十三床頭尋被單八九七十二思量蓋夾被九九八十一階前鳴促織冬至

後諺云一九二九相逢不出手三九二十七籬頭吹觱篥四九三十六夜眠如露宿五九四十五太陽開門戶六九五十四貧兒爭意氣七九六十三布衲擔頭擔八九七十二猫犬尋陰地九九八十一犁耙一齊出今京師諺又云一九二九相逢不出手三九四九圍爐飲酒五九六九訪親探友七九八九沿河看柳按此諺起於近代宋以前未之聞也其以九數不知何故今吳興人言道里遠近必以九對而不言十亦可

笑也
暑宜乾也而值六月則土反潤溽寒宜凍也而
值臘月則水泉反動陽中有陰陰中有陽也
伏者何也凡四時之相禪皆相生者也而獨夏
禪於秋以火尅金金所畏也故謂之伏然歲時
伏臘亦人强爲之名耳豈金氣至是而眞伏耶
史記秦德公二年初伏以狗禦蠱則是西戎之
俗所名三代無之也乃相承至今用之何耶然
漢制至伏閉盡日故東方朔謂伏日當蚤歸是

謂避蠱之意今不復然但曆家尚存其名耳至於人家造作飲食藥餌之類動稱三伏亦不知其觧也

凡物遇秋始熟而獨麥以四月登故稱麥秋然吾閩中早稻皆以六月初熟至嶺南則五月獲矣南人不信北方有八月之雪北人亦不信南方有五月之稻也

暑視寒為不可耐今言南中炎暑然暑者非有甚也但多時耳余在京師數年每至五六月其暑

甚於南中然一交秋即有涼色閩廣從五月至八月凡百餘日皆暑而秋初尤烈但至日昃必有涼風非如燕京六月徹夜煩熱也

京師住宅既偪窄無餘地市上又多糞穢五方之人繁嚣雜處又多蠅蚋每至炎暑幾不聊生稍霖雨即有浸灌之患故瘧痢瘟疫相仍不絕攝生者惟靜坐簡出足以當之

月令七月天地始肅禾乃登若以閩廣言之肅則太早而登已太晚也故吾謂聖人約其中而

言之也
立秋有禮名曰貙劉漢書注謂之貙婁楊子曰
不膢臘也與哉今人尚知有臘而膢則不知久
矣
牛女之事始於齊諧成武丁之妄言成於博物
志乘風之浪說千載之下婦人女子傳爲口實
可也文人墨士乃習爲常語使天上列宿横被
汚衊不亦可恠之甚耶
長恨歌載玄宗避暑驪山以七月七日與貴妃

凭肩誓心願世爲夫婦天寳遺事又言帝與貴妃每至七月七日夜在華清宫遊宴宫女皆陳瓜菓乞巧皆誤也考之史玄宗幸華清皆以十月其返皆以二月或四月未有過夏者野史之不足信往往如此

歳時記事云七夕俗以蠟作嬰兒浮水中以爲婦人宜子之祥謂之化生王建詩水拍銀盤弄化生是也今人以泥塑嬰兒或銀範者知爲化生而不知七夕之戲

閩人最重中元節家家設楮陌冥衣具列先人號位祭而燎之女家則具父母冠服袍笏之類皆紙爲者籠之以紗謂之紗箱送父母家女死壻亦代送至蕭中則又清晨陳設甚嚴子孫具冠服出門望空揖讓罄折導神以入祭畢復送之出雖云孝思之誠然亦近於戲矣是月之夜家家具齋餛飩楮錢延巫於市上祝而散之以施無祀鬼神謂之施食貧家不能辦有延至八九月者此近於淫然亦古人仁鬼神之意且其

費亦不多也

七月中元日謂之盂蘭會目連因母陷餓鬼獄中故設此功德令諸餓鬼一切得食也人之祖考不望其登天堂生極樂世界而以餓鬼期之乎弗思甚矣

唐喬琳以七月七日生亦以七月七日被刑

海潮八月獨大何也潮應月者也故月望則潮盛而八月之望則尤盛也然獨錢唐然耳閩廣膠萊諸海皆與常時無別也枚乘七發以八月

之望觀濤于廣陵之曲江夫廣陵之濤亦豈以八月獨盛哉乘之所指亦謂吳越耳其曰廣陵者當時吳越皆屬楊州也

人言八月望有月華或言夜半或言微雨後或言不必八月凡秋後之望俱有之或言其五采鮮明旁照數十丈如金線者百餘道或言但紅雲圍繞之而已余自少至壯徹夜伺之者十數竟不得一見也臨川吳比部撝謙爲余言少時曾一見之其景象鮮妍千態萬媚眞人間所未

見之奇惜未能操筆賦之耳人又言二月朔日正午有日華而人愈不得見余考李程日五色賦云德動天鑒祥開日華殆謂是耶

月令八月鴻鴈來矣至九月又言鴻鴈來賓何也仲秋先至者爲主季秋後至者爲賓也

雀入大水爲蛤北方人常習見之每至季秋千百爲羣飛噪至水濱簸蕩旋舞數四而後入其爲蛤與否不可得而知也然冬月何嘗無雀或所變者又是一種耶或亦有不盡變者如鷹化

鳩雉化蜃之類耶

九日佩茱萸登高飲菊花酒相傳以爲費長房教桓景避灾之術余按戚夫人侍兒賈佩蘭言在宮中九月九日食蓬餌飲菊花酒則漢初已有之矣不始於桓景也

九日作糕自是古制今江浙以北尚沿之閩人乃以是日作粽與端午同不知何取也

菊有黄華桃華於仲春桐華於季春皆不言有而菊獨言有者殞霜肅殺萬木黄落而菊獨有

華也菊色不一而專言黃者秋令屬金金以黃
爲正色也
呂公忌曰九日天明時以片餻搭兒女頭額更
祝曰願兒百事俱高此古人九日作餻之意其
登高亦必由此續齊諧所傳不足信也
十月謂之陽月先儒以爲純陰之月嫌於無陽
故曰陽月此臆說也天地之氣有純陽必有純
陰豈能諱之而使有如女國諱其無男而改名
男國庸有益乎大凡天地之氣陽極生陰陰極

生陽當純陰純陽用事之日而陰陽之潛伏者已駸駸萌蘖矣故四月有亢龍之戒而十月有陽月之稱卽天地之氣四月多寒而十月多煖有桃李生華者俗謂之小陽春則陽月之義斷可見矣

四月麥熟陽中之陰也十月桃李花陰中之陽也

道經以正月望爲上元七月望爲中元十月望爲下元遂有三元三官大帝之稱此俗妄之甚

也天地以金木水火土爲五府猶人之有五官也春木夏火秋金冬水而土寄王焉火官主於行火俗所避忌而土官又不可得見故遂以春爲天官秋爲地官冬爲水官其實亦金水三位也四時五氣合而成歲闕一不可何獨祀其三而遺其二乎至於火之功用尤鉅古人四時鑽燧改火而今乃擯之不得與三官之列亦不幸矣

宋初中元下元皆張燈如上元之例至淳化間

始罷之
日當南至晝漏極短而晷影極長日當北至晝漏極長而晷影極短以其極也故謂之至然南至爲北陸北至爲南陸者何也以其影之在地者言也然極居天中日之北至不能逾極而北也故書南至而不書北至也

今人冬至多用書雲事左傳春王正月日南至公既視朔遂登觀臺以望而書禮也按周禮保章氏以五雲之物辨吉凶水旱豐荒之祲注二一

至二分觀雲氣青爲虫白爲喪赤爲兵荒黑爲水黃爲豐則不獨冬至也但雲氣倏變一歲四占倘吉凶互異當何適從耶

傳記載冬至日當南極晷景極長故有履長之賀非也夫晷景極長則晝漏極短聖人惜寸陰惟日不足至短之日何以賀爲蓋冬至一陽初生日由此漸長有剥而就復亂而復治之機不賀其盛而賀其發端者古人月恒日升之義也其曰履長即履端之意非謂晷景之長也晉魏

宮中女工至後日長一線故婦於舅姑以是日獻履襪表女工之始也魏崔浩女獻襪謂陽升於下日永於天長履景福至於億年可謂得之矣

今代長至之節惟　朝廷重之萬國百官奉表稱賀而民間殊不爾也

漢時宮中女工每冬至後一日多一線計至夏至當多一百八十線以此推之合一晝夜當繡九百線亦可謂神速矣不知每線尺寸若何又

不知繡工繁簡若何律之於今恐無復此針綫

也

至後雪花五出此相沿之言然余每冬春之交

取雪花視之皆六出其五出者十不能一二也

乃知古語亦不盡然

臘之名三代已有之夏曰嘉平殷曰清祀周曰

大蜡總謂之臘宮之奇曰虞不臘是也史記秦

惠文王十二年初臘蓋西戎之俗不知置臘至

是始效中國爲之耳今人亦不知有臘但以十

二月爲臘月初八日爲臘八日而已不知冬至後三戌爲臘也又云魏以辰日爲臘晉以丑日爲臘

伏獵侍郎古今傳爲話柄余按風俗通云臘者獵也田獵取獸祭先祖也則謂臘爲獵亦無不可耳

道家有五臘正月一日爲天臘五月五日爲地臘七月七日爲道德臘十月一日爲民歲臘十二月臘日爲王侯臘

臘之次日爲小歲今俗以冬至夜爲小歲然盧照鄰元日詩云人歌小歲酒花舞大唐春則元日亦可謂之小歲矣亦猶冬至亦可謂之除夜也太平廣記盧頊傳云是日冬至除夜

儺以驅疫古人最重之沿漢至唐宮禁中皆行之護童侲子至千餘人王建詩金吾除夜進儺名畫袴朱衣四隊行是也今即民間亦無此戲但畫鍾馗與燃爆竹耳

俗皆以十二月二十四日祀竈謂竈神是夜上

天以一家所行善惡奏於天也至是日婦人女子多持齋余於戊子歲以二十五日至姑蘇蘇人家家燒楮陌茹素無論男婦皆然問其故曰昨夜竈神所奏善惡今日天曹遣所由覆覈耳余笑謂古人媚竈之意不過如此然不脩行於平日而持素於一旦竈可欺乎天可欺乎今閩人以好直言無隱者俗猶呼曰竈公也

萬畢術云竈神晦日歸天白人罪過酉陽雜俎云竈神有六女常以月晦上天白人罪狀大者

奪紀小者奪筭然則今以廿四五持齋者不太
蚤計耶
漢時行刑常以冬末故王溫舒頓足謂令再展
一月足了吾事而魏其灌夫以十二月晦棄市
蓋田蚡必欲殺之過宿則春不行刑矣至東漢
章帝始下詔定律無以十一十二月報囚今
國朝論囚常以冬至前二日而遇有慶澤常免
論決詿誤殺人者老死囹圄而已洪澤之恩視
之往代為獨廣矣

田家四時占候諺語有不可不知者今録之
日生雙耳斷風絶雨　日落雲裏走雨落半夜後　日没臙脂紅無雨也有風　月如仰瓦不求自下月如彎弓少雨多風　一箇星保夜晴明星照濕土來日依舊雨　東風急備蓑笠雲行東車馬通雲行西脚踹泥雲行南水平潭雲行北陣徒黒　春甲子雨赤地千里夏甲子雨撑船入市秋甲子雨禾頭生耳冬甲子雨牛羊凍死　春丙賜賜無水撒秧夏丙賜賜乾死

稻穰秋丙暘暘乾穀入倉冬丙暘暘無雪無霜

春巳卯風樹頭空夏巳卯風禾頭空秋巳卯風水裏空冬巳卯風欄裏空　雨落五更日曬水坑天下太平夜雨多晴　久晴逢戊雨久雨望庚晴　久雨不晴且看丙丁久晴不雨且看戊巳　朝霞暮霞無水煎茶　朝霞不出市暮霞走千里　甲子豐年丙子旱戊子蝗虫庚子叛惟有壬子水滔滔總在正月上旬看　雨打墓頭錢今年好種田甲申晴米價平　前月甘

六七後月看消息　三月無三卯田家米不飽
三月初三雨桑葉無人取三月初三晴桑上
挂銀瓶　有利無利但看四月十四　稻秀雨
澆麥秀風搖　日暖夜寒東海也乾　梅裏雷
低田破水埋　雨打梅頭無水飲牛雨打梅額
河水乾坼　夏至有雷三伏冷重陽無雨一冬
晴　未吃端午粽寒衣未可送　六月無蒼蠅
新舊米相登　六月初三晴山篠盡枯零六月
初三一陣雨夜夜風潮到處暑　六月不熱五

穀不結　朝立秋暮颼颼夜立秋熱到頭　秋
分在社前斗米換斗錢秋分在社後斗米換斗
豆　雲掩中秋月雨打上元燈　九月十三晴
釘靴挂斷繩　十月初一陰柴炭貴如金　賣
絮婆子看冬朝無風無雨哭號咷　至前米價
長貧兒有處養至前米價落貧兒轉蕭索　臘
月有霧露無水做酒醋　除夜犬不吠新年無
疫癘　一日之忌暮無飽食一月之忌暮無大
醉一歲之忌暮無遠行終身之忌暮常護氣

先王之正時也履端於始舉正於中歸餘於終則凡有閏者似皆歸之歲末故魯文公元年閏三月而傳以為非禮也至漢文帝時猶然今之置閏皆以節氣中分之日上十五日為前月後十五日為後月也然節序考據只憑故事推算耳其間杪分度數豈能保其不差乎古來曆法未有久而不差者蓋造化轉旋之妙有非人力所及者而謂尺寸玉衡足以盡天地之變亦大惑矣春秋哀公十二年十二月螽季孫問諸仲

尼仲尼曰丘聞之也火復而後蟄者畢今火猶西流司曆過也今之秋多暑者於夏春多寒於冬三月而後生稱九月而後黃落以氣候攷之每逾一月則曆法之差也不言可知矣况近來日月交蝕度數有不盡如所排者敬天授時國之急務可委之冥漠不亟釐正耶

改年而不改月秦政之失也三代皆改月豳風所紀與今氣候同者夏正也然十一月以後不書月但云一之日二之日而已三月則曰蠶月

四月以後始知常稱蓋亦不能無異矣周七八月夏五六月頻見傳注而十二月螽孔子對季孫謂火尚西流其為十月無疑又僖公五年正月日南至矣昭公二十年二月朔日南至矣豈是時方冬至乎宋儒執秦漢之謬而不攷之聖經故議論紛紜而卒無一定之見耳然則謂春秋以夏時冠周月是乎曰若是則周之亂民也何以為孔子

朞三百六旬有六日今一年止三百六十日耳

而小盡居其六是每歲尚餘十二日也計五歲之中當餘六十日故三年一閏而五年再閏也然則不以三百六旬六日為歲而必置閏何也日月之行晦朔弦望度數不能盡合也指日月以定晦朔觀斗柄以定四時而以參差不合之數歸餘於閏聖人之苦心至矣然亦非聖人之私意為之蓋天地之定數也望而蚌蛤盈晦而魚腦減此物之知晦朔者也社而玄鳥來春而鴈北鄉是物之知四時者也藕桐應閏而置葉

黄楊遇閏而入土此物之知閏餘者也至於晦
朔之畸數閏月之餘分聖人不能齊也而况巧
曆乎惟積漸而差考差而改斯無弊之術也
曆法聖人不盡言非不言也改朔授時天子事
也雖有其德苟無其位不敢作禮樂聖人之心
也至顏淵問爲邦首曰行夏之時而視朔南至
春秋每致意焉亦有槩乎其言之矣然三代之
曆聖人所定行之六七百年其勢不容不差後
世通儒術士竭其智數心思考索推步至無遺

力然行之不百年而已不勝其踳駁也三代治
曆之法它無可考惟周禮太史氏正歲年以序
事頒之官府及都鄙頒告朔於邦國閏月詔王
居門終月而保章氏掌天星不與焉噫何簡也
自秦以後善治曆者漢則鄧平洛下閎劉歆蔡
邕劉洪六朝則何承天祖冲之唐則劉孝孫何
妥劉焯李淳風僧一行周則王朴宋則沈括元
則郭守敬而已然而洛下閎太初曆至章帝時
僅百餘年已云差失益遠而四分曆枘於建武

行於永元聚議定式已逾七十餘年而行不過百年亦何益之有也唐宋諸家人人自負然唐三百年中而八改曆宋三百年中而十六改曆尚可謂之定法乎宋蘇子容重脩渾儀制作之精皆出前古至虜陷燕京取其所制渾儀以去乃其法子孫亦不復傳矣其謂精密吾未敢信也元郭守敬之曆推測援引纖悉無遺　國朝所用皆其遺制三四百年僅差分杪此即聖人不能無也而議者何以求多為哉但今之曆官

但知守其法而不知窮其理能知其數之然而
不知其所以然譬之按方下藥保其不殺人爾
不敢望其起死回生之功也
李淳風最精占候其造麟德曆自謂應洛下閎
後八百年之語似極精且密矣然至開元二年
僅四十年而緯晷漸差不亦近兒戲乎一行大
衍曆據唐書所載反覆評論一萬餘言窮古今
之變天地之故當時所謂貫三才周萬物窮術
數先鬼神容成再出不能添累黍之功壽王重

生無以議分毫之失宜乎千歲可俟矣而至肅宗時山人韓穎已言其誤每節損益又增二日其故何也王朴陰陽星緯無不通曉其治曆削去近代符天流俗之學自成一家然劉羲叟議其不能宏深簡易而徑急是取故宋建隆之初即廢不用矣此三子者皆精於天文而治曆差謬如此故周禮以治曆屬太史爲天官之屬占星屬保章爲春官之屬分而爲二非無見也今人但以占候稍失而遽欲改曆法亦過矣

宋史律曆志曰天步艱難古今通患天運日行
左右既分不能無忒謂七十九年差一度雖視
古差密亦僅得其槩耳又况黄赤道度有斜正
闊狹之殊日月運行有盈縮朓朒表裏之異測
北極者率以千里差三度有奇晷景稱是古今
測驗止於岳臺而岳臺豈必天地之中餘杭則
東南相距二千餘里華夏幅員東西萬里發斂
晷刻豈能盡諧又造曆者追求曆元踰越曠古
抑不知一帝授時齊政之法果殫於是否乎是

亦儒者所當討論諉曰星翁曆生之責可哉此亦古今不易之論也

京師城東偏有觀象臺高五丈許其上有渾天儀一具如世所圖璇璣者皆鑄銅爲器四柱以銅龍架而懸之製作精巧又有簡儀一具狀相似而省十之七只周遭數道而已玉衡一亦銅爲之如尺而首尾皆曲有二孔對孔直窺以候中星又有銅毬一左右轉旋以象天體以方函盛之函四周作二十八宿眞形南面有御製

銘正統七年作也臺下小室有量天尺鑄銅人
捧尺北面室穴其頂以候日中測景之長短冬
至後可得一丈七尺夏至後可得二尺云中爲
紫微殿殿傍有銅壺滴漏一器然皆不注水徒
虛具耳
測北極者以千里差三度今滇南距燕萬里當
差三十度又　成祖北征出塞三千餘里已南
望北斗却不知北斗正中之地在何處分野之
說固不足憑而以郡國正中論之則幅員有長

短廣狹難以一律齊也

占步者多用里差之說如曆之有歲差也然鐵勒熟羊胛而天明西域朔夕月見而南交州生明之夕月已中天此誠差矣史載安息西界循海曲至大秦迴萬餘里無異中國即以中國東西南北相距何止萬里而日月星辰並無差謬又何也大約目所未見語多矛盾訛以傳訛吾未敢信也

大撓之初作甲子也不過以紀日月代結繩云

爾其後月以干乘支日以支配干而五行分屬於是有閼逢旃蒙諸名於是有元先邴章覿昌子方諸號於是有畢陬橘如諸陽於是有鼠牛虎兔諸肖於是有天剛太乙勝光小吉諸將於是有海中金爐中火諸納音於是有建除滿平諸體於是有專制義伐諸乘而其說愈不可勝窮矣余謂太歲方向禁忌既不足信而曆日所書陰陽避忌皆毫無影響益知當時之作此原非爲占候吉凶也

古人事之疑者質之卜筮而已治亂吉凶考之星緯而已未聞擇日也今則通天下用之矣而信凶禍福卒不能逃也甚矣世之惑也

余嘗以破日娶妾矣不逾年而得雄嘗以月忌上官矣不數載而遷嘗以天賊日解水衡錢萬緡矣而卒無恙嘗以空亡日出行涖任矣而諸事盡遂其餘小事不可勝紀故謂陰陽曆日可盡廢也

今陰陽家禁忌可謂極密一年之中則有歲破

死符病符太歲劫殺伏兵灾殺大禍歲殺歲刑
金神將軍諸方一月之中有月忌龍禁楊公忌
瘟星天地凶敗天乙絶氣長短星空亡赤口天
休廢四方耗五不遇六不成四虛敗三不返四
不祥四窮四逆離別反激咸池伏龍交龍宅龍
往亡八風九良星絶烟火胎神上朔月建月破
月厭月殺箒日一日之中則有白虎黑殺刀砧
天火重喪天賊地賊血支血忌歸忌黑道土瘟
天狗大敗蚩尤官符死炁飛廉受死火星河魁

鉤絞焦坎游禍滅門的呼等凶神蓋一歲之中吉日良時無凶神惡煞者不過數日耳而又加以方向之不利生命之相妨伏難二星之躔度太白日神之遊方一一擇而忌之則雖終歲不作一事可也而窮村深谷之家不知甲子愚冥儜儣之輩不信鬼神何嘗見其旣敗之相仍哉太史公謂陰陽之術太詳而衆忌諱使人拘而多畏夫陰陽四時八位十一度二十四節各有教令曰順之者昌逆之者亡未必然也夫漢初

之陰陽家止於四時八位十一度二十四節而
已而子長尚以爲未必然況今日天羅地網之
密乎其不足信必矣
余鄉有一二縉紳凡事必擇日裁衣宴會之類
無不覦曆然而官罷子死家居杳無吉耗也此
亦汝南陳伯敬之流耳後聞吳中有巨室子婦
臨蓐欲產以其時不吉勸令忍勿生逾時子母
俱斃此尤可發一笑也
淮南子曰水生木木生火火生土土生金金生

水子生母曰義母生子曰保子母相傳曰專母勝子曰制子勝母曰困今七政曆有之但以保爲寶以困爲伐耳

西家之東即東家之西此一言足以破太歲之謬矣紂以甲子亡武王以甲子興此一言足以破陰陽之忌矣雞豬薤蒜逢着則吃生老病死時至則行此一言足以破終身之惑矣此非後世之言也聖人已言之矣曰死生有命富貴在天

箕子之陳洪範分爲九類別爲九章謂之九疇原不相附屬也至劉向爲五行傳乃取其五事皇極庶徵附於五行果爾則八事皆宜屬五行而胡八政五紀三德稽疑福極之類又不能附也蓋向父子原爲春秋灾異之學恐其言之無稽事之不足徵信故於洪範之中摘其五行之說爲其近於灾祥占候而推廣之至舉天地萬物動植無大小皆推其類而附之於五行至求其徵應而不得則又以五事强合之而凡上下

貴賤食息起居無大小皆比其類而附之於五事雖宇宙之理似不過是而其遷就穿鑿亦已甚矣後世之人雖知其非而無有昌言正之者歷代國史相沿爲五行志至於日月薄蝕星辰變故灾異之大者則又屬之天文豈陰陽與五行有二理耶而風雨雷電又豈非天文之屬乎其說愈刺繆而不通矣故作史者於天文志宜考究分至躔度分野而一切灾異宜爲灾祥志而不宜爲五行志也

正五九不上官自唐以來有此忌矣淸波雜志謂佛法以此三月爲齋素月不宜宰殺足破俗見今京師官命下即到任初不忌此三月而差跌更少外官無不避之者而禍敗更多人何不思之甚也

俗云初五十四二十三太上老君不出庵謂之月忌考之曆家乃廉貞獨火日也蠡海錄謂以洛書九宮推之以是日入中宮然不知入中宮者何物亦不知所以當避忌者何故恐亦茫昧

不足信也噫俗之敝也久矣

陰陽家擇日皆以年配月月配日日配時如人祿命然合之者吉然當三代改朔之朝子丑之月或屬上年或屬下年不知擇者當何適從而當改革之際推祿命者又不知以何爲準也

五行有生中之尅有尅中之用有反恩而成仇有化難以爲恩如火生於木而焚木者火水生於金而沉金者水火本尅金而金得火迺成器金本尅木而木得金迺成材至於盛極必衰否

極必泰此皆陰陽循環之理造化玄機之妙而聖人則之故乾之上九有亢龍之悔而剥之上九有得輿之象也今星命之術但知有生尅制化而豈知盈虛消息之理乎

水生木矣而木中有液謂木生水亦可火生土矣而石中有火謂土生火亦可此兩相生者也水尅火矣而火然則水乾謂火尅水亦可土尅水矣而水浸則土潰謂水尅土亦可此兩相尅者也木不能離土而尅土土不能離水而尅水

蕭丘有寒燄，涅海有陰火，又江寧縣寺有晉時
之，皆可得火，火固不獨生於木也。
烈，燔昆是土亦能生火也。至於陽燧火珠向日承
能生火也。火山地中不生草木，鼯鼬所及應時
涅海水面火高十餘丈，蜀中亦有火井，是水亦
然也。
反爲仇讎，有胡越而反爲一家，亦五行之氣使
而生於火，此相偪而相生者也。故世有骨肉而
此相類而相尅者也。火藤木而生，於木土遏火

長明燈火色青而不熱天地間有溫泉必有寒火未可以夏蟲之見論也

五行惟金生水頗不可解說者曰金爲氣母在天爲星在地爲石雲自石生雨從星降故星動搖而占風雨石礎潤而占雨水故謂金生水也予謂金體至堅而有時融液是亦生水之義也至周興嗣千文謂金生麗水則水反生金矣

天一生水地二生火天三生木地四生金天五生土此又不依相生之序以氣之先後論也其

受形也水最微火次之木次之金又次之至土而最重大其滅形也水最速火次之木次之金又次之至土而亦不耗自微而著自少而老陰陽之義備矣

六十甲子之有納音也蓋本於六十律旋相爲宮隔八相生之說古人作律原與曆相通也至姓氏之納音則近誣矣姓者非受之於天地也非秉陰陽之氣生而有之也或因望而爲氏或分封而賜姓或避難而改易或無稽而杜撰一

家之人分支別族一人之身朝更夕改安知陶
朱卽范氏之宗而東晳爲疏氏之胄乎又安知
嬴呂牛馬之暗易而嗣源鴻漸之無祖乎五行
納音安所適從至於談祿命者推其所安之宫
談相術者觀其所稟之形遷就苟合猶之可也
帝王曆數自有天命而必强而合之以某德王
或取相生或取相勝蓋自鄒衍劉向發端巳不
勝枘鑿矣後之學者未能窺天地之藩籬識陰
陽之形似而但隨聲傳和亦何益之有哉

稱日者晝夜以百刻而每時止於八刻則是九十六刻也今銅漏中增初初正初二刻每時十刻則是百二十刻也其於百刻之數俱不合矣不知每時之加初初正初二刻雖合之得二十四刻而實四刻之晷所分也計其晷數每六刻方抵一刻耳此說余少時見之一書今亦不復記也

西僧琍瑪竇有自鳴鐘中設機關每遇一時輒鳴如是經歲無頃刻差訛也亦神矣今占候家

時多不正至於選擇吉時作事臨期但以臆斷耳烈日中尚有圭表可測陰夜之時所憑者漏也而漏已不正矣況於山村中無漏可考哉故知與作及推祿命者十九不得其眞也余於辛亥春得一子夜半大風雪中禁漏無聲行人斷絶安能定其爲何時余固不信祿命者付之而已

俗謂得吉日不如得吉時如巳午未等時固可見矣而曆所謂日出日入時者乃以出海入地

論非挂簷際時也余嘗登泰山觀日出矣下至半山而猶昏黑也在黄山入夜飯罷出門仰視天都峰頂日色照耀如火中蓮花此皆九月事正曆所載日出卯入酉者也而參差乃爾益信世之憒憒耳

五雜組卷之二終

五雜組卷之三

吳航寶樹堂藏板

陳留謝肇淛著

地部一

天有九野地有九州然吾以爲分野之說最爲渺茫無據何者九州之畫始自禹貢上遡開闢之初不知幾甲子矣豈天於斯時始有分野耶九州之於天地間纔十之一耳人有華夷之別而自天視之覆露均也何獨詳於九州而略於四裔耶李淳風謂華夏[illegible]四交之中當二儀之

正四夷炎涼氣偏鳥語獸心豈得同日而語然荆蠻閩越六詔安南皆昔爲蠻夷今入中國分野豈因之而加增耶至於五胡蒙古奄有天下莫非夷也何獨詳於此而略於彼耶歷攷前代五行志其星變則某郡國當其咎然不驗者什常七八也况近來山河破碎愈無定則矣

天無私覆地無私載今分野以五星二十八宿皆在中國僅以畢昴二星管四夷異域計中國之地僅十之二而星文獨占十之九也偏僻甚

矣
禹使太章步東極至於西極二億三萬三千五百里使豎亥步北極至於南極如之則中國之地僅二十分之一也
禹別天下爲九州三代因之秦分天下爲三十六郡漢分爲十三部一部六郡晉分爲十五道唐十道宋四京二十三路元十一省二十三道國朝兩京十四省後因棄安南實十三省也郡共一百六十州二百三十四縣共一千一百一

十六云

伏羲神農都陳黃帝都涿鹿堯都平陽舜都蒲坂大聖人之建都固在德而不在險要亦當時水土未平規制粗定茅茨土堦非有白雉九重之制袗衣鼓琴亦無瓊林大盈之藏而每歲省方坐不安席蓋亦以天下爲家之意不必擇土而安也至於三代德不及堯舜而亂賊漸萌於是不得不相地定鼎據上游之勝以控制天下禹都安邑其後太康失國遷徙不可考湯都亳

邑至盤庚七遷皆苟且以便民非若後世建都之難也周公定鼎郟鄏始爲萬年不拔之基而以洛邑爲朝會之所蓋亦以防備不虞知後世子孫必有不能守其故業者矣此亦堪輿家之鼻祖也

殷世常苦河患故自仲丁至盤庚或遷敖或遷相或遷耿或渡河而南或踰河而北當時不聞其求治水之方而但遷徙以避之計遷徙不費於開鑿而民未稠密河亦不大害民也周世絕

不聞河患但苦戎狄蓋關中之地已近邊塞矣當時燕晉代秦諸國諸侯各自守其地以禦夷而區區天子之都竟不能守而以予秦使得成帝業豈非天哉

古今建都形勝之地無有踰關中者蓋其表裏山河百二重關進可以攻退可以守治可以控制中外亂可以閉關自守無論汴京即洛陽不及也江南之地則惟有金陵耳

帝王建都其大勢在據天下之吭又其大要則

在鎮遏戎狄使聲息相近動不得逞關中逼近西戎故唐時回紇吐蕃出其不意便至渭橋漢時灞上細柳連營天子至親勞軍蓋當時西虜似强於北也至宋時幽燕十六州已爲契丹所據則自河南入江淮其勢甚便不得不都汴京以鎮之使當時從晉王言都關中則畫淮爲界不至紹興而始見矣汴京既失江北不可守其勢不得不阻江爲固鎮江則太逼杭州則太遠險而可守孰有出建康之上者故李綱宗澤惓

惓以爲請而不見聽從惜哉

高宗之都臨安不過貪西湖之繁華耳然亦辦四明航海一條走路也臨安雖有山有水然其氣散而不聚四面受攻無險可憑元兵從湖州間道入如無人之境耳雖興亡有數而亦地利之不固也建康外以淮爲障内以江爲藩雖中主庸將足以自守曹丕臨廣陵欲渡者數矣竟嘆天塹之不可越符堅陷盱眙而東沿江列戍朝野震恐謝玄三戰三捷楊俱難等奔喙不暇

其後若盧循乘虛直擣蔣山居民荷擔而立孟昶望風自裁自謂天下事定矣而不能當寄奴之一炬蕭軌任約以十萬勍卒奄至雞山據北郊壇剥牀以膚何急也霸先從容談笑俘四十六將軍於幕下若探囊取物此豈智愚之懸絕若是哉川陸之長技既異主客之勞逸頓殊一夫當關萬人莫敢誰何其勢居然也故六朝相承二百餘載莫强於秦符堅莫盛於魏道武而卒不能遂混一之志良有以矣

以我　國家之勢論之不得不都燕蓋山後十六州自石晉予狄幾五百年彼且自以爲故物矣一旦還之中國彼肯甘心而已耶其乘閒伺隙無日不在胸中也且近來北韃之勢强於西戎若都建康是棄江北矣若都洛陽關中是棄燕雲矣故定鼎於燕不獨扼天下之吭亦且制戎虜之命　成祖之神謀睿略豈凡近所能窺測哉

我　太祖之定都建康也蓋當時起兵江左自

南趨北不得不據第一上流以爲根本之地而
後命將出師鞭笞羣雄此亦高光之關中河內
也當時角逐者惟張士誠陳友諒二人耳然姑
蘇勢狹而無險可據武昌地瘠而四面受敵其
形勝巳不相若矣而况材智規模又相去萬萬
哉宜其折北而不支也
太祖既逐胡元命　燕王鎮守北平蓋隱然以
北門鎖鑰付之矣當時親王握重兵節制有司
大率如漢初七國故事而　燕王之英武雄略

豈久在人下者使當時不封燕縱得守臣節不興靖難之師而北虜乘間竊發燕雲終非國家有也故　太祖之封　燕王與　文皇之定都於燕其遠見皆相符契矣

燕山建都自古未嘗有此議也豈以其地逼近邊塞耶自今觀之居庸障其背河濟襟其前山海扼其左紫荆控其右雄山高峙流河如帶誠天造地設以待我　國家者且京師建極如人之元首然後須枕藉而前須綿遠自燕而南直

抵徐淮沃野千里齊晉爲肩吳楚爲腹閩廣爲足浙海東環滇蜀西抱眞所謂扼天下之吭而拊其背者也且其氣勢之雄大規模之弘遠視之建康偏安之地固已天淵矣　國祚悠久非偶然也

遼金及元皆都燕山而制度文物金爲最盛今禁中梳粧臺瓊花島及小海南海等處皆金物也元冬春則居燕夏秋則如上都畏熱故也惟其有兩都故　王師一至卽時北遁而山後十

六州四五百年始見天日非偶然也
周時洛邑爲天下之中今天下之勢則似荊襄爲正中蓋幅員廣狹固自不同也然所貴於中者取其便朝會耳若以建都譬之元首在腹何以居重馭輕哉
幽州有黍谷相傳鄒衍吹律之所蓋當時以爲極寒之地矣若以今之寧夏臨洮諸邊較之其寒奚止十倍而已今燕山寒暑氣候與江南差無大異且以邊塲戎馬之地一旦變爲冠裳禮

樂之會固宜天地之氣亦隨之變更耳

恒山爲北岳卽今眞定是也或云北岳不可卽其一石飛至陽曲故於陽曲立廟遥祭之實非岳也按水經恒山謂之玄岳周官幷州其鎮山曰恒山管子云其山北臨代南俯趙東接河海之間其在今之定州無疑矣何必求之沙漠之外哉

五嶽者中國之五嶽也隨其幅員就其方位而封之耳三代洛邑爲天地之中南不過楚北不

過燕東不過齊西不過秦故以嵩山爲中岳而衡岱恒華各因其地封之以爲鎭山若後世幅員既廣方位稍殊即更而易之亦無不可固不必拘拘三代之制也

以今天下之勢論之當以天壽山爲北岳羅浮爲南岳鍾山爲東岳點蒼爲西岳衡霍爲中岳其間相去各四五千里亦足以表至大之域示無外之觀此非拘儒俗士所能與議也

京師風氣悍勁其人尚鬬而不勤本業今因

帝都所在萬國梯航鱗次畢集然市肆貿遷皆四遠之貨奔走射利皆五方之民士人則游手度日苟且延生而已不知當時慷慨悲歌游俠之士今皆安在陵谷之變良不虛也

燕雲只有四種人多奄豎多於縉紳婦女多於男子娼妓多於良家乞丐多於商賈至於市陌之風塵輪蹄之紛糅奸盜之叢錯駔儈之出沒蓋盡人間不美之俗不良之輩而京師皆有之殆古之所謂陸海者昔人謂不如是不足爲京

都其言亦近之矣

長安有諺語曰天無時不風地無處不塵物無所不有人無所不爲

紺珠集云東南天地之奧藏其地寬柔而卑其土薄其水淺其生物滋其財富其人剽而不重靡食而偷生其士懦脆而少剛笮之則服西北天地之勁力雄尊而嚴其土高其水寒其生物寡其財确其人毅而近愚食淡而輕生士沉厚而慧撓之不屈此數語足盡南北之風氣至今

大略不甚異也但南方士風近稍獰悍耳

今　國家燕都可謂百二山河天府之國但其間有少不便者漕粟仰給東南耳運河自江而淮自淮而黄自黄而汶自汶而衛盈盈衣帶不絶如綫河流一涸則西北之腹盡枵矣元時亦輸粟以供上都其後兼之海運然當羣雄姦命之時烽烟四起運道梗絶惟有束手就困耳此京師之第一當慮者也

今之運道自元始開由濟寧達臨清其有功於

上都不淺而當時已有挑動黃河天下反之讖則其勞民傷財亦可知矣但元時尚引曹州黃河之水以濟運道　國朝因河屢決泛溢爲害遂塞張秋口而自徐至臨淸專賴汶泗諸水及泰山萊蕪諸縣源泉以足之諸泉涓涓如綫遇旱輙涸旣不可得力而汶河至分水閘又分而爲二其勢遂微每二三月間水深不過尺許雖極力挑濬設閘啓閉然僅可支持倘遇一夏無雨則枯爲陸矣

運河之開無風波之患誠爲良策而因之遂廢
海運亦非也海上風濤不虞數歲間一發耳而
今運河挑濬之費閘座撈淺之工上自部使者
下至州邑倅貳之設其費每歲豈直鉅萬已哉
海運一行則諸費盡可省亦使浙直諸軍士因
之習於海戰倭寇之來可以截流而禦之自海
運廢而士益憚於海矣元時海運有三道而至
正十三年千户殷明略所開新道自浙西至京
師不旬日尤爲便者所當間一舉行以濟運河

之不及者也
古者諸侯封國自食其入江北之地如齊晉燕
代秦諸國士飽倉盈不聞其仰給於江南也如
漢時與楚血戰五載軍士糧餉乃自關中轉輸
即武帝窮兵黷武頻年暴師於外亦不聞其借
粟於吳楚也至唐而始有漕運自江而淮自淮
而河計米一斛費錢七百然貞觀開元盛時不
聞其乏食也至於季世乃有米已至陝吾父子
得生之喜豈非内無儲積而枵腹待哺於外哉

宋時汴及臨安地皆咫尺故不聞轉餉之苦今
京師三大營九邊數十萬軍升合之餉皆自漕
河運致古稱千里運糧士有饑色今乃不啻萬
里矣萬一運道有梗何以處之故爲今日計則
屯田之策宜行於邊塞而水田之利宜興於西
北濱水諸郡縣也屯田之策且畊且守分番上
下不惟享其糙食而士亦不至媮惰荒守禦可
以老弱占籍而力畊則非必壯不能軍將不待
汰而精矣且有田則有塍有澮沮洳泥濘亦可

杜胡馬奔突之患其利又不止充口腹已也齊晉燕秦之地有水去處皆可作水田但北人嬾耳水田自犁地而浸種而插秧而薅草而車戽從夏訖秋無一息得暇逸而其收穫亦倍余在濟南華不注山下見十數頃水田其膏腴茂盛逾於南方蓋南方六七月常苦旱而北方不患無雨故也二策若行十數年閒民見利而力作倉庾充盈便可省漕糧之半即四方有警而西北人心不至搖動京師益安於泰山矣

黃河之水若引之以灌田廣開溝洫以殺其勢而其末流通之運道以濟汶泗之渇使之散漫紆迴從容達淮入海不但漕運有裨而　陵寢亦無虞矣

禹之治水一意視水之所歸而已隨山刊木鑿隧通道惟使水得所之而止無他顧慮也白圭戰國之時各有分界動起爭端能以鄰國爲壑而鄰國不知有水患不可謂之非奇功也至於今日則上護　陵寢恐其瀰而溢中護運道恐

其洩而淤下護城郭人民恐其湮汩而生謗怨水本東而抑使西水本南而强使北且一事未成百議蠭起小有利害人言叢至雖百神禹其如河何哉王敬美贈潘司空詩有云堅排衆議難於水亦有激哉其言之也

黄河行徙似有神導之有非人力所與者然處置得宜精誠所格亦可轉移若漢武沉璧垄寒鄧子是也萬曆間以寶應湖之險別開裏湖以避之既開而水不往注如是者三年一夜聞風

雨聲甚厲比曉視之水已徙矣
善治水者就下之外無它策也但古之治水者一意導水視其勢之所趨而引之耳今之治水者既懼傷田廬又恐壞城郭既恐妨運道又恐驚陵寢既恐延日月又欲省金錢甚至異地之官競護其界異職之使各爭其利議論無畫一之條利病無審酌之見幸而苟且成功足矣欲保百年無事安可得乎
當河決歸德時所害地方不多時議皆欲勿塞

而相國沈公恐貽桑梓之患故山東河南二中
丞議論不合而廷推即以河南中丞總督河道
不使齊人有異議也既開新河而初開之處深
廣如式迤邐而南反淺而狹議者又私憂之下
流反淺何以能行況所決河廣八十餘丈而新
開僅三十丈勢必不能容泛溢之患在所不免
而一董役者奏記督府若河流既迴勢若雷霆
藉其自然之勢以衝之何患淺者之不深乎督
府大以爲然遂下令放水不知黄河濁流下皆

泥沙流勢稍緩下巳淤過半矣一夕水漲魚臺
單縣豐沛之間皆爲魚鱉督府聞之驚悸暴卒
此亦宋慶曆間李仲昌之覆轍也
治河猶禦敵也臨機應變豈可限以歲月以趙
營平老將滅一小羌猶欲屯田持久俟其自敗
癸卯開河之役聚三十州縣正官於河堧自秋
徂冬不得休息毎縣發丁夫三千月給其直二
千餘金而里排親戚之運糧行裝不與焉蓋河
濱薪草米麥一無所有衣食之具皆自家中運

致兩岸屯聚計三十餘萬人穢氣薰蒸死者相
枕藉一丁死則行縣補其缺及春疫氣復發先
後死者十餘萬而河南界尤甚役者度日如歲
安能復計久遠况監司催督嚴急惟欲速成宜
其草菅民命而迄無成功也
輿地有南戒北戒之說北戒自積石終南負地
絡之陰東及太華踰河竝雷首砥柱王屋太行
北抵常山之右乃東循塞垣至穢貊朝鮮是謂
北紀所以限戎狄也南戒自岷山嶓冢負地絡

之陽東及太華連商山熊耳外方桐栢逾江漢
荆山至於衡陽乃東循領徼達於甌閩是謂南
紀所以限蠻夷也此天下之大勢也
今中國之勢惟河與海環而抱之河源出崑崙
星宿海蓋極西南之方其流北行經洮州又東
北越亂山中過寧夏出塞外始折而南入中國
至砥柱折而東經中州至呂梁犇而入淮直抵
海口海則從遼東朝鮮極東北界迤邐而南經
三吳甌閩折而西直抵安南暹羅滇洱之界蓋

其西南盡頭去星宿海亦當不遠矣西北想亦
當有大海環於地外但中國之人耳目所未到
也
以中國之水論之淮以北之水河爲大而淝也
潁也汴也汶也泗也衛也漳也濟也漯也滹沱
也灤也沁也洮也渭也皆附於河者也淮以北
江爲大而吳也越也錢唐也曹娥也鏍女也章
貢也漢也湘也賀也左蠡也富良也瀾滄也皆
附於江者也至其支流小派北以河名而南以

江名者尚不可勝計也而淮界其中導南北之流而會之以入於海故謂之淮淮者滙也四瀆之尊淮居一焉淮之視江河漢大小懸絶而與之並列者以其界南北而别江河也

禹九河故道今傳其名尚有存者徒駭在滄州太史在南皮縣之北馬頰在東光縣界胡蘇在慶雲縣西南簡潔俱在南皮城外鈎盤在獻縣東南鬲津在慶雲又云在樂陵縣考之於書多與今不相合酈道元謂九河碣石皆淪於海此

蓋後世新河傳以舊名耳今又將併其新者而

湮塞之矣

滄州鹽山縣有艸兮城一名千童城相傳徐福

將童男女千人入海僑居於此但不知福當時

從天津入海耶從膠萊入海耶考始皇旣竝渤

海以東過黃腄窮成山登之罘立石瑯琊而後

遣徐市等入海其不由鹽山明甚後人以其近

海戲爲此名耳

南皮舊城一名石祟城祟故居遺址猶在其路

西有小阜則范丹宅也二人生同里閈乃一貧
一富大相懸絶如此此及異代之後荒丘衰草又
復同歸於盡丹未見不足而祟未見有餘也且
丹以廉得名而祟以財殺身所謂身名俱泰者
安在哉每一過之令人憮然

京師北三山大石窩水中産白石如玉專以供
大内及陵寢堦砌欄楯之用柔而易琢鏤爲龍
鳳芝草之形採盡復生昔人謂愚父所藏燕石
當卽此耶

三國時諺曰寧飲建業水不食武昌魚蓋謂建
業死不止武昌居晉當時形勝自是建業為上
游而文物之繁麗沃野之富饒又所不論也鍾
山龍蟠石城虎踞帝王之都諸葛武侯已稱之
矣但孫氏及晉宋不過百年宋齊梁陳為祚愈促
我　太祖定鼎創業將垂萬禩而再世之後竟見
復北遷豈王氣之有限耶抑亦是偏安之勢非
一統之規也
金陵規模稍狹鍾山太過而長江又太過前無

餘地覺無縣遠氣象其大略彷彿甚似閩中但閩又較偏一隅耳

金陵鍾山百里外望之紫氣浮動鬱鬱葱葱太祖孝陵在焉知王氣之未艾也又城中民居凡有小樓東北望無不見鍾山者其他四遠諸山重沓環抱劉禹錫詩山圍故國周遭在高季迪白下有山皆繞郭是也但有牛首一山背城而外向然使此山亦内繞則無復出氣不成都矣

建業之似閩中有三城中之山半截郭外一也大江數重環繞如帶二也四面諸山環拱會城三也金陵以三吳爲東門楚蜀爲西户閩中以吳越爲北門嶺表爲南府至於阻險自固金陵則藉水閩中則藉山若夫干戈擾攘之際金陵爲必争之地閩可畢世不被兵也

近人有謂金陵山形散而不聚江流去而不留非帝王都也其言固似太過但天下如人一身帝都不在元首亦當在胸今大一統之時金陵

在左腋下何以運四方乎天之北極人君之位
也必正中而近北則今日之燕京近之矣江左
六朝失淮以北則又建康爲上游且相承正朔
二百餘載矣何不可都之有
金陵南門名曰聚寶相傳洪武初沈萬三所築
也沈之富甲於江南　太祖令築東南諸城西
北者未就而沈工已竣矣　太祖屢欲殺之人
言其家有聚寶盆故能致富沈遂聲言以盆埋
城門下以鎮王氣故以名門云迤東有賽公橋

云沈造數橋自以爲能詡其子婦婦恚自出已財爲之其宏麗工緻又倍於沈故以賽公名也沈後以事編置雲南子孫仍富或言其有點化之術耳

金陵諸勝如鳳皇臺杏花村雨花臺皆一坏黃土耳惟攝山石灰牛首諸寺宏麗無恚城中之寺莫飭於瓦棺城外之寺莫雄於天界至於長干一望叢林相續金碧照目梵唄聒耳即西湖之繁華長安之壯麗未有以敵此者也

余承乏留都比部留都三法司省寺獨在太平門外左鍾山而右玄武湖出門太平堤逶迤二里許春花夏鳥秋月冬雪四時景光皆足娛人綏轡徐行晨入酉出嘯歌自足忘其署之冷也嗣是移官職方徙北水部衮衮馬頭塵匆匆駒隙影耳追思曩者閒心樂地詎可復得故今宦者謂留都爲仙吏而留都諸曹中司寇之屬尤爲神仙也然不可爲巧宦者道也

金陵有莫愁湖莫愁石城女子非石頭城也石

城在古爲復州郢中今之承天府是也且與襄陽估客同爲一事今人誤以爲石頭城故幷其湖而妄名之耳

雨花臺下一派沙土中常有五色石子狀如蘇翡青碧紅緑不等亦有極通明可愛者不減寶石也雨後行人往往拾得之豈當時天所雨花其精氣凝而爲石耶

牛首山寺窓中見塔影閉門則影從門罅入其影倒見尖反向門塔相去甚遠此理之不可曉

者何處無塔何處無窓隙而塔影未必入即入
而未必倒也
靈谷寺乃　太祖改葬寶誌之所規制甚麗中
殿無梁云猶是六朝所建也有琵琶谷拍手輙
鳴作琵琶聲寺原有松十萬株近爲僧衆所盜
以刀刻其皮一周無何則枯死輙報官而薪之
今所存不能十之一也
太祖於金陵建十六樓以處官伎曰來賓曰重
譯曰清江曰石城曰鶴鳴曰醉仙曰樂民曰集

賢曰謳歌曰鼓腹曰輕烟曰淡粉曰梅妍曰柳翠曰南市曰北市蓋當時縉紳通得用官伎如宋時事不惟見盛時文罔之疎亦足見昇平歡樂之象今時刑法日密吏治日操切而粉黛歌舞之輩亦幾無以自存非復盛時景象矣王百穀送王元美詩云最是傷心桃葉渡春來聞說雀堪羅語雖不典然實關於國家興衰之兆非浪語也

金陵秦淮一帶夾岸樓閣中流簫鼓日夜不絕

蓋其繁華佳麗自六朝以來已然矣杜牧詩云
商女不知亡國恨隔江猶唱後庭花夫國之興
亡豈關於遊人歌妓哉六朝以盤樂亡而東漢
以節義宋人以理學亦卒歸於亡耳但使國家
承平管絃之聲不絕亦足粧點太平良勝悲苦
呻吟之聲也
金陵街道極寬廣雖九軌可容近來生齒漸蕃
民居日密稍稍侵官道以爲廛肆此亦必然之
勢也天造草昧兵火之後餘地自多奕世承平

戶口數倍豈能於屋上架屋必蠶食而充拓之官府又何愛此無用之地而不令百姓之熙熙穰穰也近來一二爲政者苦欲復富時之故基民居官署槩欲拆毁使流離載道瓦礫極目不祥之兆莫大焉

姑蘇雖霸國之餘習山海之厚利然其人儇巧而俗侈靡不惟不可都亦不可居也士子習於周旋文飾俯仰應對嫺熟至不可耐而市井小人百虛一實舞文狙詐不事本業蓋視四方之

人皆以爲椎魯可笑而獨擅巧勝之名殊不知其巧者乃所以爲拙也

三吳賦稅之重甲於天下一縣可敵江北一大郡破家亡身者往往有之而閭閻不困者何也蓋其山海之利所入不貲而人之射利無微不析真所謂彌天之網竟野之罘獸盡於山魚窮於澤者矣其人亦生而辯晳即窮巷下傭無不能言語進退者亦其風氣使然也

洞庭西山出太湖石黑質白理高逾尋丈峰巒

竅穴騰有天然之致不脛而走四方其價佳者
百金劣亦不下十數金園池中必不可無之物
而吾閩中尤艱得之蓋阻於山嶺非海運不能
致耳崑山石類刻玉然不過二三尺而止案頭
物也靈壁石扣之有聲而佳者愈不可得宋葉
少林自言過靈壁得石四尺許以八百金市之
其貴亦甚矣今時靈壁無有高四尺者亦無有
八百金之石也
滇中大理石白黑分明大者七八尺作屏風價

有值百餘金者然大理之貴亦以其處遐荒至中原甚費力耳彭城山上有花斑石紋如竹葉甚佳而土人不知貴若取以爲几殊不俗也

吾閩玉華洞石似崑山而精瑩過之小者如拳大者二三尺許然多止一二面而其背蝕土者殊粗若得四面如一無粗石皮傳之其價亦不貲也

永安溪中出石多如懸崖倒覆之狀土人就其勢少加斲削置之庭前亦自奇絶高者五六尺

許但色枯而不吸水故不能生苔作綠沉色以此減價耳

閩中白沙溪北有溫泉焉地名湯院山上出石脆而易琢粗而滋水窟宅峰巒礧硊之奇不可名狀閩人園中常以此代太湖然太湖終見石質而湯院歲久苔滋草生蓊蔚其上竟可作小山矣

嶺南英石出英德縣峰巒聳秀巖竇分明無斧鑿痕有金石聲置之齋中亦一奇品但高大者

不可易致

金陵鳳凰臺上有奇石丈許相傳李太白物好事者又刻太白鳳凰臺詩於上蓋亦宋人墨蹟也楚陳玉叔官金陵舁以歸舟至采石大風浪作舟竟覆石沉焉豈謫仙之英魂不欲此石落他人之手耶亦異矣

李德裕云以吾平泉一草一石與人者非子孫也余謂富貴之家脩飾園沼必竭其物力招致四方之奇樹怪石窮極志願而後已其得之也

既難則其臨終之時必然留連眷戀而懼子孫之不能守也豈知子孫之賢不肖志趣迥別即千言萬語安能禁其不與人哉況富貴權力一旦屬之他人有欲不與人而不可得者其爲惑滋甚矣余治小圃不費難得之物每每山行遇道旁石有姿態者即覓人舁歸錯置卉竹間久而雜沓亦覺有郊坰間趣蓋不惟無財可辦亦使他日易於勅斷不作愛想也

趙南仲愛靈璧一石而命五百卒舁至臨安鄭

璠得象江六惟石而以六十萬錢輦歸縈陽勞民傷財至於此此極何惟艮嶽石綱終貽北狩也以此爲雅不敢謂然

山中石掘置池畔草間自與世間傳翫諸石氣色不同蓋深山之中受霧露日月之精不爲耳目之娛每至樹木茂密烟靄凝浮一種賞心非富貴俗子所可與也

酉陽雜俎載利州臨江寺石得之水中初才如拳置佛殿中石遂長不已經年重四十斤大凡

石在土中水中者皆能長但無如是之速耳余在閩山中見一石竇穴數尺中空有宋時人題詩上半截猶可讀下半截已爲外面所障其石一片而生非嵌就者故知石能長無疑也

嶺南有海石如羊肚大者七八尺然無色澤不足貴閩有浮石亦類羊肚而敗絮其中置之水中則浮以語它鄉人未必信也

零陵石燕相傳能飛飛即風雨唐詩石燕拂雲晴亦雨是也然是石質斷無能飛之理謝鴻云

向在鄉中山寺爲學見高巖上石有如燕狀者因以筆記之石爲烈日所暴忽有驟雨過石即衝起往往墜地蓋寒熱相激而迸落非眞能飛也此言足破千古之疑矣山東有陽起石煆爲粉着紙上日中暴熱便能飛起蓋此石爲陽精相感之理固宜爾也其石入藥能壯陽道

管子曰齊之水道躁而復故其民貪麤而好勇楚之水淖弱而清故其民輕果而賊越之水重濁而洎故其民愚疾而垢秦之水泔最而稽淤

滯而雜故其民貪戾罔而好事齊晉之水枯旱而
運淤滯而雜故其民諂諛葆詐巧佞而好利
燕之水萃下而弱沈滯而雜故其民愚戇而好
貞輕疾而易死宋之水輕勁而清故其民閒易
而好正是之於人亦不甚然矣大抵江北之水
汎激而獷故其人重而悍江南之水柔紆而洌
故其人緩而巧至於五方之變亦不能有盡符
者人不受命於物也
輕水之人多禿與癭重水之人多尰與躄甘水

之人多好與美辛水之人多疽與痤苦水之人多尩與傴余行天下見溪水之人多清鹹水之人多戇險水之人多癭苦水之人多痞甘水之人多壽滕嶧南陽易州之人飲山水者無不患癭惟自鑿井飲則無患山東東兖沿海諸州縣井泉皆苦其地多鹻飲之久則患痞惟不食麵及飲河水則無患此不可不知也

余在東郡久東郡近郭諸泉皆苦衙齋中至無一草一木即折楊柳種之亦皆不活所謂不毛

之地也每雨過日曬土花矗起如白鹽者無數
市上麵餅皆苦水所發食之即飲井泉無不生
瘖矣彼中嬰兒殤於此者十常五六而南方人
尤不慣此動罹其禍不可救藥也
易州湖州之鏡阿井之膠成都之錦青州之白
丸子皆以水勝耳至於婦人女子尤關於水蓋
天地之陰氣所凝結也燕趙江漢之女若耶洛
浦之姝古稱絕色必配之以水豈其性固亦有
相宜不聞山中之產佳麗也吾閩建安一派溪

源自武夷九曲來一瀉千里清可以鑒而建陽士女莫不白晳輕盈即輿儓下賤無有蠢濁肥黑者豈非山水之故耶

劉伯芻之論水以揚子中泠爲第一次之慧山虎丘丹陽大明淞江淮水爲七陸竟陵之品泉則以康王谷爲第一次之濂水慧山蘭溪以至於雪水凡二十而揚子中泠屈居第七矣此果銖稱尺量不易之論耶而所品之外天下又果無泉可以勝此者耶吾以爲二子之論但據生

平耳目之所及者而品第之耳天下中川一百三十有五小川一千二百五十有一水泉三億三萬三千五百一十有九而遐荒絶域者不與焉今以一人之聞見意識遂欲遍第天下之水何異井蛙管豹之見也

茶經云水品山水爲上江水次之井水爲下此自是定論然山水須乳泉緩流者又須近人村落者若深山窮谷之中恐有瘴霧毒蛇不利於人卽無毒者亦能令人發瘧蓋其氣味與五臟

不相習也奔湍急瀨久飲能令人瘿井水亦有
絶佳者不亞山泉大約江水以甘勝井水以洌
勝山水則兼甘與洌而有之者也
閩地近海井泉多鹹人家惟用雨水烹茶蓋取
其易致而不臭腐然須梅雨者佳江北之雨水
不堪用者屋瓦多糞土也
以余耳目所及之泉若中泠錫山等泉人所共
賞者不載若濟南之趵突泉臨淄之孝婦泉青
州之范公泉吳興之半月泉碧浪湖水杭州西

湖龍井水新安天都之九龍潭水鉛山之石井寺水觀音洞水武夷之珠簾泉太姥之龍井水支提之龍潭水閩中鼓山之喝水巖泉冶山之龍腰水東山之聖泉金陵蔣山之八功德泉攝山之珍珠泉皆甘冽異常其宅難以枚舉但在窮鄉遐僻無人賞鑑耳

客中若遇無甘泉去處但以苦水烹之數沸後澄至冷去其泥滓復烹之即甘矣此亦古人煉炭之法也北方每霪雨時取棐几滑淨者於壺

中盛倒入甕中亦與南方雨水氣味無別也
人生飯麤糲衣氈毼皆可耐惟無水烹茶殊不可耐無山水即江水無雨水即河水但不苦鹹即不失正味矣氷水雖寒不堪烹者不淨也雪水易腐雨水藏久即生孑孓飲之有河魚之疾而閩人重之葢不甚別茶也
凡出師遇深山無泉之處掘井一二丈不得水者可束蘊火薰之而密覆其上火烟不得出必尋泉脉隙處潛通即它山數里外泉皆能引而

致之烟通則泉流矣

凡古坑有水處曰膽水無水處曰膽土膽水可以浸銅膽土可以煎銅

天下泉有一勺而不枯不溢者夫不枯易耳其不溢也何故此理之不可曉者余在蔣山見一人泉僅盛椀許吸盡復出閩雪峰有應潮泉亦僅如盌東山聖泉可尺許松根環之千年如一日也然此數者猶泉脉在地中不可見也鼓山鳳尾亭泉初瀉巖下後爲禪晏喝從山背而下

承一石池方廣不逾七尺水終日奔注其中而不見其溢也愈令人不可解矣

溫泉江北惟驪山沂州有之江南黃山招州有之至吾閩中則多矣吾郡城内外溫泉共十五處而其一在湯門外最小而極熱土人呼爲殺狗泉蓋盜狗者常於此治之也晦翁注論語謂魯有溫泉理或然也然晦翁未至魯豈不習閩乎而乃以理斷之何也

大凡溫泉之發源其下必有朱砂或琉黃礜石

蓋天地至陽之精所結也閩中諸泉皆作琉黃氣甚者薰人不可耐人有疥者浴之輒愈竹木浸一宿則終不蠹蓋琉黃能殺諸蟲也華清宮余未之見然李賀詩有華清宮中礜石湯之句其爲礜石無疑矣黄山下者萬曆戊戌秋曾與同志諸子共浴其中方廣丈許上有石屋覆之其底皆白沙沙熱足不能久住所浴垢膩自流於外都不煩人力也亦無琉黃氣相傳朱砂在其下一日有樵子早過之見泉水赤如血砂片

若桃花者浮滿水面驚怪歸以語人翌日鄰里競往視之則無所見矣浴久令人骨節怠緩不收蓋居深山中去城市僻遠非若闤中之穢雜也

淄澠之合易牙嘗而知之李德裕知石頭城下水非金山泉陸羽知揚子江臨岸水非南泠蒲元知涪水與江水之雜皆神鑒也竊怪水之投水自當混而爲一乃揚杓傾盆至半知其自此始爲南泠豈眞有限界而不亂耶吾郡海水通

河河淡而海鹹隨潮上下二水之魚交入輒死迺知水自不混但恐交接之處不能截然耳

登州海上有蜃氣時結爲樓臺謂之海市余謂此海氣非蜃氣也大凡海水之精多結而成形散而成光凡海中之物得其氣久者皆能變幻不獨蜃也余家海濱每秋月極明水天一色萬頃無波海中蚌蛤車螯之屬大者如斗吐珠與月光相射倏忽吐成城市樓閣截流而渡杳杳至不可見方沒海濱之人亦習以爲常不知異

也至於蛑蝤蚶蠣之屬積殼厨下暗中皆生光
尺許就視之熒熒然其爲海水之氣無疑矣
宋時巨室治園作假山多用雄黄焰硝和土築
之蓋雄黄能辟虺蛇焰硝能生烟霧每陰雨之
候雲氣浡鬱如眞山矣
假山之戲當在江北無山之所裝點一二以當
卧遊若在南方出門皆眞山眞水隨意所擇築
蒐裒而老馬或映古木或對奇峰或俯清流或
踞磐石主客之景皆佳四時之賞不絶即善繪

者不能圖其一二又何疊石累土之工所敢望乎

假山須用山石大小高下隨宜布置不可斧鑿蓋石去其皮便枯槁不復潤澤生莓苔也太湖錦川雖不可無但可粧點一二耳若純是難得奇品終覺粉飾太勝無復丘壑天然之致矣余每見人園池踞名山之勝必壅蔽以亭榭粧砌以文石繚繞以曲房堆疊以尖峰甚至猥聯惡額累累相望徒滋勝地之不幸貽山靈之嘔噦

耳此非江南之賈豎必江北之閹宦也

西京雜記載茂陵富人袁廣漢築園四五里激流水注其內搆石爲山高十餘丈此假山之始也然石初不甚擇至宋宣和時朱勔童貫以花石娛人主意如靈璧一石高至二十餘丈周圍稱是千夫舁之不動艮嶽一石高四十餘丈封爲盤固侯石自此重矣李文叔洛陽名園記十有九所始於富鄭公而終於呂文穆其中多言花木池臺之盛而其所謂山如王開府宅水北

胡氏一園者皆據嵩少北邙之麓以爲勝則知時未尚假山也自宣和作俑而後人爭効之然北人目未見山而不知作南人會眞山而僞爲之其蔽甚矣

吳中假山土石畢具之外倩一妙手作之及舁築之費非千金不可然在作者工拙何如工者事事有致景不重疊石不反背疎密得宜高下合作人工之中不失天然偪側之地又含野意勿瑣碎而可厭勿整齊而近俗勿誇多鬬麗勿

大巧喪眞令人終歲游息而不厭斯得之矣大率石易得水難得古木大樹尤難得也

王氏弇州園石高者三丈許至毁城門而入然亦近於淫矣洛陽名園以苗帥者爲第一據稱大樹百尺對峙望之如山竹萬餘竿有水東來可浮十石舟有大松七水環繞之卽此數語勝槩已自壓天下矣乃知古人刱造皆極天然之致非若今富貴家但鬬鉅麗已也

紈袴大賈非無臺沼之樂而不傳於世者不足

傳也拘儒俗吏極意脩飾以自娛奉而中多可憎者胸無丘壑也文人墨士有魚鳥之致山林之賞而家徒四壁貧不可爲悅也窮鄉瀉壤沙塞陋域空藏白鏹而無一竹一石可供吟嘯者地限之也幸而兼此四者所得於造物侈矣而猶然逐於聲利耽於仕進生行死歸它人入室不亦可歎之甚哉

唐裴晉公湖園宏邃勝槩甲於天下司馬溫公獨樂園卑小不過十數椽然當其功成名遂快

然自適則晉公未始有餘而溫公未始不足也况以晉公之勳業當時文人已有破盡千家作一池之誚而溫公之園亦儼然與洛中諸名園並列而無慙色乃知傳世之具在彼不在此苟可以自適而止矣不必更求羸餘也

吾閩窮民有以淘沙爲業者每得小石有峰巒巖穴者悉置庭中久之甃土爲池壘蠣房爲山置石其上作武夷九曲之勢三十六峰森列相向而書晦翁櫂歌於上字如蠅頭池如杯盤山

如筆架水環其中蜆螄爲之舟瑑瓦爲之橋殊肖也余謂仙人在雲中下視武夷不過如此以一賤傭乃能匠心經營以娛耳目若此其胸中丘壑不當勝紈袴子十倍耶

名園記水北胡氏園其名皆可笑如其臺四望百餘里縈伊繚洛雲烟掩映使畫工極思不可圖畫而名之曰玩月臺有庵在松檜藤葛之中闢旁牖則臺之所見亦畢備於前而名之曰學古庵乃知此失古人已有之但不如今人之多

耳今人之鼠額又非甚不通者但俗惡耳入門
曲徑逶迤指城市山林臨池水檻必曰天光雲影
濠濮相思多見魚塘水竹居必施狗塒日涉市隱
廬舍見園名環翠秀雲皆爲樓額至於俗聯尤不
可耐嘗借咸陽一炬了之耳此失聞與多江右
穴之異中差小
余在德州曾尚寶園見木假山一座巖洞峰巒
皆木頭壘成不用片石杯土也余奇而賞之爲
再引滿因笑謂貴君藏久而朽余何答曰此土

中之根非百年不朽也吾園能保百年乎余更賞其達時萬曆壬寅元日也

魏武帝於鄴城西北築三臺中名銅雀南名金虎北名氷井皆高八九丈有屋百餘間今人但知有銅雀而不知更有二臺也

萬曆癸丑四月望日與崔徵仲孝廉登張秋之戊巳山酒間徵以支干命名者徵仲言有子午谷丁戊山二酉室余言秦有子午臺見拾遺記楚有丙穴漢有戊巳校尉又有庚辛之枋甲乙

之帳丙舍子夜甲第辛盤徵仲言有屈戊午道
白丁壬人金言尚有乙榜及呼庚癸者時徵仲
下第貧乏之大笑而已歸途馬上思唐詩有午橋
羣吏散亥字老人迎亦可補一闕也
濮州有愁臺陳思王故址也長安有訟臺韋庚
人所作也楚有思臺樊姬墓也漢有望思臺武
帝爲戾太子作也有靈夢臺爲李夫人作也周
有謻臺景王作也謻之爲言離也此皆以情名
者也

帝王苑囿臺觀之樂誠不能無蓋自土堦茅茨
不可復得而靈臺靈囿文王之聖已不廢矣如
唐太宗之九成宮明皇之驪山温泉此其樂在
山川者也宋高宗疊石以像飛來激水以爲冷
泉此其樂在工巧者也宣和艮嶽窮極人間恠
木奇石珍禽異獸深秋中夜凄凉之聲四徹此
其樂在玩物者也始皇阿房千萬間武帝上林
苑中離宫七十所煬帝西苑三百里此其樂在
宏麗者也東昏爲芳樂苑當暑種樹朝種夕死

細草名花至便焦爍紛紜無巳山石皆塗采色諸樓壁悉畫男女私褻之像其殺風景甚矣此其所以爲東昏也

縉紳喜治第宅亦是一蔽當其壯年歷仕或鞅掌王事或家計未立行樂之光景皆已蹉跎過盡及其官罷年衰囊橐滿盈然後窮極土木廣侈華麗以明得志曾幾何時而溘先朝露矣余鄉一先達起家鄉薦官至太守貲累巨萬家居繕治第宅甲於一郡材具工匠皆越數百里外

致之甫落成而身死妻亦死子女爭奪肉未寒
而券入他人之手矣每語子弟可爲永鑒也
郭汾陽治第謂工人曰好築此墻勿令不牢築
者擲鍾而對曰數十年來京城達官家墻皆是
某所築今某死某亡某敗某絶人自改換墻固
無恙令公聞之惕然動心即日請老噫賢哉工
人之言達哉令公之見也
精巧愈甚則失埶之日人之瞰之也愈急是速
其敗也價值愈高則貧乏之日人之市之也愈

難是益其累也況致富之家多不以道子孫速敗自是常理冷眼旁觀可爲嘆息

宋王君貺拜三司方二十七歲即在洛起宅至八十歲而宅終不成子舍早世惟一孫居之不能十分之一富鄭公亦起大宅而無子族子紹定居之而紹定又無子二公皆宋名臣而不能勘破此關況今世哉

古人觀室者周其寢廟又適其偃焉偃者厠也厠雖穢濁之所而古人重之今大江以北人家

不復作廁矣古之人君便必如廁如晉景公如廁陷而卒漢武帝如廁見衛青北齊文宣令宰相楊愔進廁籌非如今淨器之便也但江南作廁皆以與農夫交易江北無水田故糞無所用俟其地上乾然後和土以溉田京師則停溝中俟春而後發之暴日中其穢氣不可近人暴觸之輒病又何如奏廁之便乎

武帝如廁見衛青解者必曲爲之說此殊可笑史之記此政甚言帝之慢大臣以見其敬黯耳

若非溷廁史何必書衛青公主馬前奴也官雖尊貴帝狎之久矣文宣令宰相進廁籌武帝之如廁見大將軍亦何足怪唐郭汾陽將校官至節度使封侯皆趨走執役於前夫人小女至令捧湯持帨則帝之如廁見青固狎愛之至而亦青之所以自全也

石崇廁上有絳紗帳大牀茵蓐甚麗兩婢持香囊則帝王之廁可知豈比窮措大糞穢狼藉蛆蝇縱橫者而不可屈大將軍一見乎

閤與閣世人多混用之閣夾室也以板爲之亦樓觀之通名也內則天子之閣左達五右達五蓋古人制此以庋飲食之所卽今房中之板閣而後乃廣其制爲天祿凌烟等名或以藏書或以繪像或以爲登眺遊覽之所此樓閣之閣也閤者門旁小户也漢公孫弘開東閤以延賢人蓋避當門而東向開一小門引賓客以別於官屬卽今官署脚門旁有延賓舘是也韓延壽爲太守閉閤思過卽如今閉脚門不聽官屬入耳

唐正衙日喚仗入閤則百官亦隨以入謂之入
閤蓋中門不啓而開脚門也然則夾室謂之閤
傍門為之閤義自昭然漢三公黄閤注不敢洞
開朱門以別於人主故黄其閤今　國家設文
淵閣藏書而大學士主之故謂之閣老若以黄
閤東閤之義言之亦可謂之閤老耳
爾雅小閨謂之閤閨即門也故金門亦謂金閨
處子謂之閨女以其處門内也今人閨閤槩作
閨閣至以　朝廷東閣亦巍然揭東閣之額而

不覺其非蓋黄閣老子美詩已誤用之矣今若稱閣下爲閣下舉世有不笑之者耶

紫微原爲帝星以其政事之所從出故中書省亦謂之紫微而舍人爲紫微郎白樂天紫薇花對紫微郎者以其音之偶同戲用之耳今各處藩省多揭紫薇爲堂名而忝知署額多稱薇省分署者習而不覺其非也

古者官舍槩謂之省寺漢書何竝傳王林卿虔涇橋令騎奴還至寺門拔刀剥其建鼓唐制中

書兩府謂之三省宋惟有中書省　國朝去中
書而外藩司原有行省之設故俗謂之十三省
云寺則一二九卿如大理光禄之類蓋亦仍其
舊稱而佛宮槩謂之寺矣相傳起於漢明帝崇
重佛教化比於公卿之爵故以寺名其居今則
非　勅賜者不得稱也
孟子德之流行速於置郵而傳命注置驛也郵
馹也所以傳命也今人驛與馹多通用而不知
其異也按馬傳曰置步傳曰郵置者驛馬也郵

者鋪遞也既言置又言郵蓋亦當時俗語如今言驛鋪也至廣雅觧云置驛也郵亦驛也則誤以馹爲驛也

古者乘傳皆驛車也史記田横與客二人乘傳詣雒陽注四馬高足爲置傳四馬中足爲馳傳四馬下足爲乘傳然鄭子產乘遽而至則似單馬騎矣釋文以車曰傳以馬曰遽子產時相鄭國豈乏車乎懼不及故乘遽其爲驛馬無疑矣漢初尚乘傳車如鄭當時王溫舒皆私具驛馬

後患其不速一縣乘馬矣

閩中方言家中小巷謂之弄南史東昏侯遇弑於西弄弄即巷也元經世大典謂之火衖今京師訛爲衚衕

佛典一弓爲四肘五百弓爲一拘盧舍王荆公詩肘占寬間五百弓五百弓四里也今閩中量田尚用弓云四步爲一弓而它處人無知之者此亦古法之遺也又佛地以二畝爲雙皇華老人詩招客先開四十雙是也而今絶無知者

詩及爾同僚左傳同官曰寮注寮小窗也蓋取
同舍之義然古僚通作寮書百僚師師僚之爲
言臣也釋文僚賤隸之稱左傳泉丘人女奔孟
僖子其僚從之則僚不過朋儕之義故其字從
人寮聲詩之所謂同僚者恐亦如是後人見其
從室遂引僧寮綺寮之義以證之不知同寮可
作同僚而僧寮不可作僧僚也

歲時記務本坊西門有鬼市冬夜嘗聞賣乾柴
聲是鬼自爲市也番禺雜記海邊時有鬼市半

夜而合雞鳴而散人與交易多得異物又濟瀆
廟神嘗與人交易以契券投池中金輙如數浮
出牛馬百物皆可假借趙州廉頗墓亦然是鬼
與人市也秦始皇作地市令生人不得欺死人
是人與鬼市也
嶺南之市謂之虛言滿時少虛時多也西蜀謂
之亥亥者痎也痎者瘧也言間日一作也山東
人謂之集每集則百貨俱陳四遠競湊大至騾
馬牛羊奴婢妻子小至斗粟尺布必於其日聚

馬謂之趕集嶺南謂之趂虛而嶺南多婦人爲
市又一奇也京師朔望及二十五俱於城隍廟
爲市它時散處各方而至此日皆合爲一市者
亦甚便之而京師間有異物奇寶郎曹入直之
暇下馬巡行冠帶相錯不禁也初四四十四二十
四等日則於東皇城之北有集謂之內市多是
內人鸁餘之物不及廟中之多也至每年正月
十一日起至十八日止則在東華門外迤邐極
東陳設十餘里謂之燈市凡天下瑰奇鉅麗之

觀畢集於是視廟中又盛矣

燈市雖無所不有然其大端有二一紈素珠玉多宜於婦人一也華麗妝飾多宜於貴戚二一也舍是則猥雜器用飲食與假古銅器耳余在燕都四度燈市日日遊戲欲覓一古書古畫竟不可得眞所謂入寶山而空手却回良以自笑也

左傳曰都鄙有章都城郭也鄙鄉村也故都訓美鄙訓俗淮南子曰始乎都者常卒乎鄙亦猶朝市之分君子小人也

五雜組卷之三　終

五雜組卷之四

吳航寶樹堂藏板

陳留謝肇淛著

地部二

蜀江油有左擔道爲其道至險擔其左者不得易至右也漢書西南夷傳滇池秦時嘗破畧通五尺道謂其險阨纔五尺也西域傳烏秅國其西則有縣度謂懸繩而度也今天下莫險於棧道然直指使者行部肩輿安穩豈復王陽迴馭時乎

閩中自浙之江山入度仙霞嶺亦自險絶北人
度汗津津下矣余巳丑夏下第適天欲雨瞑雲
四合與徐惟和自絶頂直趨至平地而後雨作
要其險豈能敵白鶴嶺之半乎若登山遊眺險
尚有什百於此者韓昌黎慟哭不足爲奇也
平生遊山所歴當以方廣巖靈羊谷爲第一險
仰倚絶壁下臨無際既無藤葛可攀途僅尺許
而又外傾且爲水簾所噴崎嶇苔滑就其傍睨
之膽巳落矣余與諸友奴僕六七人僅一小奴

過之然幾不能返面無人色矣武夷折笴余少時登之殊不爲意蓋梯幹甚偉險處又有鐵組可攀自不至失足耳但既過險龍脊上甚難行亦强弩之末埶也

華山余未之登讀王恒叔遊記知其險甲於諸岳亦在龍脊上難行耳天台石梁不過獨木橋之類人自氣慴耳無崩朽之虞也閩鼓山白雲洞石磴七百級望之如登天然不過苦諸縉紳公子體脂骨弱者耳許掾得此自當無苦也

新安黄山深處由石牌樓達海子有積沙岸丈許人疾過之則濟少駐足沙便崩余不敢度也潘景升笑而踐之行二三步而崩大呼求救土人掖之以還面如死灰云余笑謂不爾幾作羸政崩沙丘矣友人王玉生過靈羊谷亦然歸家病幾一月如此奇僻可作昌黎後身然食肉不食馬肝未爲不知味也

余遊四方名山無險不届並未失足壬子秋過呂亭驛一板橋去地二丈餘中道而折四輿人

及余皆殖地其不爲虀粉者以下皆積沙也始知人不隤於山而隤於垤禍每生於所忽也

南昌滕王閣序旣云星分翼軫又云龍光射斗牛之墟翼軫斗牛相距甚遠必有一謬

荆州黃牛峽下有査波灘宋寇萊公謫巴東舟經此灘聞水中人語出視之見一裸體者爲之挽舟公叱之曰我黃魔神也公異日當大用故爲公挽舟耳但裸體不敢相見公以錦袄投之神卽披袄再拜冉冉而去

夷陵龍角山有石穴窅黑無際其中有二巨石相對而立中間丈許名陰陽石陰石常濕陽石常燥每水旱不調居民具儀從入穴中旱則鞭陰石潦則鞭陽石無不應時而止但鞭者不出三年必死故人不敢爲也

松滋縣南九十里有竹泉宋政和初有僧浚井得竹筆後黄庭堅謫黔過之視筆曰此吾過峽中蝦蟇背所墜也後其筆忽成竹始知此泉與峽水通也

荆州濟江西岸有地胏洪潦常浮不沒其狀若
胏馬故名駱賓王吸金丹於地胏即此也或云
終南山亦曰地胏一云太一山
山海經鯀竊帝之息壤以湮洪水今江陵南門
有息壤祠云息壤石也而狀若城郭唐元和中
裴宇牧荆州陰雨彌句不止有道士歐陽獻謂
宇曰公曾得一石室乎瘞之則雨止矣宇驚曰
有之但已棄衍籬外矣覓而瘞之雨即止後人
有發之者輙致淋雨蘇軾序云今江陵南門外

有石狀若宅陷地中而猶見其脊旁有石記云不可犯畚鍤以致雷雨後失其處萬曆壬午新築南門城乃復得而瘞之置祠其上

匡續字子孝周武王時人廬於潯陽山中後威烈王以安車迎續續仙去惟廬存故命其山爲廬山亦曰匡山也

黄州東百里有孔子山相傳孔子適楚嘗登此山上有坐石草木不侵有硯石每雨輒有墨水流出

汴有老圃紀姓者一鉏庇三十口病篤呼子孫戒曰此二十畝地便是青銅海也此與古畊研田何異

洞天福地記所言里數多誕如云泰山周迴三千里霍林洞天亦三千里之類今計其地才百分之一耳或以列眞所居分治之域論耶其説殆不可曉

杜少陵文九天之雲下垂四海之水皆立坡詩天外黑風吹海立余從祖司農公杰以大行奉

使過海中流有龍見焉倒垂雲際距水尚百許丈而水湧起如炊烟直與相接人見之歷歷可辨也始信水立之語非妄

正德中順天文安縣水忽僵立是日天大寒遂凍爲冰柱高五六丈四圍亦如之中空而旁有穴凝結甚固逾數日流賊劉六劉七等殺掠過此民大小老弱相率入冰穴中避之賴以全活者甚衆此亦古今所未見之異也

金陵鍾山有八功德水相傳梁天監中胡僧曇

隱所發也其泉一清二冷三香四柔五甘六淨
七不饐八蠲痾故名八功德
七發云觀濤於廣陵之曲江廣陵今揚州也揚
州之濤殊不足觀漢時吳越錢唐皆屬揚州或
者曲江之濤即指西陵之潮耳況廣陵之江一
望而盡非曲江也
成都有天涯海角二石天涯石在中興寺故老
傳云人坐其上則脚腫不能行至今人不敢踐
履地角石在羅城內西北隅角高三尺餘舊有

廟王均之亂爲守門者所壞今不復存矣
劉驎之採藥至衡山深入忘返見有一澗水水
南有二石囷一囷閉一囷開水深廣不得過欲
還失道偶伐弓人問徑僅得還家或說囷中皆
仙靈方藥諸雜物驎之欲更尋索終不知處也
此與王烈嵇叔夜事相類名山洞府信有之
宋崇寧中鑄九鼎用金甚厚取九州水土內鼎
中既奉安於九成宮車駕臨幸徧禮焉至北方
之寶鼎忽漏水溢於外劉炳謬曰正北在燕山

今寶鼎但取水土於雄州境宜不可用其後竟以北方致亂

建炎二年吉州脩城役夫得髑髏棄水中俄浮一鐘有銘五十六字云唐興元年吾子沒瘞廬陵西壘後當火德五九之際世衰道敗浙梁相繼喪亂章貢康昌之日吾亦復出是邦東平嶋工復使吾子同河伯聽命水官郡守命錄其詞錄畢而鐘自碎

張唐英謂姚𡺸乃與洛水進赤石者同等楊用

脩引唐語林武后時爭獻祥瑞洛濱居民有得
石而剖之中赤者獻於后曰是石有赤心李日
知曰此石有赤心其餘豈皆謀反耶唐英所引
蓋此事語林罕傳人亦鮮知余按此事載唐書
李昭德傳中甚明固非語林亦非李日知事也
余髫時讀史即知有此用脩乃以爲新聞耶
濟南有二奇焉趵突泉從地中涌起六七尺者
數處冬夏不竭流而成河華不注山亦從地中
突起傍無丘陵縣亘遠望之若浮圖焉其上亂

石縱橫如人工所堆疊皆奇觀也
嶧山多石黝黑色從下望之簇簇如筍然山徑皆緣石行或俛出其下石之下皆沙也石附沙以自固久之沙爲風雨摧剝漸盡窟穴競開石亦不能自立常有自山巔隕至田中者譬之米中雞子米盡則歷矣葉福唐相君爲南宗伯時游此政值石墜滾至前僅丈餘而止稍進則虀粉矣此亦游者所當戒也
秦始皇泰山立無字碑解者紛紜不定或以爲

碑函或以爲鎮石或以爲欲刻而未成或以爲表望皆臆說也余親至其地周環逡視以爲表望者近是蓋其石雖高大而厚與凡碑等必非函也此石既非山中所産又非尋常勒字之石上有芝蓋下有趺坐儼然成具其非未刻之石也考之史記始皇以二十八年上泰山立石封祠祀下風雨暴至休於樹下因封其樹爲五大夫禪梁父刻所立石其辭云云則泰山之石已刻矣今元君祠旁公署中尚有斷碑二十九字此

疑即所刻之石也然則片石之樹其巔為祠祀表望明矣

泰山之稱雄於江北亦無佛處稱尊耳齊魯之地曠野千里岡陵丘阜詫以為奇而岱宗巍然障大海而控中原其氣象雄偉莫之與京固宜為羣岳之宗也又岱為東方主發生之地故祈嗣者必禱於是而其後乃傅會為碧霞元君之神以誑愚俗故古之祠泰山者為嶽也而今之祠泰山者為元君也嶽不能自有其尊而令它

姓女主儼然據其上而奔走四方之人其倒置亦甚矣

有死而後有生故泰山之有蒿里山也酆都城也十王殿也皆爲受生而設也余竊以爲東方主生西方主殺各有司存豈宜並用酆都業在西方則受死之籍當歸金天華嶽雖相去萬里而造化視之不過左右手耳愚民貪生而又畏死故祝延者與求倘者香火相望要之生可祈也死亦可祈也死不可免也則生亦不必禱也

況不知寡欲而求生子不知行善而求延年民之大惑也

藏經云泰山爲天帝之孫爲五岳祖主掌人間生死脩短此俗說之鼻祖也然天帝豈應有孫不過以東方震旦之地有帝出乎震之說而附會之耳

渡江以北齊晉燕秦楚洛諸民無不往泰山進香者其齋戒盛服虔心一志不約而同即村婦山甿皆持齋念佛若臨之在上者云稍有不潔

即有疾病及顛蹶之患及禱祠以畢下山舍逆旅則居停親識皆爲開齋宰殺狼藉醉舞喧呶孌童歌倡無不狎矣夫既不能脩善於平日而又不能敬謹於事後則其持戒念佛不過以欺神明耳曾謂泰山不如林放乎

均州之太和山萬方士女駢闐輻輳不減泰山然多閩浙江右嶺蜀諸人與元君雄視無異南北朝矣而均州諸黄冠千數放縱無忌此則岱宗所無也

武當元君二祠　國家歲籍其香錢常數萬緡
官入之以給諸司俸祿不獨從民之便而亦藉
神之貺矣然官吏餼廩自當有惟正之供取足
於此似爲不經所當入之本州以爲往來廚傳
之費免加派之丁糧則善矣今泰山四九二月
之終藩省輒遣一正官至殿中親自檢閱籍登
其數從者二人出入搜索如防盜然謂之掃殿
而袍帳化生俚褻之物皆折作官俸殊不雅也
武當亦然

齊雲僻處萬山之中故進香者少所入則黃冠
橐中物耳其軒轄供應之費亦道官主之故邑
人差不累也然齊雲實無奇奇者天門與石橋
巖耳而遊者又多未之及也
遊山不藉仕宦則廚傳輿儓之費無所出而仕
宦遊山又極不便侍從既多不得自如一也供
億既繁彼此不安二也呵殿之聲既殺風景冠
裳之體復難袒跣三也輿人從者憚於遠涉羽
士僧衆但欲速了嶮巇之道恐畀夫之譁語奇

絶之景懼後來之開端相率導引於常所經行而止至於妙蹤勝賞十不能得其一二也故遊山者須藉同調地主或要丘壑高僧策杖扶藜惟意所適一境在旁勿便錯過一步未了莫憚向前寧緩毋速寧困無逸寧到頭而無所得毋中道而生厭怠攜友勿太多多則意趣不同資糧勿太慳慳則意興中敗勤幹見解之奴常鼓其勇富厚好事之主時借其力勿借酒人勿攜孱伴每到境界切須領略時置筆硯以備遺忘

此遊山之大都也

天下丘壑無如閩中之多者卽生長其中不能盡識也聞粤西山水之奇甲於宇内每問其土人云出門皆山而山皆洞委蛇屈曲里許者不可數計也吾閩城内外諸山皆有之但無好事者搜剔之耳

山川須生得其地若在窮鄉僻壤輪蹄絶跡之處埋沒不稱者多矣如姑蘇之虎丘鄒之大嶧培塿何足言而地當舟車之會遂令遊詠讚賞

千載不絕豈非有幸不幸耶

山莫高於峨眉莫秀於天都莫險於太華莫大於終南莫奇於金山華不注莫巧於武夷其宅鴈行而已峨眉之巔有積雪武夷半壁有仙舟華不注地中崛起天都面面蓮花苟不親見以語人未必信也

鴈蕩瀑布無聲故自奇絕閩中水簾數處皆無聲其黃巖腰凹而水噴空則爲水簾自不能奔號也水簾奇於瀑布吾閩四山皆瀑也而黃巖峰

瀑布數百里外皆望見如疋練焉余又在黃山見九龍潭水從絕頂分爲三而下至半腰合流又三分之如是者三始至地望之如雜佩然亦一奇也

峨眉雖六月必具單夾絮衣而登其下猶炎暑也至半山則御夾衣絕頂則着絮矣過十月則不可登道爲雪封且寒甚也其山本以兩峰相對如蛾眉然故名蛾字當從虫不當從山也

峨眉之巔四望無與頡頏者惟正東有一點青

色如烟相傳匡廬山也然廬山未必便高於諸岳又况九江地下卽高不能敵西北方也西北地勢視東南已高與山齊矣此非臆說也山東濟寧分水閘北距臨淸僅三百七十里地高九十尺南距徐州僅四百里地高一百一有六尺以川江之勢度之其建瓴之勢一日千里豈直千仞而已哉

吾閩俗謂延平之水高與鼓山平然未有以試也萬曆巳酉夏大水驟至城中漲溢水從南門

出高一二丈許門闕僅露一抹如蛾眉然余居距
門百餘武庭中水僅四五尺東折至鼇峰下則
無水矣相距半里許而地形高下已踰一二丈尋
常行路殊不爲覺始信人言不誣也昔人謂桂
林之壤視長沙番禺高千尺理固然耳
水固常有鬬者春秋書穀洛鬬毀王宮竹書紀
年載洛伯用與河伯馮夷鬬竹書或誕妄不經
春秋聖人之筆不可誣也宋史五行志載高宗
紹興十四年樂平縣河決衝田數百頃田中水

自起立如爲物所吸者高地數尺不假隄防而水自行里南程家井水亦高數尺夭矯如虹聲若雷霆穿墻毀樓而出二水鬭於杉墩且前且部十餘刻乃解各復其故說海紀貴州普定衛有二水一日滚塘寨一日鬧蛙池相近前後吳人從軍至此夜聞水聲搏激既而其響益大居人開户視之波濤噴面不可逼近坐以伺旦及明聲息二水一涸一溢人以爲水鬭此亦古今所有不足異也按紀年所紀洛伯河伯乃二諸侯也而後世傳會之遂以馮夷

爲河伯之名
并識於此

天下海潮之來皆以漸次余家海濱每乘潮汐渡馬江舟中初不覺也鹽官潮來則稍拍岸激石成聲與長溪松山下潮相似惟錢唐則不然初望之一片青氣稍近則茫茫白色其聲如雷其勢如山吼擲狂奔一瞬至岸如崩山倒屋之狀三躍而定則横江千里水天一色矣近岸一帶人居潮至浪花直噴屋上簷溜倒傾若驟雨然初觀之亦令人心悸其景界甚似扁舟犯怒

漲下黯淡灘時也

海中波浪人所稀見卽和風安瀾時其傾側簸蕩尤勝洞庭揚子怒濤十倍也封琉球之舟大如五間屋重底牢固其桅皆合抱堅木上下鐵箍一試海上半日板裂箍斷雖水居善沒之人未習過海者入舟輙暈眩嘔噦狼籍使者所居皆懸床任其傾倒而牀體常平然猶暈悸不能飲食葢其曠蕩無際無日不風無時不浪也觀海者難爲水詎不信然

浙之寧紹溫台閩之漳泉廣之惠潮其人皆習於海造小舟僅一圭竇人以次入其中暝黑不能外視一物任其所之達岸乃出之不習水者附其舟暈眩幾死至三日後長年以篙頭水飲之始定蓋自姑蘇一帶沿海行至閩廣風便不須三五日也

海上操舟者初不過取捷徑往來貿易耳久之漸習遂之夷國東則朝鮮東南則琉球呂宋南則安南占城西南則滿剌迦暹羅彼此互市若

比鄰然又久之遂至日本矣夏去秋來率以爲常所得不貲什九起家於是射利愚民輻輳競趨以爲奇貨而榷采之中使利其往來稅課以便漁獵縱令有司給符繻與之初未始不以屬夷爲名及至出洋乘風挂帆飄然長往矣近時當事者雖爲之厲禁誅首惡一二人然中使尚在禍源未清也老民曰不貴難得之貨使民不爲盜上旣責以稅課方物而又禁其販海其可得乎

販海之舟所以無覆溺之虞者不與風爭也大凡舟覆多因鬬風此輩海外諸國既熟隨風所向挂帆從之故保其經歲無事也余見海鹽錢唐見捕魚者爲踈竹筏半浮半沉水上任從風潮波浪舟皆戒心而筏永無恙者不與水爭也小人誠有意智然因之悟處世之法江南遺徐鉉聘宋詞鋒才辯廷臣無出其右者而宋太祖遣一不識字殿侍接之即是此意

海水之外不知還靠天乎還有地乎今之高處

望日似從海中生者蓋亦遠視云然如落日之銜山非眞從山落也所云海外諸國如琉球日本之類皆海中非海外也北方沙漠之外不知還有海否若果有之則中國與北虜亦在海中矣水土合而成地大段水猶多於土也

潮汐之說誠不可窮詰然但近岸淺浦見其有消長耳大海之體固毫無增減也以此推之不過海之一呼一吸如人之鼻息何必究其歸泄之所人生而有氣息即睡夢中形神不屬何以

能吸天地間只是一氣耳至於應月者月爲陰類水之主也月望而蚌蛤盈月蝕而魚腦減各從其類也然齊浙閩粤潮信各不同時來之有遠近也

蘇州東入海五六日程有小島闊百里餘四面海水皆濁獨此水清無風而浪高數丈常見水上紅光如日舟人不敢近云此龍王宮也而西北塞外人跡不到之處不時聞數千人砍樹拽木之聲及明遠視山木一空云海龍王造宮也

余謂龍以水爲居豈復有宫即有之亦當鮫宇貝闕必不藉人間之木殖也愚俗之不經一至於此

天下之橋以吾閩之洛陽橋爲最蓋跨海爲之似非人力相傳蔡君謨遣吏持檄海神及歸得一醋字遂以廿一日酉時興工至期潮果不至今世所傳四喜雜劇者本之也事有無不可知計橋長三百六十丈若當怒潮必難駐足耳吾郡臺江大橋亦百餘丈跨大江而度二十九門

江濤溯湃亦自恐人不知當時何以建址大抵
閩人工於此伎亦不煩神力耳
江南無閘江北無橋江南無茅屋江北無溷圊
南人有無墻之室北人不能爲也北人有無柱
之室南人不能爲也北人不信南人有架空之
樓行於木杪南人不信北人有萬斛之窖藏於
地中
地窖燕都雖有之不及秦晉之多葢人家顓以
當藩室矣其地燥故不腐其土堅故不崩自齊

以南不能爲也三晉富家藏粟數百萬石皆窖而封之及開則市者坌至如趕集然常有藏十數年不腐者至於近邊一帶常作土室以避虜其中若大厦盡室處其中封其隧道固不啻金湯矣但苦無水耳

閩廣地常動浙以北則不恒見說者謂濵海水多則地浮也然秦晉高燥無水時亦震動動則裂開數十丈不幸遇之者盡室陷入其中及其合也渾無縫隙掘之至深而不可得王太史維

禎實遭此厄則閩廣之地動而不裂者又得無近水滋潤之故耶然大地本一片生成而有動不動之異理尤不可解也

萬曆己酉夏五月廿六日建安山水暴發建溪漲數丈許城門盡閉有頃水踰城而入溺死數萬人兩岸居民樹木蕩然如洗驛前石橋甚壯麗水至時人皆集橋上無何有大木隨流而下衝橋橋崩盡葬魚腹翌日水至福州天色晴明而水暴至斯須没堦又頃之入中堂矣余家人

集園中小臺避之臺僅尋丈四周皆巨浸矣或日水上臺可柰何然計無所出也少選妹婿鄭正傳泥淖中自御肩輿迎老母暨諸室人至其家始無恙蓋鄭君所居獨無水也然水迄不能逾吾臺而止越二日始退方水至時西南門外白浪連天建溪浮屍蔽江而下亦有連樓屋數間泛泛水面其中燈火尚熒熒者亦有兒女尚聞啼哭聲者其得人救援免於魚鱉千萬中無一二耳水落後人家粟米衣物爲所浸漬者出

之皆黴黑臭腐觸手即碎不復可用當時吾郡縉紳惟林民部世吉捐家貲葬無主之屍凡以千計而一二巨室大駔反拾浮木無數以蓋別業賢不肖之相去遠矣

閩中不時暴雨山水驟發漂沒室廬土人謂之出蛟理或有之大凡蛟蜃藏山穴中歲久變化必挾風雨以出或成龍或入海閩烏石山下瞰學道公署數年前鄰近居民常見巨蟒長數百尺或蹲山麓或蟠官署觚稜之上雙目如炬至

巳酉秋八月一夜大風雨烏石山崩自後蟒不復見云先是阮中丞一鶚以退倭全城廟食山巔輿論未愜也是日山崩政當其處祠宇盡爲洪水漂流片瓦隻椽杳不可見時以爲異云

吳興水多於山間暴下其色殷紅禾苗浸者盡死謂之發洪吾中亦時有之岢嵐四面皆高山而中留狹道偶遇山水迸落過客不幸有盡室葬魚腹者省州西一巨石大如數間屋水至民常棲止其上一日大水發民集石上者千計少選

浪衝石轉瞬息之閒無復孑遺哭聲遍野時固安劉養浩爲州守後在東郡爲余言之亦不記其何年也

水柔於火而水之患憯於火火可避而水不可避火可撲滅而水無如之何直俟其自落耳若癸卯山東之水丁未南畿之水己酉閩中之水壬子北都之水皆骸骨蔽野百里無烟兵戈之憯無以逾之然北方之水或可隄防而障或可溝澮而通惟南方山水之發疾如迅雷不可禦

也
火患獨閩中最多而建寧及吾郡尤甚一則民居輻湊夜作不休二則宮室之制一片架木所成無復磚石一不戒則燎原之勢莫之遏也三則官軍之救援者徒事觀望不行撲滅而惡少無賴利於刼掠故民寧爲煨燼不肯拆卸耳江北民家土牆甓壁以泥苫茅即火發而不燃燃而不延燒也無論江北即興泉諸郡多用磚甃火患自稀矣

周煇清波雜志謂人生不可無田有則仕宦出處自如可以行志故福字從田從衣謂之衣食足爲福也然必稅輕徭簡物力有餘之地差足自樂若三吳之地賦役繁重追呼不絕祇益内顧之憂耳彼但知福之從田而不知累之亦從田也按福字傍從示不從衣

吳越之田苦於賦稅之困累齊晉之田苦於水旱之薄收可畜田者惟閩廣耳近來閩地殊亦凋耗獨有嶺南物饒而人稀田多而米賤若非

瘴蠱爲患眞樂土也
燕齊蕭條秦晉近邊吳越役繁百粵瘴癘江右
獨瘠荆楚慓悍惟有金陵東甌及吾閩中尚稱
樂土不但人情風俗文質適宜亦且山川丘壑
足以娛老菟裘之計非蔣山之麓則天台之側
非武夷之亭則會稽之穴矣
書言天下有九福京師錢福病福屏帷福吳越
口福洛陽花福蜀川藥福秦隴鞍馬福燕趙衣
裳福今以時攷之蓋不盡然京師直官福耳口

福則吳越不及閩廣衣裳福則燕趙遠遜吳越錢福則嶺南滇中賈可倍蓰宦多梱載

凡山川佳麗之處亦須風氣廻合川壑幽邃緩急可避兵革者如武夷之小桃源居萬峰之中秀色環抱石門一逕可杜而絕其中豁然別是一天地有田有水又有村落可爲伴伍養蜂蒸楮可以爲生鵝鴨雞豚可以自給山寇所不及海賊所不到想武陵避秦之地未必勝此也黃山之丞相園次之但地稍瘠又無人烟耳

楚中如衡山寶慶亦一樂土也物力裕而田多收非戎馬之場可以避兵而俗亦朴厚長沙則卑溼而儇不可居矣

國家自採榷之使四出雖平昔富庶繁麗之鄉皆成凋敝其中稍充裕者嶺南與滇中耳然五嶺瘴鄉不習者有性命之虞滇南遠隔絕徼山川阻脩黔巫之界苗獠爲梗過客輜重時遭鈔掠不但商旅稀少卽仕宦者亦時時戒心也

滇中沃野千里地富物饒 高皇帝既定昆明

盡從江左諸民以實之故其地衣冠文物風俗言語皆與金陵無別若非黔筑隔絶苗蠻梗道誠可以卜居避亂然滇若不隔萬山亦不能有其富矣

富室之稱雄者江南則推新安江北則推山右新安大賈魚鹽爲業藏鏹有至百萬者其它二三十萬則中賈耳山右或鹽或絲或轉販或窖粟其富甚於新安新安奢而山右儉也然新安人衣食亦甚菲嗇薄糜鹽虀欣然一飽矣惟娶

妾宿伎爭訟則揮金如土余友人汪宗姬家巨萬與人爭數尺地捐萬金娶一狹邪如之鮮車怒馬不避監司前驅監司捕之立捐數萬金不十年間蕭然矣至其菲衣惡食纖嗇委瑣四方之人皆傳以為口實不虛也

天下推纖嗇者必推新安與江右然新安多富而江右多貧者其地瘠也新安人近雅而稍輕薄江右人近俗而多意氣齊人鈍而不機楚人機而不浮吳越浮矣而喜近名閩廣質矣而多

首鼠蜀人巧而尚禮秦人鷙而不貪晉陋而實洛淺而愿粵輕而獷滇夷而華要其醇疵美惡大約相當蓋五方之性雖天地不能齊雖聖人不能強也今之宦者動欲擇善地不知治得其方卽蠻夷可化況中國哉

仕宦諺云命運低得三西謂山西江西陝西也此皆論地之肥磽爲飽囊橐計耳江右雖貧瘠而多義氣其勇可鼓也山陝一二近邊苦寒之地誠不可耐然居官豈便凍餓得死勤課農桑

招撫流移即不毛之地課吏以最要在端其本
而已不然江南繁華富庶未嘗之地也而奸胥
大駔舞智於下巨室豪家掣肘於上一日不得
展胸臆安在其爲善地哉
仕小邑馭疲民居官者每鬱鬱不樂此政不必
爾小邑易於見才疲民易於見德且不見可欲
則心不亂嘗見江南大地敗官者十常八九擇
地者固無益也
邊塞苦寒之地有唾出口即爲氷者五嶺炎暑

之地有衣物經冬不曬晾即黴濕者天地氣候不齊乃爾然南人尚有至北北人入南非瘧即痢寒可耐而暑不可耐也余在北方不患寒而患塵在南方不患暑而患濕塵之汚物素衣爲緇濕之中人彊體成痺然濕猶可避而風塵一至天地無所容其身故釋氏以世界爲塵詎知江南有不塵之國乎

丹陽有奔牛壩相傳梁武帝有人於石城掘得一僧瞑目坐土中奏於帝帝問誌公誌公曰此

入定耳可令人於其傍擊磬則出定矣帝命試之果開目問之不答誌公乃話其前事云云其僧一視誌即起身向南奔去帝遣人逐之至此地化爲牛故因以名也近時樵陽子亦類此

蜀有火井其泉如油爇之則然有鹽井深百餘尺以物投之良久皆化爲鹽惟人髮不化又有不灰木燒之則然良久而火滅依然木也此皆奇物可廣異聞（魯孔林聞亦有不灰木取以作爐置火輙洞赤但余未之見耳）

閩中郡北蓮花峰下有小阜土色殷紅俗謂之

臙脂山相傳閩越王女粜脂水處也環閩諸山無紅色者故詫爲竒耳後余道江右貴溪弋陽之山無不丹者遠望之如霞焉因思楚有赤壁越有赤城蜀有赤岸北塞外有燕支山想當爾耳

由江右抵安慶山多童而不秀惟有匡廬數百里外望之天半若芙蓉焉自德安至九江或遠或近或向或背皆成竒觀眞子瞻所謂傍看成嶺側成峰者岱山岳不及也

秦築長城以亡其國今之西北諸邊若無長城豈能一日守哉秦之長城自榆中並河以東屬之陰山以今長城計之僅及其半而燕代近胡之塞原有長城又不自始皇始也今九邊惟遼東不可城而政當女直之衝薊鎮之城則近時戚大將軍繼光所築其固不可攻虜至其下輒引去其有功於邊陲若此而猶不免求全之毁何怪書生據紙上之談而輕詆譏政也

九邊惟延綏兵最精習於戰也延綏兵雖十餘

人遇虜數千亦必立而與戰寧戰死不走死也故虜亦不敢輕戰慮其所得不償失耳遼左兵極脆弱建酋時時有輕中國之心所賴互市羈縻之耳然互市盟好邊境雖偷目前之安而武備廢士卒惰窳久而上下相蒙不知有戰矣夫初立互市本欲偷閒以繕治守禦生聚教訓也今反因之而廢戰具不亦惑之甚耶

寧夏城相傳赫連勃勃所築堅如鐵石不可攻近來哱拜之亂官軍環而攻之三月餘至以水

灌竟不能拔非有內變未即平也史載勃勃築城時蒸土爲之以錐刺入一寸即殺工人併其骨肉築之雖萬世之利慘亦甚矣近時戚將軍築薊鎮邊牆不僇一人朞月而功就城上層層如齒外出可以下瞰謂之瓦籠城堅固百倍虜終其世不敢犯則又何必以殺僇爲也

女直兵滿萬則不可敵今建酋是也其衆以萬計不止矣其所以未暇窺遼左者西戎北韃爲腹背之患彼尚有內顧之憂也防邊諸將誠能

以夷攻夷離間諸酋使自相猜忌保境之不暇而何暇內向哉不然使彼合而爲一其志尚未可量也

河套之棄今多追咎其失策然亦當時事勢不得不棄也何者我未有以制其死命令彼得屯牧其中縱驅之去終當復來至於今日則拓跋燾所謂我髮未燥已聞河南是我家地者事愈不可爲矣

曾銑欲復河套卒爲嚴嵩所戹至不保要領然

使曾棄果行河套果復不過一時可喜而後來邊釁一開兵革何時得息羊祜所謂平吳之後尚煩聖慮者也趙普謂曹翰攻幽州得之何人可守翰死何人可代此不易之論也蓋我之兵力不加於彼而彼盤據已久一旦失之勢所必爭耳

西戎茶馬之市自宋已然蓋土蕃湩酪腥膻非茶不解其毒而中國藉之可以得馬以草木之葉易邊場之用利之最大者也但茶禁當嚴馬

數當蹙今之茶什五爲奸商駔儈私通貿易而所得之馬又多尩病殘疾不堪騎乘者直與之耳非市也

江北俵馬之役最稱苦累而寄養之户尤多敗困要其所以則侵漁多而費用繁也山東大户每僉解馬編審之時已有科派俵解之時又有使用輪養有輪養之害點視有點視之費印烙有印烙之弊上納有上納之耗無不破家亡身者然而馬必不可少也得賢守令監司弊或稍

差減耳馬之入價也漕之改折也雖一時之便而非立法之初意也太僕之馬價原爲江南有不宜馬之地而入價於北地市之也漕糧之改折亦爲一特凶荒之極米價騰涌而入價以俟豐年之補糴也今公然以佐官家不時之用矣舍本色而徵銀其便也馬糧有餘而見鏹不足其利也然而馬日減少大倉之粟無一年之積者折價誤之也承平無事猶可一日緩急必有執其咎

者

唐李巽判度支以每年江河淮運米至京脚錢斗計七百議以七百錢代之王鍔曰非計也京國糴米既耗積食而七百之費兼濟貧民時議不從既而都下米果大貴卒罷不行則今日之治漕動稱改折者其非久遠之計可知矣

古今幅員戶口莫盛於隋之大業唐之開元考之隋書戶八百九十萬七千五百四十六口四千六百一萬九千九百五十六唐開元時戶八

百四十一萬二千八百七十一口四千八百一十四萬三千六百九二主富盛亦略相當然盛未幾而禍敗即隨之矣宋慶曆間户至一千九十萬四千四百三十四　國朝嘉隆之時户共一千一百一十三萬四千口共五千五百七十八萬三千而孰寔不與焉視隋唐宋盛時固已過之矣使東勝不徙安南不棄金甌尚無缺也抱杞人之憂者能無戒於衣袽乎

户口生息甚難而凋耗甚易葢治日常少而亂

日常多兼以治平之時不無盜賊之竊發水旱之流移而亂離之世即欲一日無事不可得也況亂離之後數十年養之而不足而承平之世一旦敗之而有餘周自東遷以及劉項之世分裂戰爭者三四百年長平一坑四十餘萬即蟲蟻蚑蝡寧能當此慘劫耶漢至文景盛矣而武皇耗之明章治矣而桓靈覆之赤眉董卓之亂黔首寧有種耶至於典午失權胡羯肆烈南北分朝兵連禍結又二百餘年春燕巢於林木亦

可哀也唐自貞觀至開元拊養生息漸稱繁庶而漁陽鼙鼓一動宗社爲墟至於黃巢之變殺人如麻流血成川浸淫至於五季其間承平無事者可以日計也宋之盛時已自與契丹元昊構隙而燕雲不復淮北中失偏安忍恥僅撫遺民女直侵其半蒙古凶其終其視漢唐規模固已不逮而其受害之慘使天地反覆日月無光三皇五帝以來之人民土地一旦淪於夷狄亦宇宙所未有之事也蓋自三代以來戰國至於

劉項是一劫三國至於五胡是一劫中唐至於黃巢石晉是一劫女直至於蒙古是一大劫中國之人無復孑遺矣故我　太祖皇帝之功謂之劈開混沌別立乾坤當與盤古等而不當與商周漢唐並論也二百四十年來休息生養民不知兵生齒繁盛蓋亦從古所無之事故未雨綢繆憂時者不得不爲過計矣

國家近邊之民常苦北虜濱海之民時遭倭患然虜寇頻而倭患少故塞上村落蕭條有千里

無復人烟者倭自嘉靖末鈔掠浙直閩廣所屠戮不可勝數即以吾閩論之其陷興化福清寧德諸郡縣焚殺一空而興化尤甚幾於洗城矣劉六劉七破殘七藩而山東河南爲最其他若蕭乾養之亂廣藍廷瑞之亂鄖鄧茂七之亂閩葉宗留之亂浙阿克之亂滇楊應龍之亂蜀哱拜之亂寧夏皆小劫也而水旱災疫則無歲無之矣

吳之新安閩之福唐地狹而人衆四民之業無

遠不啻卽遐陬窮髮人跡不到之處往往有之
誠有不可解者蓋地狹則無田以自食而人衆
則射利之途愈廣故也余在新安見人家多樓
上架樓未嘗有無樓之屋也計一室之居可抵
二三室而猶無尺寸隙地閩中自高山至平地
截截爲田遠望如梯眞昔人所云水無涓滴不
爲用山到崔嵬盡力耕者可謂無遺地矣而人
尚什五遊食於外設使以三代井田之法處之
計口授田人當什七無田也

古者一夫百畝無賦役租稅也故中原磽确之地上農夫足食九人若以今燕齊之地論之一望千頃常無升斗之入者不知當時授田之制肥磽高下必適均乎抑惟其所值也當時天子諸侯既各有疆界不相踰越十分之中取其一爲公田仕者之家又有世祿之田小國不過五十里城郭村落山川之外田之所餘亦寥寥矣使生齒日繁而地不加廣何以給之吾竊意古之授田者亦只如今佃種之類一夫耕百畝而

世家巨室收其所入耳未必便爲世業也
江南大賈强半無田蓋利息薄而賦役重也江
右荆楚五嶺之間米賤田多無人可耕人亦不
以田爲貴故其人雖無甚貧亦無甚富百物俱
賤無可化居轉徙故也閩中田賦亦輕而米價
稍爲適中故仕宦富室相競畜田貪官勢族有
畛隰遍於鄰境者至於連疆之產羅而取之無
主之業囑而丐之寺觀香火之奉强而揺之黄
雲遍野玉粒盈艘十九皆大姓之物故富者日

富而貧者日貧矣
俗賣產業與人數年之後輒求足其直謂之盡價至再至三形之詞訟此最薄惡之風而閩中尤甚官府不知動以爲賣者貧而買者富毋訟輒爲斷給不知爭訟之家貧富不甚相遠若富室有勢力者豈能訟之乎吾嘗見百金之產後來所足之價反逾其原直者余一族兄於余未生之時鬻田於先大夫至余當户猶索盡不休此眞可笑事也

閩田兩收北人詫以為異至嶺南則三收矣斗米十餘錢魚蝦盈市隨意取給不甚論值單袷之衣可過隆冬道無乞人戶不夜閉此真極樂世界惜其天多瘴霧地多蟲蛇屋久必蛀物久必腐無百年之室無五十年之書無一十年之衣故上不及閩下不及滇也

北人不喜治第而多畜田然硗确寡入視之江南十不能及一也山東瀕海之地一望鹵瀉不可耕種徒存田地之名耳每見貧民村甿問其

家動日有地十餘頃計其所入尚不足以完官租也余嘗謂不毛之地宜蠲以予貧民而除其稅可也

九邊如大同其繁華富庶不下江南而婦女之美麗什物之精好皆邊塞之所無者市款既久未經兵火故也諺稱薊鎮城牆宣府教場大同婆娘爲三絶云迤西榆林慶陽漸有夷風至臨洮鞏昌苦寒之極其士人亦與戎狄無别耳

臨邊窮民往往逃入虜地盡其飲食語言既已

相通而中國賦役之繁文罔之密不及虜中簡
便也虜法雖有君臣上下然勞逸起居甘苦與
共毋過從容務帳則胡王與其妻妾子女皆親
力作故其人亦自合心勇往敢死不顧干戈之
服任其逐水草畜牧自便且有上古結繩之
意一入中國里巷動策案而信遇之矣王荊公所
謂漢恩自淺胡自深者此類是也
漢中行說不得志於中國遂入匈奴為之謀主
大為漢患宋韓范不用張元而今走佐夏首兵

連禍結不得安枕者五十年近來如倭酋關白
亦吳越諸生累不第而入海使非天戮鯨鯢遼
左之禍尚未艾也故邊民之迯而入虜尤不足
慮惟恐有此輩一二在其中耳
倭之寇中國也非中國之人誘之以貨利未必
至也其至中國也非中國之人為之鄉導告以
虛實未必勝也今吳之蘇松浙之寧紹溫台閩
之福興泉漳廣之惠潮瓊崖駔儈之徒冒險射
利覗海如陸覗日本如鄰室耳往來貿易彼此

無間我旣明往彼亦潛來尚有一二不逞辛宄
樂禍勾引之至内地者敗則倭受其僇勝則彼
分其利往往然矣嘉靖之季倭之掠閩甚慘而
及官軍破賊之日倭何嘗得一人隻馬生歸其
國耶其所虜掠者半歸此輩之橐槖耳故近來
販海之禁甚善但恐未能盡禁也蓋巨室之因
以爲利者多也

嘉靖之季倭奴犯浙直閩廣而獨不及山東者
山東之人不習於水無人以勾引之故也由此

觀之則倭之情形斷可識矣
禦倭易於禦虜十百不啻也倭奴捨大海而登
陸深入重地已不能無疑懼而步行易乏其勢
四散非有陣法埋伏之類直鬬力耳若得智勇
之將帥節制之師一鼓可平也即閩廣鄉兵訓
練之皆可用亦不必借浙兵耳北虜大漠之地
原自其勝塲中國之兵馬脆弱已自不敵而悍
獷之性不懼死不畏寒敗而復至散而復合及
其鳥析鼠散不可踪跡雖以衛霍不能窮其部

落況今日之辱兵庸帥哉戚少保繼光守薊遼
日以意製大熕每發輒斃千餘人血肉枕籍而
終不肯退然虜亦畏之甚不敢窺邊者二十餘
年云
夷狄諸國莫禮義於朝鮮莫膏腴於交阯莫悍
於韃靼莫狡於倭奴莫醇於琉球莫富於眞臘
其他肥磽不等柔獷相半要其叛服不足爲中
國之重輕惟有北虜南倭震鄰可慮其次則女
直耳

元之盛時外夷朝貢者千餘國可謂窮天極地
罔不賓服而惟日本崛强不臣阿剌罕等率師
十萬往征得返者三人耳　國朝洪武初四夷
王會圖共千八百國即西南夷經哈密而來朝
者三十六國永樂中重譯而至又十六國其中
如蘇祿蘇門荅剌彭亨瑣里古里班卒白葛達
呂宋之屬二十餘國皆前代史冊所不載者漢
唐盛時所未有也然其中惟朝鮮琉球安南及
朶顏三衛等受　朝廷冊封貢賦惟謹比於[illegible]

臣其他來則受之不至亦不責也可謂最得馭
夷之體
太祖之絕日本朝貢知其狡也　文皇之三犂
虜庭知其必為邊患也舍此二者中國可安枕
而卧矣固知創業之主其明見遠慮自非尋常
所及也
今諸夷進貢方物僅有其名耳大都草率不堪
如西域所進祖母緑血竭鴉鶻石之類其眞偽
好惡皆不可辨識而　朝廷所賜繒帛靴帽之

屬尤極不堪一着卽破碎矣夫方物不責所以安小夷之心存大國之體循之可也賜物草率充數將令彼有輕中國之心而無感恩畏威之意且近來物值則工匠侵沒於外供億則廚役尅減於内狼子野心且有誶語誶語不已且有挺白刃而相向者甚非柔遠之道也蜂蠆有毒禍豈在小而當事者漫不一究心何耶

西南海外諸蕃馬八兒俱藍二國最大而最遠自泉州至其國約十萬里元時曾一通之而來

朝貢計其所得不足償所費之百一也　國朝
西蕃天方默德那最遠蓋玄奘取經之地相傳
佛國也其經有三十六藏三千六百餘卷其書
有篆草楷三法今西洋諸國多用之又有天主
國更在佛國之西其人通文理儒雅與中國無
別有琍瑪竇者自其國來經佛國而東四年方
至廣東界其教崇奉天主亦猶儒之孔子釋之
釋迦也其書有天主實義往往與儒教互相發
而於佛老一切虛無苦空之說皆深詆之是亦

逃揚之類耳琍瑪竇常言彼佛教者竊吾天主之教而加以輪迴報應之說以惑世者也吾教一無所事只是欲人爲善而已善則登天堂惡則墮地獄永無懺度永無輪迴亦不須面壁苦行離人出家日用所行莫非脩善也余甚喜其說爲近於儒而勸世較爲親切不似釋氏動以恍惚支離之語愚駭庸俗也其天主像乃一女身形狀甚異若古所稱人首龍身者與人言恂恂有禮詞辯扣之不竭異域中亦可謂有人也

巳後竟卒於京師其徒曰龐迪峩
天竺古稱佛國蓋佛所出之地耳如曾生孔子
豈其地皆聖人耶但聞其國人質實尚義不爲
淫盜其問刑有四曰水曰火曰稱曰毒皆所以
讞疑獄也水則以石與人衡而投之石浮者曲
人浮者直火則灼鐵令人抱持曲者號呼直者
無損稱則人石適均較之秤上虛則石輕實則
人輕毒則以毒入羊髀中食之曲則毒發直者
無恙蓋終未免夷俗耳

琉球國小而貧弱不能自立雖受中國冊封而亦臣服於倭倭使至者不絶與中國使相錯也蓋倭與接壤攻之甚易中國豈能越大海而援之哉其國敬神以婦人守節者爲尸謂之女王世由神選以相代云自國王以下莫不拜禱惟謹田將穫必禱於神神先往採數穗茹之然後敢穫不者食之立死禦災捍患屢顯靈應中國使者至則女王率其從二三百人各頂草圈入王宮中視供億厨饌恐有毒也諸從皆良家女

神特攝其魂往耳中國人有代彼治庖者親見
神降其聲鳴鳴如蚊焉
萬曆乙未浙帥劉炳文提舟師從海道趨登州
以備倭四閱月始至炳文自爲記甚繁予爲略
之以識其程云乙未上元從台州開帆百里至
金鼇山高宗南渡避金處也歷老鼠嶼出琛門
風適猛烈兩礁夾起東西磯牛頭聖堂兩門尤
爲險阻而五嶼羊嶼昏山黃珠茶盤兩山皆四
面巉剌總莫繫泊飄逐空洋夜半颶發船各沓溟

散詰旦於靈門山聚合出金齒門因潮浮至箬
竿山復依南田礜夜觸韭山船多破損收回五
爪山脩艅至點燈礁犯及亂礁洋爲藏龍數條
爾驚觸震蕩翻激水赤天昏龍鬚捲水至半空
而倒瀉船皆碎毀幾爲魚鼈出白馬礁過大漠
坑依險而泊由浪檣頭轉歷升羅嶼得登普陀
山傍有金鉢盂儼然峙焉出此渡橫水洋入五
爪湖移住廟子湖隨風逐浪直趨陳錢山其下
有大毒信宿而往面頰盡變且多患瘴疾及下

八山浪崗馬積李堵舉皆砂石亂列其水有緑有黒有淡有辛有苦有臭有清徹見底鰕魚可數有浅灘如湖蚊龍鱗角用顯著俄爲颶風打出窮洋直抵倭國五島山轉經漁山假消沙佚風息驅灘山過鼠狼湖及上川下川鷹巢頭諸山再入西洋畧則謂之落際船凡撤入十無一回乃乘颶西逐羊山上有聖姑礁盤礴巍峩宛如裝砌許山聯脉金山衛其柘林乍浦澉浦延袤千餘里又皆控扼三吳者也復順流而東七

丁諸港岐分錯雜窒礙莫前崇明縣孤懸海外
而大陰新安諸沙生聚甚夥福山直對三爿沙
傍通揚子江與狼山相望著東洲河七星港竪
河口黃涇河不下十餘口海潮灌浸直達維揚
轉而西行有三槿大橫深洪非子四口張方大
樓瀝水姜系掘港五港一望無山其川山窪川
漁窪三寨窪狂瀾澎湃殊甚險剥水紋斑斕因
號虎斑水僅得開山無礜可泊至射洋湖之雲
梯關宿焉適反風解纜自旦至申浤浤頽波極

目無際漏下三鼓得抵鶯山之灣問其程則餘
五百里越明日朔風舉帆踴躍碧虛蹀躞於黃
混水號曰望昊洋依憑延眞島此皆從來人跡
不到之鄉但見靈鰍老黿三五噴沫相逐大者
方丈高厚六尺殼背亂纓長目虎口就磯舒伏
迤邐於白山高公諸島登竹島之巔四顧寥廓
惟東海所城甚邇其夜三面受風避入杜林山
因陟雲臺山古三元脩道上昇處也翌日西北
作雲東南吼風巨浪掀翻桅檣斷折凡三日夜

不知疾行幾千里漻灣呀呷風雖少平餘波尤
湧東方既白迸崖滴水之灣隸山東境上矣去
安東衛僅百里須臾潮至開行二三日海天一
色並無島嶼可以停舟野宿洋飄如浮萍無定
泊栽堂出至栢溝塔埠杜家港諸洋越日入膠
港補繕壞船過東島依田横島夜泊福山島而
山若有神上無草木中無穴洞悲鳴有聲豈日
至草島嘴去大嵩三五十里風濕瀰漫海面愈
睽僅有巨高島棘篸島靈井山依傍海陽所且

咫尺莫能躋焉夜將半挈入漁網上採水不過
十餘丈乃莫耶島也與遼東連界海運所經故
道至聿青島明光山不半潮已達塔島覓泉取
水相望佛山濤沫噀灑宛似一掛珠藨石檻礁
欄出數百丈盤錯密布潮急風猛頃刻抵渚里
去查山僅幾里上有古蹟路甚崎嶇附葛攀藤
一步一蹶得造其絶頂焉其上復有南天門巑
岏秀拔淩接雲際東隈一洞幽雅脩潔昔玉陽
真人者煉於此騎白鶴飛昇有雲光宫在焉傍

多山茶名子心香馥襲人丹井碧泉峥嶸犄角天然雲房石室也登舟行於馬大嘴見一巨魚横於亂礁上長百餘丈其脊如山口闊無鱗念刄其脊總數百人僅開一肋肉不堪烹皆熬油楝骨一節計千餘斤而肉内小刺亦逾尋丈潮迴日落攜刺數根而西遇颶風至寧津所戍卒蕭條烟火不過百餘家西有巖石參差十數里乃昔楊舍人之墓每每作祟覆雨翻雲秋則違去掠人田禾春夏於此妖劫過船掀舵放舟越

三百里遥望大洋突起數丈如銀砌玉粧近如噴雪飾粉俗呼爲白蓬頭者是也其山脉綿亘暗藏水底密邇成山爵律幾百里皆雄崖峭峰山至海濤衝注會集秦始皇造石橋渡海觀日神人驅石鞭之見血至今山石皆紅内有成山衝出此險道洩洩宵行至威海衛所開泊劉公島其島尚有居址似舊有遼人在焉不移時入大空島島多浮石卽頑鈍硋砆浮水不沉轉入寧海州外洋盤旋落于窩之裏若淸泉寨竒山

所又其扦屏遮過福山縣入龍山港至拷栳島
乃雲晴雨止轉泊八角山則見斜矏凝耀磯嶼
烟籠始若樓臺錯列繼若城郭周圍俄而人馬
縱横又俄而旂幟掩映出没無定變換不常或
告曰此海市也傍有長山島有黒島上多巨蛇
産金砂少選抵蓬萊閣矣追思海波洶險幾不
免者數數而茲得出苦海登彼岸至蕩漾于黿
鼉之窟蛟龍之藪岑嶶之峰左衽之國或因萍
流而迴或因歸風而返俾不至於殞逝再得與

人間事豈非徼天倖哉自浙適齊計日四越月計程七千里由浙江達直隸延袤一千七百里自直隸金山衛抵東海所計一千八百里自東海抵登萊計二千四百里若夫環轉倒流於波漾則又不止萬里有奇矣

封琉球之役無不受風濤之險者萬曆己卯予從祖大司農公杰以大行往至中流颶風大作雷電雨雹一時總至有龍三倒挂於船之前後鬚捲海水入雲頭角皆現腰以下下可見也舟

中倉皇無計一長年日此來朝璽書耳令扶使
者起親書兒明示之應時而退　天子威靈百
神効順理固有不可誣者若非親見鮮不以爲
妄矣至丙午夏給事子陽往其險尤甚先是舟
側一巨魚裡擾不去舟人謂可膾也餌而獲之
其大專車未及下節而風濤大作柁裂桅折自
分必死矣盡舟中所得寶物投水中僅得免有
金香爐百餘兩宮中祀天之用亦爲中國取去
至是盡入水府矣琉球小而貧雖受中國冊封

爲縈然使者一至其國琉球供億爲之一空甚至后妃簪珥皆以充數盡從行者攜貨物往而高責其售直也然向者皆嚴行禁約少知斂戢至丙午稱狼籍矣聞其國將請封必儲蓄十餘年而後敢請堂堂天朝何忍以四夷爲壑而飽驵儈之欲哉可爲長太息者此也

往琉球海道之險倍於占城然琉球從來無失事者占城則成化二十一年給事中林榮行人黃乾亨皆往而不返千餘人得還者麥福等二

十四人耳蓋亦貨物太多而不能擇人故也

海上有天妃神甚靈航海者多著應驗如風濤之中忽有蝴蝶雙飛夜半忽現紅燈雖甚危必獲濟焉天妃者言其功德可以配天云耳非女神也閩郡中及海岸ナ石皆有其祠而販海不逞之徒往來恒賽祭焉香火日盛金碧輝煌不知神之聰明正直亦吐而不享否也

孔子當袁周欲居九夷此非戲語也夷狄之不及中國者惟禮樂文物[illegible]朴陋耳至於賦役之

簡刑法之寬虛文之省[illegible]意之𥳑俗淳而不詐官要而不繁民質而不偷事少而易辦仕宦者無朋黨煩囂之風無訐害擠陷之巧農商者無追呼科派之擾無征榷詐騙之困蓋當中國之盛時其繁文多而實用少已自不及其安靜而況衰亂戰爭之日暴君虐政之朝乎故老聃之入流沙管寧之居遼東皆其時勢使然夫子所謂夷狄之有君不如諸夏之無者其浮海居夷非浪言也

韃靼之獰獷而敬信佛法愛禮君子得中國冠裳皆不殺即配以部落婦女見一僧至輙膜拜頂禮不敢褻慢倭奴亦重儒書信佛法凡中國經書皆以重價購之獨無孟子云有攜其書往者舟輙覆溺此亦一奇事也

宋政和間有于闐國進玉表章其首云日出東方赫赫大光照見西方五百里國五百里國內條貫主黑汗王表上日出東方赫赫大光照見四天下四天下條貫主阿舅大官家文元豐四

年于闐國上表稱于闐僂儸大福力量知文
法黑汗王書與東方日出處大世界田地主漢
家阿舅大官家云其可笑如此攷漢文帝時單
于遺漢書曰天地所生日月所照匈奴大單于
隋文帝時沙鉢略致書曰從天生大突厥天下
聖賢天子伊利俱盧設莫何始波羅可汗致書
大隋皇帝又倭國有日出天子致書日入天子
之語我　朝四夷表章皆須有定式不敢踰越
其間有悖嫚之語者不受也

終

五雜組卷之五　　吳航寶樹堂藏板

陳留謝肇淛著

人部一

唐太宗曰土城竹馬兒童樂也金翠紈綺婦人樂也貿遷有無商賈樂也高官厚秩士大夫樂也戰無前敵將帥樂也四海軍一帝王樂也

一尺之面億兆殊形此造物之巧也方寸之心億兆異向此人之巧也然面貌父子兄弟有相肖者矣至於心雖骨肉衽席其志不同行也人

巧勝於天也
陸士龍有笑疾古今一人而已齊之雍門漢之
許慶唐之唐衢皆以善哭稱可謂有哭疾也滑
稽石梁好畏見子之影以爲鬼而驚死謂之有畏
疾可矣
杞梁之妻哭三日而城爲之摧信乎其善哭也
王莽帥諸生小民會哭南郊哭甚者除爲吁嗟
郎劉德願以哭貴嬪得刺史是教人以哭也如
丁鄒嚴與之哭和士開母程伯獻馮紹正之哭

高力士毋又不待教而能者也宇宙之間何所不有

堯舜至聖身如脯腊桀紂無道肥膚三尺

趙伯翁肥大夏月諸孫納李八九枚於其臍中

此必誤也李或是鬱李耳大如櫻桃故可納八九枚也

堯八眉舜四瞳子禹其跳湯偏文王四乳仲尼

面如蒙倛周公身如斷菑皋陶色如削爪閎夭

面無見膚傅說身如植鰭伊尹面無須麋故知

大聖大賢不可以形貌相也

九真女子趙嫗乳長數尺馮寶妻冼氏亦長二尺暑熱則擔於肩李光弼之母鬚數十根皆異表也而或立殊勛或止作賊在其人爾宋徽宗時有酒保婦朱氏四十生鬚長六七寸庾巳編載弘治末應山縣女子生鬚三寸許又鄖陽一婦美色生鬚三繚約數十莖而皆無它異

舜重瞳子蓋偶然爾未必便爲聖人之表也後世君則項羽王莽呂光李煜臣則沈約魚俱羅

蕭友夜皆云重瞳而不克終者過半相何足據哉

風俗通云趙王好大眉人間皆半額齊王好細腰後宮多餓死夫細腰束素固自可人廣眉不脩醜莫甚焉不必半額也又云楚王好細腰羣臣皆數米而炊順風而趨夫婦人細腰可耳施之臣下將欲何爲此亦可笑之甚也

人有生而白毛者近人妖也晉惠帝永寧元年齊王冏舉義軍軍中有小兒出於襄城繁昌縣

年八歲髮體悉白頗能卜吾郡中亦有一人今年才二十餘歲耳而眉髮皤然舉體皆白毛無一根黑者兩目昏昏然不甚見物每里中雜劇輙扮作東方朔余已見之十餘年矣

人以鬚髮早白爲不壽之徵此未必然晉王彪之年三十餘鬚鬢盡白時人謂之王白頭後至七十餘歲始卒余友林生者二十許頭即白今五十尚無恙也

崔琰鬚長四尺王育劉淵皆三尺淵子曜長至

五尺謝靈運鬚垂至地關羽胡天淵髯皆數尺
國朝石亨張敬脩髯皆過膝然相法曰鬚長過
髮名爲倒挂必主兵危驗之往往奇中
相書云耳門小者其人富而慳又曰耳門不容
麥壽可逾百夫既富而慳矣雖百歲何爲
汾陽王足掌有黑子使渾瑊洗足而瑊亦有之
知其貴而不壽張守珪使安祿山洗足亦然大
凡足有黑子者多爲貴徵漢高祖左股七十二
黑子也然黑子欲藏生顯處多不佳余見眞州

一沙彌自項以下黒子如織卒無以異人也
漢先主戲張裕多鬚曰諸毛繞涿居裕答之亦
云露涿君詳其語必當時以男子勢爲涿也
人壽不過百歲數之終也故過百二十不死謂
之失歸之妖然漢竇公年一百八十晉趙逸二
百歲元魏羅結一百七歲總三十六曹事精爽
不衰至一百二十乃死洛陽李元爽年百三十
六歲鍾離人顧思遠年一百十二歲食兼於人
頭有肉角穰城有人二百四十歲不復食穀惟

飲曾孫婦乳荆州上津鄉人張元始一百一十六歲膂力過人進食不異范明友鮮卑奴二百五十歲梁鄱陽忠烈王友僧惠照至唐元和中猶存年二百九十歲日本紀武内年三百七歳金完顏氏醫姥年二百許歲此皆正史所載其它小說若宋卿党翁之類又不勝其數也

山東濟寧州民王士能生元至正甲辰至 國朝成化癸卯已一百二十歲行止如常後不知所終今其子孫住宅坊額尚在也相傳蜀雪山

遇異人致然　國初茹文中亦百餘歲近時閩中林太守春澤公大廷尉如楚祖也年一百四歲乃卒己酉歲余宅艱家居地鄰郡庠之後圃圃中有種蔬者生弘治之癸亥已一百七歲矣老而無子壻亦七十餘歲又二歲乃死彼固無養生之術者也然孤寡貧困雖壽亦無益耳至於末樂中楚一盜魁年一百二十五歲尤爲可恨也

彭祖之知不出堯舜之上而壽八百顏淵之才

不出衆人之下而壽十八士固有不朽者脩短
何足論也然進德脩業未見其止中途摧謝萬
世之下有遺恨焉故曰人不可無年
顏回不死可以聖矣諸葛亮不死可以王矣此
不幸而死者也賈生志大才踈言非實用長吉
蛇神牛鬼將墮惡道天假之年反露其短此幸
而死者也至於范雲沈約褚淵夏貴之輩又不
幸而不死者也
吾郡林太守春澤子孫皆壽逾八十其家相傳

服松梅丸云取松脂用河水浸四十九日文武火煮令白如錫餹然後和烏梅地黃爲丸服之大便常秘結太守公年老生菓氷水不去口終不泄瀉然他人多不能服余同年沈茂榮爲監司求其方於林孫服之火盛慾熾日加煩渇不久而死是欲延年而反促壽矣故知脩短亦自天數也

漢中山王勝有子百二十人此古今所無之事而蕭梁鄱陽忠烈王恢亦有男女百人　國朝

慶城王有子百人三者足以媲美要亦王侯之家固宜爾爾士庶賸侍有限口食不充多男多累帝堯巳慮之矣

隋麻叔謀朱粲嘗蒸小兒以爲膳五代萇從簡好食人肉所至多潛捕民間小兒以爲食嚴震獨孤莊皆有此嗜至宋邕智高之母阿儂者性慘毒嗜小兒肉每食必殺小兒噫此虎狼所不爲而人爲之乎

楊子雲曰富無仁義之行猶圈中之鹿欄中之

牛也然以匹夫而富敵王公權侔卿相其人必非尋常見觧故子長於貨殖諸子尤惓惓焉但古之致富者皆觀天時逐地利取予趍舍動合權變如陶朱計然其上者也卓氏程鄭鐵冶力作纖嗇射利固已賈行而市心矣後世倚權怙勢納賄行劫如石崇王元寶之流迺豺狼蛇蝎豈獨牛豕而已哉

秦漢之富家如陶朱程鄭計然猗頓之外卓王孫家僮千人袁廣漢藏鏹巨萬樊重富擬封君

折像貲踰二億麋竺僮客萬人而鄧通董賢郭
況之輩又不論已其宅杜陵樊嘉茂陵摯綱及
如氏苴氏刁間姓偉張長叔薛子仲等貲皆至
十千萬今之王侯有是乎石崇刁逵之於晉王
元寶鄒駱駝之於唐稱巨擘矣而李昊元雍動
笑石家乞兒彼郡王宰相擅權納賄亦不過鄧
通董賢之流何足道也宋不聞有巨富者當時
天下金帛半爲金遼括盡矣　國初金陵沈富
字仲榮富甲天下人呼沈萬三云　太祖軍資

多取足焉後以事謫遼陽子孫仍富或云穴地
得金或云有點化術不知然否其後縱有貨殖
者不過至百萬止矣使石崇輩見之又不知當
何揶揄也

富者多慳非慳不能富也富者多愚非愚不能
富也此于雲所謂圈鹿欄牛者也

人而無子天之僇民也然貧賤之家百無一二
富貴之家此患不絕其故何也種有貴賤多寡
自殊一也血氣未定多所斲喪二也嬖幸既衆

功不專精三也藥石助長無益有害四也務求美曼不擇福相五也嬰兒飽煖多生疾患六也要其究竟皆莫之爲而爲廣䣛爲子娶婦遠求小姓足使生子蓋婦之驕妬淫佚多令後嗣夭閼也然而不盡然也

晉姚弋仲有子四十二人吐谷渾有子六十八宋張耆子亦四十二弋仲不聞其有他術耆諸姬妾窗閤皆直馬廄每馬交合縱使觀之隨有御幸無不成孕

顏之推賦云魏嫗何多一孕四十中山何夥有子百廿婦人孕至四十亦古今稀有之事也

山氣多男澤氣多女故山陵險阻人多負氣江河清潔女多佳麗

齒居晉而黄頸處險而癭晉地多棗故嗜者齒黄然齊亦多棗何獨言晉也癭雖由山溪之水所致然多北方如滕縣南陽易州之處飲其水者輒患至江南千峰萬壑中居者何限不聞其有頸疾也至北方輿夫項背負重日久結瘤亦

如癭狀但有面背之異耳嶺南人好啖檳榔齒多焦黑寧獨晉平至於衍氣多仁陵氣多貪雲氣多痺谷氣多壽恐亦未盡然也

韃靼種類生無痘疹以不食鹽醋故也近聞其與中國互市間亦學中國飲食遂時一有之彼人即舁置深谷中任其生死絶跡不敢省視矣一云不食豬肉故爾

桂州婦人生子輒取其衣胞洗淨細切五味調和烹之以享親友此夷俗也然余習見富貴之

家取紫河車爲丸千錢一具皆密令穩婆盜出血肉腥穢以爲至寶不亦可惟之甚耶紫河車欲得首胎生男者爲佳相傳胞衣爲人取去兒必不育故中家以上防收生嫗如防盜然而嫗貪厚利百計潛易以出其功不過壯陽道滋氣血而已而忍於賊人之子噫媼不足責也富貴之人亦獨何心哉

一產三男史必書之紀異也然亦有產四男者余在福州親見之守東門軍人妻也庚巳編載

武進人張麻妻一產五男嘉靖六年河間民李
公窩婦陳氏一產七女此載籍以來所無者漢
竇武之母產一蛇一鶴晉抱罕令嚴根妓產一
龍一女一鵝劉聰后劉氏產一蛇一虎唐大順
中資州王全義妻孕而漸下入股至足大拇指
拆而生珠漸長大如杯宋潮州婦人產子如指
大五體皆具者百餘枚其它形體奇異者不可
勝紀蓋其所感觸者異耳
晉惠帝時京洛有人兼男女體亦能兩用人道

者今人謂之半男女也又有一種石女一云實女無女體而亦無男體近聞毘陵一搢紳夫人從子至午則男從未至亥則女其夫亦爲置妾媵數輩侍之有伎親承枕席出以語人云與男子殊無異但陽道少弱耳（一云上半月爲男下半月爲女般若經載博乂半擇迦是也）

晉元帝太興初有女子其陰在腹當臍下自中國來至江東其性淫而不產又有女子陰在首性亦淫夫陰在首上不知何以受淫佛經載人

身受淫有七處前後竅及口與兩手兩足孌也今西北軍士有以足孌當龍陽者史傳載有以口承唾者亦有以口承便溺者其受淫又何足恠

孖生者疑於兄弟或云後生者爲兄以其居上也此西京雜記所載葢霍將軍時已有此議論矣然據引殷王祖甲許釐莊公楚大夫唐勒鄭昌時文長蒨滕公李黎等皆以前生者爲兄則知後生爲兄之說不經矣乃世亦有共胞靠背

而生者孰從而定之余所見婦人有產數日而復產者即祖甲以卯日生嚚巳日生良亦隔二日矣嘉靖初京師民米鑑妻二月十一生一子十二生一子十三生一子近日范工部鈁內子得一女四閱月矣又生一男子此亦古今所未見之事也

陳后山叢談云鄰城民妻有二十一子而雙生者七余聞之相人者婦人上唇有黑子者多孖生

晉時暨陽人任谷耕於野見羽衣人與淫遂孕至期復至以刀穿其陰下出一蛇子遂成宦者宋宣和六年有賣青菓男子孕而生女蓐母不能收易七人始免而遯去　國朝周文襄在姑蘇日有報男子生子者公不答但目諸門子曰汝輩慎之近來男色甚於女其必至之勢也

葉少蘊云某五十後不生子六十後不葢屋七十後不做官夫子女多寡聽之可也五十之年豈遽能閉關乎屋蔽風雨而止不必限之以年

也七十而後休官不亦晚乎人生得到七十復能有幾以余論之五十後不當置妾六十後不當作官七十後即一切名根繫念盡與勅斷以保天年可也

思慮之害人甚於酒色富貴之家多以酒色傷生賢智之士多以思慮損壽

思慮多則心火上炎火炎則腎水下涸心腎不交人理絶矣故文人多無子亦多不壽職是故也然而不能自克何也彼其所重有甚於子與

壽也

昔人有言生而富貴窮奢極欲無功無德而享官爵又求長壽當如貧賤者何若又使之永年造物亦太不均矣許公言謂王子濤上帝所甚惡者貪所甚靳者壽人能不犯其所甚惡未有不得其所靳者故人之享福不可太過貪得不可太甚也

余見高壽之人多能養精神不妄用之其心澹然無所營求故能培壽命之源然世間名利色

慾之類澹而不求可也讀書窮理老當不倦若徒貿貿玩愒壽若彭聃何益之有

人有被殺而無血者高僧示化往往有之唐周朴爲黄巢所殺涌起白膏數尺元董摶霄爲賊所刺惟見白氣一道衝天可謂異矣晉司馬睿斬令史淳于伯血逆流上柱二丈三尺齊殺斛律光其血在地去之不滅此冤氣也萇弘血化爲碧亦是類耳相傳淸風嶺及永新城婦人血痕至今猶存　國朝靖難時方孝孺所書血天

陰愈明貫日飛霜蓋從古有之矣

人死而復生者多有物憑焉道家有換胎之法蓋煉形駐世者易故爲新或因屋宅破壞而借它人軀殼耳此事晉唐時最多太平廣記所載或涉恠誕至史書五行志所言恐不盡誣也其最異者周時冢至魏明帝時開得殉葬女子猶活計不下五六百年骨肉能不腐爛耶溫韜黄巢發墳墓遍天下不聞有更生者史之紀載亦恐未必實矣

人化爲虎者牛哀封邵李徵蘭庭雍之妹也化爲黿者丹楊宣謇母也化爲狼者太原王含母也化爲夜叉者吳生妾劉氏也化爲蛾者楚莊王宮人也化爲蛇者李勢宮人也若郗氏之化蟒則死後輪迴以示罰耳

黔筑有變鬼人能魅人至死有游僧至山寺中與數人宿夜深聞羊聲頃便入室就睡者連鼾之僧覺以禪杖痛擊之踣地乃一裸體婦人也將以送官其家人奔至羅拜乞命遂舍之他日

僧出見土官方執人生瘗之問其從者曰捉得
變鬼人也
僬僥氏三尺短之至也長者不過十之數之極
也然防風之骨專車長狄身横九畝似已逾三
十尺矣近代之所睹記若翁仲巨毋覇符秦乞
活夏默等長不能過二丈至於今日有逾一丈
者共駭以爲異矣短至三尺時時有之即衣冠
中間或一遇余在閩中見一人年三十餘首如
常人自項以下纔如數月嬰兒弱不能行立髡

首作僧坐竹籠中昇之能敲木魚誦經然此乃奇疾不可謂之成人也萬曆甲戌甘肅掘地得小棺千餘皆長尺許其中人顏色如生不知何種人也

岳珂桯史載姑蘇民唐姓者兄妹俱長一丈二尺　國朝口西人長一丈一尺腰腹十圍其妹亦長丈許余親見文書房徐內使者長可九尺許余時初登第同諸部郎接本徐自內出望之如金剛神焉一刑曹陡見之而悸溺下不禁冒中所見長人此爲之最其短三尺者蓋常見之

也

京師多乞丐五城坊司所轄不啻萬人大抵遊手賭博之輩不事生産得一錢即踞地共擲錢盡繼以襦袴不數擲倮呼道側矣荒年饑歲則自北而南至於景州數百里間連臂相枕盡無恒産之所致也

京師謂乞兒爲花子不知何取義嚴寒之夜五坊有鋪居之內積草秸及禽獸茸毛然每夜須納一錢於守者不則凍死矣其饑寒之極者至

窖乾糞土而處其中或吞砒一銖然至春月糞砒毒發必死計一年凍死毒死不下數千而丐之多如故也

胎十月而子生精氣足也然亦有七月而生者亦有過期至十四五月者所感異也世傳堯十四月而產又云堯以前皆十四月而產蓋因莊子有舜治天下民始十月生子之說寧知莊生之寓言乎世又言老子八十一年而產此固不足信余所見大同中翰馬呈德其內人孕八歲

而生子以癸卯孕庚戌免身子亦不甚大但髮長尺許今纔三歲卽能誦詩書如流對客揖讓無異成人甚奇事也

孟賁生拔牛角烏獲舉移千鈞力之至也而將略不顯夏育太史嗷叱咤駭三軍而身死庸夫不善用其力也項王拔山扛鼎意氣雄豪自是古今第一人物然鴻門宴上樊將軍拔劍啖肉目眥盡裂主人按劍而不敢動幾於勇而能怯矣業雖不遂未失爲千古英雄也漢季關張稱

萬人敵豈獨以勇力勝忠肝義烈蓋有國士之風焉不然彼典韋許褚馬超曹彰等非不竝驅中原碌碌何足比數也南北紛爭虓虎輩出高敖曹羊侃奚康生盧曹彭樂張蚝鄧羌麥鐵杖之徒史不絕書而位不過偏裨地未越尺寸惜其未逢英主以駕馭之宜其成就止此唐初秦叔寶尉遲恭薛仁貴等皆樊彭之流非絕世之具宋令文彭博通徒鬭氣力而不閑韜鈐其與冥然無支祈又何間哉鄧伯翊銅筋鐵肋不立

勳萬里外而棄家入道可謂善藏其用矣大凡
勇力蓋世者當本之以忠義濟之以智術忠義
不明徒一劇賊爾智術不足即如關張吾不能
無遺憾焉況其它乎
張蚝本張平養子通於平妾自割其勢後仕符
堅至大將軍封侯驍勇絕倫稱萬人敵宦者以
勇聞古今一人而已
羊侃於堯廟蹋壁行直上五尋橫行七跡泗橋
石人長八尺大十圍執以相擊悉皆破碎侃非

徒有力蓋亦趫捷絕倫者其守臺城却侯景鞠
躬盡瘁死而後已國士之風至於侃近之矣
盧曹以海神脛骨爲鍗時人莫能舉而惟彭樂
舉之宋令文撮碓觜書四十字以一手挾講堂
柱起可謂震世神力矣而不能奪彭博通之卧
枕陳安刀矛並發十傷五六一時目爲壯士而
平先搏戰三交奪其虵矛懸頭澗曲易若探囊
王彥章鐵鍗馳突勇冠三軍而與夏魯奇一戰
而躓雖有絕藝困於敵也

斬蛟者子羽佽飛菑丘訢周處鄧遐趙昱而許
真君不論也刺虎則多矣任城王曳虎尾以繞
背虎弭耳無聲桓石虔徑拔虎箭虎伏不敢動
楊忠左挾虎腰右拔其舌元石明三一日而殺
五虎可謂蓋代神力也已若徒搏之世不乏人
也
韓延壽超踰羽林亭樓捷之至也羊侃蹋壁五
尋權武投井躍出沈光拍竿繫繩手足皆放透
空而下柴紹之弟着吉莫靴直上磚城手無攀

援壁龍之號不減肉飛仙矣近來行繩走竿多出女子小人之戲而武弁之中未之有聞近代穿窬之雄其趫捷輕僄有不可以人理論者如小說所載黃鐵脚及明時坊偷兒着皂靴緣上六尺碑者亦飛仙之亞也嘉靖末年有盜魁劫大金吾陸炳家取其寶珠以去陸氣懾不敢言一日與巡按御史語偶及之其夜即至怒曰囑公勿語何故不能忘情既而嬉笑曰雖百御史其如我何我不殺公也一躍而去不知所

之此殆古之劒俠者耶又萬曆間金陵有飛賊出入王侯家如履平地其人冠帶騶從出入呵殿甚都與搢紳交人不疑也後以盜魏國公玉帶爲家人所告伏法惜其有技而妄用之也

劇談錄載張季弘所遇逆旅婦人以指畫石深入數寸恐亦言過其實卽不然亦木客野叉非人類也德宗時三原王大孃以首戴十八人而舞恐扛鼎之力不雄於此汪節對御俯身負一石碾碾上置二丈方木又置一牀牀上坐龜茲

樂入一部時稱神力矣而王氏以婦人能之尤亘古所無也

太原民程十四者勇冠一時身長八尺筋骨皮肉殆非人類祖本徽州軍也至歙取裝里惡少有力者狎而侮之程怒奮拳挺之於牆去地尺許手足無所施羣少譟而擊之至於鐵尺撾其脛百數程若不聞也垂死乃放之嘗隨人出獵遇獵犬皆妥耳依人衆恐有虎散歸程問故大笑曰虎何足畏獨持一巨梃入深林中伺之目

瞑虎不至乃還程嘗自言在其鄉搏一虎生挾
之欲歸又一虎突至倉卒中以所挾虎擊之兩
碎其首焉斯亦卞莊周處之儔與此萬曆初人
也
小說載　國初有吳齋公者力逾千斤嘗遇巨
艦怒帆順風吳在下流以手逆拓之艦爲開丈
許有劇盜聞之將甘心焉往謁之吳知微服應
門曰客欲訪吾齋公耶少出尋至矣留客坐烹
茶取巨竹本梡大者掖之砉然碎爲數片盜心

驚問何人曰齊公之僕也盜默辭去每遇力作時取巨組如指者寸寸斷之始觧此其驍獷豈在宋令文下而沒世無聞良可歎也

彭博通宴客遇暝獨持兩床降階就月酒肴尊俎略無傾瀉近代如劉都督顯亦能爲之余在福寧見戎幕選力士以五百斤石提而繞轅門三匝者爲合式時浙營中有十數人又其翹者以石立兩人於上用右手挈之殊有餘任乃知千斤之力世未嘗乏也

人有千斤之力始能於馬上運三十斤之器余在白門親試之其有五百斤力者但能舉動而已不能運轉如飛也乃知關張秦叔寶王彥章之流兵器皆重百斤非萬斤之力不至是可易得哉

武藝十八般而白打居一焉今人小廝撲無對者如小虎梁興甫亦足以雄里閈矣但用之戰場未必皆利河南少林寺拳法天下所無其僧遊方者皆敵數十人流賊亂時有建議以厚賞

募之得精壯五百餘賊聞初亦甚憚之與戰佯北伺其夜襲擊盡殲焉則亦用之不得其宜也故練兵不若選將也

正統己巳之變招募天下勇士山西李通者行教京師試其技藝十八般皆能無人可與爲敵遂應首選然通後卒不以勳業顯何也十八般一弓二弩三鎗四刀五劍六矛七盾八斧九鉞十戟十一鞭十二簡十三檛十四殳十五叉十六杷頭十七綿繩套索十八白打

人有頭斷而不死者神識未散耳非關勇也傳記所載若花敬定喪元之後猶下馬盥手聞浣紗女無頭之言乃仆賈雍至營問將佐有頭佳乎無頭佳乎咸泣言有頭佳荅曰無頭亦佳乃死蓋其英氣不亂故爾若淳安潘翁遭方臘亂斬首尚能編草履如飛湯粥從頭灌入崔廣宗爲張守珪所殺形體不死飲食情慾無異於人更生一男五年乃死則近於妖矣

璇璣玉衡以齊七政萬世巧藝之祖無出歷山

老農矣黃帝之指南車周公之欹器其次也公輸之雲梯武侯之木牛流馬又其次也棘猴玉楮非不絕人倫侔化工幾於淫矣然亦聰慧天縱非可以智力學而至者大約百工技藝俱有至極造其極者謂之聖不可知者謂之神雖曰無益不猶愈於飽食終日無所用心者哉

兆齊胡太后使沙門靈昭造七寶鏡臺三十六户各有婦人手各執鏁才下一關三十六户一時自閉若抽此關諸門皆啟婦人皆出戶前唐

馬登封爲皇后製粧臺進退開合皆不須人巾
櫛香粉次第迭進見者以爲鬼工誠絶代之技
也然運機發縱可以意推葮琯渾儀遞相祖述
在能擴而演之耳元順帝自製宫漏藏壺匱中
運水上下匱上設三聖殿腰立玉女按時捧籌
二金甲神擊鼓撞鐘分毫無爽鐘鼓鳴時獅鳳
在側飛舞應節匱兩旁有日月宫宫前飛仙六
人子午之交仙自耦進度橋進三聖殿已復退
立如常神工巧思千古一人而已近代外國琍

瑪竇有自鳴鐘亦其遺意也

今人語工程之巧者必曰魯班所造然魯班之後世固未乏巧工而斑之製造傳於世者未數見也漢之胡寬丁緩李菊唐之毛順俱載史册宋時木工喻皓以工巧蓋一時爲都料匠著有木經三卷識者謂宋三百年一人而已　國朝徐杲以木匠起家官至大司空其巧侔前代而不動聲色常爲內殿易一棟審視良久於外另作一棟至日斷舊易新分毫不差都不聞斧鑿

聲也又魏國公大第傾斜欲正之計非數百金
不可徐令人囊沙千餘石置兩旁而自與主人
對飲酒闌而出則第已正矣亦近代之公輸也
以伎倆致位九列固不偶然
喻皓最工製塔在汴起開寶寺塔極高且精而
頗傾西北人多惑之不百年平正如一葢汴地
平無山西北風高常吹之故也其精如此錢氏
在杭州建一木塔方兩三級登之輒動匠云未
瓦上輕故然及瓦布而動如故匠不知所出走

汴賂皓之妻使問之皓笑曰此易耳但逐層布板訖便實釘之必不動矣如其言乃定皓無子有女十餘歲卧則交手於胸爲結構狀或云木經女所著也

國朝徐杲之外又有蒯義蒯剛蔡信郭文英俱以木工官至工部侍郎而能名不甚者

梓匠輪輿能與人規矩不能使人巧然巧一也至於窮妙入神在人自悟分量有限卽幾希之間難於登天若曹元理趙達算術再傳之後漸

尤極精妙凡遇痘疹未發時一見卽別其吉凶生死百不爽一也性落魄嗜酒每痘疹盛行時門外圍繞常千百人肩輿於道聚衆攘奪齊每自病之欲棄去而不能也余行天下見諸小兒醫未有及之者卽謂錢乙復生可耳

痘瘡者乃造化之殺機兒童之劫數非可以常理測也世人沿習之論但云胎毒所致故有謂成胎以後勿復再幸者有謂初生之時採取其口中血者有謂懷胎十月勿食醲厚煎煿滋味

者至於燒臁煉砂兎血稱呈諸方言人人殊及
其試之百無一驗況有同母共胎孿生者而稱
稀迥若天壤又有一時氣運吉凶不同倘遇其
吉比屋皆安若際其凶夭札如麻至有一村之
中無復兒聲者此蓋長平坑卒南陽貴人之比
而祿命醫藥至此盡不足憑矣但初發之時吉
凶即可辨識執其色而發驗者多凶執微而發遲
者多吉吉者靜以俟之凶者藥以解之無實實
無虛虛無信庸醫覆方亡友以冀功不吝筆散拔

之守禁忌節起居慎調護謹飲食卽凶亦有變爲吉者如其不然足以速其斃耳至於藥七之方則始終以解毒和中爲主始則發散之既則表托之後則徒中排膿如是而已其它奇方劫藥不可輕試也

嗜異味者必得異病挾怪性者必得怪證習陰謀者必得陰禍作奇態者必得奇窮此格言也故曰君子依乎中庸

卜筮原無他術惟在人靈悟推測隱微固非可

以口傳而語授也如占雨得剥李業興以坤上艮下艮爲山山出雲占爲有雨吳遵世以坤爲地土制水占爲無雨而卒無雨卜二牛先起得火兆郭生以火色赤謂赤牛先起麴紹以火將然烟先發謂青牛先起而卒如紹言另乃知在人見解耳

皇甫玉善相人至以帛抹眼摸其骨體便知休咎百不爽一今江湖方外尚有傳捻骨相者如正統間虎丘半塘寺僧兩目俱盲揣骨無不奇

算自負云一城中可算若干人一廒中可算若干米分毫不差然未經試驗今其法具在亦未有能傳之者也

唐公嘗云知歷數又知歷理此吾之所以異於儒生知死數又知活數此吾之所以異於歷官所著勾股測望論勾股容方圓論弧矢論分法論六分論發揮備矣余在吳興訪顧司寇子孫問之皆不得其傳爲之歎息坐上一客曰縱使傳得亦將安用一笑而罷

南方好傀儡北方好秋遷然皆胡戲也列子所載偃師爲木人能歌舞此傀儡之始也秋千云自齊桓公伐山戎傳其戲入中國今燕齊之間清明前後此戲盛行所謂北方戎狄愛習輕趫之能者其說信矣

古今不甚相遠者惟有醫之一途蓋功用最切優劣易見人多習而精之故也然扁鵲之視五臟癥結華陀之剖心傳藥不可得已李子豫徐秋夫孫法宗許智藏之技冥通要眇鬼物猶或

僤之況常人乎甄權王彥伯張仲景葛洪錢乙之輩史不絶書觀其著論造極撥七觧厄若運之掌功參造化不謂之聖不可也夫醫者意也以意取効豈必視方哉然須博通物性妙觧脉理而後以意行之不則妄而輕試足以殺人而已

梁新遇朝士風疾告以不可治趙鄂教以食消梨而愈王太后病風餌液不可進許胤宗以黃耆防風煎湯置牀下熏之而能言年少食鱠不

快眼前常見小鏡趙卿詿以會食使啜芥醋而愈富商暴亡梁新因其好食竹雞知爲半夏毒薑汁灌之而愈桐城孕婦七日不產龐安時鍼其虎口使縮手而遽下皇子瘈瘲錢乙以土勝水水平而風自止進黃土湯一劑而安吳門孕婦不下葛可久以氣未足初秋取桐葉飲之立下此以意悟者也史載之治朱師古之食掛徐嗣伯治老姥之針痘賈耽視老人之蝨瘕徐之才視乘船人之蛤精疾周顧知黃門腹中蛟龍

以無命門脉而知爲鬼此以博識者也醫和診
晉侯而知其良臣將死僧智緣每察脉知人禍
福休咎診父之脉而能道其子吉凶此以理推
者也意難於博博難於理醫得其意足稱國手
矣
漢郭玉善醫雖貧賤厮養必盡心力而療治貴
人時或不愈和帝問之對曰貴者處尊高以臨
臣臣懷怖懼以承之其爲療也有四難焉自用
意而不任臣一難也將身不謹二難也骨節不

強不能使藥三難也好逸惡勞四難也針有分寸時有破漏重以恐懼之心臣意且猶不盡何有於病哉唐許胤宗人勸其著書以貽後世者荅曰醫特意耳思慮精則得之脉之候幽而難明吾意所解口莫能宣也古之上醫要在視脉病乃可識病與藥值惟用一物攻之氣純而速愈今之人不善爲脉以情度病多其物以幸有功譬獵不知兎廣絡原野兾一人獲之術亦疎矣一藥偶得它味相制弗能專力此難愈之驗

也噫旨哉二子之言其知道乎進於技矣後世貴人召醫十九蹈郭玉之言庸醫視病不可不思亂宗之旨也

唐太宗苦風眩百醫不效而張憬藏以乳煎蓽撥飲之立差韓晸矢貫左髀鏃不出者三十年劉贇傅以少藥立出之步履如常魏安行妻風痿十年不起王克明一針而動履如初朱彥脩治女子瘵疾皆愈唯頰丹不滅葛可久刺乳而立消此技之有獨至也至於刳破腹背斷截腸

胃抽割積聚湔洗疾穢如有神道設教則吾不敢知若猶技也竊恐理之所無寵安常以爲史之妄者良不虚也已

世閒固有一種奇疾非書所載而療治之方亦殊怪僻非人意想所及者如賈耽所視老人蝨瘕世閒無物可療惟千年木梳及黄龍浴水飲之又有噎死剖腹得鼈者白馬溺淋之悉化爲水一云藍汁治之有患應聲蟲者人教以讀本草至雷丸獨不應遂以主方投之立差又有生

面瘡者諸藥飼之俱下咽至貝毋則閉口瞑目乃捩而灌之遂結痂云此亦奇矣余所記憶蔡定夫之子苦寸白蟲嚙腸胃間如萬箭攢攻醫教以勿食良久炙豬肉一大臠銜而勿嚥如此半晌覺肭間嘈雜不可耐乃以檳榔末取石榴根東引者煎湯調服之暴下如傾得蟲數斗尚能動云此蟲惟月三日以前其頭向上可用藥攻打餘日則頭向下縱有藥皆無益故先以炙誘之令其畢赴然後一舉而殲焉西湖志載醫

者爲吳太師治馬蝗雜記載劉大用爲衛承務子治水蛭法皆與此同不可不知也

宣室志載渤海高生病臆痛不可忍召醫視之醫曰有鬼在臆中藥亦可療者煑藥飲之吐痰斗餘膠固不可觧刃剖之有一人自痰中起初甚么麽俄長數尺倏忽不見鬼藏臆中已奇矣而知臆中鬼者亦神手也不著其名惜哉此與孫藏頸樂神藏鼻中何異

有皮膚中生蟲如蠏走作聲如小兒啼者治用

雄黄雷丸爲末摻猪肉上熱啖之有手足甲忽倒長入肉痛不可忍者葵菜治之有面上及遍身生瘡如猫眼有光彩無膿血痛痒不恒者寒瘡也雞魚葱韭治之有遍身肉出如錐痒痛不能飲食者青皮葱燒灰淋洗飲豉湯解之有遍體生泡如甘棠梨破之水出中有石一片如指甲大去之復生以荆三稜蓬莪术爲末酒服之有灼艾痂落後瘡肉忽片片如蝶飛去痛不可忍者熱證也大黄朴硝爲末水服之此等奇疾

雖世所希有姑筆之以當異聞
宋范縉叔末年得奇疾但漸縮小如小兒臨終
形僅如三五歲耳此疾終無人識太平廣記載
有人患此經年而復故又松滋令姜愚忽病不
識字數年方復故又有人得疾視物皆曲弓弦
界尺之類視皆如鈎竟無能治之者
宋秘書丞張鍔有奇疾中身而分左常苦寒右
常苦熱巾襪袍袴紗綿相半終歲如是太平廣
記載無目表弟亦然可謂異疾矣

陶穀清異錄載盩厔士人有蛀牙疾一日有聲發於齗齶若人馬喧騰而去痛頓止夜半復聞來聲云小都郎回活玉窠也呵殿以次入口中痛復大作其言似幻妄余同年歷城穆吏部深家居得疾耳中嘗聞人馬聲一日聞語曰吾輩出遊郊外郎似車馬騾驢以次出外宿疾頓瘳至晡復聞人馬雜遝入耳中疾復如故穆延醫治百計不効逾年自愈始信書言不謬

又浙有士人一指忽痛指甲間生一珊瑚高二

寸血色氣縷成海市人物城郭樓臺醫謂火所致服以大黃始愈故曰暴病多火怪病多痰醫者不可不知也

善醫者不視方蓋方一定而病無定也余在山東室人產後虛悸每合眼即有氣一股從下部上攻直至胸膈閉急而寤如是五晝夜殆矣諸醫泥方惟以補氣血投之益甚庠生馬爾騏者曉醫語之曰此火也急則治標何暇顧氣血投以胡黃連一進而熟寐一晝夜諸症脫然萬曆

辛亥九月在家侍兒忽病氣逆不可卧一僧喜方者曰此氣不歸元耳六味丸可立愈也投之久而如故且吐出原藥僧怖曰胃有寒痰不受藥矣非附子不能下也余信且疑時有良醫薛子勉者家芋江距城二十里病且亟迺飛騎迎之至診視笑曰易與耳投以蘇子蘿蔔子梔子香附等少許飲之貼然且告之故薛大驚曰凡氣逆者皆火也附子入口必死無疑僧亦媿服至今齊中國手推馬生閩中推薛生也

古之醫皆以鍼石灸炙爲先藥餌次之今之灸艾惟施之風痺急卒之症針者百無一焉石則絶不傳矣古之視病皆以望聞問切爲要今則一意切脉貴人婦女望聞絶不講矣夫病非一症攻非一端如臨敵布陣機會猝變而區區仗諸草木之性憑尺寸之脉亦已疎矣況藥性未必遍諳但據本草之陳言脉候未必細別徒習弦澁之套語殺人如芥可不慎哉

余里中有齊公雲者三代習小兒醫而至公雲

失玄妙非不傳也後人聰明無企及之故也它如管輅之卜華陀之醫郭璞之地一行之天積薪之奕僧孫之畫莫不皆然後人失其分數思議不及遂加傅會以為神授此政不可知之謂神耳豈眞有鬼神哉

諸葛武侯在隆中時客至屬妻治麵坐未溫而麵具侯怪其速後密覘之見數木人斫麥運磨如飛因求其術演為木牛流馬云蓋莊子所謂不龜手之藥或以封或不免於絣澼絖者也自

武侯有此製而後世有巧幻之器如自沸鐺報時枕之類皆托之諸葛有無不可知也

南齊祖冲之因武侯有木牛流馬乃造一器不因風水施機自運不勞人力又造千里船於新亭江試之日行百里及欹器指南車之屬皆能製造此其巧思孔明之後一人而已其論鍾律通書尤極精辨而喪亂之世不見施行惜哉

唐文宗時有正塔僧履險若平地換塔杪一柱不假人力傾都奔走皆以爲神宋時眞定木浮

圖十三級勢尤孤絶久而中級大柱壞欲傾衆工不知所爲有僧懷丙度短長別作柱命衆維而上已而却衆工以一介自隨閉戸良久易柱下不聞斧鑿聲也亦神矣　國朝姑蘇虎丘寺塔傾側議欲正之非萬緡不可一遊僧見之曰無煩也我能正之每日獨擕木楔百餘片閉戸而入但聞丁丁聲不月餘塔正如初覓其補綻痕迹了不可得也三事極相類而皆出遊僧尤奇

算術自皇甫眞曹元理趙達之後未有能繼之
者史所謂得其分數而失玄妙者也北史綦毋
懷文傳載晉陽館有一蠕蠕客胡沙門指語懷
文云此人有異算術仍指庭中一棗樹云令其
布算實數幷辨赤白若干赤白相半若干於是
剥而數之唯少一子算者曰必不少但更撼之
果落一實此其算法視元理不知鼠之爲米又
高一着矣隋諸葛潁宋邵堯夫其次也　國朝
唐應德先生極精算術與顧應祥司寇皆以神

中又高齊時吳士有雙盲者聞人聲音知其貴賤文襄歷試之無不驗者此與漢龍淵術同摸骨揣聲視相人又難矣時又有館客趙瓊其婦叔奇弓雖轉屬宅人無不盡知時人疑其別有假托然總是術之至精耳六朝時有善相笏者相休祐笏以爲多忤休祐以褚淵最爲謹密乃陰換之宅日淵見帝誤稱下官大被憎譴夫一手板棄之則溝中斷耳於人何與術固有不可知者耶宅如李嶠之龜息周必大之帝鬚甘侯

頭低視仰馬周火色鳶肩博識者自當辨之未
爲神也
李筌爲節度判官望東南有異氣而知安祿山
之生賈耽爲節度使見舉子小尼入城而知有火
患二八之識鑒可謂神矣筌註黄帝陰符經推
演幽奥僉謂鬼谷留侯復生而耽於醫藥卜筮
天文術數無不通曉信當代之異人也
卜自管輅郭璞之後至李淳風而神矣相自姑
布子卿唐舉之後至袁天綱而神矣宋之賈孝

先明之袁忠徹皆詣極絕倫上追千古數百年
來未有繼之者也

生死禍福一定不易精術數者但能前知之耳
不能逃也郭璞謂卜珝曰吾不能免公吏亦猶
卿之不能免卿相然璞以忤賊臣而死雖死不
猶愈於生乎桑道茂見汚僞命而哀求李晟以
獲免雖前知之力而生不如死多矣鄭虔遇鄭
相如告以禍亂而勉以守節勿汚卒脫於死前
知者當如此矣

余妻父鄭叅知逑嘗自言未第時有江右金道人者善相百不失一嘉靖甲午秋鄭偕諸名士訪之歷歷如響獨不顧鄭鄭時自負才名恚之道人曰毋怒也秋榜後當奉告至期果下第復問道人道人曰君相法在丁酉當魁省試鄭問何以爲驗曰至年髮當長尺許是其兆也遂去鄭心記之洎丁酉春髮果暴長尺許益自負秋初道人復至告之故曰未也入試之後額當隆起如贅然登第後始消耳已而果然既又問春

榜消息良久彈指曰尚遠尚遠吾不及見也鄭不懌遂不終問越十四年庚戌始成進士訪道人則已死矣

後時蘭溪有楊子高者跛一足挾相人術走天下其辨人貴賤貧富歷歷如見名遂大譟家致萬金嘗至閩一見朱中丞運昌而謂其必死一日至余齋中坐客不期而集者二十許人或文學或布衣或掾史貲郎丹青地師辨析無豪釐差謬人亦疑其有它術者余閒扣之曰此無它

但閱人多耳然也後事多不肯盡言也

鄧通富埒人主亞夫位至封侯而卒不免餓死相法誠不爽矣南史庾實家富於財食必列鼎狀貌豐美人謂必爲方伯及魏尅江陵卒以餓死有褚蘊者面貌尖危從理入口竟保衣食而終相人者安可執一論也

清波雜志載許志康論太素脉謂可卜人之休咎如智緣爲王荊公診脉而知元澤之登第也王禹玉在坐深不然之余在眞州江進之廷尉

言有易思蘭者太素脉甚神試之其說以左右
各三部每部分爲十年十年之中分作七十二
至言亦甚辯時戊戌秋也余欲以明春入都四
月補官問可得否易曰據脉夏方得行官期在
秋余謂不然易傲然笑曰太素已定豈人能爲
然余明年卒以二月行四月授東郡司理易言
未嘗中也在東郡時又有以太素脉見者其說
以心脉爲君肝脉爲臣君臣相應者爲貴脉其
言視易尤爲支離乃謝遣之丙午至閩聞肅有

瞽者亦姓易精此術年八十餘老矣遣人以安
車致之其辨人貴賤卜休咎如神而不肯言診
視之術診時每以一手屈人指自大至小五屈
之即瞭然矣時諸客遞診言皆如響閒及婢僕
脉亦知之余潛以手往視良久驚曰此非凡人
那得至此語之故乃大笑其人戇直貴賤禍福
皆直言之故時爲人毆辱隱深山中惜其絶技
終泯泯不傳也

五雜組卷之五終

古典精粹

五雜組

中册

［明］謝肇淛 撰

中國書店

五雜組卷之六　　　　吳航寶樹堂藏板

陳留謝肇淛著

人部二

祿命之說相傳始於唐李虛中然三刑六合貞觀初巳闢其說似非起於李也至於今星卜林立十得四五聲價卽爗然矣大約子平爲定體五星爲變用譬之相者富貴貧賤部位大略一見可識者子平之局也至於氣色流年變動不一則五星之用也然子平生尅死數人皆革而

習之而五星氣餘躔度變化微眇又豈俗師村瞽之所能測故余從來未見有奇中者也

李虛中以人生年月日所直支干推人禍福死生百不失一初不用時也自宋而後乃并其時參合之謂之八字然虛中末年煉黃金求不死而卒發疽以死可謂不知命之尤者其術又何能靈而今之瞽師村究槩能推生尅衰旺之數但不驗耳使天之生人可以八字定其終身何名造物

世間最不足信者祿命與堪輿二家耳蓋其取驗皆在十數年之後任意褒貶以自神其術而世人喜諛覬福往往墮其術中而深信之余嘗見此二家有名傾華夏而術百無一中者大率因人貴後而追論其祿命因家盛後而推求其先塋意之不得則强爲之觧以求合其富貴之故甚矣人之惑也

推祿命者年月日時相配以定吉凶然今用夏正故寅月屬之今年若建子建丑則十一十二

兩月皆當屬之明歲其生尅制化必有相衲鑿者吉凶又何所適從耶若長平坑卒南陽貴人又所不必論也

京山曹子野以祿命擅名一時余過姑蘇偶聞其在逆旅亟召之至其論與衆不同毋運十年不分支干曰夫干屬天者也支屬地者也合則爲用離則爲敵豈有人之性命五年行天上五年又行地中者乎其言甚辯余不能難也而推未來休咎亦殊不驗又聞岳州有李逢頭者其

術勝曹惜未之見耳
祿命之說誠眇茫不足信人有同年庚日時而貴賤逈不相同者相傳　太祖高皇帝已定天下募有與已同祿命者得江陰一人召至欲殺之旣見一野叟耳問何以爲生曰惟養蜂十三籠取其稅以自給　太祖笑曰朕以十三布政司爲籠蜂乎遂厚賜遣還然帝王閒氣固自難以凡人例論也宋時一軍校與趙韓王同年月日時生韓王有大遷除軍校則有一大責罰小

遷轉則軍校微有譴訶此又不知何故至貨粉
鄭氏生子與蔡魯公同命而卒十八溺死則迥
若天淵矣余外祖徐子瞻與同里宋姓者年月
日時盡同少同學相善也同食餼於庠同無子
至四十九歲而宋卒徐懼不敢出戶閾然其後
乃相繼舉三子即惟和兄弟也以貢仕至縣令
歸年八十餘始卒何後事之大不相同耶永康
程京兆正誼與義烏虞懷忠同祿命同以辛未
成進士同作司李同日內召然虞授御史聲勢

烜赫家富不貲坐左遷後稍起至縣令鬱鬱以死程授比部郎出入藩臬位至大京兆年八十方卒乃其家貲不敵虞十一也豈富厚爲造物所忌既奪其爵復減其算耶或爲富不仁虞固有以自取之耶樂善錄所載二十人亦若此蓋以富貴享用折算耳然謂之曰命則宜一定不易或凶惡而富壽或良善而窮夭始足信也若因生平作爲而轉移則又何必言命哉

萬曆丙午浙中有鄺道人者挾數學來閩人信

之如神然小術頗有驗余往訪之鄽以片紙書數字内袖中既令余念詩經一語余漫應曰關關雎鳩已出袖中書則此句也凡人有來卜者有數事輒預書貼壁上令自取之無不符合以是名益噪然余細覈之似有役鬼搬運之術耳其未來事分毫不驗也先是廣平有籍大成者最善諸幻術逆旅天寒有數客至大成爲符焚之食頃酒肴皆具又焚一符則歌妓畢集但自腰以下不可見耳問其故曰此生魂也吾以術

攝之有人若尪瘠無力大成爲呵一氣卽攝一人力傳其體呵十氣遂可舉千斤少頃尪瘠如故後坐不法論死繫司寇十餘年人問之曰吾越獄如平地耳但有此宿業須受之必不死也已而果赦出戍遼左自後爲幻術者皆宗大成而失其神妙若鄙生者又不足數也

嘉隆間新安汪龍受得數學於遊僧頗有奇驗四明袁文榮當國寄一白棊子託人問子汪曰白者北也棊子者子也此北京當局之人來問

子也但此基于非木非石經火鍛鍊了無生氣必不能生子君再以生尅之理推之此老不久亦當終局其人隱之不敢以聞越數月而袁公捐舘

幻戲雖小術亦自可喜余所見有開頃刻花者以蓮子投溫湯中食頃即生芽舒葉又食頃生蓮花如酒盞大又有燃釜沸油投生魚其中撥剌游泳良久如故又有剖小兒腹種瓜頃刻結小瓜剖之皆可食又有以利刃二尺許插入口

復抽出又有仰卧以足承梯倚空而不仆一小
兒穿梯以升直至其巔觀者毛髮灑瀝至於舞
竿走繩特其平平者耳長安丐者有犬戲猴戲
近有鼠戲鼠至頑非可教者不知何以習之至
是余庚戌在京師見戲者籠一小雀中置小骨
牌僅寸許擊小鑼一聲雀以口啄其機門便自
開令取天牌則銜六六出取地牌則銜么么出
其應如響觀畢復擊鑼一聲雀入而門自閉輟
耕録載弄蝦蟆者亦然噫亦異矣

風角之術起於漢末謝夷吾望閤而知烏程長之死李郃觀星而知益部使之來精之至也後來樊英管輅之輩皆本於此第其術有至未至耳風吹削脯楊由知人獻橘赤虵分道許曼知太守爲邉官至於段翳封藥門生知與吏鬭破李南礬室暴風其女預知死期可謂通變化入幽冥無以加矣至魏而管輅詣其極至晉而郭璞集其成五胡之世佛圖澄崔浩陸法和擅其稱盛唐之時羅公遠僧一行孫思邈闖其室五

代以降其術不復傳矣
漢時解奴辜張貂皆能隱淪出入不由門户此後世遁形之祖也介象左慈于吉孟欽羅公遠張果之流及晉書女巫章丹陳琳等術皆本此謂爲神仙其實非也其法有五曰金遁曰木遁曰水遁曰火遁曰土遁見其物則可隱惟土遁最捷蓋無處無土也須煉遁神四十九日於空山無人之中獨坐結念更有符呪役使百神若一念妄起便須重煉即如紅線聶隱孃精精空

空之流皆此等輩耳　國初有冷謙字啓敬導人入太倉庫盜錢事發被逮求飲即跳入缾中撲破片片皆應而竟不知所在此水遁者也正德初有老翁脫太監於流賊者又鍾髩髻握土一塊遂不見土遁者也

傳記載劒俠事甚多其有無不可知大率與遁形術相表裏今天下未必盡無其人也但此術終是邪魅非神非仙蜀許寂好劒術有二僧語之曰此俠也願公無學神仙清淨事異於此諸

俠皆鬼爲陰物婦人僧尼皆學之其言信矣但
紅線隱孃及崔愼思王立董國度所娶事皆相
類或亦好事者爲之耳
凡幻戲之術多係僞妄金陵人有賣藥者車載
大士像問病將藥從大士手中過有留於手不
下者則許人服之日獲千錢有少年子傍觀欲
得其術俟人散後邀飲酒家不付酒錢飲畢竟
出酒家如不見也如是者三賣藥人扣其法曰
此小術耳君許相易幸甚賣藥曰我無它大士

手是磁石藥有鐵屑則粘矣少年曰我更無它不過先以錢付酒家約客到絕不相問耳彼此大笑而罷

國初程濟朝邑人有仙術爲四川岳池縣教諭相去數千里旦暮寢食未嘗離家而日治岳池事不廢後隨建文出亡卒脫艱險濟有力焉然則王喬盧眈之事世固未嘗無其人也

傳記有周文襄見鬼事蓋已死而英氣未散魂附生人無足異也如劉偉者爲太守卒已數十

年忽往來人間言未曾死則妄矣近萬曆間又
有稱威寧伯王越者往來吳越間人信之若神
大抵妖人假托之詞耳安知宋時賀水部者非
妄耶世人好奇遂不及察非雋不疑不能縛戾
太子也

夷堅志載法術若毛一公汲井婦人之類一遇
其敵便幾至殺身相傳嘉隆間有幻戲者將小
兒斷頭作法訖呼之卽起有游僧過見而哂之
俄而呼兒不起如是再三其人卽四方禮拜懇

求高手放見重生便當踵門求教數四不應見巳僵矣其人乃撮土爲坎種葫蘆子其中少頃生蔓結小葫蘆又仍前禮拜哀鳴終不應其人長吁曰不免動手也將刀砍下葫蘆衆中有僧頭歘然落地其小兒應時起如常其人即吹烟一道冉冉乘之以升良久遂沒而僧竟不復活矣蓋術未精而輕挑釁端未有不死者也夷獠之中此術最多庚巳編載吳中焚屍亦有此術有李智者甚與毛一公相類也

木工於竪造之日以木籤作厭勝之術禍福如
響江南人最信之其於工師不敢忤嫚數見諸
家敗亡之後拆屋梁上必有所見如說聽所載
則三吳人亦然矣其它土工石工莫不皆然但
不如木工之神也然余從來不信亦無禍福家
有一老木工當造屋時戲自詡其能余詰之曰
汝既能作凶亦當能作吉屋成能令永無鼠患
當倍以十金奉酬工謝不能也大凡人不信邪
則邪無從生

夷獠中有採生術又善易人手足有在獠中與其婦淫者其夫怨之以木易其一足而不知也旬日之間漸覺痿痺不能起又久之皮乾木脫成廢人矣吾閩中有蠱毒中人則夜爲之傭作皆夢中魂往醒則流汗困乏不數月勞瘵以死此亦採生之類也

元世祖誅阿合馬籍其家有妾名引住者搜其藏得二熟人皮於櫃中兩耳俱存扃鑰甚固問莫知爲何人但云詛呪時置神座上其應如響

漢時宫中巫蠱但得木偶人耳未聞以人皮者也近來妖人有生剖割人而攝其魂以爲前知之術者蓋起於此若樟柳神靈哥又其小者耳成化間妖人王臣篋中有二木人聽其指揮此亦巫蠱之遺法也

遇天使而求金占失僕而假策代籠臂而目疾愈廷射鳥而母病除救墮梁於十世之後免重辟於黄沙之中術數之精乃與神通然亦非頡悟絶倫不能與也宋餘杭徐復以六壬名天下

及閩州僧與衙校推禍福惟而抑之僧曰盡子思慮所至子所不及吾無如之何復卽以爲課與曰時推之累日盡得僧之祕但有駒墮三足者未之見也僧曰子智止此不可强也乃知人之天分有限百工技藝莫不皆然

管仲之識俞兒也子產之識實沈臺駘也東方朔之識巫雀畢方也終軍之識騶虞鼮鼠也劉向之識危與貳負也蔡邕之識青鸞投蜺也張華之識海凫龍肉也諸葛恪之識傒囊也陸敬

叔之識彭侯也何承天之識威斗也陸澄之識服匿也沈約之識焦明畚蓋也斛斯徵之識錞于也劉杳之識挈囊也傅奕之識金剛石也歐獻秉之識息壤也賈耽之識蠡瘕也段成式之識報時鐵也留源之識寃氣也傅弘業之識虎蛙也徐鉉之識海馬骨也贊寧之識蚌淚畫也此以博識得之者也還無社之對山鞠窮也騶忌之對隱語也東方朔之荅令壺齟也楊脩之辨黄絹也李彪之辨二三兩兩也劉顯之辨貞

字也則天之解青鶴也班支使之解大明寺水也此以捷悟得之者也捷悟者可以思而及傳識者不可以强而致也至於鄭欽悅辨任昇之銘據鞍繹思僅三十里而千古之疑一旦氷解近於神矣東平昌生辨石壁道語斯爲次之其它如談馬礪畢之題川狗御飯之語巴爲黄絹之重𡎺而去姓得衣之叙委時百一之解不過離合之韲婦作者固可厭而解者亦不難也人有一目數行俱下者非真俱下也但目捷耳

遲速相去甚者差四五倍不但三二也一覽無遺則嘗有之矣閩林誌避雨寓染坊得其染帳漫閱之匆匆而去越二日其家回祿索帳者紛然莫知為計林復過之曰我能記之取筆疾錄不爽一字此天生之資非強記可到者嘉禾周鼎讀百韻詩一遍即誦又能從末倒誦亦絕世之資矣而功名不顯蓋似有別才也

子瞻再讀漢書張方平聞而訝之則張之頴悟過蘇可知然而蘇以文章名世張卒無聞也此

陸澄所以有書廚之誚也

介葛盧解牛語公冶長侯瑾解鳥語陽翁仲李南解馬語唐僧隆多羅白龜年俱通鳥獸語成子楊宣皆解雀語夫鳥獸之音終身一律果能語耶左氏之誣野史之謬無論已公冶長聖門高第乃受此穢名至宋之問詩不如黄雀語能免冶長災則真以爲實事矣世又傳公冶長雀繞舍呼曰公冶長南山虎䭾羊汝得其肉我食其腸又云嗜嗜嘖嘖白蓮水邊有車覆粟車脚

淪泥犢牛折角牧之不盡相呼共啄余謂雀作人言固可怪而春秋之雀知用沈約之韻又可怪也至太原王氏因祭厠神而獲聞蟻言又奇矣

元時有必蘭納識里者貫通三藏及諸國語凡外夷朝貢表牋文字無能識者皆令譯進令左右執筆口授如流略不停思皆無差謬衆無不服其博識而不知其所從來也此其難又甚於介葛盧等矣

冷齋夜話載太平有日者爲市井凡庸之人課無不奇中至爲達官貴人課則皆無驗或問之答曰我無德量凡見尋常人則據術而言無所緣飾見貴人則最怖往往置術之實而務爲諛詞其不驗要不足怪此言政與漢郭玉論醫相同余行天下遇有術數者多召致之而十九無驗彼務爲迎合故也

六壬之數若精天下無不可測之物雲間有陳生者嘗爲之試以小事良信嘗教余四課三傳

之法至於占觧推測在人自悟不可傳也余時
亦懶且以爲無益遂不竟學徒家藏其書數百
卷今細思之終是無益縱學得如邵堯夫亦徒
爲人役役故盡付之丙丁也
脩武有崔生者善六壬余在東郡曾一致之言
多竒中但其起課法微不同大約用金口訣取
其簡便耳向後休咎亦不肯盡言也聊城楊師
孝術頗精於崔人以神仙目之然其人不學無
術故不能盡其變也

古人謂著短龜長故舍筮從卜今之卜則六壬備矣患人未之精耳筮用易占其繇不可得而聞也不知古卜筮繇詞皆何所本如鳳凰于飛大横庚庚之類似非當時杜撰也焦延壽易林其占亦多奇余於己亥春爲友人筮補官得僵屍蔽野不見其父之繇時友人有老父在不懌也余解之曰僵屍無驗矣而獨喪父驗乎妄耳無何馱播俘至日補牒下友人拊心曰驗矣柰何旬日而外艱之訃至

自周以後始有堪輿之說然皆用之建都邑耳如書所謂達觀于新邑營卜瀍澗之東西詩所謂考卜維王宅是鎬京者則周公是第一堪輿家也而葬之求吉地則自樗里始然漢時尚不甚談至郭璞以其術顯而惑之者於是牢不可破然觀天下都會市集等處皆倚山帶溪風氣回合而至於葬地則有付之水火犁爲平田者而子孫貴盛自若也其効驗與否昭然矣世人不信目而信耳悲夫

堪輿自郭璞之後黄撥沙厲伯招其最著者也
然璞已不免刑戮於其身而黄厲之後子孫何
寥寥也其它如吳景鸞徐善繼等或不得令終
或後嗣絶滅若有地而不能擇是術未至也若
曰天以福地留與福人則又何必擇乎江南之
俗子孫本支人各爲塚一家貴盛則曰某祖墳
也一支絶滅則曰某祖墳也而其家丘壠百數
豈獨無一善地足以掩前人之失又豈獨無一
惡地足以敗已成之緒者乎至如父得善地子

得惡地禍福又將何適從也况爲其術者各任巳見甲以爲善乙以爲惡嚣然聚訟迄無定評而漫以祖父之骨嘗試於數十年之後以驗術者之中否而其人與骨固巳朽矣則又何憚而不妄言也且人之一身歲不能無休戚醫門百口歲不能無盛衰此必然之理也而謂生者之命脉其權盡制於死者之朽骨不亦可笑之甚耶

葬欲其速朽也比化者無使土侵膚人子之情

也山形完固不犯水蟻不近田疇土膏明潤梧楸森鬱苑者之宅永安子孫自陰受其庇矣若必待吉地暴露淺土惑於異議葬後遷移使祖父魂魄無依骨肉零落天且殛之矣何福之能求世有掘墓而得石與水者皆好奇以求福也不求福則無禍

世有葬後而棺反側者地脉斜也棺骸俱散者無生氣也聚葉滿穴中者風殺也水蟻之患可避而此數者稍難辨耳

葬地大約以生氣爲主故謂之龍經所謂空手抱鋤頭步行騎水牛者總欲認得真龍耳龍真穴真斷無水蟻風殺之患世有好奇者先看向背沙水而後以巳强合之誤人多矣

有龍真而穴未真者氣脉未佳也故好奇者有斬龍法譬之入方違適而挽之使入門也不可爲訓恐有主客同情之戒

吳越之民多火葬西北之民多葬平地百年之後犁爲畎畝矣而富貴不絶地理安在

惑於地理者惟吾閩中爲甚有百計尋求終身無成者有爲時師所悞終莽敗絶者又有富貴之家得地本善而恐有缺陷不爲觀美築土爲山開田爲陂圍垣引水造橋築臺費逾萬緡工動十載譬人耳鼻有缺而雕琢爲之縱使亂眞亦復何益况於勞人工絶地脉未能求福反以速禍悲夫

余從大父觀察公諱廷柱於書無所不讀聰頴絶人而尤於擇地自負所著堪輿管見人爭傳

誦之致政歸築室於西湖之上面城背水四面
巨浸人以爲絶地公不聽也傳及子孫貧落日
甚孤丁孑然幾斬竟不能有鬻爲宗祠
古今之戲流傳最久遠者莫如圍棋其迷惑人
不亞酒色木野狐之名不虛矣以爲難則村童
俗士皆精造其玄妙以爲易則有聰明才辯之
人累世究之而不能精者杜夫子所謂有裨聖
教固爲太過而觀其開闔操縱進退取舍奇正
互用虛實交施或以予爲奪或因敗爲功或求

先而反後或自保而勝人幻化萬端機會卒變信兵法之上乘韜鈐之祕軌也棊經十三篇語多名言意甚玄着要一言以蔽之曰着着求先而已矣

奕秋杜夫子王抗江彪王積薪滑能之技不知云何卽其遺譜亦無復傳者矣今所傳者尚有王積薪所遇姑婦及顧師言鎮神頭二勢婦姑之說荒誕不足信或者積薪以此自神其術耳鎮神頭以一着解兩征雖入神妙而起手局促

纏累所謂張置疎遠者安在哉恐亦好事者爲之耳今之勢譜如所謂大小鐵網捲簾邊金井欄者凡以百計要其大意只求制人而不制於人而已

唯其求制人故須求先始而布置既而交戰終而侵綽稍緩一着則先手爲彼所得而我受制矣先在彼者棄子可也先在我者無令人有可棄之子可也

近代名手弇州論之略備矣以余耳目所見新

安有方生呂生汪生閩中有蔡生一時俱稱國
手而方於諸子有白眉之譽其後六合有王生
足跡遍天下幾無横敵時方已入貲爲大官丞
談詩書不復與角而汪呂諸生皆爲王所困名
震華夏乙巳丙午余官白門四方國士一時雲
集時吳興又有周生范生永嘉有鄭頭陀而技
俱不勝王洎余行後聞有宗室至諸君與戰皆
大北王初與戰亦北越兩日始爲敵手無何王
又竟勝故近日稱第一手者六合小王也汪與

王才輸半籌耳然心終不服每語余彼野戰之師非知紀律者余視之良信但王天資高遠下子有出人意表者諸君終不及也

到溉於梁武御前比勢覆局凡有記性者皆能覆局不必國手也余棋視王方諸君差三四道至覆局則與之無異與余同品者皆不能也此但天資強記耳遇能記時它人對局從旁觀亦能覆之至其攻取大略即數年後十猶可覆七八也

王六合與余奕受四子然其意似不盡也王亦推余頗悟謂學二年可盡其妙時余以廢時失事不肯竟學然尚嗜之不厭至丙午南歸始豁然有省取所藏譜局盡焚棄之從此絶不爲矣然世人之戒奕難於戒酒也

邯鄲淳藝經碁局縱横各十七道合二百八十九道其製視今少七十一道漢魏以前想皆如是至誌公說法曰從來十九路迷悞許多人則與今無異矣

象棋相傳爲武王伐紂時作即不然亦戰國兵家者流蓋時猶重車戰也兵卒過界有進無退政是沉船破釜之意其機會變幻雖視圍棋稍約而攻守救應之妙亦有千變萬化不可言者金鵬變勢略備矣而尚有未盡者蓋著書之人原非神手也

象棋視圍棋較易者道有限而算易窮也至其纂小圖大制人而不制於人則一而已

唐玄怪録載岑順事可見當時象棊遺製所謂

天馬斜飛，輜車直入，步卒橫行者，皆彷彿與今同，但云上將橫行擊四方者稍異耳。唐不聞有象，而今有之。胡元瑞云：象不可用於中國，則局中象不渡河，與士皆衛主將者，不無見也。

雙陸一名握槊，本胡戲也。云胡王有弟一人得罪，將殺之，其弟於獄中爲此戲以上，其意言孤則爲人所擊，以諷王也。曰握槊者，象形也；曰雙陸者，子隨骰行，若得雙六則無不勝也。又名長行，又名波羅塞戲。其法以先歸宮爲勝，亦有任人打子布滿他宮使之無所歸者謂之無梁不成則反負矣其勝負全在骰子而行止之間貴善用之其製有北雙陸廣州雙陸南番東夷之異事始以爲陳思王製不知何據

博戲自三代已有之穆天子與井公博三日而決仲尼曰不有博奕者乎莊周曰問穀奚事則博塞以遊今之樗蒲是其遺意但所用之子隨時不同古有六博謂大博則六着小博則二焭其法今不傳矣魏晉時始有五木之名梟盧雉

犢塞也其制亦不可考但史載劉裕與諸人戲餘人並黑犢以還劉毅擲得雉及裕擲四子皆黑一子跳躍未定裕厲聲喝之即成盧又曹景宗擲得盧遽取一子反之曰異事遂作塞則盧與犢塞皆差一子耳大約黑而純一色者爲盧相半者爲雉黑而有雜色者爲犢塞以今骰子譬之則渾四爲梟渾六爲盧四六相半爲雉其它雜色則犢塞耳今之樗蒲朱窩云起自宋朱河陰紅譜一云楊廉夫所作然其用有五子四

子三子之異視古法彌簡矣

擲錢雖小戲然劉寄奴能喝子成盧宋慈聖側立不仆光獻盤旋三日似皆有鬼神使之者昔秋武襄平廣南手擲百錢盡紅雖云譎術乃更勝眞

投壺視諸戲最爲古雅郭舍人投壺激矢令反謂之驍一矢至百餘驍王胡之閉目貫革置障石崇妓隔屏風薛眘惑背坐反投而無不中技亦至矣今之投壺名最多有春睡聽琴倒挿卷

簾鷹銜蘆翻蝴蝶等項不下二三十餘種惟習之之至熟自可心手相應大率急則反緩則斜過急則倒過緩則睡又有天壺高八尺餘賓主坐地上仰投之西北士夫多習此戲

藏鈎似今猜枚如西陽雜俎所載則衆人共藏一鈎而一人求之此即古意錢之戲也後漢書梁冀能挽滿彈棊格五六博蹴踘意錢之戲其法今亦不傳矣猜枚雖極鄙俚亦有精其術者吳門袁君著有拇經自負天下無對然余未之

見惟德清半月泉有行者百發百中人多疑有他術然實無之也惟記性高耳能記其人十次以上則縱橫意之無不中雜俎所謂察形觀色若辨盜者得之矣

彈棊之戲世不傳矣即其局亦無有識之者呂進伯謂其形似香爐然中央高四周低與香爐全不似也弘農楊玍十八歲味彈棊局云魁形下方天頂突二十四寸窓中月想其製方二尺有四寸其中央高者獨圓耳今閩中婦人女子尚

有彈子之戲其法似圍棊子于五隨手撒几上敵者用意去其二而留三所留必隔遠或相黏一處者然後彈之必越中子而擊中之中子不動則勝矣此卽彈棊遺法魏文帝客以葛巾拂無不中者也但無中央高之局耳

後漢諸將相宴集爲手勢令其法以手掌爲虎膺指節爲松根大指爲蹲鴟食指爲鉤戟中指爲玉柱無名指爲潛虬小指爲奇兵腕爲三洛五指爲奇峰但不知其用法云何今里巷小見

有捉中指之戲得非其遺意乎然以將相爲戲已大不雅而史弘肇以不解之故索劒相詬不可笑也卒啓驕族之禍悲夫

今博戲之盛行於時者尚有骨牌其法古不經見相傳始於宣和二年有人進此共三十二扇二百二十七點以按星辰之數天牌二十四象二十四氣地牌四點象四方人牌中數以象三才其取名亦皆有意義對者十一爲正牌不對者有八爲雜牌二色已成牌兩牌成而後出色以相

塞其取名如天圓地方樱桃九熟之類後人數
演其說爲易以唐詩一句殊精且巧矣此戲較象
窩近雅而較圍棋爲不費一時余頗然亦不減木
野狐云
柔麦巷兒戲則有行棋或五或七直行一道先至
者勝此古蹙融戲也有馬城不論縱橫三子聯
則爲城城成則飛食人一子其它或夾或挑就
近則食之不能飛食也有紙牌其部有四曰錢
曰貫曰十曰萬而立都總管以統之大可以捉

小而總管則無不捉也其法近於孫武三驅之術而吳中人有取九而捉者又有棋局如螺形四面逐敵子入窮谷中而後捉取之曰旋螺城雖鄙褻可笑細玩亦有至理存焉按經籍志有旋棋格即螺城也然螺城名似更佳

李易安打馬之戲與握槊略相似但彼雙則不擊而此多逢寡即擊如疊至十九馬而遇二十馬即披擊矣一夫當關則它騎不得過又可以反而擊人之單騎行至函谷關則非疊十騎不

得過至飛龍院則非二十騎不得過非正本采不得行而臨終尚有落塹一局所謂行百里者半九十也此戲較諸藝爲雅有賦文亦甚佳但聚而費錢稍多耳江北人無知之者余在東郡一司農合肥人也懇余爲授之甚喜

晁無咎有廣象棋局十九路九十一子今不傳矣司馬溫公製七國象棋法亦是推廣象戲遺意而近於腐爛至魏游秇肇製儒棋有仁義禮知信之目則益令人嘔噦不堪戲者戲也君若露

出大儒本色則不如讀書矣

唐李郃有骰子選格宋劉蒙叟楊億等有彩選格即今陞官圖也諸戲之中最爲俚俗不知尹洙張訪諸公何以爲之不一而足至又有選仙圖選佛圖不足觀矣

唐宋以前有葉子格及偏金葉子格金龍戲格捉臥甕人格皆不知何物其法亦無傳之者

陳晦伯引咸定録云唐李郃爲賀州刺史與妓人葉茂連江行因撰骰子選謂之葉子天下尚

之又歸田録云有葉子青者撰此格今其式不可考楊用脩以爲似今紙牌而晦伯元瑞非之皆未有的證也晦伯謂楊大年好之不過因青瑣雜記有與同輩打葉子之語耳

晉未誠多異人如史所載陳訓戴洋韓友淳于智歩熊杜不愆嚴卿隗炤卜珝鮑靚麻襦單道開黄泓王嘉郭麐臺產之輩皆窮極術數造詣窈冥苟能用之足以息戰争裨治化如圖澄之仕石虎羅什之從呂光微言曲誨利益多矣索

統占夢其術爲下然觀其辭陰譖之言曰少無
山林之操遊學京師交結時賢希申鄙藝會中
國不靖欲養志終年老亦至矣不求聞達適知
彼固有托而逃者耶
鳩摩羅什但能精通術數博極羣書僧中之子
雲茂先也謂之成佛作祖吾則未敢什父羅炎
脩行不遂爲禁臠所逼已墮落矣至什而復蹈
其轍焉雖曰被逼亦由欲障未除升座講經之
際二兒登肩神識未定鬼瞰之矣既生二子何

恵法種無嗣伎女十人之蓄不亦可以已乎臨終之時誦神呪自救未及致力轉覺危殆其處死生之際非能脫然無罣礙者尚在道安佛圖澄之後乎

晉會稽夏仲御能作水戲操柁正櫓折旋中流初作鯔鮆躍後作鯆鯸引飛鷁首掇獸尾奮長梢而直逝者三焉於是風波振駭雲霧杳冥白魚跳入舟者八九又作大禹慕歌之聲曹娥河女之章子胥小海之唱以足扣船引聲喉囀清

激慷慨大風應至含水嗽天雲雨響集叱咤讙呼雷電晝冥集氣長嘯沙塵烟起王公已下莫不駭恐此與李譽所遇父老何異亦曠代之異人也

晉呂恒居無定所不娶妻妾人有喪葬千里往弔或同日共時咸共見焉又能闇中取物如晝無差此亦曇霍麻襦之流也而史列之隱逸誤矣

謝石之拆字小數也然拆杭字知兀朮之復來

拆春字爲秦頭之蔽日則事與機會隱諷存焉賈似道時術士拆奇字謂立又不可可又不立亦足寒奸邪之膽矣而不免殺身悲夫

耿聽聲嗅衣以知吉凶貴賤王生聽馬蹄以知丁謂西行沈僧昭聞南山虎聲而知國有邊事張乘槎見來遠樓而知藩司有喪皆風角之術與拆字相同機智之人可以意會不可以法傳也

古者巫覡之俗盛於陳鄭蓋奸淫奇衺之所托

也然上有西門豹則河伯絕取婦之媒下有夏
仲御則丹珠失鼓舞之勢君正獲禱而一郡之
巫息上左震破鎖而山川之祟消夫師杖而甘雨
至扭桓斬而人妖絕世間第一妖惑莫此爲甚
而世猶信之不已何哉
漢文帝令丁夫人維揚虞初等以方祠詛匈奴
大宛日顯神君文成輩遊故其後卒有巫蠱之
禍父子夫婦君臣之間坐夷滅者不可勝紀然
周禮宗伯之屬詛祝掌盟詛司巫掌群巫之政

至於男巫女巫不一而足以冬至致天神人鬼以夏至致地祇物魅則三代已有之矣曾謂周公作法而有是乎

今之巫覡江南爲盛而江南又閩廣爲甚閩中富貴之家婦人女子其敬信崇奉無異天神少有疾病即禱賽祈求無虛日亦無遺鬼楮陌牲醪相望於道鐘鼓鐃鐸不絕於庭而橫死者日衆惜上之人無有禁之者哀哉

閩俗最可恨者瘟疫之疾一起即請邪神香火

奉事於庭惴惴然朝夕拜禮許賽不已一切醫藥付之罔聞不知此病原鬱熱所致投以通聖散開闢門戶使陽氣發洩自不傳染而謹閉中門香烟燈燭熏蒿蓬勃病者十人九死即幸而病愈又令巫作法事以紙糊船送之水際此船每以夜出居人皆閉戶避之余在鄉間夜行遇之輒徑行不顧友人醉者至隨而歌舞之然亦卒無恙也

閩女巫有習見鬼者其言人人殊足徵詐僞又

有吞刀吐火爲人作法事禳灾者楚蜀之間妖
巫尤甚其治病祛灾毫無應驗而邪術爲祟往
往害人如武岡姜聰者迺近時事也吾閩山中
有一種畬人皆能之其治祟亦有小驗畬人相
傳盤瓠種也有苟雷藍等五姓不巾不履自相
匹配福州閩淸永福山中最多云聞有呪術能
拘山神取大木箍其中云爲吾致獸仍設穽其
傍自是每夜必有一物入穽餍其欲而後已
古之善禁氣者能於骨中出鏃移癰疽向庭樹

至於驅龍縛魅又其易者耳此却是眞符咒非幻術也諸符咒道藏中皆有之但須鍊將耳今遊僧中有燃眉燃指及五七日不饑者非眞有道也亦能禁氣耳至其僞者又不論也

穿楊貫蝨精之至也然亦可習也至於截箭齧鏃非可習而能也神而明之有數存乎其間即羿亦不能傳之子者也

李克用之懸針斛律光之落雕射之聖者也由基矯矢而猿號蒲且虛弦而鳧落射之神者也

后羿之皦日督君謨之志射射之幻者也魏成帝過山二百餘步胡后之中針孔射之伎者也蹲甲而徹七札射鐵而洞一寸射之力者也伯昬務人登高山履危石臨不測之淵背逡巡足二分垂在外射之奇者也范廷召所至鳥雀皆絶射之酷者也魏舒賈堅射之雅者也蕭璝盧廣射之猥者也

肯於德平葛尚寶家見二胡雛鷇弩射飛弦無虛發每射棲雀輙離數寸許弦鳴雀飛適與矢

會其妙有不可言者信天性絶技非學可至也

吳門彭興祖弟善彈藏小石袖中以擲鳥雀百步之内無不應手而殪此與水滸傳所載没羽箭張清何異考史載蕭摩訶擲鋧略與此同惜不用之疆場而但為戲耳

古者射御並稱而今御法不傳矣歌舞並稱而今舞法不傳矣嘯咏並稱而今嘯法不傳矣然猶可想像見者六轡如組兩驂如舞必非輿僮掌鞭之手所能操縱也宛轉從風緬曼旋懷必

非羽籥樂童之輩所能俯仰也至於蘇門隱者若數部鼓吹林壑傳響步兵闈之亦且心折而況千載之下乎然宇宙大矣不應遂無其人或吾未之見也

五雜組卷之六終

五雜組卷之七　　吳航寶樹堂藏板

陳留謝肇淛著

人部三

朱新仲猗覺寮雜記云唐百官志有書學一途其銓人亦以身言書判故唐人無不善書者然唐人書未及晉人也歐褚虞薛亦傍山陰父子門戶耳非成佛作祖家數也右將軍初學衛夫人既而得筆法於鍾繇張旭然其自立門戶何曾與三家彷彿耶子敬雖不逮其父然其意亦

欲自立不作阿翁牛後耳此一段主意凡詩家
畫家文章家皆當識破不獨書也
鍾王之分政如漢魏之與唐詩不獨年代氣運
使然亦其中自有大分別處非謂王書之必不
及鍾也大率古色有餘則包涵無盡神采盡露
則變化無餘老莊所爲思野鹿之治也
右將軍陶鑄百家出入萬類信手拈來無不如
意龍飛虎跳之喻尚未足云洵書中集大成手
也然庾征西尚有家雞野鶩之歎人之不服善

也如此

右軍蘭亭書政如太史公伯夷聶政傳其初亦信手不甚着意乃其神采横逸遂令千古無偶此處難以思議亦難以學力强企也自唐及元臨蘭亭者數十家如虞褚歐柳及趙松雪雖極意摹倣而亦各就其所近者學之不肯晝晝求似也此是善學古人者如必晝晝求似如優孟之學孫叔敖則去之愈遠矣此近日書家之通病也

王未嘗不學褚也歐虞褚薛以至松雪未嘗不學王也而分流異派其後各成一家至於今數之不相及則一由世代之升降一由資性之有限不可强也卽使可强而同歸君子不為也千古悠悠此意誰能解者

書姚樂毅向有蹤迹可尋至蘭亭黃庭幾掃矣知其端倪矣所謂大可為化不可為者也

右軍真蹟今嘉興項家尚存得十數字價已踰千金矣又有姚書十五字王敬美先生以三百

金得之嚴分宜家者今亦展轉不知何處也李懷琳絶交論眞蹟在吾郡林家余見之三四過信尤物也其紙頗有粉墨淡垂脫又一友人所見褚遂良黄庭經紙是砑光下筆皆偏鋒結構踈密不齊與今帖刻全不類大抵眞蹟雖劣猶

勝墨跡之佳者

唐太宗極意推服大王然其體裁結構未免徑落大令局中大令所以遜其父者微無骨耳故右軍賜官奴而以筋骨緊密爲言箴其短也如

洛神賦直是取態而摹田宣示一種古色盡無矣譬之於詩右軍純是盛唐而大令未免傍落中晚也

作字結構體勢原以取態雖張長史奔放駭逸要其神氣生動踈密得宜非頽然自放者也即旭素傳授莫不皆然今之學狂草者須識粗中有細踈中有密自不敢輕易効顰矣

作草書難於作眞書作顛素草書又難於作二王草書愈無蹊徑可着手處也今人學素書者

但任意奔狂耳不但法度疎脫亦且神氣索莫如醉人舞躍號呼徒爲觀者恥笑

蔡君謨云張長史正書甚謹嚴至於草聖出入有無風雲飛動勢非筆力可到然飛動非所難難在以謹嚴出之耳素書雖效顰然拔山伸鐵非一意疎放者也至宋黄米二家始墮惡道國朝解大紳馬一龍極矣桑民懌所謂夜叉羅刹不可以人形觀者也

唐人精書學者無逾孫過庭所著書譜揚扢蘊

奥;悉中條窾雖掊擊子敬似沿文皇之論而溯源窮流務歸於正亦百代不易之規也至於五合五乖之論險絕平正之分其於神理幾無餘蘊且唐初諸家如虞褚歐薛尚傍山陰門戶至過庭而超然融會變成一家幾與十七帖爭道而馳亦一開山作佛手也

陳丁覘善書與智永齊名時謂丁眞永草便覺易右軍之書而右軍不覺懷素揔高正臣之書而正臣不能辨也然異代之下知有智永右軍

懷素而已三子之名無聞也豈非幸不幸哉

頹書雖莊重而凝肥無復俊宕之致李後主所

謂叉手並腳田舍漢者雖似太過而亦深中其

病矣祭姪文既草草而天然之姿亦乏不知後

人同聲讚賞何故此所謂耳食者可笑

宋書如蘇滄浪張于湖薛道祖李元中等亦皆

極力摹倣二王但骨力不足故風釆頓殊耳蔡

君謨極推杜祁公謂之草聖然杜草書亦媚而

乏之筋骨元康里巙書學祁公者也然元人筆力

稍峭健於宋其能書諸家亦多於宋

宋人無書學如蘇黄米老等眞帖初見甚可喜良久亦令人厭棄蔡忠惠勝三家遠甚而時帶俗筆趙文敏之源流蓋自蔡出也元時名家如鮮于困學錢翼之巙巙子山鄧文原皆出宋人上不獨一文敏而文敏名獨噪甚上下五百年縱横一萬里乃知名之顯晦亦有命焉耳

元章書才書學兼而有之非蘇黄二公可望也蘇公字如堆泥其重處不能自舉黄尤杜撰撑

手拄脚放而不收往而不返近於詩家之釘鉸打油矣蓋二公於書學原不深性又不耐煩信手塗出便謂自成一家蓋世之劾顰託於自成一家者多矣

章子厚日臨蘭亭一過蘇子瞻哂之謂從門入者終非家珎然古人學書者未有不從門入人非生知豈能師心自用暗合古人哉但既入門之後須參以變化耳蘇公一生病痛亦政坐此往與屠緯眞黃白仲縱談及此余謂凡學古者

其入門須用古人之法度而其究竟須運自己之手神不獨書也二君深以爲然

古無眞正楷書即鍾王所傳季直表樂毅論皆帶行筆洎唐九成宮多寶塔等碑始字畫謹嚴而偏肥偏瘦之病猶然不免至　國朝文徵仲先生始極意結構踈密勻稱位置適宜如八面觀音色相具足於書苑中亦蓋代之一人也文敏書諸碑銘及赤壁千文等皆以秀媚勝而時有俗筆却無敗筆近俗故能不敗也然文敏

入門却從大王來晚年結構乃自成若此余家藏文敏尺牘二通其筆鋒完勁絕似官奴帖乃知此老源流所自後來紛紛摹本亦畫虎不成耳大凡學古人書當觀真蹟方得其運筆之一二墨帖無爲也

國初能手多黏俗筆如詹孟舉宋仲溫沈民則劉廷美李昌祺之輩遞相摹倣而氣格愈下自祝希哲王履吉二君出始存晉唐法度然祝勁而稍偏王媚而無骨文徵仲法度有餘神化不

足張汝弼乃素師之重儓豐道生寔淳化之優
孟文休承小禪縛律周公瑕槁木死灰其下瑣
瑣益所不論矣今書名之振世者南則董太史
玄宰北則邢太僕子愿其合作之筆往往前無
古人
文徵仲得筆法於巙子山而參以松雪亦時爲
黄米二家書然皆非此公當行惟小楷正書即
山陰在世亦當虚高足一席
雲間莫廷韓有書才而無書學往往失於踈脫

濟南邢子愿有書學而無書才往往苦於纏累吳興臧晉叔一意臨摹而時苦生意之不足姑蘇王百穀專工取態而時覺位置之稍輕夫惟以古人之法度參以自己之丰神華實相配筋骨適均庶乎升山陰之堂入永興之室矣

古篆之見於世者石鼓也非獨其筆畫之古雅規制之渾厚三代遺風宛然可挹或以宇文周時作者妄無疑也三代所傳彝鼎篆刻或工或拙或眞或贗皆不可知卽其筆法篆文或繁或

省從左從右不可摸捉所謂書同文者安在哉
衡山祝融之碑非篆非籀非蟲非鳥而後人以
意傳會强合成文雖曰禹蹟吾未敢信以爲然
也夫結繩散而文字興科斗殘而篆籀作篆隸
微而眞草盛舍繁就簡世之變也必欲舍今而
反古雖聖人不可得已
李斯小篆之作其古今升降之關乎嶧山之銘
視泰山已不啻倍蓰矣漢時小篆僅聞蕭相國
以秃筆題殿額覃思三月觀者如流何起刀筆

爲秦功曹上蔡衣鉢固有所歸矣自晉及唐數百年閒惟李陽冰一人以小篆顯五代以來習者益寡鐫名印者但取裁漢篆位置得宜而止其於斯籀之學槩乎未有聞也隸書自中郎而下世不乏人然東京之筆古色蒼然降而宜官梁鵠駸駸開唐隸門户矣唐蘇許公摩崖碑頗有東京筆意自宋而降專取態度漢隸絕響矣近代之八分皆金元之濫觴也

小篆篆之聖者也漢篆碑文不多見見於印數

者大都標置爲體而學問踈矣唐陳惟玉李陽
氷以篆顯者也嗣玆以降雖鐫石刻玉世不乏
人而考古證今不無遺濡近代新安何震乃以
篆刻擅名一時求者屨常滿非重直不可得震
蓋精小篆者而時時爲漢篆亦以趨時好云爾
然以小篆作印章勝漢篆十倍也

國初閩陳登者字思孝最精小篆凡周秦以來
石刻殘缺無可考者皆能辨之永樂初入中書
時待詔吳郡滕用亨素負書名見其後進忽之

不為禮一日對大衆辨難許氏說文詞說蠭起登隨問條答如指諸掌考古證今百不失一用亨愧服自是名大噪蓋世之精於字學者未必工書惟登兼之以非世俗所尚故聲譽不布而俗書惡札如馬一龍李昌祺等反浪得名悲夫今之隸書皆八分也其源自受禪碑來而務工妍無古色矣文徵仲王百穀二君工八分者也新安詹泮永嘉黄道元次之而皆未免俗所謂失之毫釐相去千里者不可不察也白門胡宗

仁善漢隸嘗爲余題積芳亭扁酷得中郎遺法
而世罕有賞者大聲不入里耳悲夫
今　國家誥勅及宮殿扁額皆用筆法極端楷
者書之謂之中書格但取其莊嚴典重耳其實
俗惡不可耐也洪武初詹孟舉以此技鳴南京
宮殿省寺之署多出其手近代有姜立綱者法
度嚴整過之一時聲稱籍甚然亦時俗之所賞
胥史之摸範耳自後宮二殿中書者皆習姜體
而不及愈甚昔程邈作書以便賤隸謂之隸書

今中書字體謂之省書可也

詹孟舉書雖俗而端重遒逕蓋亦淵源於歐虞而稍變之非姜立綱可望也評孟舉書者謂兼歐虞顏柳之法而有冠冕佩玉之風然冠冕則有之矣法度未易言也眞楷書者如文徵仲斯可矣

師宜官韋仲將大字逕丈小字寸許千言可謂兼才矣子敬堊帚爲書觀者如堵惜其墨蹟今皆不傳蓋體勢過大既難收藏而扁額灑壁終

歸水火故不及行草之流傳久遠也宋時惟米南宮朱晦翁署字今猶有存然皆作意取態標置成體雖非眞正楷法而風韻迺遠自然不俗趙集賢扁書一如眞書妍媚有餘而筋骨盡喪矣近代吳中諸公率以八分題扁較之眞書差易藏拙吾閩林布衣㷧學松雪而稍勁鄭吏部善夫倣晦翁而自得張比部煒得法於米而參以己意其所題識至逾尋丈莫不極天然之趣他方之以書名者不及也

泰山有唐時摩崖碑至爲鉅麗而近人以林焯忠孝廉節四大字覆之論者動以罪焯余謂非焯罪也焯布衣窮死力豈辦此蓋必當時監司有愛其書者下郡縣鐫之石而下吏凡俗急承風旨遂爲此殺風景之事耳　太祖平建康急欲治街道有司遂盡取六朝時碑磨礱以應命俗人所爲往往如是而焯動遭排擊亦不幸矣余游山中見後人磨古碑而鐫巳字比比也

歐陽通作書紙必緊薄堅滑者乃書之而米元

章亦云紙欲研光始不留筆筆欲管小始易運用乃知求師不擇紙筆無不如意之難也然良工不示人以朴擇而用之差無遺憾

近代書者柔筆多於剛筆柔則易運腕也偏鋒多於正鋒偏則易取態也然古今之不相及或政坐此

書名須藉人品人品既高則其餘技自因附以不朽如虞褚顔柳皆以忠義節烈著聲于瞻晦翁書不甚入格而名蓋一代者以其人也不然

彼曹操許敬宗蔡京章惇皆工書者也而今安在哉

運筆之法在於入門之初各得其性之所近故鋒有偏正書有遲速至其優劣不全在此唐晉書多用正鋒然如魯公祭姪文及楊少師凝式書皆已用偏鋒矣趙文敏全用偏鋒近代祝希哲亦然然祝僅行草耳趙即楷書亦偏也何嘗以是減價耶草書欲其峭勁故當疾速楷書欲其法則故尚遲緩如鷩蛇入草鴻飛獸駭之態

必非舒徐者可能而黄庭樂毅等作又豈可以潦草漫不經意者得之哉孫過庭曰勁速者超逸之機遲留者賞會之致將反其速行臻會美之方專溺於遲終虧絶倫之妙可謂盡之矣余所見如莫廷韓黄白仲下筆如疾風捲葉頃刻滿紙臧晉叔書則極意遲緩然莫黄多有敗筆而晉叔苦無逸態亦坐是耳學者須從遲入以速成而終復反於遲斯得之矣

臨古人書者須先得其大意自首至尾從容玩

味看其用筆之法從何起構作何結煞體勢法度一一身處其地而彷彿如見之如此既久方可下筆下筆之時亦便勿求酷似且須泯瀾容與且合且離神遊意會久而習之得其大槩而加以潤色即是傳神手矣余見人學聖教序者一點一畫必求肖合余笑臨字如人結胎一月至十月先具胚廓後傳形骸四支百竅一時畢具非今日具一目明日具一口也若必點點畫畫求之去愈遠矣此亦予瞻言畫竹之意惜人

未有悟者

凡眞蹟經一番摹勒便失數分神采摹倣既久

幾并其面目而失之至於石刻尤易失眞淳化

以帝王之力聚極工巧題曰上石其實木也故

其氣韻生動不失古人筆意爲古今墨跡之冠

但其蒐羅未廣去取頗乖分别眞僞不無混淆

蓋王知微等識鑒分量原自止此而當時亦但

據内府所藏急於成帙不聞有廣蒐博采之令

行於幽遠也使以唐太宗宋高宗爲之君虞褚

米蔡佐之相與盡力括訪極意剖析去饞鼎之十三人名流之遺逸傍及緇流以至形管抉名山石室之藏洩昭陵玉盌之閟勒之貞珉以布海寓書學庶無遺憾乎噫未易言也

淳化一出天下翕然從風其後臨摹重儓不知幾十百種蓋墨刻之盛行從此始也然摹倣既久漸致亂眞辯論紛紛遂成聚訟蓋不獨蘭亭黃庭爲然矣　國朝帖本如東書堂寶賢齋等皆出宗藩既非法眼又無神手萎苶不振僅足

充棗脯耳文氏停雲館所刻宋元諸家皆非得意之筆蓋家藏有限目力易窮以一人而欲盡搜千古之秘安可得哉至於好事之家矯誣作僞者又種種也故書學之至今日亦一大厄也耳食多而眞賞鑒不可得也

魏受禪碑梁鵠書而鍾繇鐫之李陽冰書自篆自刻故知鐫刻非粗工俗手可能也趙文敏爲人作碑必挾善鐫者與偕不肯落它人之手近時文長洲父子皆自摹勒上石或托門客溫恕

章簡甫爲之二人皆吳中名手也縱有名筆而不得妙工本來面目十無一存矣況欲得其神采哉余在吳興得姑蘇馬生取古帖雙鉤廓填上石而自鐫之毫釐不失筆意閭巷中有曾生次之

唐應用善書細字嘗於一錢上寫心經又於麻粒上書國泰民安四字此雖絶世之技然亦近於棘猴矣以余所見有便面上書西廂雜劇一部者余亦能之但目力勝人耳不關書法也

古人有善書而名不傳於世者吳有張紘晉有劉瓌之南齊有蕭宣穎北魏有崔浩北齊有魏仲將宇文周有冀儁隋有僧敬脫唐有薛純陁高正臣呂向梁昇卿席豫諸人或由眞蹟稀少久遂漫滅或因名過其實奕世無傳至於蕭何以功業掩曹操以英雄掩裴行儉以識量掩司馬承禎以高尚掩郗氏以夫掩臨川晉陽公主以父掩世無得而稱焉亦可惜也而業未造就濫得虛名亦時有之故曰或籍甚不渝人亡業

顯或憑附增價身謝業衰嗚乎自古已然何况
今日
渤海高氏所書獼勒頌上比山陰則不足下視
元和則有餘當與虞褚爭道而馳古今彤管此
爲白眉矣帝王之書則梁武帝爲冠宋高宗次
之唐太宗又次之其餘不足觀矣
漢光武一札十行皆親手細書唐太宗嘗手書
勑以賜羣臣可見古人以手書爲禮即萬乘猶
然也故劉裕不善作書劉穆之勸其信筆作大

字以掩拙彼豈乏掌記侍史哉故王右軍上孝武書皆手筆精謹至唐猶然至有勑令自書謝狀勿拘眞行者而誥勑王言皆用名人代書如顏平原柳誠懸之類傳爲世寶良亦不虛至宋而來假手者多迨夫今日則胥史之蹟遍於天下而手書帶行反目爲不敬名分稍尊即不敢用其它借名贋作十居其九墨跡碑鐫槩不足信書學安得而不廢哉

書力可千年畫力可五百年書之傳也以臨搨

屢臨搨而書之意盡失矣畫之傳也以裝潢屢
裝潢而畫之神盡去矣書名之傳視畫稍易而
畫跡之藏視書稍耐蓋世之學畫者功倍於書
而世之重畫者價亦倍於書也
畫視書微不及者品稍下耳况唐宋以前畫手
多工神佛士女鳥獸竹木之形徒以供玩弄樹
屏障故其品尤自猥劣顧士端父子毎被任使
常懷羞恨劉岳與工匠雜處立本以畫師傳呼
雖聲價重於一時而耻辱懷於終身矣自宋而

來雖尚平淡清遠之趣而吮筆和墨終未能脫
工藝蹊逕也
唐初雖有山水然尚精工如李思訓王摩詰之
筆皆細入毫芒至王洽始爲潑墨項容始尚枯
硬逮夫荆浩關仝一變爲平淡高遠之致遂令
寫生鬬巧諸名手索然減價至宋董源李成郭
熈范寬輩出天眞橫逸上無古人矣然其結搆
精密位置適均濃淡遠近無不合宜固非草率
造次所可辦也自米元章學王洽而不得其神

倪元鎮用枯筆而都無色澤於是藏拙取捷之
輩轉相摹倣自謂畫意不復求精工矣此亦繪
事升降之會也
宋畫如董源巨然全宗唐人法度李伯時學摩
詰以工巧勝自是唐宋本色而傍及人物鞍馬
佛像翎毛故名獨震一時接其武者唯趙松雪
然松雪間出獨捌而能眠一意摹倣趣舍稍異
耳
古人言畫一曰氣韻生動二曰骨法用筆三曰

應物寫形四曰隨類傳彩五曰經營位置六曰傳模移寫此數者何嘗一語道得畫中三昧不過爲繪人物花鳥者道耳若以古人之法而槩施於今何啻枘鑿

顧愷之天女維摩圖一身長至二尺有五時猶謂之小身維摩不知大者何似今人畫若作此當置之何地列女圖人物三寸許詫以爲極細君在今猶爲極粗也吳道子黄筌皆畫鍾馗捉鬼圖近代如戴文進乃不肯爲方伯作神荼鬱

壁夫使之畫者非矣要之畫亦未爲不可也
小人物山水自李思訓父子始盈尺之内雲樹
雜沓樓觀延袤人物車馬以千百計鬚髮面目
歷歷可辨其後五代有王振鵬不用金碧而精
巧過之宋元李龍眠劉松年錢舜舉近代尤子
求仇實父互倣爲長卷而浸失玄妙矣
余所藏有李思訓金碧山水王孤雲避暑圖李
龍眠山庄圖及元人水碓圖皆細入毫芒巧思
神手非近代諸君所能彷彿也聞劉松年有仇

書圖畫塾師外出而衆稚子戲劇之狀備盡形態仇實父臨之至一童子手竹竿黏蛛絲蛛且上且止恍如生動不覺爲之閣筆固知名手自有不可及處惟深於箇中始知之也

唐畫所見甚少如王維李昭道周昉不過數軸耳宋畫之可辨者其氣韻不同墨法皴法亦各自擅長非近代優孟手可到也好事之家止於絹素爲辨非知畫者

米芾畫史云世人見馬即命爲曹韓韋見牛即

命爲韓滉戴嵩甚可笑今人見鷹隼鸂鶒即命爲宣和見馬即命爲子昂見模糊雲樹即命爲米元章不特此也所翁之龍林良吕紀之翎毛夏㫤之竹蓋愈趨而愈下矣

元時有任月山善畫馬錢舜舉善人物雪窓和尚善畫蘭至於大癡黄鶴之山水皆與文敏不上下而文敏弘遠矣

國初名手推戴文進然氣格卑下已甚其它作者如吳小山蔣子誠之輩又不及戴故名重一

時至沈啓南出而戴畫廢矣啓南遠師荆浩近
學董源而運用之妙直奪天趣至其臨倣古人
之作千變萬化不露蹊徑信近代之神手也文
徵仲遠學郭熙近學松雪而得意之筆往往以
工緻勝至其氣韻神采獨步一時幾有出藍之
譽矣唐子畏雅稱逸品終非當家雲間侯懋功
莫廷韓步趨大癡色相未化顧仲方舍人董玄
宰太史源流皆出於此然爲董源郭熙則難爲
大癡較易故近日畫家衣鉢遂落華亭矣

近日名家如雲間董玄宰金陵吳文中其得意之筆前無古人董好摹唐宋名筆其用意處在位置設色自謂得昔人三昧吳運思造奇下筆玄妙旁及人物佛像遠卽不敢望道子近亦足力敵松雪傳之後代價當重連城矣吳名彬莆人寓金陵

仇實父雖以人物得名然其意趣雅淡不專靡麗工巧如世所傳漢宮春非其質也至尤子求始學劉松年錢舜舉而精妙殊不及迨近日吳

文中始從顧陸探討得來百年壇坫當屬此生矣

今人畫以意趣爲宗不甚畫故事及人物至花鳥翎毛則輙卑視之至於神佛像及地獄變相等圖則百無一矣要亦取其省而不費目力若寫生等畫不得不精工也

宦官婦女每見人畫輙問甚麽故事談者往往笑之不知自唐以前名畫未有無故事者葢有故事便須立意結構事事考訂人物衣冠制度

宮室規模大略城郭山川形勢向背皆不得草草下筆非若今人任意師心鹵莽滅裂動輙托之寫意而止也余觀張繇僧展子虔閻立本輩皆畫神佛變相星曜眞形至如石勒竇建德安禄山有何足畫而皆寫其故實其它如懿宗射兎貴妃上馬後主幸晉陽華清宮避暑不一而足上之則神農播種堯民擊壤老子度關宣尼十哲下之則商山採芝二疏祖道元達鏁諫葛洪移居如此題目今人却不肯畫而古人爲之

轉相沿倣蓋由所重在此習以成風要亦相傳法度易於循習耳

江南顧閎中有韓熙載夜宴圖是時韓在中書廣蓄聲伎日事遊宴名聞中外後主聞之欲窺其燈燭尊俎觥籌交錯之態度不可得乃命閎中夜至其第竊窺竊之目識心存翌日圖繪以獻廣布中外此與宋高宗畫吳益王泠泉濯足事相類雖君臣之眷形骸無間然近於媟嫚非所以訓也今後世所傳石崇金谷屏障蓋本於此

然粗俚無復髣髴矣

王朏周昉以唐臣子而畫貴妃出浴明皇鬬雞

斫膾等圖不一而足可謂無禮於其君矣而世

猶然賞之至於韓晉公與李贊皇同時而行輩

皆高於李友爲德裕見客圖可見當時好事有

一傳奇必形之歌咏寫之圖畫上人不禁也至

宋而此風絕矣

張僧繇畫龍點睛便飛去曹弗興龍至宋明帝

時累月旱暵祈禱無應以弗興畫置水傍應時

澍雨繪事既精神物憑焉乃知韓幹畫馬鬼使乘之不足異也然龍之形狀非目力可以細察視之牛馬難易逕庭故有三停九似蜿蜒升降之異加以海潮風浪之勢如斯而已不知古人何以傳授而致精絕若是至宋四明僧傳古者獨專是技名震一時其躍波吟霧穿石戲珠湧水出洞諸態種種備具當時以爲絕筆元宋及國初則長樂所翁爲世珍重自是以後無復有傳之者蓋亦史所謂得其分數而失其玄妙者

與
宋徽宗工畫花鳥故宣和殿所藏黃筌父子畫
至六百七十餘幅徐熙畫至二百四十餘幅蓋
江南之亡所藏畫盡歸天府矣但惜其所好止此
故品劣而氣下昔李伯時好畫馬有道人戒以
來生當墮馬腹中乃改畫佛像當時艮嶽所畜
珍禽異獸動以萬計深秋中夜凄楚之聲四徹
而几案間所愛翫臨摹者又復如是安知將來
不墮畜生道中耶

牛馬龍虎之屬畫之固亦俊爽可喜至羅隱之子塞翁者專畫羊張及之趙永年專畫犬李靄之何尊師專畫貓滕王元嬰專畫蜂蝶郭元方專畫草蟲彼顧有所獨會耶抑幽人高尚之致托於是以寓意耶而名亦因之以顯故曰雖小道必有可觀者孔子謂飽食終日無所用心不有博奕猶賢乎巳苟能專工一藝足以自見亦愈於沒世而名不稱者矣

余見周昉李龍眠及近代仇實父諸美人圖皆

穠髮豐肌衣粧稠疊一種風神媚態畧無彷彿
昔人謂周昉貴遊子弟多見貴而美者故以豐
厚爲體又關中婦女纖弱者少此語固未必然
但當時好尚如此韓幹畫馬畫肉不畫骨豈亦
所見異耶近日姑蘇有張文元者最工美人其
綽約明媚令人神魂飛越俗筆中之神手也而
名不出里閈悲夫
米氏畫史所言賞鑒好事二家可謂切中世人
之病其爲賞鑒家者必其篤好徧閱記錄又復

心得或自能畫故所收皆精品近世人或有貲力元非酷好意作標韻至假耳目於人或置錦囊玉軸以爲珍秘開之令人笑倒此之謂好事家余謂今之紈袴子弟求好事而亦不可得彼其金銀堆積無復用處聞世間有一種畫亦漫收買列之架上掛之壁間物一入手更不展看堆放櫥簏任其朽蠹如此者十人而九求其錦囊玉軸又安可得余行天下見富貴名家子弟燁有聲稱者亦止僅足當好事而已未敢遽

以賞鑒許之也

今世書畫有七厄焉高價厚值人不能售多歸

權貴直贋錯陳一厄也豪門籍沒盡入　天府

蟫蠹澌盡水辭人間二厄也噉名俗子好事估

客揮金爭買無復涇渭三厄也射利大駔貴賤

懋遷纔有贏息卽轉俗手四厄也富貴之家朱

門空鎖楊笥凝塵脉望果腹五厄也膏粱紈袴

目不識丁水火盜賊恬然不問六厄也拙工裝

潢面目損失奸僞臨摹混淆聚訟七厄也至於

國破家亡兵燹變故之厄又不與焉每讀易安
居士金石錄反覆再三輒爲嘆息流涕彼其夫
婦同心賞鑒而貲力雄贍足以得之可謂奇遇
矣而終不能保其所有況他人乎
觀宣和畫譜及米氏畫史所載可見宋時內府
所藏山水何寥寥也豈其所重者尚在人物宮
室花木蟲魚間耶道釋自顧愷之始人物自曹
弗興始鳥獸自史道碩始信爲絶代奇寶矣而
山水僅始於李思訓且以宋而置唐畫似非難

得者而僅止十人耳則宣和好尚之偏也觀其論曰山水之於畫市之康衢世目未必售也其然豈其然乎米老所言晉及唐初畫亦皆神佛故事即閻立本王摩詰似亦未的見眞本也以此觀之則如近代嘉禾項氏所藏蓋古今無與匹耳

項氏所藏如顧愷之女箴圖閻立本豳風圖王摩詰江山圖皆絕世無價之寶至李思訓以下小幅不知其數觀者累月不能盡也其它墨跡

及古彝鼎尤多其人累世富厚不惜重貲以購故江南故家寶藏皆入其手至其纎嗇鄙吝世間所無且家中廣收書畫而外逐刀錐之利牙籤會計日夜不得休息若兩截人然尤可恠也近來亦閒頗散失矣

畫視書稍難而人之習書亦多於畫名公鉅卿作字稍不俗惡書名亦藉以傳矣今觀宋諸公書如王臨川司馬涑水蘇欒城等皆非善書者也而世猶然傳賞之至於畫則非一二筆可了

亦非全不知者可以塗抹而成也雖難易迥別而道藝亦判矣

自晉唐及宋元善書畫者往往出於搢紳士大夫而山林隱逸之踪百不得一 此其故有不可曉者豈技藝亦附青雲以顯耶抑名譽或因富貴而彰耶抑或貧賤隱約寡交罕援老死牖下雖有絕世之技而人不及知耶然則富貴不如貧賤徒虛語耳蓋至 國朝而布衣處士以書畫顯名者不絕蓋由富貴者薄文翰爲不急之

務溺情仕進不復留心故令山林之士得擅其
美是亦可以觀世變也噫

藏畫與藏字一也然字帖顛便收拾堆置案頭
隨意翻閱閒卽學臨數過倦則疊之自賞自證
力不勞而心不厭畫卽不然卷子展看一迴卽
妨點汚卷摺不謹又虞皴裂璧上大幅尤費目
力藏則有蠹鐔之慮挂則有黴濕之憂卷舒經
手則不耐其勞付諸奴僕則易至損壞有識之
士必不以彼易此米南宮嘗以十幅古畫易一

古帖米於二事皆留心者軒輊若此其見卓矣

然古畫易得古帖難求更難辨也

畫雪中之芭蕉也飛鴈之展足也鬬牛之竪尾也子路之木劒二疎之芒屩昭君之帷帽也雖經識者指摘而畫品殊不在此　國朝戴文進畫秋江獨釣圖一人朱衣把竿　宣廟嘆其工欲召見之有讒之者曰朱衣朝祭之服也可用之漁獵乎遂寢其命夫世好奇之士豈無朱衣垂釣者然以艷麗之服施之川澤亦終覺殺風

景耳宜乎讒言之得行也
米元章與富鄭公壻范大珪同遊相國寺以七百金買得王維雪圖因無僕從借范人持之行遊良久范主僕俱不見翌日遣人往取云已送西京裱背矣米無如之何因以贈之余謂此老平日好攘人物見蔡魯公王右軍書則叫呼欲投水挾而得之爲天子書千文則并禁中端硯而袖出今日遇范亦出乎爾反乎爾者也可爲絕倒

五代東丹王李贊華善畫多寫貴人酋長戈矛
甲冑之形為世崇尚可見戎狄之中亦有文雅
不羣者今西北諸狄識字者蓋少無論書畫已
高麗日本畫皆精絕不類中國余從番舶購得
倭畫數幅多畫人物形狀醜恠如夜叉然長短
大小不一亦不知其何名也畫無皴法但以筆
細畫縈迴環繞細如毫髮四周皆番字不可識
又有春意便面一摺其衣冠制度甚為殊詭設
色亦不類中國也

古人善畫者必能寫眞蓋時尚畫人物故也國初猶然相傳戴文進至金陵行李爲一傭肩去杳不可識乃從酒家借紙筆圖其狀貌集衆傭示之衆曰是其人也隨至其家得行李焉今畫者以寫眞爲别技矣吾閩莆田史氏以傳神名海内其形神笑語逼眞令人奇駭但不過俗子之筆耳少陵所謂坎軻風塵裏屢貌尋常行路人者政此輩也近來曾生鯨者亦莆人而下筆稍不俗其寫眞大二尺許小至數寸無不酷

肖挾技以遊四方累致千金云

閩人尚有刻木爲小像者召之至草草審視不移時即去殊不見其審度經營也越一日而像成大小惟命色澤姿態毫髮不爽置之座右宛然如生此亦可謂絶技也巳

戴文進不肯爲方伯作門神方伯怒囊以三木

右伯黄公澤閩人也見而問其故笑而觧釋之

戴德黄甚臨行送畫四幅乃其生平最得意之筆今黄之子孫尚留傳其一云技之厄於不知

巳而伸於知巳如此姑蘇沈啓南亦爲太守召作屏風不應大怒欲辱之及入　覲謁太宰吳原博首問石田先生安否出問從者始大驚歸而謝罪文徵仲在史館同時諸翰林相謂奈何以畫匠辱我木天徵仲聞卽日拂衣歸三事皆相類宜乎閻立本有廝役之恨也

今趙州有吳道子畫水墨刻其波濤洶湧翻瀾駭沫細觀目爲之眩不知眞蹟當何如也

人之技巧至於畫而極可謂奪天地之工洩造

化之秘少陵所謂眞宰上訴天應泣者當不虛也然古人之畫細入毫髮飛走之態罔不窮極故能通靈入聖役使鬼神今之畫者動曰取態堆墨劈斧僅得崖略謂之遊戲于墨則可耳必欲詣境造極非師古不得也

凡百技藝書上矣卜筮次之棊損閒心畫爲人役其宅術數致遠恐泥苟精其理皆足成名而高下之間判然千里余少也賤罔不涉獵而究竟無成皆同襪線今已一切勅斷惟柔翰宿業

尚未能驅除耳
人之嗜好故自逈異如謝康樂好遊涉山水李
衛公喜未聞見新書此自天性不足爲病右軍
好蓄鵝子敬好作驢鳴崔安潛好看鬭牛米元
章好石近於僻矣而未害也王思微好潔陳伯
敬好忌諱宋明帝好鬼以之處世大覺妨碍至
於海上之逐臭蔡人之嗜足紈也甚矣
口有同嗜常語也然文王嗜昌歜曾晳嗜羊棗
屈到嗜芰宋明帝嗜蜜漬鱁鮧崔鉉嗜新搗頭

魏徵嗜醋芹辛紹先嗜羊肝顧翺毋喜食雕胡飯巳爲不得其正至劉邕之嗜瘡痂鮮于叔明之嗜臭蟲張懷肅之嗜服人精權長孺之嗜爪甲　國朝趙輝之嗜女人月水劉俊之嗜蚯蚓殆不可以人理論者

古人嗜酒以斗爲節十斗一石量之極也故善飲若淳于髠盧植蔡邕張華周顗之輩未有逾一石者獨漢于定國飲至數石不亂此是古今第一高陽矣宋時如寇萊公石曼卿劉潛杜默

皆以飲稱雄者其量恐亦不下古人也近代酒人不知視昔云何但縉紳之中能默飲百盃以上不動聲色者即足以稱豪矣以耳目所睹記若曾學士棨馮司成衍胡總制宗憲汪司馬道昆皆自負無對者而其它猥瑣不論也曾學士至鑄銅與身等視其所飲內之至銅人溢出而尚未醉馮司成放春榜每進士陪一杯遂訖三百杯與未盡復於中擇善飲者五人與立酬酢又百餘爵五人皆踉蹌不勝而馮無恙也胡在

浙中迎鄉榜亦然汪司馬每飲大小尊罍錯陳以盡一几爲率啜之至盡略無餘瀝亦裴弘泰之匹矣然汪嘗言善飲者必自愛其量每見人初卽席便大吸者輙笑之亦可謂名言也

廉將軍老矣然一飯斗米肉十斤少壯之時不知云何壯士猛將想皆爾爾樊噲生彘肩可啖何論飯矣符秦乞活夏默等啖肉三十餘斤其人長至二丈自不可以常理論也張齊賢候吏置一大桶屏後伺公飲飯如數投之桶溢而食

未巳趙溫叔與兵馬監押對食豬羊肉各五斤
蒸糊五十事此亦何遜𪊟將軍乎近代措紳中
如啖豬首一枚摺胡餅高至一筋者往往見之
不能盡書其人亦不足書也
亦有因疾而善啖者余里中有人噉豚嘗至半
體鄉里社日時爲所嬲一日衆共𦆵之縛庭柱
上不得食久之覺喉中有物一蝦蟇躍出衆擊
殺之自此不復能食矣此與唐佐史食鱠至數
十斤者相類近聞太原有嗜酒者亦然𠻳乃知嗜

好之偏而酷者皆疾也

人有嗜睡者邊孝先杜牧韓昌黎夏侯隱陳摶王荆公李巖老皆有此癖近時張東海有睡丞記言一華亭丞謁鄉紳見其未出座上鼾睡頃之主人至見客睡不忍驚對坐亦睡俄而丞醒見主人熟睡則又睡主人醒見客尚睡則又睡及丞再醒暮矣主人竟未覺丞潛出主人醒不見客亦入戶世有此可笑事陸放翁詩云相對蒲團睡味長主人與客兩相忘須臾客去主人

覺一半西窗無夕陽此詩殆爲此豕一發耶

宋明帝好忌諱文書上有凶敗喪亡等字悉避之移床脩壁使文士撰祝設太牢祭土神江謐言及白門上變色曰白汝家門後梁蕭詧惡人髮白漢汝南陳伯敬終身不言死與妻交合必擇日時遣媵御將命往復數四人之蔽惑可笑有如此者

以余所見搢紳中有惡鴉鳴者日課吏卒左右彀弩挾彈如防敵然值大雪即不出惡其白也

官文書一切史字丁字孝字老字皆禁不得片
又閩中一先輩尤甚與家人言無必曰有死必
曰生身死之日寸帛尺素皆無所有幾有小白
之泚至今鄉曲以爲話柄然轉相傚倣者不無
其人也

人有好貨財者坐臥起居言動食息無所往而
不與阿堵俱也一日病且死强起閱庫藏白鏹
如山拊摩不忍舍去謂其子曰幸內十大鏹棺
中親我懷抱或曰以金入木不利且啓發塚之

端不如以楮代之可也其人凝泪太息不能言而逝噫斯人何愚也生積巨萬而死不能將去錙銖故人之所好必求死之日得將去者則幾矣

范雲欲預冊命祈醫速瘳不顧二年後之死也死生亦大矣而人之所好有甚於生者荀奉倩之死色也劉伶之死酒也石崇之死財也梁冀韓侂冑之死權也皆知之而不能自克者也仕宦不止生行死歸亦其次也

金陵人有拾鈔於道者歸而視之荷葉也棄之門外逡巡一荷擔者俛而拾焉故鈔也一鈔何足言乃不可妄得若此貪得者亦何爲哉

五雜組卷之七終

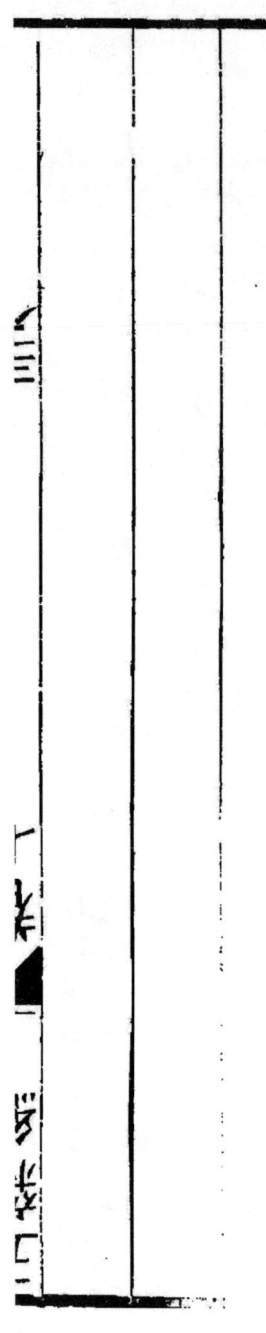

五雜組卷之八

吳航寶樹堂藏板

陳留謝肇淛著

人部四

士人之好名利與婦人女子之好鬼神皆其天性使然不能自克故婦人而知好名者女丈夫也士人而信鬼神者無丈夫氣者也

木蘭爲男粧出戍遠征而人不知也可謂難矣祝英臺同學三年黄崇嘏遂官司戸婁逞位至議曹石氏銜兼祭酒張詧之婦授官至御史大

夫七十之年復嫁生二子亦旦代之異人也
國朝蜀韓氏女遭明玉珍之亂易男子服飾從
征雲南七年人無知者後遇其叔始攜以歸又
金陵黃善聰十二失母父以販香爲業恐其無
依詭爲男裝攜之廬鳳間數年父死善聰變姓
名爲張勝仍習其業有李英者亦販香自金陵
來與爲火伴同臥起二年不知其爲女也後歸
見其姊姊詬之善聰以死自矢呼媼驗之果然
乃返女服英聞大駭怏怏如有所失託人致聘

焉女不從鄰里交勸遂成夫婦此二事焦氏筆乘所載前事甚似木蘭後事甚似祝英臺又有劉方兄弟小說未詳其世當續考之

女子詐爲男傳記則有之矣男人詐爲女未之見也　國朝成化間太原府石州人桑翀自少纏足習女工作寡婦粧遊行平陽眞定順德濟南等四十五州縣凡人家有好女子即以教女工爲名密處誘戲與之姦淫有不從者即以迷藥噴其身念呪語使不得動如是數夕輒移他

處故久而不敗聞男子聲輙奔避如是十餘年姦室女以數百後至晉州有趙文舉者酷好寡婦聞而悅之詐以妻爲其妹延入共宿中夜啓門就之大呼不從趙扼其吭褫其衣乃一男子也擒之送官吐實且云其師谷才山西山陰人也素爲此術今死矣其同黨尚有任茂張端王大喜任昉等十餘人獄具磔於市

異聞錄載婦人呼夫兄爲伯於書無所載而引爾雅所稱兄公代之然兄公二字亦甚詭僻余

謂婦人稱謂多從子夫弟旣可稱叔夫姊妹旣
可稱姑則夫兄稱伯又何疑哉但伯者男子之
美稱古人婦稱夫多用之伯也執殳是也
彌子之妻與子路之妻兄弟也爾雅曰兩壻相
謂爲亞詩瑣瑣姻婭是也嚴助傳呼友壻宋時
人謂之連袂又呼連襟閩人謂之同門按爾雅
注云江東人呼同門爲僚壻則此二字亦古
無鹽鍾離春不售女也而卒覇齊國黄承彦之
女黄頭黒色而才堪相配許允之婦奇醜而才

智明決乃知以色舉者末也

鍾離春三十無所容而宣王納以爲后宿瘤之女狀貌駭宮中而閔王以爲聖女孤逐之女以醜狀聞三逐於鄉五逐於里而襄王悅之何齊之君世有登徒子之癖也可發一笑

美婦人多矣然或流離顛沛或匹偶非類果紅顏之薄命耶抑造物之見妒也妹喜夏姬之倫無論已西子失身吳宮王嬙燕絕異域昭陽姊妹終爲禍水號國兄弟尺組絕命不如意者不

可勝數惟文君之於長卿綠珠之事季倫可謂
才色俱侔天作之合矣而一以琴心點玉於初
年一以行露碎璧於末路令千古之下扼腕隕
涕欲問天而無從也

男色之興自伊訓有比頑童之戒則知上古已
然矣安陵龍陽見於傳冊佞幸之篇史不絕書
至晉而大盛世說之所稱述强半以容貌舉止
定衡鑑矣史謂咸寧太康之後男寵大興甚於
女色士大夫莫不尚之海內倣傚至於夫婦離

絕動生怨曠況約懺悔文謂淇水上宮誠云無幾分桃斷袖亦足稱多吁可怪也宋人道學此風似少衰止今復稍雄張矣大率東南人較西北爲甚也

今天下言男色者動以閩廣爲口實然從吳越至燕雲未有不知此好者也陶穀清異錄言京師男子舉體自貨迎送恬然則知此風唐宋已有之矣今京師有小唱專供搢紳酒席蓋官伎既禁不得不用之耳其初皆浙之寧紹人近日

則半屬臨清矣故有南北小唱之分然隨羣逐隊鮮有佳者間一有之則風流諸搢紳莫不盡力邀致舉國若狂矣此亦大可笑事也外之仕者設有門子以侍左右亦所以代便辟也而官多惑之往往形之白簡至於娼麗儇巧則西北非東南敵矣

衣冠格於文罔龍陽之禁寬於狹邪士庶困於阿堵斷袖之費殺於纏頭河東之吼每末減於敝軒桑中之遇亦難諧於倚玉此男寵之所以

日盛也
敘女寵者至漢事秘辛極矣敘男寵者至陳子
高傳極矣秘辛所謂搚不留手火齊欲吐等語
當與流丹浹藉競爽而文采過之子高傳如吳
孟子鐵纏䘏等皆有見解而粉陣饒孫吳一語
便是千古名通此等文字今人不能作也
鄧通之遇文帝臣不敵君也董賢之遇哀帝君
不敵臣也彌子瑕之遇衛靈公陳子高之遇陳
武帝君臣敵也而皆以凶終夫男色天猶妬之

況婦人乎
古者婦節似不甚重故其言曰父一而已人盡夫也辰嬴以國君之女朝事其弟夕事其兄鶉奔狐綏之行見於大邦之主而恬不爲恥也聖人制禮本乎人情婦之事夫視之子之事父臣之事君原自有間卽今 國家律令嚴於不孝不忠而婦再適者無禁焉淫者罪止於杖而已豈非以人情哉抑亦厚望於士君子而薄責於婦人女子也

古者輕出其妻故夫婦之恩薄而從一之節微今者非大故及舅姑之命陳於官不得出其妻則再醮者雖禁之可也定之以年亦可也

父一而已人盡夫也此語雖得罪於名教亦格言也父子之恩有生以來不可移易者也委禽從人原無定主不但夫擇婦婦亦擇夫矣謂之人盡夫亦可也

京師婦人有五不善饞也懶也刁也淫也拙也

余見四方遊宦取京師女爲妾者皆罄資斧以

供口腹敝精神以遂其欲及歸故里則撒潑求離父母兄弟羣然躉競求其勤儉幹家千百中不能得一二也

維揚居天地之中川澤秀媚故女子多美麗而性情溫柔舉止婉慧所謂澤氣多女亦其靈淑之氣所鍾諸方不能敵也然揚人習以此爲奇貨市販各處童女加意裝束教以書算琴棋之屬以徼厚直謂之瘦馬然習與性成與親生者亦無別矣古稱燕趙多佳人今殊不爾燕無論

巳山右雖纖白足小無柰其獷性何大同婦女姝麗而多戀土重遷蓋猶然京師之習也此外則清源金陵姑蘇臨安荆州及吾閩之建陽興化皆擅國色之鄉而瑕瑜不掩要在人之所遇而巳

美姝世不一遇而妬婦比屋可封此亦君子少小人多之數也然江南則新安爲甚閩則浦城爲甚蓋戸而習之矣

妬婦相守似是宿寃世有勇足以馭三軍而威

不行於房闥智足以周六合而術不運於紅粉俛首低眉甘爲之下或含憤茹歎莫可誰何此非人生之一大不幸哉

人有爲妬婦解嘲者曰士君子情欲無節得一嚴婦約束之亦動心忍性之一端也故諺有曰到老方知妬婦功坐客不能難也余笑謂之曰君知人之愛六畜者乎日則哺之夜則防護柵欄惟恐豺狸盜而噉之此豈眞愛其命哉欲充己口腹耳爲畜者但知人之愛己而不知人之

自爲也妬婦得無似之乎衆乃大笑

懼内者有三貧賤相守艱難備嘗一見天日不

復相制一也枕席恩深山河盟重轉愛成畏積

溺成迷二也齊大非偶阿堵生威太阿倒持令

非巳出三也婦人欲干男子之政必先收其利

權利權一入其手則威福自由僕婢帖服男子

一動一靜彼必知之大勢旣成卽欲反之不可

得巳

愚不肖之畏婦怵於威也賢智之畏婦溺於愛

也貧賤之畏婦仰餘沫以自給也富貴之畏婦憚勃谿而苟安也醜婦之見畏操家秉也少婦之見畏惑牀笫也有子而畏勢之所挾也無子而畏威之所劫也八者之外而能挺然中立者噫亦難矣

夫子謂女子小人爲難養書稱紂用婦言詩稱哲婦傾城凡婦人女子之性無一佳者妬也悋也拗也嬾也拙也愚也酷也易怒也多疑也輕信也瑣屑也忌諱也好鬼也溺愛也而其中妬

爲最甚故婦人一不妬足以掩百拙古今妬婦充棟不勝書也今略記於左

后妃之妬者則若呂氏之人彘趙家姊妹之啄皇孫晉胡芳之將種賈氏之弒姑殺子梁郗氏之死爲巨蟒隋獨孤后之選宮人惟擇肥大唐武曌之奪嫡篡位韋庶人之襲武風軌宋李后之因齋殺嬪又若楚鄭袖教新人之掩鼻春申君之妾傷身以視君袁紹之妻殭屍未殯五妾駢首閹王延翰之妻縛練盡赤木掌摑人身虀

雷斧稍快人意縉紳則若叔向之母遺戒龍蛇敬通之妻親操井臼袁術之婦絞妾懸梁賈充之妻甘見絕乳弱翁見窘於廣漢麗參見捘於祝良王丞相九錫之嘲謝太傅關雎之諷桓宣武膽落老奴車武子釁起絳衣李相福一事無成而虛咽見溺任瓌妻拜賜藥酒而立飲不疑劉孝標家道轗軻自比敬通裴談甘心崇奉譬之魔母宜城公主刵耳劓鼻房孺復妻刻眉灼眼柳氏截舌斷指祖約身被刑戮滎彥遠面有

傷痕金媚孃支解名姬蘇若蘭捶辱舞伎魚玄機以疑殺婢蕭鏗女以妬受謫玄齡夫人奉勑悽慨不辭飲酖杜業之妻雪涕申言恐誤任使崔鉉之見侮家僮楊文公之取嘲四畏陳龍丘獅子一吼拄杖落地諸葛元直見捉跽跗面無人色沈存中常被夏楚血肉狼籍威福倒置於是極矣又其猥者京邑之婦繩繫夫脚陳覺之妻事婢若姑鐵臼嚴霜之歌衡陽三女之厄仲端忍饑於香園康凝貽嗤於黑鳳慎言臙脂之

虎義方黒心之符以功封者哭其貴而見忘算本利者恐其多而娶妾荀婦庾氏無鬚之人不得入門武歷陽女桃花艷麗横被摧折劉休之妻親賣帚篸活不知改邑載撚香滴水令嚴五申李大壯綰髻安燈體如枯木廉恥道喪又何恠哉夫人之難割者愛也武氏欲傾王后則忍於殺巳女湖倅見夫狎妓支解所生之兒人之所愛者生也段氏因夫誦洛神賦而卽夜自沈范寺丞妻見夫衾有妓鞋而闔門自縊其子之

不愛而又何愛於人子其身之不惜而又何惜於人哉至於介推之妹廟前清泉千尺婦人靚粧必致雷雨吳興桑乞之妻死而因夫再娶曰日現形操刀割勢蜀功臣家富聲伎妻在不敢屬目妻死之後方欲召幸大聲霹靂起於牀簀驚怖得病竟殞其軀鄭尉李寒納姬楚賓死而別婚見其投藥浴中筋骨皆散華亭衛寛夫妻死再娶形見堂中生子爲祟竟致不育如此等人何不捉入無間地獄而使之爲厲耶或曰十

毀閻君恐亦畏婦余笑謂宋紹興間姑蘇龍王嬖妾爲其夫人妬虐致死天帝行刑大風驚潮數百里夫幽明一理也陰間豈無懼內之鬼神哉書之以發一笑

貴婦多妬妬婦多壽同生同死有若宿冤太平廣記載秦副將石某苦妻之妬募刺客殺之十指俱傷卒不能害如此數四竟與偕老故治妬者輕則當如宋明帝之於劉休妻决杖二十賜妾別處重則我　太祖之於常遇春妻葅醢其

肉以賜羣臣彼倉庚之羹不可多得安能人人而飲之哉一云太祖所殺是中山王徐達夫人使天之於妬婦皆如王延翰之妻也然亦不勝其雷矣使君之於妬婦皆如常開平之妻也然而不勝其鹽矣使佛之於妬婦皆如梁武帝之郗氏也然而不勝其懺矣使巫之於妬婦皆如牢羊之壻也然亦不勝其祭矣惟有蒿陽桂昌之妻截婢指而已指落截婢舌而已舌爛庶幾有懼乎

宋時妬婦差少由其道學家法謹嚴所致至
國朝則不勝書矣其猥瑣者無論吾獨嘆王文
成伯安内談性命外樹勳猷戚大將軍元敬南
平北討威震夷夏汪少司馬伯玉錦心繡口旗
鼓中原而令不行於閫内膽常落於女戎甘心
以百鍊之剛化作繞指也亦可憐矣昔人云禽
之制在氣然則婦之制夫固有出於勇力之外
者矣措大庸人比屋可封不足責也
汪伯玉先生夫人繼娶也蔣姓性好潔每先生

入寢室必親視其沐浴令老嫗以湯從首澆之畢事卽出翌日客至門先生則以晞髮辭人咸知夜有內召矣侍先生左右者男皆四十以上嫗皆六十以上其它不得見也先生所以嚴事之亦至矣然少不當意輒責令蒲伏盛夏則置蚊蚋叢中隆寒則露處以爲常先生每一聞夫人傳教汗未嘗不灑淅也先生有長子稍不慧壻於吳數載矣一日被酒戲言欲娶妾婦怒甚伺其寐也手刃其勢踰月而死先生令切責婦

幽之暗室又數月迺自雉余以戊戌歲至新安
時蔣夫人猶在也
戚元敬原不畏婦後因出師以軍法斬其子自
是夫人怨恨誓不爲置媵戚無如之何乃蓄之
它室十餘年生二子矣一日謀稍泄夫人大恚
欲得而甘心焉戚許以翌日時夫人有弟在幕
戚召語之曰亟以三策語若姊子母俱全上策
也出其母而內子次策也若必欲殺吾子吾當
帥死士入室先斬而姊次斬若次滅而宗而後

棄官爵而逃耳吾轅門以三通鼓爲節立俟報命弟入膝行涕泣爲姊言之一不可次又不可門外鼓而譟弟大哭曰姊死不足計獨不念滅門耶迺報可令二妾入各決數十杖撫其子而泣留之室即日出其妾妾歸家俱守志不嫁越數年夫人卒二妾復歸公時咸謂戚將軍能處變也

江氏姊妹五人皆妬惡人稱五虎有宅素凶人不敢處五虎聞之笑曰安有是入夜持刀獨處

中堂至旦帖然不聞鬼魅夫妬婦鬼物猶畏之
而况於人乎
美婦則有仍之髮光可以鑒昌容之仙膈窓見
骨條塗之三赤烏之二妹喜邅夏妲巳傾殷褒
姒覆周麗姬傾晉孔父之室美而稱艷巫臣之
姬雞皮三少南威入晉三日不朝夷光歸吳蘇
臺爲沼婁顏之婦國色見稱吳廣之女顏君君
滎鄭袖擅楚陰江爭趙敬君以畫自媒女環以
討求進韓憑有婦羅敷有夫息嬀不言如臯不

笑至於宓妃青琴毛嬙鄭旦先施陽文吳娃傳予白台閭須旋娟提謨閻娵子奢雖事蹟鮮聞時地莫考而名標載籍不可厚誣自漢而降則戚夫人之翹袖折腰李夫人之絶世獨立阿嬌貯之金屋鉤弋擘拳自開麗娟吹氣勝蘭昭君光動左右飛燕掌上可舞合德膚滑不濡文君眉若遠山麗華名動人主女瑩朝霞和雪二喬獨步江東夜來鍼絶瓊樹鬢蟬宋臘清歌絳樹妙舞甄氏驚鴻之姿甘后亂玉之質莫愁抱腰

江水不流麗雲一曲醉者頓醒劉琰以冶容見
疑東美以比肩傳子潘以愁而惑人張既死而
不舍荀婦賈女俱云絕倫朝姝洛珍同時擅寵
劉聰六后天錫二姬金谷墜樓之人香塵輕軀
之媛翔風以春華見美宋褘以吹笛擅聲桃葉
以渡江興歌給秀以門戶屈節徐月華歌聲入
雲孫荊玉反腰貼地武康阮公之溪章浦蓮花
之瑞陳則麗華貴嬪隋則寶兒絳仙玉兒步步
蓮花小憐生死一處太眞姊妹脂粉不施浙東

舞女蘭氣融洽梅妃寵奪上陽俊娥情深來夢
知之身殉碧玉何恢掌失耀華仙娥時充使典
素娥獨避正人盈盈姿艷冠絕一時真真未諧
扼腕千古薛瑤英香肌玉骨金媚孃沫墨劈牋
倩孃端妍絕倫紫雲名不虛得杜牧之尋春校
遲羅虬之比紅兒晚官孃新月凌雲保儀華麗
冠絕蜀之花蕊色藝俱工劉氏瓊仙丰神獨擅
侯君集之飲乳不飯白樂天之細口纖腰韓氏
之園桃巷柳蘇家之琴操朝雲音章真珠之室

玉堂翠翹之枝鏡見絕代之姿張紅記曲之捷
畢誠所獻相國驚魂韓弘所遺三軍奪目至於
鶯鶯燕燕盼盼師師紅紅轉轉小小愛愛李娃
感鄭小玉殉李韋孃斷刺史之腸柳姬感章臺
之咏非烟紅拂不甘非偶琴客宋態老而失身
觧愁幸遇大樞素娥終辭洞美史鳳迷香之洞
鸞見袖裏之春若而人者皆艷質照一時香骨
留千古矣王元美謂酸士所獲不堪上駟吾獨
以爲不然夫遇合有時愛憎有命故當其求也

或羅之四海而不遇或遘之州里而偶得及其愛也或三千粉黛而不足或一人專房而有餘彼豈銖銖而稱寸寸而度哉但帝王之事易於夸張而士庶之家莫爲標榜至於負絕世之姿而匹偶非類湮滅不稱者又不可勝數也吾讀彩鳳隨鴉之語傷世有暗投之珠詠紫鸞舞鏡之詩恨時無報仇之劒薄命如許虛名安用夫欲無附而成名文士尚難之況婦人乎

婦人以色舉者也而慧次之文采不章幾於木

偶矣但以客則纚纚接踵以文則落落晨星古
無論巳自漢以降則文君白頭之吟婕妤團扇
之咏烏孫黃鵠之歌徐淑寶釵之札道韞咏雪
崔徽寫眞宕氏房老有春華秋實之篇李家雲
兒任品藻雌黃之選驛騎雙果綷仙之秀色可
餐珍珠寂寞梅妃之光輝滿座賢妃昭容擅秀
於宮闈季蘭玄機流芬於彤管校書管領春風
燕樓殘燈伴曉花蕊宮詞易安金石小叢鴈門
容華宿鳥蘇小青驄之咏曹姬玉殿之仙月英

惆悵之篇愼婦望夫之作此皆不衡之蘇李無
晨之王孟元白遜其揮毫沈宋服其衡藻若伏
生之女口授尚書韋逞之母博究經典班氏手
續兄書文姬記録先業皓首大儒不敢望焉至
於竇氏璇璣以八寸之錦八百餘言縱横反覆
皆成文章奪眞宰之秘洩造化之工可謂出聖
入神亘古一人而已誰謂紅粉中無人乎若夫
殘篇賸語爲時膾炙而名姓磨滅莫知誰何如
武昌之伎有楊花撲面之句如意女子有人鴈

一行之作鳳兒寄怨花枝霞卿傷春粉壁彩鳳
隨鴉巳斃徤兒之手枝頭梅子幾迴鐵面之腸
見於紀載尚未易更僕數也稍爲拈出以爲蛾
眉吐氣若夫角枕贈答楊華寄情看朱成碧之
詩綠慘雙蛾之句非不婉至而宣淫敗度吾無
取焉

唐范陽盧某母瑯琊王氏於景龍中撰天寶迴
文詩凡八百一十二字誡其子曰吾没之後爾
密記之若逢大道之朝遇非常之主當以進圖

上獻至玄宗朝東平太守始上之高適代為之表言其性合希夷體於靜默精微道本馳騖玄關旁通天地之心預記休徵之盛循環有數若寒暑之遞遷應變無窮類陰陽之莫測果爾則王氏不但詞華巧思亦且未事先知又高實氏一着矣而名不甚張豈非有幸不幸耶

范蔚宗傳列女而及文姬宋儒極力詆之此不通之論也夫列女者亦猶士之列傳云爾士有百行史兼收之或以德或以功或以言至於方

技緇流一事足取悉附紀載未聞必德行純全而後傳也今史乘所載列女皆必早寡守志及臨難捐軀者其他一切不錄則士亦必皆龍逢比干而後可耳何其薄責縉紳而厚望荆布也故吾以爲傳列女者節烈之外或以才智或以文章稍足膾炙人口者咸著於篇卽魚玄機薛濤之徒亦可傳也而況文姬乎

唐明皇時長安大內大明興慶三宮東都大內上陽兩宮宮女幾四萬人侍寢者難於取舍至

爲彩局以定勝負古今掖庭之盛未有過此者
也而猶借才於壽邸佳人之難得詎不信哉
飛燕能於掌上舞風雪之中體無瘮粟故當是
古今第一人物而成帝猶以爲不及昭儀體自
香也遂令千載國色零落於諸宫奴侍郎之手
不幸孰甚焉
白樂天有舞妓名春草蘇長公有侍妾名榴花
秦少游侍見名朝華武翊皇有婢名薛荔此傳
紀所罕見者

名伎之惑人喪家亡身者多矣婢妾則原碧亂
王櫻桃惑石雷尚書好政於始興馮成母敗度
於崔倰奇章以眞珠喪譽元實以紅鸞捐軀薛
荔能惑三頭紫光卒敗元湛賢智之人不能自
克何也至於迷惑伉儷以殞其軀若長卿之於
文君荀粲之於曹氏抑又罕矣文君猶直得一
死奉倩遺才存色非難遇也而以身殉之不亦
可以已乎

才智之婦史不絕書至於辛憲英者庶幾稱之

不長知曹爽之必敗算無遺策言必依正當是
列女中第一流人物也其次則唐侯敏妻董氏
耳方則天朝來俊臣强盛而妻逆知必敗勸敏
自遠俊臣怒出爲武隆令妻曰但去莫求住出
關而俊臣敗及抵忠州以錯題紙爲州將所督
不許上任妻曰但任莫求去無何賊破武隆敏
又獲免此豈有風角術耶何其奇中也
秋梁公之仕女主也有取日之績姚廣孝之佐
靖難也有化國之勳而皆爲其姊所羞士君子

之識見固有不及婦人女子者抑亦爲功名所
迷耶
高涼冼氏以一蠻女而能拊循部落統馭三軍
懷輯百越奠安黎獠身蒙異數廟食千年其才
智功勳有馬援韋皋所不敢望者孃子軍夫人
城視之當退十舍而徵側趙嫗輩無論已 國
朝土官妻瓦氏者負勇鷙善戰嘉靖末年倭患嘗
調其兵入援浙直戎裝跨介駟舞戟如飛倭奴
畏之使其得人駕馭亦一名將也

馮夫人錦車持節以和戎浣花夫人出財募兵以禦敵蘄王夫人身援桴鼓繡旗女將力敵李全可謂女丈夫矣彼一丈青陳碩眞等雖盜賊之靡亦一時之雄也孱弁懦將有媿於婦人者多矣至華陽志所載荀崧小女年方十三父爲杜曾所圍女率勇士潰圍而出賊追甚急且戰且前卒詣周訪請救兵破賊全城此尤振古所未聞也

荀奉倩云婦人才智不足論自宜以色爲主此

是千古名通女之色猶士之才也今反舍色而論才則士亦論以色舉而龍陽彌子列游夏之上矣豈理也哉但佳人之難得較之才士爲甚耳

世傳賈充女與韓壽通者訛也壽先與陳騫女私通約娶之未娶而女亡壽乃娶賈氏故世誤以爲充女而晉書騫弟雉與其子輿忿爭遂說騫子女穢行騫表徙弟以此獲譏於世則騫女之事亦未必然矣觀武帝賈公女五不可之語

則其姊妹似非光麗艷逸端美絶倫者
趙昭儀爲卷髮號新興髻是時禍水未成而已
兆新室之讖矣李煜之天水碧亦然
蒲衣八歲而爲舜師睪子五歲而爲禹佐伯益
五歲而掌火項橐七歲而爲孔子師古之聖賢
生而神靈長而徇齊固不在夙慧之列也其次
則太子晉八齡而言服師曠甘羅十二而辯動
張唐子奇有化阿之聲魯連杜田巴之口荆子
十五而攝目閭丘十八而領任外黃小兒迴暗

啞之威楊家童烏與太玄之筆吳氏季子江夏黃童子琰對日文舉辯果自此以降史不絕書君三歲則黃泳誦詩賦避蹇崩之諱德輿切韻知辯四聲之殊蔡伯睎神童應薦官拜秘書四歲則任彥升誦詩數十篇陸元淵問天地何窮際楊公權對四聲而指燈盞柄曲蕭頴士屬文觀書一覽即誦呂嗣興誦書吟詩應對不窮趙郡王子獻讀孝經而流涕五歲則王絢草翁必勇之戲玄齡聳鄧吉昂霄之姿劉巘聞管寧傳而

精意聽受到況見屏風詩而一誦無遺蘇頲依
依漢陰之語元之嫦娥王簪之詠黃廷堅徧讀
五經劉畝兼通陣法六歲則士龍已有詩名劉
顯盡誦書史陸瓊能作五言徐勉爲文祈霽簡
文面試攬筆立成德林三都十日便熟王子安
構思無滯楊弘農立咏彈棊七歲則愍懷牽武
帝之裾百藥辨瑯琊之稻賈嘉隱松槐之對宋
廣平鵬賦之誦鄭侯賦方圓動靜之篇楊藏之
有鼓吹官私之咏高定有伐君之問晏同叔有

神童之薦馬略閉室讀書長吉荷衣面賦韋弘
育日念毛詩一卷楊大年談論一如成人夏侯
榮百餘奏疏一目不遺而　國初江左驛卒之
子有天子龍庭之對不知姓名亦可惜也八歲
則任昉月儀之製何妥眷顧之答伯玉覆局於
帝前義府借棲於宫樹劉晏時稱國瑞嚴武椎
殺玄英九歲則楊厚孝迴親心崔惔秀才應選
慕容農參戾之問虞荔十事之對員俶昇壇而
詞辯鋒起宋璟夢鳥而藻思日雄十歲則賈逵

暗誦六經金鑾書堪勒石謝朏十山之賦沈璞強識之資邢子才霖雨五日而漢書悉遍李善寧子詠貧家壁而略不搆思十歲以上不勝書矣然或岐嶷於穉年而汨沒於末路或幼見其一班而長集其大成是又在于器量之盈虛學問之加損器盈者苗而不秀學寡者美而無成或天固限之而亦人實斲之也

洛陽楊牢絶乳卽能詩白樂天七月未能言而識之無二字王寀方能言爲賊所負而以計自

脫此其穎異又在向者諸人之上矣　國朝洪
鍾以四歲舉李東陽以五歲舉皆入翰林程敏
政楊一清俱以八歲舉而楊少師廷和以十二
歲舉孝廉於鄉亦二百年來所無也
曾子七十迺學詩荀卿五十始學禮公孫弘四
十方讀書朱雲亦四十始學易論語皇甫謐二
十始授孝經而皆成大儒早慧者莫敢望焉豈
其不慧於初年而頓悟於晩歲抑由啬於天資
而勝以人力也夫子謂參也魯而曾子竟以魯

得之人可以資鈍而自棄哉

晚遇則呂望八十之年鬻熊九十之歲楚丘七十而見孟嘗公孫弘六十而舉方正顏駟龐眉馮唐皓首貢禹年八十方遷光祿張柬之八十以司馬拜相杜德祥放榜曹松等五人皆七十餘時有五老之稱宋梁灝以八十二狀元及第陳脩以七十三探花及第金河中胡光謙以八十三舉進士　國朝錢習禮年近八十猶在翰林楊翥周詔皆八十餘以長史從龍擢拜卿二

其他七十以上登科第而名不顯者固不勝紀也

公安劉珠爲江陵張相君父執萬曆辛未江陵主文衡珠始登第年八十餘老矣其壽相君詩曰欲知閣老山爲壽但看門生雪滿頭又十餘年始卒

奴婢亦人子也彼豈生而下賤哉亦不幸耳衛青紀勳麟閣王斌仕至太守李善流譽於托孤熊翻受知於潘岳王安存祖氏之宗都兒化陽

城之德王義身捍白刃李鴻力給錐刀杜亮愛
頴士之博與銀鹿佐魯公以忠貞近代如陳迪
抗節靖難身膏斧鑕獨家奴來保收其遺骸浦
江鄭氏家僮施慶執親之喪三年不御酒肉此
皆士君子之所難而陶侃之海山使者權同休
崔千牛之異人寄迹嚴安脫胡煌於雷厄又不
論矣至於婢媵篤生名世者往往而是不可殫
述天固不以族類限人矣而人顧奇責此輩至
犬彘之不若亦何心哉

馮子都寵於博陸秦宮幸於梁冀依憑城社亦權門之弄臣也　國朝嚴分宜當國家人永年者號鶴坡招權納賄與朝紳往來無不稱鶴翁者一御史至與之結義兄弟云後張江陵相君家奴游守禮勢出嚴上號曰楚濱詞館諸君至爲詩文贈之通侯緹帥與往來燕飲鮮衣怒馬據上坐偃然矣後事敗俱誅死嗟夫權之所在愛之所偏卽始與之賢尚有雷尚書之惑況其下此者乎　按江陵家奴尚有宋九王五春九善詞翰而權不及游五頗有識常笑其

儕所爲時有作五七九傳者七卿游也

奚婢之子則無恤朔趙田文張齊燕姞蕃鄭唐兒啓漢遥集元宗裴秀令望王琨托體恭心良貴借胎寮友其宅名公鉅卿又不可勝數也虞仲翔云天之福人不在貴族芝草無根醴泉無源其識卓矣

郭氏青衣捧劍言願爲夷狄之鬼恥作愚俗蒼頭郴仲逞之婢鬻於蓋巨源家見其主市綾羅親自選擇酧酢可否則失聲而仆曰死則死耳

安能事賣絹牙郎乎夫奴婢有見解者其學識過主家百倍而欲强役使之得乎

鄭玄家婢皆誦詩書劉琰雪白丫頭能誦魯靈光賦蕭穎士之僕愛才死而不去蘇眉山之婢易馬感而觸槐至於近代青衣能文章者又比比也

古者生齒不繁故一夫百畝民無游食今之人視三代當多十數倍故游食者衆姑勿論其它如京師閹豎宮女娼妓僧道合之已不啻十萬

人矣其它藩省雖無婦寺而緇黃游方接武遝
近粉黛倚門充牣城市巨室之蒼頭使女擬於
王公綠林之亡命巨魁多於平民昔人謂一人
耕之十人聚而食之噫何啻十而已耶
今時娼妓布滿天下其大都會之地動以千百
計其它窮州僻邑在在有之終日倚門獻笑賣
婬爲活生計至此亦可憐矣兩京教坊官收其
稅謂之脂粉錢隸郡縣者則爲樂户聽使令而
已唐宋皆以官伎佐酒　國初猶然至宣德初

始有禁而縉紳家居者不論也故雖絶迹公庭
而常充牣里閈又有不隸於官家居而賣姦者
謂之土妓俗謂之私窠子葢不勝數矣昔秦始
皇之法夫爲寄豭殺之無罪女爲逃嫁子不得
毋至今日而偃然與衣冠宴會之列不亦辱法
紀而羞當世之士哉噫是法也誰爲作俑管子
之治齊爲女閭七百徵其夜合之資以佐軍國
則管氏者又羸政之罪人也
左傳既定爾婁豬盍歸吾艾豭艾豭者牽牡豕

以行淫者也方言云燕朝鮮之間謂之豭關東謂之彘詩一發五豝是也故以男子之淫於宅室者名之秦始皇會稽碑作寄豭今人以妻之外淫者目其夫爲烏龜蓋龜不能交而縱牝者與蛇交也一云汚閨之訛耳又謂之忘八以其孝弟忠信禮義廉恥八者俱忘也緑於官者爲樂户又爲水户　國初之制緑其巾以示辱蓋古赭衣之意而今亡矣然里閈尚以緑頭巾相戲也

世間人可貴而亦可賤可愛而亦可憎上可以陪王公而下受辱於里胥不敢校者伎與僧耳道尼不足數也故名伎高僧皆能奔走一時流芳千古而其猥劣頑賤嗜利無恥者至爲悲田乞見所不屑然伎既以色失身而僧亦以髡滅倫所謂以其小者信其大者奚可哉

釋氏輪迴之說所以勸世之爲善也而有不足取信者何也不論脩行與否但欲崇奉其教則世豈無詆佛之君子而持經茹素之窮兇極惡

乎一也生前之吹求太苛而死後之懺悔太易當其生則一物一命錙銖報應而及其死則彌天之罪一懺即消愚民自且以為無所逃於生前而妄冀不必然於身後何憚而不為惡二也夫君子之為善原不為身後計也至於小人雖憲典火烈殺人奸盜猶不絕踵而況地獄之耿茫乎至於回頭即岸之說大盜巨駔以此自文者多矣惟聖人之言曰作善降之百祥作不善降之百殃又曰善不積不足以成名惡不積不

足以滅身噫何其簡而易行也
今之釋教殆遍天下琳宇梵宮盛於黌舍峯誦
呪唄囂於絃歌上自王公貴人下至婦人女子
每談禪拜佛無不灑然色喜者然大段有二端
血氣已衰死生念重平生造作罪業自知無所
逃竄而藉手苦空之教冀爲異日輪迴之地此
一惑也其上焉者行本好奇知足索隱讀聖賢
之書未能躬行實踐厭棄以爲平常而見虛無
寂滅之敎聞明心見性之論離合恍惚不着實

地以爲生平未有之奇亘代不傳之秘及一厠
足不能自返而故爲不可摸捉之言以掩之本
淺也而深言之本下也而高言之本近也而遠
譬之本有也而無索之如中間一條大路不行
却尋野徑崎嶇百里之外測景觀星而後得道
自以爲奇此又一惑也先之所惑什常七八後
之所惑百有二三其於釋氏宗旨尚未得其門
戶况敢窺其堂奥哉至於庸愚俗子貪生畏死
妄意求福又不足言矣

以吾儒之教譬之爲貧賤所驅迫發憤讀書期取一第以明得意者此佞佛以求免輪迴者也志願已畢自揣無以逾人而倡爲道學之說或良知或止脩拾紙上之唾餘而刻畫粧飾以欺世盜名而世亦靡然從之直謂上接洙泗之傳闔洛不論也此離合恍惚自以爲奇者也至於老學究童而習之白尚紛紛藉口青衿以別凡民則亦愚庸之妄意求福者而已其於吾儒之道何曾彷彿夢見耶

三教之最失其傳者無如道家當時老氏之教
清淨無爲而已施之於治則絕聖去智掊斗折
衡使結繩之治可復原以用世而非以長生也
至於赤松子魏伯陽則主煉養盧生李少君則
主服食下至張道陵寇謙之則主符籙呪愈
趨而愈下至近世黄冠如林靈素者流則但醮
祭上章祈福禳罪而已蓋不惟與清淨之旨大
相悖盭卽煉養服食之旨駐年羽化之術亦槩
乎未之有聞也夫逢掖之口周孔猶能論其世

髠緇之托釋迦猶能誦其言至道流黄冠口不絶聲稱太上老君矣彼詎知柱史爲何人五千言爲何物大道上德之宗旨爲何事耶而悲依托之伯陽氏以自立於三教之一也不亦大可羞耶

高僧坐化往往見之史傳此不足異也萬曆戊申秋長溪僧天恩者來福州講經於芝山寺一旦無疾而終趺坐自如略無傾側此余所親見也當天恩在時吾輩雖從之遊未有信其高者

惟友人林熙工陳惟秦皆往拜爲弟子其平日苦脩余不得而知矣又有立化者有倒立而化者雖自眩變相要非空寂之教所急也相傳高僧化後髮爪皆如生時唐僧義存没後置函中每月其徒出之髮爪皆長輙爲剪薙以爲常經百餘年不廢後因兵火亂始封而灰之墨客揮犀所載鄂州僧無夢亦然後爲一婦人手摸而觸之遂不生至於仙蛻余在武夷見其一齒髮手指宛然如故但枯槁耳余每竊嘆以爲釋氏

之敎天地萬物一切歸於虛無故毀形滅性直
欲參透本來面目其於四大色身不過百年之
蹔寄寓何爲旣死之後猶戀戀不忍舍如此至
若神仙蹔遊萬里少别千年世間一切事棄如
脫屣豈復愛護其委蜕而不令其朽腐哉則神
仙之見解反不若蛇蟬之屬脫然無累矣此理
之不可解者也

謂死者爲必有知乎則鬼魅縱横冥途亦不勝
其繁擾也謂死者爲必無知乎則夢兆盼蠁禍

福感驗不可誣也聖人之言曰鬼神之爲德其
盛矣乎洋洋乎如在其上如在其左右夫以爲
無則何爲贊其盛以爲有則直云在而已何言
如在也有無之間不可思議者也故曰未知生
焉知死生死一理也人得天地之氣以生及其
死而氣盡矣然有未遽盡者在也上焉者得正
氣爲聖賢爲名世死則爲神爲靈亘古不磨此
卽生時之顯達者也中焉者氣有蹈駁根皆頑
鈍倐而成形倐而復命自來自去無復拘束此

卽生時之齊民也下焉者沴氣所鍾濟惡不才或爲大厲或爲羅刹譬之草木中之鉤吻禽獸中之虎狼則幽冥主者亦必有刑獄狴犴之具以禁制之猶生人之有十惡不道而困於圜土者也故知生之說則知死之說矣

老氏之說終是貪生釋氏之說終是畏死人須得到死生不亂方有着脚地位宋僧有云古人念念在定慧臨終安得而亂今人念念在散亂臨終安得而定此格言也如尹師魯劉子澄等

平日皆有大見解方到得此今人平日矢口聖賢至臨死之時顛倒錯亂或牽戀不忍舍者其無實學可知矣

死生之際一生學問大關頭也然有名爲巨儒而處死反不及常人者如林兆恩會通三教自謂海内一人而臨死乃病狂喪心便溺俱下吾郡一搢紳王鑛者平日無所聞年踰八十自知死期戒訓子孫無作佛事仍賦長詩一篇既而曰明日未能便去後日望日也吾當以十六日

去至期沐浴衣冠談笑而逝此豈有宿根耶抑平月不言躬行人有不及知耶林之虛名高王十倍而死生之間逈別乃爾殊可怪也

釋氏教人臨終之時不思善不思惡一念堅定直至西天夫不思惡易也至不思善則近於大而化之境矣昔人所謂善且不可爲況於惡乎然方寸之中惟此一念既不思善思惡此心放頓在何處此處尚有議論不得也

學佛者焚身惑衆懼人之不信也而托之火化

求仙者橫罹非命懼人之見笑也而托之兵解則世之惡疾而自焚者皆佛也麗法而正刑者皆仙也人之愚惑一至於此

僧之自焚者多由徒衆誑人捨施顧欲既厭然後誘一愚劣泌𤕤飲以瘖藥縛其手足致之上座而焚之耳當烟焰漲合之際萬衆喧闐雖掙扎稱冤不聞也亦有無賴貪得錢帛臨期服水片數銖者但覺寒戰烈燄焦灼殊無痛楚故遠近信之布襯雲集至於灼頂燃燈鍊指斷臂剔

目接踵相望大約僞者十七眞者十三爲利者十九爲名者十一皆非禪學之正宗也

史傳所載僧自焚者有三其一唐李抱眞爲潞州節度使兵荒之後財用窘竭素與一僧交善乃謂之曰事急矣欲借師之道以濟軍國可乎僧曰性命可捐它無所惜曰師但投牒言欲自焚吾爲地道與州宅通火發之頃卽潛身而入彼此俱無所損因引僧至地道往來無阻僧信之遂積薪高坐說法辭世李親率將校膜拜舍

施於是州人響應雲集貨財山積尅期舉火李已命人潛塞地道項刻之間僧薪俱灰收其施財以充公帑別求如舍利者數十枚建塔葬之其一宋某人爲其官有僧投牒欲自焚判許之至期親往驗視見僧兩眼凝淚不動問之不答乃令人梯取之授以紙筆乃自言某處遊僧至此寺衆欺其愚弱誑言惑衆厚得錢帛至期藥而縛之耳遂按誅諸僧毀其寺又其一元時達花赤爲政不通漢語動輒詢譯者江南有僧

田爲豪家所侵投牒訟之豪厚賂譯旣入達魯
花赤問譯僧訟何事譯曰僧言天旱欲自焚以
求雨耳達魯花赤大稱讚命持牒上譯業别爲
一牒即易之以進覽畢判可僧不知也出門則
豪巳積薪通衢數十人舁僧昇火中焚之然則
從來火化之妄惑往往如是矣
道家之教若徒以功行積滿白日昇天尚可以
誘人爲善即非柱下黄石宗旨吾不之責也彼
熊經鳥伸鍊形住世巳自是貪生業障無益於

時而況於黃白龍虎之術房中采戰之方貪利無厭縱欲敗度以之求長生何異適燕而南向郢哉道家之旨清淨無爲不見可欲使心不亂不貴難得之貨使民不爲盜況神仙乘雲御氣下視塵寰縱有大藥點化山河大地盡成黃金亦復何益於身心性命而且必無之事也然世間固有一種癡人妄想甘受邪術所欺而崇奉惑溺至破家亡身而不顧者此又不如倿佛持素差覺安靜耳

吾友曹能始嘗言人雖極善然一入公門作胥曹無不改而爲惡人雖極惡然一入佛寺作比丘無不改而爲善余大笑君但見其形骸耳不聞有不要錢提控及殺人放火和尚耶然此語誠有致不獨此也吾輩縱極高雅一入公門說公事便覺帶幾分俗惡縱極鄙俗一入佛寺看經啜茶便覺有幾分幽致士大夫不可不存此想也

天下僧惟鳳陽一郡飲酒食肉娶妻無別於凡

民而無差役之累相傳　太祖湯沐地以此優恤之也至吾閩之邵武汀州僧道則皆公然蓄髮長育妻子矣寺僧數百惟當戶者一人削髮以便於入公門其它雜處四民之中莫能辨也

按陶穀清異錄謂僧妻曰梵嫂番禺雜記載廣中僧有室家者謂之火宅僧則它處亦有之矣此眞所謂華民也

先爲僧而後入仕者宋湯惠休唐賈島宋蔡京宋法崧也先仕而後爲僧者漢陽城侯劉俊南齊

劉勰梁劉之遴張纘魏元大興唐圓淨南唐姚
結耳宋饒德操佛印元來復見心也先爲道士
而後入仕者唐魏徵盧程元張雨　國朝陳鑑
也先仕而後爲道士者唐賀知章鄭銑郭仙舟
宋李太尉也先爲僧又爲道而後仕者唐劉軻
也先入仕懼禍爲僧道而後又仕者梁伏挺唐
徐安貞也近時閩李贄先仕宦至太守而後削
髮爲僧又不居山寺而遨遊四方以干權貴人
多畏其口而善待之擁傳出入髡首坐肩輿張

黃蓋前後呵殿余時在山東李方客司空劉公
東星之門意氣張甚郡縣大夫莫敢與均茵伏
余甚惡之不與通無何入京師以罪下獄死此
亦近於人妖者矣

趙普王旦皆宋名臣然旦於臨終遺命髡首披
緇而普二女皆出家爲尼長號智果大師次號
智圓大師其可笑如此

僧道拜大位者則唐懷義于什方葉靜能鄭普
思尹愔宋林靈素元劉秉忠　國朝則姚太師

廣孝邵大宗伯元吉陶少師仲文三人而已然廣孝爲佐命元勳功烈帷幄蓋陸法和佛圖澄之流也雖拜大位而終身不娶妻不蓄髮晚年里居布衲錫杖蕭如也雖未成正果似亦得度世法門者邵陶皆以房中邪術取悅一時其品又在林靈素之下矣

世傳上中下八洞皆有仙人故俗動稱八仙云如所謂鍾離鐵拐韓湘子張果老之屬皆列仙傳採拾而強合之耳張果乃明皇時術士與羅

公遠葉法善同在朝非仙也獨呂洞賓者史傳所載靈異之蹟昭彰在人耳目想不可謂之全誣今世所傳純陽詩字甚多如朝遊北海暮蒼梧及石池清水是吾心者好事者哀爲之集但純陽唐人既舉進士又列仙籍而其詩乃類宋人口吻豈亦後人傳會所成耶不然既遺世高舉而又屢降人間若戀戀不忍舍者何也退之云我自屈曲住世間安能從汝求神仙此視純陽去而復來者過之遠矣

宋瑞州高安縣鄭氏女定二孃者臨嫁汲井忽有彩雲掖之升天州縣以聞立祠建廟祈禱輒應旣而廉之則因與人通而孕父母醜之密售於傍邑而托詞惑衆耳無何新建有闞氏者僱一婢訊之卽仙姑也昌黎謝自然華山詩意亦可見不獨此也漢末張道陵避瘧丘社得咒鬼之術遂以符術使鬼療病後爲蟒蛇所吞子衡奔往覓屍不得乃主麋鵠足置石崖頂託以白日昇天至今歷代崇奉稱爲天師良可笑也

張道陵初以妖術惑衆治病者令出五斗米故世號米賊陵死子衡傳其道衡死魯復行之魯母有姿色出入益州牧劉焉之家以魯爲司馬後劉璋立殺魯母及家室魯遂據漢中以叛後爲曹操所攻降魏爲鎮南將軍張之本末不過如此自晉及唐尚未有聞至五代遂稱天師歷宋元未有非之者據廣信之龍虎山金碧殿宇偃然爲世業矣我　太祖皇帝曰至尊者天豈有師也削之止稱眞人然以二品秩傳流後裔

亦幸之甚矣眞人每入覲沿途民爲鬼魅所惱
者悉往投牒所至戍市閙其符籙亦有驗者故
愚民信奉之也萬曆間京師大旱適眞人入朝
上命留之禱雨終不効乃遣之則其伎倆亦
與尋常黃冠一閒耳
今天下有一種吃素事魔及白蓮教等人皆五
斗米賊之遺法也處處有之惑衆不已遂成禍
亂如宋方臘元紅巾等賊皆起於此近時如唐
賽兒王臣許道師皆其遺孽而吾閩中又有三

教之術蓋起於莆中林兆恩者以艮背之法教人療病因稍有驗其徒從者雲集轉相傳授而吾郡人信之者甚衆兆恩死後所在設講堂香火朔望聚會其後又加以符籙醮章祛邪捉鬼蓋亦黃巾白蓮之屬矣兆恩本名家子其人重意氣能文章博極羣書倭奴陷莆後骸骨如麻兆恩捐千金葬無主屍以萬計名遂大譟其後著三教會編授徒講學頗流入邪説而不自知既老病得心病水火不顧顛狂逾年乃死此豈

亶有道術者而閩人惑之至死不悟也今其徒布滿郡城其中賢者尚與士君子無別一二頑鈍不肖者藉治病以行其私奸盜詐僞無所不有其與邪巫女覡又何別哉余十三四時見三教書心甚不然著論以闢之今亦不復記憶及既長入閩觀其行事益自負前言之不妄也

古有百家九流而今之行世者僅僅數家而止至於墨家縱横家名家不惟不能傳其學亦不能舉其書矣戰國之時楊墨盛行及其後而楊

之言絕矣獨墨氏之教至往往稱與孔竝耶荀
卿賈誼亦爾何其張也然自漢以來不聞有治
墨家言者豈汎愛而忘親纖嗇而非儒不可適
於世故耶縱横之術自鬼谷子而後秦儀衍軫
相尚為高至於漢之侯公蒯徹三國秦宓彭羕
之徒亦其遺也唐末藩鎮紛爭說士間出若栢
耆羅隱之流皆得闔押短長之術而高者取世
資下至不能保其首領亦所遇何如耳名家搏
抗千古鑑察微茫耳目豈能皆真毀譽易於失

實不有人禍必有天刑談何容易是以君子不
爲也
韓非曰自孔子之死也而儒分爲八自墨子之
死也而墨分爲三噫今墨之三家既已失其傳
矣而所號爲儒者又豈復八家之儒哉已之不
正何以攻人
孔子曰攻乎異端斯害也已孔子當時楊墨未
興其所謂異端者不過鄧析少正卯之流耳至
孟氏極口詆楊墨不遺餘力想得天下崇信一

家不亞今之釋道觀當時者書立論者動以孔墨並稱可見矣當時老莊之言已滿天下而孟子不之及蓋以老子爲仲尼所嚴事非異端也漢唐而下莫盛於佛老然道教已非柱史之舊而世之惑溺者不過妄意神仙或貪黄白以圖利耳固無甚見解而亦不足辯也惟釋氏之教入人骨髓然彼之所談皆高出世界四大之外而排之者動以吾儒之粗攻釋氏之精如以羸兵敵強虜宜其不能勝而反熾其焰也二者之

外如白蓮回回色目及吾閩三教等項猥皆猥
瑣庸劣無甚見解此又異端之重儓而不足與
辯者也

五雜組卷之八終

五雜組卷之九

吳航寶樹堂藏板

陳留謝肇淛著

物部一

莫靈於龍人得而豢之莫猛於虎人得而檻之有欲故也故人而無欲名利不能羈縻矣

相人之書凡有似鳥獸之一形者皆貴大如龍鳳則大貴小如龜鶴猿馬之類亦莫不異於常人夫人爲萬物之靈者也今乃以似物爲貴耶此理之所必不然

龍性最淫故與牛交則生麟與豕交則生象與馬交則生龍馬郎婦人遇之亦有爲其所污者嶺南人有善致雨者暮少女於空中驅龍使起龍見女郎迴翔欲合其人復以法禁使不得近少焉雨已霑足矣

王符稱世俗畫龍馬首蛇尾又有三停九似之說謂自首至膊膊至腰腰至尾皆相停也九似者角似鹿頭似駝眼似鬼項似蛇腹似蜃鱗似魚爪似鷹掌似虎耳似牛然龍之見也皆爲雷

電雷雲霧擁護其體得見其全形者罕矣

俗有立夏分龍之說蓋龍於是時始分界而行雨各有區域不能相逾故有咫尺之間而晴雨頓殊者龍爲之也又云龍火與人火相反得濕則燄得水則燔惟以火投之則反熄此亦不知其信否也

淮南子言萬物羽毛鱗介皆生於龍故有飛龍應龍蛟龍先龍之異而四族分焉其言甚怪誕

余嘗笑劉媼息大陂下有龍據其上而生高祖

則劉氏子孫謂人族亦生於龍可也然聖人繫易於龍取象不一而足道德如老子乃得猶龍之譽其尊敬之亦至矣而古乃有豢龍御龍屠龍者何耶豈亦種類貴賤不同如人之有上知下愚天子匹夫者耶夫聖人無欲而龍未免有欲故終不能離夫物也

萬曆戊戌之夏句容有二龍交其一困而墮地天嬌田間人走數百里競往觀之越三日風雷挾之而升

司徒馬恭敏治河日於淮濟間得一龍蛻長數十尺鱗爪鬐角畢具其骨堅白如玉俗相傳云龍由蛟蜃化者壽不過三歲

龍生九子蒲牢好鳴囚牛好音蚩吻好吞嘲風好險睚眦好殺屓贔好文狴犴好訟狻猊好坐霸下好負重此語近世所傳未考所出而博物志九種之外又有憲章好囚饕餮好水蟋蜴好腥蠻全好風雨螭虎好文采金猊好烟椒圖好閉口虭蛥好立險鰲魚好火金吾不睡亦皆龍

之種類也蓋龍性淫無所不交故種獨多耳麟之長百獸也以仁獅子之服百獸也以威鳳之率羽族也以德而鶻之懾羽族也以鷙然麟鳳爲王者之祥獅鶻僅禁籞之玩君子宜何居焉

唐開元中有鳳逐一龍至華陰龍墮地化清泉二道其一爲鳳爪傷流血泉色遂赤今其地有龍骨山云故老謂鳳喜食龍腦故龍畏之今世所傳鳥王啖龍圖蓋本此也夫鳳非竹實不食

而亦嗜龍腦耶

物之猛者不能相下如龍潛水中以虎頭投之則必驚怒簸騰渹出之乃巳西域人獻獅子有繫井傍樹者獅子徬徨不安少頃風雨晦冥龍從井中飛出是交相畏也

鳳麟皆無種而生世世不恒有故爲王者之瑞龍雖神物然世常有之人罕得見耳但以一水族而雲雨雷電風雹皆爲之驅使故稱神也潛見以時大小互用上可在天下可在田故聖人獨

以屬之乾道
諸獸中獨獬豸不經見一云即神羊也然神羊見於神異經其言誕妄不足信攷歷代五行四夷志如麒麟獅子扶拔騶虞角端史不絕書而獬豸無聞焉則世固未嘗有此獸也自楚文王服獬豸冠而漢因之相沿至今動以喻執法之臣亦無謂矣
臯陶治獄不能決者使神羊觸之有罪即觸無罪即不觸則臯陶之爲理神羊之力也後世如

張繹之于定國無羊佐之民自不寃豈不勝皐陶遠甚哉

永樂中曾獲麟命工圖畫傳賜大臣余嘗於一故家得見之其身全似鹿但頸甚長可三四尺耳所謂麕身牛尾馬蹄者近之與今俗所畫迥不類也獬廌世未必有此獸如果有之既曰神羊則其形當似羊不應如世所傳

宋嘉祐間交阯貢麒麟二狀如牛身被肉甲鼻端有角食生芻果必先以杖擊其角而後食既

至樞密使田況辨其非麟荅詔止稱異獸云時以爲得體沈存中筆談亦載此而誤以爲至和中沈又疑其爲天祿云

禁苑中四方鳥獸畢備其不可馴者盛以樊籠有鸑鳥高六七尺諸禽獸皆畏之不知其何名也獨無虎豹獅子之屬相傳先朝皆蓄以備遊翫至今 上中年尚有虎數隻一夕 上夢虎齧左足覺而腓痛疑其祟令司苑者勿與食餓殺之內一虎甚大長丈許餓至二十四日方死

呼聲動地自是不復畜焉

新安有衆逐虎虎竄入神祠中見土偶人厖然大也搏之偶踣而壓虎虎腰折焉衆生得虎時丁應泰爲令以爲異政通於神明也爲新其祠且令百姓歌謠之

山民防虎者有崖口缺虎常躍入迺以巨絙縱横而空懸之虎躍而下浮胷絙上四足掙空不能作勢終不能脱矣又有以黐布地及横施道側者虎頭觸之覺其黏也爪之不得下則坐地

上俄而遍體皆汚怒號跳撲至死萬曆辛亥閩
西北多虎暴三五爲羣余時爲先室洽兆從者
常遇之殆者數矣後郡公募人捕之旬日中格
三虎自是無患焉
江陵有貙人能化爲虎又有貙虎還化爲人
虎據地一吼屋瓦皆震余在黄山雪峰常聞虎
聲黄山較近時坐客數人政引滿虓然之聲如
在左右酒無不傾几上者時潘景升謝于楚在
坐因言近歲有壯士守水碓爲虎攫而坐之碓

輪如飛虎觀良久士且甦手足皆被壓不可動適見虎勢翻然近口因極力齧之虎驚大吼躍走其人遂得脫余謂昔人料虎鬚新安人乃舐虎卵乎如此不如無生衆皆絶倒

胡人射虎惟以二壯士彀弓兩頭射之射虎逆毛則入順毛則不入前者引馬走避而後者射之虎回則後者復然虎雖多可立盡也中國馬見虎則便溺下不能行惟胡馬不懼獵犬亦然何景明有獵犬咋虎詩蓋邊方畜也

戚大將軍繼光鎮閩日嘗獲得一生虎繫以鐵
紀內檻中日令屠者飼肉十斤屠苦之賂一醫
者為生兒排醫書誦之無何戚有目疾乃召醫醫言
惟生虎目可療遂殺虎取目後戚目疾雖瘳而
不虞醫之詐也
獸之猛者獅子之下有扶拔有駮有天鐵能日
食虎豹者扶拔見諸史書當與獅子同獻似之
而非也詩云隰有六駮易為駁馬管子曰駮食
蝟蝟食鵕鸃鵕鸃食駮駮食虎太平廣記所載

似虎而小食虎略盡者是巳天鐵熊似熊而猛
常挾虎而嗜其腦唐高宗時加毗葉國獻之能
擒白象又有酋耳亦食虎而魏武所遇跳上師
子頭與漢武時大宛北胡人所獻大如狗者又
不知何獸也
水牛之猛者力皆能鬬虎虎不如也宣德間嘗
取水牛與虎鬬虎三撲而不中遂爲牛所觝而
斃余鄉間牧牛不收嘗有觸虎於巖石上至死
不放者迨曉力盡牛虎俱斃禁苑又有鬬虎騾

高八尺三蹄而虎斃又劉馬太監從西番得黑騾日行千里與虎鬬一蹄而虎死後與獅鬬被獅折其脊死劉大慟騾能鬬虎古未聞也

滇人蓄象如中夏畜牛馬然騎以出入裝載糧物而性尤馴又有作架於背上兩人對坐宴飲者過坊額必膝行而過上山則跪前足下山則跪後足穩不可言有爲賊所劫者窘急語象以故象卽捲大樹於鼻端迎戰而出賊皆一時奔潰也惟有獨象時爲人害則羿而殺之

師子畏鈎戟虎畏火象畏鼠狼畏鑼
令 朝廷午門立仗及乘輿鹵簿皆用象不獨
取其壯觀以其性亦馴警不類它獸也象以先
後爲序皆有位號食幾品料每朝則立午門之
左右 駕未出時縱遊齕草及鐘鳴鞭響則肅
然翼侍俟百官入畢則以鼻相交而立無一人
敢越而進矣朝畢則復如常有疾不能立仗則
象奴牽詣它象之所面求代行而後它象肯行
不然終不往也有過或傷人則宣 勑杖之二

象以鼻絞其足踣地杖畢始起謝　恩一如人意或貶秩則立伏必居所貶之位不敢仍常立甚可恠也六月則浴而交之交以水中雌仰面浮合如人焉蓋自三代之時已有之而晉唐業教之舞及駕乘輿矣此物質既麤笨形亦不典而靈異乃爾人之不如物者多矣

象體具百獸之肉惟鼻是其本肉以爲炙肥脆甘美呂氏春秋曰肉之美者有髦象之約焉約即鼻也

獸莫仁於麟莫猛於狻猊（即師子）莫巨於䝙貐（長四百尺）莫速於角端（日行一萬八千里）莫力於萬萬莫惡於窮奇（食善人不食惡人）

新安樵者得小熊大如猫蹣跚庭中犬至猛者見之亦溺下又長興人得一虎子其隣家有犬最警猛初見亦怖溺少選復來窺又走如此數四至暮則徑往咋殺之矣

今熊羆之屬世亦稀見江南多豺虎江北多狼狼雖猛不如虎而貪残過之不時入村落竊取

小兒銜之而趨豺凡遇一獸逐之雖數晝夜不舍必得而後已故虎豹常以比君子而豺狼常以比小人也

萬曆壬子十月有熊見於福州之平山二樵子遇之不識以爲豬也逐之熊人立而爪樵者衆呼逐之躍出城外竄大樹上官聞遣兵捕之土人素未識熊懼之甚圍而遠射之莫能中中者輙爲所接折而擲之良久一裨將至始曰吾山中習熊力止敵一壯夫耳無畏也直至樹下彀

矢一發而殪郡向未有此獸又入城中亦一異事也熊於字為能火可無祝融之慮乎

昭武謝伯元言其鄉多熊熊勢極長每坐必跑土為窟先容其勢而後坐山中人尋其窟穴見地上有巨孔者以木為桎梏施其上而設機焉熊坐機發兩木夾其臀號呼不能復起土人即聚而擊之至死不能動也

熊行數千里外每宿必有高山中人謂之熊舘虎則百里之外輙迷不返

鹿之屬則有麋有麢有麝有麈有麞猴之屬則有猓有猿有狖有玃狐之屬則有貍有貉有貛鼠之屬則有貂有鼷有鼸有鼯有鼮有鼪然麢似羊而從鹿蜼似猿而從虫鮫鯉似獺而從魚古人作字當别有取義也麢之性怯飲水見影無不驚奔故人食其心者多怯不知所爲蟨鼠前而兔後趨則頓走則顛故常與邛邛距虛比即有難邛邛距虛負之而走蟨齧得甘草必以遺邛邛距虛也虓爲比肩獸然世未嘗

見之宋沈括使契丹大漠中有跳兎形皆兎也而前足才寸許後足則尺許行則跳躍止則仆地此即蟨也但又未見邛邛距虛耳物之難博如此狼亦負狽今狼恒見而狽不恒見也

驘之爲畜不見於三代至漢時始有之然亦非中國所產也匈奴北地馬驢游牝自相交合而生今北方以爲常畜其價反倍於馬矣爾雅翼曰驘股有鎖骨故不能生俗又言驘骨無髓故不能交合生子皆非也驘本驢馬牲合所成非

本質也交而生子又不類父大僅如特不堪乘
載故人禁之不令交耳漢元康中龜茲王娶烏
孫公主女自以尚漢外孫衣服制度皆半倣中
國胡人相謂曰驢非驢馬非馬若龜茲王者所
謂贏也今作騾說文曰贏驢父馬母也駃騠馬
父驢母也然駃騠爲神駿而騾爲賤畜可見人
物稟氣於父不稟氣於母也又騾父牛母謂之
馲駘見玉篇
拾遺記云善別馬者死則破其腦視之色如血

者日行萬里﹐責者日行千里﹐夫馬已死矣﹐別之何爲﹐別而至於破腦﹐尚爲善別馬乎﹐此亦可笑之甚者也

余在齊久﹐其地多狠﹐多蝟﹐多獾﹐多鼠狼﹐獾如犬穴地中﹐常以夜定出田野覓食﹐雞鳴即還其行皆有熟路﹐土人覓其穴﹐置罝於穴口﹐雞鳴時縱犬嗾之﹐奔而入穴即獲焉﹐其肉腯甚﹐不能多啖也﹐鼠狠雖小﹐而竊食雞鴿之類﹐一齧即斷其喉十百爲羣﹐皆齧殺無遺﹐而後去﹐行走如飛﹐其氣

腥惡狗齧之亦嘰吐竟日云

江南山中多豪豬似野豕而大能與虎鬭其毛半白半黑勁利如矢能激以射人人取以爲簪云今髮不垢

齊晉燕趙之墟狐魅最多今京師住宅有狐怪者十六七然亦不爲患北人往往習之亦猶嶺南人與蛇共處也相傳天壇側有白狐云千餘歲矣鬚鬢𩯭冉如雪時時衣冠與人往來人知之亦無異也一日　駕幸天壇請雨駐數日不出

駕返復至人問之曰　天子每出百靈訶護蹕溝澮窟穴皆有神主之何所藏匿然則安往笑曰直至泰山石竇中耳與一縉紳交善一旦張眞人來朝狐以帕一方托縉紳往求張印張見帕大怒曰此老魅敢爾言未畢狐已鎖縛跪庭下矣張曰野魅無禮若得吾印必且上擾天廷立取火焚殺之縉紳泣爲之請不得也一云是德州猴精縉紳爲德州陳侍郎

元至正間范益者精於醫一日老嫗扣門求醫

其女問所居曰在西山益憚其遠曰曷輿之來
翌日二女至診之驚曰此非人脉必異類也當
實告我嫗泣拜曰某實西山老狐也問何以能
入天子都城曰須命天子自在濠州諸神往護
此間空虛久矣益乃與之藥而去無何而　高
皇帝起淮右益聞卽棄官去
狐千歲始與天通不爲魅矣其魅人者多取人
精氣以成内丹然則其不魅婦人何也曰狐陰
類也得陽乃成故雖牡狐必托之女以惑男子

也然不爲大害故北方之人習之南方猴多爲魅如金華家貓畜三年以上輒能迷人不獨狐也

杭州有猢猻能變化多藏試院及舊府内然余在二所嘗獨處累月意其必來或可叩以陰陽變化之理而杳不可得

福清石竺山多猴千百爲羣戚少保繼光勦倭時屯兵於此每教軍士放火器狙窺而習之乃命軍士捕數百畜養之仍令習火器以爲常比

賊至伏兵山谷中而令羣狙闖其營賊不虞也
火頃火器俱發霹靂震地賊大驚駭伏發殲焉
昔鍼尹燧象田單火牛江逌火雞今戚公乃以
火狙智者相師大約類此

京師人有置狙於馬廐者狙乘間輙跳上馬背
揪鬃鬣搊項嬲之不已馬無如之何一日復然馬
乃奮迅斷轡載狙而行狙意猶洋洋自得也行
過屋桁下馬忽奮身躍起狙觸於桁首碎而仆
觀者甚異之余又見一馬疾走犬隨而吠之不

置常隔十步許馬故緩行伺其近也一蹄而斃
靈蟲之智固不下於人矣
置狙於馬廐令馬不疫西游記謂天帝封孫行
者爲弼馬溫蓋戲詞也
余行江浙間少聞猿聲萬曆己酉春至長溪宿
支提山僧樓上積雨初霽朝曦蓊蔚晨起憑欄
四山猿聲哀嘯雲外凄凄如繁絃急管或斷或
續客中不覺雙泪沾衣亦何必瞿塘三峽中始
令人腸斷也

獐無膽馬亦無膽兎無脾猴亦無脾豚無筋蝟
亦無筋

瘈狗齧人令人腹中長狗雛而死急以藥治之狗從小便中出即有齧衣服者亟捲衣置圊上經數宿必有狗雛無數死其中又有一種狗不飲不食常望月而嘷者非瘈乃肚中有狗寶也寶如石大者如鵝卵小如雞子專治噎食之疾余在東郡獲其一每以施醫者然不甚効也

近歲一長洲令署中聞地下小犬吠聲如此數

晝夜令人尋聲發掘沓無所見後亦竟無禍福
案晉時輔國將軍孫無終家於旣陽地中聞犬
子聲尋而地坼有二犬子皆白色一雌一雄取
而養之皆死後爲桓玄所滅又吳郡太守張懋
廬江民何旭家皆然而俱不善終尸子曰地中
有犬名曰地狼夏鼎志曰掘地得犬名曰賈
魏正始中中山王周南爲襄邑長有鼠從穴出
曰王周南爾以某日死周南不應鼠還穴至期
更冠幘皁衣出語曰周南汝日中死又不應鼠

復入穴斯須臾出語如向日適欲中鼠入須臾復出出復入轉更數語如前日正中鼠曰周南汝不應我復何道言絕顛蹷而死即失衣冠取視俱如常鼠故今人相戒遇怪事不得言又諺語曰見怪不怪其怪自壞

閩中最多鼠衣服書籍百凡什物無不被損齧者蓋房屋多用板障地平之下常空尺許數間相通以妨濕氣上則尾下布板又加承塵使得窟穴其中肆無忌憚使如北地鋪磚築墻椽上

用磚石作仰板自然稀少矣閩中人若知此不但可防鼠亦可防火盜也

占書謂很恭鼠拱主大吉慶曆寶應中洛陽李氏家親友大會而羣鼠門外數百人立驅之不去空堂縱觀人去盡而堂崩近時一名公將早朝穿靴已陷一足有鼠人立而拱再三叱之不退公怒取一靴投之中有巨虺尺餘墜焉鼠即不見以至可憎之物而亦能爲人防患若此可恠也

猫之良者端坐默然而鼠自屏息識其氣也俗言別猫者一辟二積三咬四食今併其食者不可得矣長溪大金出良猫余常購之其價視宅方十倍黑質金睛非不虓然大也而不能捕一鼠至其前而不能捉也此何異睢陽咋狐犬書之以發一笑

天順間西域有貢猫者盛以金籠頓館驛中一縉紳過之曰猫有何好而于貢之曰是不難知也能歛數金與我乎如數與之使者結壇於城

中高處置猫其中翌日視之鼠以萬計皆伏死壇下曰此猫一作威則十里內鼠盡死蓋猫王也

京師內寺貴戚蓄猫瑩白肥大逾數十斤而不捕鼠但親人耳蓄狗則取金絲毛而短足者蹦地下蓋兒事猫矣而不吠盜此亦物之反常爲妖者也

太倉中有巨鼠爲害歲久主計者欲除之募數猫往皆反爲所噬一日從民家購得巨猫大如

貍纔之入遂聞咆哮聲三日夜始息開視則貓鼠俱死而鼠大於貓有半焉余謂貓鼠相持之際再遣一二往援當收全勝之功而乃坐視其困也主計者不知兵矣

鼠大有如牛者謂之鼴鼠爾雅謂之鼶舊說揚州有物度江而來形狀皆鼠而體如牛人莫能名有識者曰吾聞百斤之鼠不能敵十斤之貓盍試之乃求得一巨貓十餘斤者往鼠一見即伏不敢動爲貓咋殺此亦鼠之一種不恒有者

也人云鼠食巴豆可重三十斤但未試耳

倚覺寮雜記云鷴白羽黑文胸頸皆青冠面足皆赤不純白也雪賦乃云白鷴失素是未識鷴也然李白亦有白雪恥容顏之語豈相沿之誤耶朱子詩傳鶴身白頸尾黒然鶴之黒者非尾也乃兩翅之下翅斂則傅於後似尾耳此亦格物之一端也

凡魚之游皆逆水而上雖至細之鱗遇大水亦搶而上鳥之飛亦多逆風蓋逆則其鱗羽順順

而返逆矣人之生於困苦而死於安樂亦猶是也陳後山談叢謂魚春夏則逆流秋冬則順流當再考之

孟子曰緣木求魚言木上必不得魚也今嶺南有鯢魚四足常緣木上鮎魚亦能登竹杪以口銜葉莊子曰衆雌無雄而又奚卵今雞鴨無雄亦自有卵但不雛耳婦人亦有無人道而生子者況物乎

詩云莫赤匪狐莫黑匪烏二物之不祥從古已

忌之矣京師烏多而鵲少宮禁之中早暮飛噪
千百爲羣安在其爲不祥也北方民間住宅有
狐惟者十常二三而亦不甚害人久亦習之矣
鴉鳴俗云主有凶事故女子小人聞其聲必唾
之卽縉紳中亦有忌之者矣夫使人預知有凶
而愼言謹動思患預防不亦吾之忠臣哉乃人
皆樂鵲而惡鴉信乎逆耳之言難受也
洞庭有神鴉客帆過必飛噪求食人以肉擲空
中哺之不敢捕也楚人好鬼羅願云岳陽人以

兎爲地神無敢獵者又巴陵烏絶多無敢弋其

語信矣

烏與鴉似有別其實一也南人以體純黑者爲

反哺之烏而以白頸者爲鴉惡其不祥此亦不

然古人烏鴉通用未有分者烏言其色也鴉象

其聲也舊說烏性極壽三鹿死後能倒一松三

松死後能倒一烏而世反惡之何也

猫頭鳥卽梟也閩人最忌之云是城隍攝魂使

者城市屋上有梟夜鳴必主死喪然近山深林

中亦習聞之不復驗矣好事者伺其常鳴之所懸巨炮枝頭以長藥線引之夜然其線梟即熟視良久炮震而隕地矣此物夜拾蚤蝨而晝不見丘山陰賊之性即其形亦自可惡也古人以午日賜梟羹又標其首以木故標賊首謂之梟首

梟鴟鵂鶹鴞鵬訓狐猫頭皆一物而異名種類繁多鬼車九首則惟楚黔有之世不恒見

世俗相傳謂倉庚求友以爲出於詩然詩但言

伐木丁丁鳥鳴嚶嚶出自幽谷遷于喬木嚶其鳴矣求其友聲初不指其何鳥也凡鳥雌雄相呼朋類相喚者亦多矣不獨鶯也釋者以禽經有鶯鳴嚶嚶之語遂以詩人爲咏倉庚不知禽經乃後人所撰正因詩之語而附會之耳豈可引以證詩乎况楊雄羽獵賦有鴻鴈嚶嚶之句可又指爲鴈乎

淮南子季秋之月鴈來賓雀入大水爲蛤來賓者以初秋先來者爲主而季秋後至者爲賓也

許叔重觧以鴈來爲句而曰賓雀者老雀也棲
宿人家如賓客然崔豹古今注亦云雀一名嘉
賓必有所考今記於此
白鶂相視眸子不動而風化不必形交也鶂即
鷁似鴈而善高飛昔人謂其吐而生子未必然
也又鸕鷀亦胎生從口吐出此屢見諸書者而
未親見之
鶻與隼皆鷙擊之鳥也然鶻取小鳥以煖足旦
則縱之此鳥東行則是日不東往擊物西南北

亦然蓋其義也隼之擊物遇懷胎者輙放不殺蓋其仁也至鷹則無所不噬矣故古人以酷吏比蒼鷹也

鷹產於遼東渡海而至登萊其最神駿者能見海中諸物輙撲水而死故中國之鷹不及高麗產

教鷹者先縫其兩目仍布囊其頭閉空屋中以草人臂之初必怒跳顛撲不肯立久而困憊始集臂上度其餒甚以少肉啖之初不令飽又數

十日眼縫開始聮其翅而去囊焉囊去怒撲如初又憊而馴乃以人代臂之如是者約四十九日迺開戶縱之高飛半晌羣鳥皆伏無所得食方以竹作雉形置肉其中出沒草間鷹見即奮攫之遂徐收其緜焉習之旣久然後出獵擒縱無不如意矣

彼兎遇鷹來撲輙仰卧以足擘其爪而裂之鷹即死惟鶻則不用爪而以翅擊之使翻便啄其目而攫去又鷹遇石則不能撲兎見之輙依巖

石傍旋轉鷹無如之何則盤飛其上良久不去人見而跡之兎可徒手捉得也

南京一勳貴家畜猢猻甚馴既久輒戲其侍婢主怒而欲殺之逃匿報恩寺塔頂出沒趫捷人無如之何或教放鷹擊之猴見鷹至即裂其爪鷹反斃焉如是數四主怒甚募有能擊者予百金一遼東人應募觧縧縱鷹鷹形甚小至塔頂盤飛良久瞥然遠逝不知所之萬衆相視罔測良久乃從天際而下將至猴身乘其張目熟視

將毛羽一一抖黄沙蔽天而下猴兩目眯不能開
一擊而隕地矣乃知向之違去爲藏沙也物之
智如此此主大喜厚賜之
有魚鷹者終日巡行水濱遇游泳水族悉啄之
又有信天翁者不能捕魚立沙灘上俟魚鷹所
得偶墜則拾食之昔人有詩云荷錢荇帶緑波
空唼鯉含鯊淺草中江上魚鷹貪未飽何曾餓
死信天翁楊用脩丹鉛録亦載此詩以爲蘭廷
瑞作也一云瀛水上有一鳥立不動者名信天

緣奔走不休者名謾畫

虎鷹能擒虎豹亦展沙眯其目虎畏之遠望輙

妥首藏匿今北方鷙鳥如鵰者亦能搏麞鹿食

之鷲則彌大能攫牛虎矣

鷹畏青鵻糞沾其身則肉爛毛脫獵時密跡其

後略揞之即達逝青鵻輙飛糞濺之長至數尺

如是再三糞漸微以至盡即爲鷹擊矣物之以

智相制也

謝豹蟲也以羞死見人則以足覆面如羞狀是

蟲聞杜鵑聲則死故謂杜鵑亦曰謝豹而鵑啼時得蝦曰謝豹蝦賣筍曰謝豹筍則又轉借以爲名其義愈遠矣一云蜀有謝氏子相思成疾聞子規啼則怔忡若豹因呼子規爲謝豹未知是否

羽族之巧過於人其爲巢只以一口兩爪而結束牢固甚於人工大風拔木而巢終不傾也余在吳興見雌雄兩鸛於府堂鴟吻上謀作巢旣無傍依又無枝葉木銜其上輒墜余家中共嗤

笑之越旬日而巢成矣鶴身高六七尺雌雄一雙伏其中計覓廣當得丈餘雜木枯枝縱橫重疊不知何以得膠固無恙此理之不可曉者

凡鳥將生雛然後雌雄營巢巢成而後遺卵伏子及子長成飛去則空其巢不復用矣其平時棲宿不在巢中也故有鵲巢而鳩居之者

閩大司徒馬恭敏公在山東日庭中有鶴雌雄巢於樹杪無何生二雛雌雄常留一守巢其一遠出覓食以爲常時方盛夏公常命吏卒謹護

之一日雄者出而不返旬餘無耗公嘆息以爲
遇害又數日雛鳴甚急視之則雄從南方飛來
將至巢長鳴一聲有樹一枝墜地紅實纍纍吏
人不識持以白公視之則荔支也計閩廣相距
五千餘里不憚跋涉而遠取之其愛至矣亟命
梯而送之巢中其雌雄環鳴不已若感謝云
鯤化爲鵬莊子寓言耳鵬卽古鳳字也宋玉對
楚王鳥有鳳而魚有鯤其言鳳皇上擊九千里
負青天而上正祖述莊子之言也鵠卽是鶴漢

黃鵠下建章而歌則曰黃鶴是也故戰國策說
士或言鵠或言鶴交互不一物同而音亦同也
此雖小事亦亦博物者所當知
景州進士田吉赴廷試日鵲巢其檣直至潞河
吉自負必得大魁後乃以傳文字罰殿一舉余
按吳孫權時封前太子和爲南陽王遣之長沙
有鵲巢其帆檣和故官僚聞之皆憂惨以爲檣
末傾危非久安之象後果不得死所其占正與
吉合惜無有以和事告之者

閩中稅監高寀常求異物於海舶以進御有番雞高五尺許白色黑文狀如鬭雞但不聞其鳴耳有白鸚䳇甚多又有黃者其頂上有冠如芙容狀番使云此最難得者

東方有魚焉如鯉六足有尾其名曰鮯南方有鳥焉三首六目六足三翼其名曰鶖鵂西方有獸焉如鹿白尾馬足人手四角其名曰玃如北方有民焉九首虵身其名曰相繇中央有虵焉人面豺身鳥翼虵行其名曰化虵此五方之異

物也

五臺山有蟲狀如小雞四足有肉翅夏月毛羽五色其鳴若曰鳳凰不如我至冬毛落而毨忍寒而號若曰得過且過其糞如鐵狀若凝脂恒集一處醫家謂之五靈脂是也

古人有鬪鴨之戲今家鴨豈解鬪耶鬪雞則有之矣江北有鬪鵪鶉其鳥小而馴出入懷袖視鬪雞又似近雅吾閩莆中喜鬪魚其色爛熳喜鬪纏繞終日尾盡齧斷不解此魚吾郡亦有之

俗名錢片魚醬之盆中諸魚無不爲所齧者故人皆惡之而莆人乃珍重如許良可怪也

鶉雖小而馴然最勇健善鬭食粟者不過再鬭食稗者尤耿介一鬭而决故詩言鶉之奔奔言其健也此物至微而上應列宿有鶉火鶉首鶉尾等象與朱雀玄武靈異之物同列有不可解者一云鳳鶉火之禽天文之鶉蓋指鳳也非鵪鶉之鶉亦未知是否

昔人以閩荔支蠣房子魚紫菜爲四美蠣負石

作房疊疊若山所謂蠔也不惟味佳亦有益於人其殼堪燒作灰殊勝石灰也子魚紫菜海濱常品不足爲奇尚未及遼東之海參鰒魚耳江珧柱惟福清莆中有之然余從來未識其味亦未見其形也大約海錯中惟蠣與西施舌稱最餘者不足咤也

閩有帶魚長丈餘無鱗而腥諸魚中最賤者獻客不以登俎然中人之家用油沃煎亦甚馨潔

嘗有一監司因公事過午歸餒甚道傍聞香氣

甚烈問何物左右以帶魚對立命往民家取已
煎者至宅啖之大稱善且怒往者之不市也自
是毋飯必欲得之去閩數載猶思之不置人之
嗜好無常如此吳江顧道行先生亦嗜閩所作
帶魚鮓遇閩人輒索而閩人賤視此味常無以
應之也
唐皮日休以鱟魚殼爲樽澁峰齾角内玄外黄
謂之訶陵樽此亦好奇之甚矣閩人鱟殼山積
土人以爲杓入沸湯中甚便不聞其可爲樽也

卽虎蟳龍蝦鸚䳇螺之屬亦不甚當於用耳

閩中蟳蝤大者如斗俗名曰蟳其螯至强能殺

人捕之者伸手石罅中爲其所鉗牢不可脫一

遇潮至便致淹没卽至小者亦鉗人出血其肉

肥大於蟹而味不及也又有一種殼兩端鋭而

螯長不螯俗名曰蠘陶穀清異録已載之矣在

雲間名曰黄甲浙之海鹽齊之沂州皆有之又

有殼斑如虎頭形者曰虎蟳它方之人多取爲

玩器而其味獮不及矣

北地珍鰒魚毎枚三錢漢王莽唱鰒魚憑几不復唾後漢吳良爲郡吏不阿太守賜良鰒魚百枚又南齊時有遺褚彦回三十枚者毎枚直數千錢則古人已重之矣鰒音撲入聲今人讀作鮑非也韻譜云一名石决明一殻如笠黏石上閩中亦有之但差小耳
海參遼東海濵有之一名海男子其狀如男子勢然淡菜之對也其性温補足敵人參故曰海參

吳越王宴陶穀蝤蛑至蟛蜞六十餘種時閩爲吳越所併大抵皆閩產也蝦自龍蝦至綠蝦極小者計亦不下三十餘種人之徇口腹逎至窮極若此山東海濱水族亦繁而人不知取沿河淺渚春夏間螺蚌蜆蛤甚多至饑荒時乃取之而亦不知烹臛之法也使是物產閩廣間已無噍類矣海豐產銀魚然須冬月上浮時爲風吹成氷不能動然後土人琢氷取之春風至則逸矣其取魚網釣之外無一物也

俗言鯉魚能化龍此未必然鯉性通靈能飛越江湖如龍門之水險急千仞凡魚無能越者獨鯉能登之故有成龍之說耳陶朱公養魚以六畝地爲池求有子鯉魚長三尺者十六頭牡鯉三尺者四頭内之期年之中可得魚七萬頭蓋其性易育而又不相食故也又按許愼云鮪魚三月遡河而上能度龍門之浪則化爲龍而不言鯉也唐韻對山一名龍門山在封州大魚上化爲龍上不得點額流血水爲之丹都無鯉魚

之文乃知俗說無稽

魴即鯿也陽晝所謂若食若不食者也然今之鯿魚最易取常空羣而獲之宋張敬兒獻高帝至一千八百頭豈古用釣而今用罟故有難易耶

韋昭春秋外傳注曰石首成鰓鰓鴨也吳地志亦云石首魚至秋化爲冠鳧今海濱石首至今未聞有化鴨者書之以廣異聞

鯊魚重數百斤其大專車鋸牙鉤齒其力如虎

漁者投餌旣中徐而牽之怒則復縱如此數次俟至岸側少困共拽出水卽以利刃斷其首少遲恐有掀騰之患故市肆者未嘗見其首余在眞州藥肆中見之猛獰猶怖人也按毛詩鱨鯊註鯊狹而小常張口吹沙郭氏所謂吹沙小魚者則非今闊廣之鯊魚也今鯊魚乃鰐類耳

鯤鵬數千里或莊生之寓言然崔豹古今注云鯨鯢大者長千里則似實有之矣神異經謂東海之大魚行者一日逢魚頭七日逢魚尾余家海濱常見異魚一日有巨魚如山長數百尺乘

潮入港潮落不能自返擬刺沙際居民以巨木拄其口割其肉至百餘石潮至復奮鬐浮出不知所之又有得巨魚脊骨爲臼者今見在也若非親見以語人人豈信乎宋高宗紹興間漳浦海場有魚高數丈割其肉數百車至剜目乃覺轉鬐鬣而旁艦皆覆近時劉綵戎炳文過海洋於亂礁上見一巨魚橫沙際數百人持斧移時僅開一肋肉不甚美肉中刺骨亦長丈餘劉攜數根歸以示人想皆此類耳

張志和詩桃花流水鱖魚肥爾雅翼謂凡魚無肚獨鱖魚有肚能嚼焦氏筆乘引此釋肥字義亦似牽合凡魚之肥者固多也恐志和詩意亦未便至此至於以鱖魚爲鯽魚又誤矣二魚余皆見之大小形質夐然不同何得混爲一耶

吳陳湖傍有巨潭中產老蚌其大如船一日張口灘畔有浣衣婦以爲沉船也蹴之蚌閉口而没婦爲驚仆嘗有龍來取其珠蚌與鬭三晝夜風濤大作龍爪蚌於空中高數丈復墜竟無如

之何景泰七年冬河冰盡合蚌自湖西南而出冰皆摧破堆壅兩岸如積雪然以後遂不知所之矣

爾雅曰蜃小者珧是以蜃爲蚌屬羅願曰蜃大蛤也故海中車螯亦有謂之蜃者然古人蛟蜃同稱若蚌蛤屬豈能變化爲人害陸佃埤雅云蜃形如蛇而大腰以下鱗盡逆一曰狀似螭龍有耳有角噓氣成樓臺然則蜃有二種而海市蜃樓及許遜所誅愼郎者必非珧蛤明矣又雉

入大水爲蜃雉本蛇所化晉武庫中雉飛而得蚘蜺是也則其入水爲蜃亦從其類耳而羅氏以爲蛤屬俱誤也

龜之爲物文采靈異古人取之以配龍鳳然以知吉凶之故不免有刳剔鑽灼之慘何不幸也狐疑之人毋事必卜焚骨棄板積若丘山此與雞豚何異而聖人作事謀始乃忍於戕靈物之命以千萬計必不其然古者大龜藏之府庫爲寶國有大事則告廟而卜焉世世用之臧氏所

謂三年而一兆者是也非一灼而遽棄之也今龜卜南方不甚用之而市肆所鬻敗龜板者皆已灼之餘葳不知其幾也近一友人謂甲必生取者有始靈得龜不卽殺之以巨石墜其首而生剔其肉宛憐之狀令人不忍見聞此豈可施於神靈之物者龜而有知當銜冤報仇其不告以吉凶審矣故卜可廢也

龍蝦大者重二十餘斤鬚三尺餘可爲杖蚶大者如斗可爲香爐蚌大者如箕此皆海濵人習

見不足爲異也
嘉興天寧寺有蜈蚣長七尺許時出簷際人間見之而不爲害一日雷震其後殿遂不復見南京報恩寺塔頂有蜘蛛大如斗垂絲數百丈直至南城樓後亦爲雷所擊俗云物大則有珠故龍來取之候官水西村民擊殺一蛇其大異常剝其皮挂肉於柱雷霆殷殷遶簷角不散衆懼而棄之野余謂此亦當有珠故龍以雷至惜村人無辨之者

宋乾道間行都北闕有鮎魚色黑腹下出人手於兩傍各具五指

海粉乃龜黿之屬腹中腸胃也以巨石壓其背則從口中吐粉吐盡而斃名曰海粉馬持齋者常誤食之

河豚最毒能殺人閩廣所産甚小然猶犬鳥鳶之屬食之無不立死者而三吳之人以爲珍品其脂名西施乳乃其肝尤美所忌血與子耳其子亦有食者少以鹽漬之用燕脂染不紅者即

有毒紅者無毒可食一云烹時用傘遮蓋塵墜其中則殺人中毒者橄欖汁及蔗漿解之然千百中無一二也

有客於吳者吳人招食河豚將行其妻孥尼之日萬一中毒柰何日主人厚意不可卻且聞其味美也假不幸中毒便用糞汁及溺吐之何害既及席而市者以夜風不能得河豚也徒飲至夜大醉歸不知人問之瞠目不答妻孥怖曰是河豚毒矣急絞糞汁灌之良久酒醒見家人皇

皇問所以具對始知誤矣古人有一事無成而
盧咽一甌溺者不類是耶
東方朔客難云以管闚天以蠡測海蠡古螺字
也注以爲瓠瓢非是楊用脩引方言蠡字觧之
愈僻而愈不通矣
殺鼋割肉懸桁間見無人便自垂至地聞人聲
即縮鼋肉割盡而留腸屬於首數日不死烏攫
之反爲所嚙南人無食之者乃子公以爲異味
何也廣陵沙岸上有水牛偃曝一鼋大如席闖

出水際潛往牛所牛覺亟起環行出其後奮角觝之黿卽翻身仰卧不能復起爲濵江人擊殺之古有相傳水牛殺蛟當不虛也

儀眞人有網而得黿者繫其足置豕圈中將烹之入夜有虎入圈以爲豕也搏之爲黿所嚙至死不放虎創甚而伏比明衆至格殺虎以黿爲有功放之於江焉

黿鼉皆能魅人河東記載元長史事甚詳又唐開元中燉煌李鷂過洞庭䶊血沙上爲鼉所舐

遂化爲鴮鸅形與其家人赴任而鴮鸅反被罾罾禁制水中如是數年遇葉法善問其故乃飛石往擊其罾罾鴮鸅始得生故今舟行相戒不敢瀝血水中雜劇載鯉魚精事與此相似

南人口食可謂不擇之甚嶺南蟻卵蚺蛇皆爲珍膳水雞蝦蟆其實一類閩有龍虱者飛水田中與灶蟲分毫無別又有土笋者全類蚯蚓擴而充之天下殆無不可食之物燕齊之人食蠍及蝗余行部至安丘一門人家取草蟲有子者

煠黃色入饌余詫之歸語從吏云此中珍品也名蚰子縉紳中尤雅嗜之然余終不敢食也則蠻方有食毛蟲蜜唧者又何足恠

陸佃埤雅云蚱蜢似天牛而小有甲角長三四寸黃黑色甲下有翅能飛燒而噉之美於蟬也據其形質即是龍虱之類古人以爲口食久矣然蟬今人不聞有食者而古人食之又一新事也

萬曆間京師市上有鳥大如鸕鴣毛色淺黃足

五指有細鱗如龜狀名曰沙雞一云自塞外至者
其味亦似山雉
余弱冠至燕市上百無所有雞鵝羊豕之外得
一魚以爲稀品矣越二十年魚蟹反賤於江南
蛤蜊銀魚鯉鯽黃甲纍纍滿市此亦風氣自南
而北之證也
大內供御溷廁所用乃川中貢野蠶所吐成繭
織以爲帛大僅如紙每供御用之後即便棄擲
孝廟時一宮人取已用者澣濯縫紉爲簾帷

之屬一日　上見問之具以對　上曰如此殊可惜即勅以紙代之停所進貢渝年川中奏詔書到後野蠶比年不復吐繭村民有衣食於是者流離失所乃令進貢如初翌歲蠶復生矣固知惟正之供不偶然也

江南無蝗過江即有之此理之不可曉者當其盛時飛蔽天日雖所至禾黍無復孑遺然間有留一二頃獨不食者界畔截然若有神焉然此人愚而惰故不肯捕之此蟲赴火如歸若積薪

燎原且焚且瘞百里之內可以立盡江南人收
成後多用火焚一番不惟去穢草亦防此等種
類也
相傳蝗爲魚子所化故當大水之歲魚遺子於
陸地翌歲不得水則變而爲蝗矣雌雄旣交一
生九十九子故種類日繁案史傳所載尚有螟
螣蟊蠈蟘賊等名雖云食心食苗各異同一種
耳酉陽雜俎云腹下有梵字首有王字又云部
吏侵漁百姓則蝗食穀身黑頭赤武吏也頭黑

身赤爻吏也語雖荒唐可以警世

姚崇令姚若水捕蝗至數百萬石蝗患訖息令之有司能設法捕除卽不能盡絕未必無少補也況蝗不避人易於擒捉飛則千萬爲羣可以羅綱夜以火取之尤易而坐視其縱橫莫之誰何豈不哀哉

京師多蠍近來不甚復見惟山東平陰陽穀等處最多遇其蟄時發巨石下動得數斗小民亦有取以爲膳者相傳爲蠍螫者忍痛問人曰吾

爲蠍螫柰何答曰尋愈矣便即豁然若叫號則愈痛一晝夜始止閩中有天茄可治蠍毒余在齊固安劉君養浩爲郡丞傳一膏藥方傳之痛立止屢試神效

蠍雙尾者殺人余初捕得蠍輒斬其尾縱之後以語人一客曰君斷尾復出即成雙尾害不淺矣後乃殺之

蠍孕子在背長則剖背出而母死此亦梟破獍之類也

嶺南屋柱多爲蟲蠹入夜則齧聲刮刮通昔攪人眠書籍蟫蛀尤甚故其地無百年之室無五十年之書而蚍蟲虺蝪縱横與人雜處蓋依稀蠻獠之習矣

蚊蓋水蟲所化故近水處皆多自吳越至金陵淮安一帶無不受其毒者而吳興高郵白門尤甚蓋受百方之水汊港無數故也李趙唐史補稱江東有蚊母鳥湖州尤甚余在湖州蚊則多矣不聞有鳥吐蚊也南中又有蚊子木實如枇

杷熟則裂而蚊出焉塞外又有蚊母草亦生蚊者鳥之吐蚊如蝇之糞蟲不足異也草木生蚊斯足異矣

京師多蠅齊晉多蠍三吳多蚊閩廣多虵虵蠍與蚊害人者也蠅最癡頑無毒牙利嘴而其攪人尤甚至于無處可避無物可辟且變芳馨爲臭腐涴淨素爲緇穢驅而復來死而復生比之讒人不亦宜乎

物之最小而可憎者蠅與鼠耳蠅以癡鼠以黠

其害物則鼠過於蠅其擾人則蠅過於鼠世間若無此二種晝夜差得帖席矣譬之於人蠅則嗜利無恥舐痔吮癰之輩也鼠則舞文駔驓雄行奸命之徒也故防鼠難於防虎驅蠅難於驅蛇何者易之也

蠅雌者循行求食雄者常立不移足蝨交則雄負雌其勢在尾近背上蜂及蜘蛛未有見其交者陰類多相賊也

江南有花地遍狀如小虵螫立殺人嶺南有夜

虎此其類也
江南山谷中有黑蜂大如蟯蝍能螫殺人俗云七枚能殺一水牛楚詞云赤蟻若象玄蜂若壺是也
山蜂螫人皆復引其芒去惟蜜蜂螫人芒入人肉不可復出蜂亦尋死傳言尹吉甫後妻取蜂去毒繫衣上以誘伯奇即此也余在楚長沙見蜜蜂皆無刺玩之掌上不能螫人與蠅無異又可怪也

物之小而可愛者莫如蟻其占候似智其無弱
似勇其呼類似仁其次序似義其不爽似信有
君臣之義焉兄弟之愛焉長幼之倫焉人之不
如蟻者多矣故淳于棼縱酒遺世而甘爲之壻
亦有激之言也
人有掘地得蟻城者街市屋宇樓堞門巷井然
有條唐五行志開成元年京城有蟻聚長五六
十步濶五尺至一丈厚五寸至一尺可謂異矣
蜂亦有之

蟻有黃色者小而健與黑者鬬黑必敗僵屍蔽野死者輙舁歸穴中喪亂之世戰骨如麻人不及蟻多矣又有黑者長寸許最强螫人痛不可忍亦有翼而飛者

蛣蜣轉丸以藏身未嘗不笑蟬之槁也蜘蛛垂絲以求食未嘗不笑蠶之烹也然而清濁異致仁暴殊科故君子寧饑而清無飽而濁寧成仁而殺身無縱暴以苟活

蟬之爲蛣蜣也孑孑之爲蚊也不善變者也盲

鼠之爲蝙蝠也田鼠之爲鴽也善變者也雉之爲蜃也雀之爲蛤也有情而之無情也腐草之爲螢也朽麥之爲蛾也無情而之有情也

淮南子曰孑孓爲蟁孑孓今雨水中小蟲也其形短而屈羣浮水面見人則沉其行一曲一直若無臂然故名之孑無右臂也孓無左臂也一作孑孓音吉厥或作蛣蟩稍久則浮水上而爲蚊矣葛雅川曰蠛蠓之育於醯醋芝檽之產於枯木蛣蟩之滋於泥淤翠蘿之秀於松枝彼非

四時所創匠也言皆因物成形自無而有耳

天地間氣化形化各居其半人物六畜胎卵而

生者形化者也其它蚤蝨蟫蠹科斗蝌蚪之屬

皆無種而生既生之後抱形而繁卽殄滅罄盡

無何復出蓋陰陽絪縕之氣主於生育故一經

薰蒸醞釀自能成形蓋卽陰陽爲之父毋也

水馬逆流水而躍水日奔流而步不移尺寸兒

童捕之輒四散奔迸惟嗜蠅以髮繫蠅餌之則

擒抱不脫釣至案几而不知也

螟蛉有子蜾蠃負之謂負它子作已子也故人以過房子爲螟蛉此語相沿至今然蜾蠃實非取它物爲子也迺放卵窠中而殺小蟲以飼之耳陶隱居爾雅注云蠮螉銜泥竹壁及器物作房生子如粟米乃捕取草上蜘蛛滿中塞之以俟其子爲糧此語鑿鑿有據足破千古之誤且詩但言蜾蠃負之未言其作已子也則揚子雲類我之說誤之也

壁虱有越街而齧人者夷堅志載之詳矣閩中

有一獄中壁虱最多諸囚苦之每晴明搜求了不可得一獄卒以昧爽出見市上有黑道如綫視之虱也從獄中出越大門過市西一賣餅家爐下匿焉餅家久且致富卒乃白官發壚得數斗燔殺之臭聞十數里自此獄中得甦而賣餅家遂敗落矣壁虱閩中謂之木虱多杉木中所生治者以麥藳燒灰水淋之

江南壁虱多生木中惟延綏生土中遍地皆是也入夜則緣床入幬嗜人遍體成瘡雖徙至廣

庭懸床空中亦自空飛至南人至其地輙宛轉

呼號不可耐無計以除之也

治蚤者以桃葉煎湯澆之蚤盡死治頭虱者以

水銀揉髮中其大要在掃灑沐浴而已然人有

善生蝨者雖日鮮衣名香終不絕俗傳久病者

忽無蝨必死其氣冷也

書中蠹蛀無物可辟惟逐日翻閱而已置頓之

處要通風日而裝潢最忌糊糵厚裱之物宋書

多不蛀者以水裱也日曬火焙固佳然必須陰

冷而後可入筒若熱而藏之反滋蠹矣
蚺蛇大能吞鹿惟喜花草婦人山中有藤名蚺
蛇藤捕者簪花衣紅衣手藤以往蛇見輙凝立
不動即以婦人衣蒙其首以藤縛之其膽護身
隨擊而聚若徒取膽者以竹擊其一處良久利
刃剖之膽即落矣膽去而蛇不傷仍可縱之後
有捕者蛇輙逞腹間創示人明其已被取也其
膽噙一粟於口雖拷掠百數終不死但性大寒
能萎陽道令人無子嘉禾沈司馬思孝廷杖時

有遺之者遂得不死而常以艱嗣爲慮越二十餘年始得一子或云其氣已盡故耳

蛇油可合硃砂能令印色隱起不蘸

蜈蚣長一尺以上則能飛龍畏之故常爲雷擊一云龍欲取其珠也余親見人懸食器於空中者去地七尺許一大蜈蚣盤旋窺伺無如之何良久於地下作勢頭尾相就如彎弓狀一奮擲而上即入器中矣

三吳有鬭促織之戲然極無謂鬭之有場盛之

有器必大小相配兩家審視數四然後登場決
賭左右袒者各從其耦其賭在高架之上只爲
首二人得見勝負其爲耦者仰望而已未得一
寓目而輸直至於千百不悔甚可笑也

促織惟雌者有文采能鳴健鬬雄者反是以立
秋後取之飼以黄豆糜至白露則夜鳴求偶然
後以雄者進不當意輙咋殺之次日又以二雄
進又皆咋殺之則爲將軍矣咋殺三雄則爲大
將軍持以決鬬所向無前又某家有大將軍則

衆相戒莫敢與鬬乃以厚價潛售宅邑人其大將軍鬬止以股一踢之遠去尺許無不糜爛或當腰咬斷不須鬬也大將軍死以金棺盛之將軍以銀痤於原得之所則次年復有此種不則無矣

促織與蜈蚣共穴者必健而善鬬吳中人多能辨之小說載張廷芳者以鬬促織破其家哭禱於玄壇神夢神遣黒虎助之遂獲一黒促織所向無前旬日之間所得倍其所失此雖小事亦

可笑也又黑蜂有化爲促織者勇健異常但不恒値耳

嶺南多蛇人家承塵屋霤蛇日夜穿其間而不齧人人亦不懼也聞有人面蛇者知人姓名晝則伺行人於山谷中呼其姓名應之則夜至殺其人然主家多畜蜈蚣蛇至近則蜈蚣籠中奮擲縱之出逕往咋蛇或曰子美詩薄俗防人面蓋謂此也

菖蒲能去蚤虱而來蛉窮蛉窮者入耳之蟲也

說者以爲蚰蜒然蚰蜒蝸牛之屬不能入耳郭氏曰蚰蜒大者如釵股色正黄其足無數如蜈蚣然則今之蠷螋也蠷螋周官作蛷螋能以溺射人成瘡亦不聞有入耳者吳人又以蝸牛之無角者爲蚰蜒則是水蛭馬蝗之屬非蚰蜒也

物之傳訛者多

蜻蜓飛好點水非愛水也遺卵也水蠆化爲蜻蛉蜻蛉相交還於水中附物散卵出復爲水蠆水蠆復爲蜻蛉交相化禪無有窮已淮南子曰

水蠆爲蟌兎齧爲螘物之所爲出於不意

稽聖賦曰蠐螬行以其背蟪蛄鳴非其口按山

海經有獸以其尾飛有鳥以其鬚飛不獨龍以

角聽已也

山東草間有小蟲大僅如沙礫噆人痒痛覺之

即不可得俗名拿不住吾閩中亦有之俗名没

于蓋爲有之意也視山東名爲佳矣

浙中郡齋有小蟲似蠐螬而小如針尾好緣

紙窗間能以足敲紙作聲靜聽之如滴水然跡

之輙躍此亦焦螟之類與

晉惠帝元康中洛陽南山有蟲作聲曰韓尸尸未幾而韓謐誅

蟲有應聲者在人腹中有聲輙應有消麵者食麵數斗立盡有銷魚者安數斗鱠中鱠即成水亦能銷人腹塊有畏酒者元載聞酒氣即醉醫於其鼻尖挑一青蟲謂爲酒魔從此能飲有名恠哉者寃氣所結得酒則消有名鞠通者喜食枯桐尤嗜古墨耳聾人置耳邊立効有名脉望

者蠹魚三食神仙字所化有名度古者能食蚯蚓而溫會江州所嗜漁人背者大如黃葉眼遍其上一眼一釘竟不識其何蟲也

物作人言余於文海披沙中詳載之矣今又得數事姑記於此揚州蘇隱夜卧聞數人念阿房宮賦聲急而小視之虱也其大如豆迺殺之唐天寶間當塗民劉成李暉以巨舫載魚有大魚呼阿彌陀佛俄而萬魚俱呼其聲動地明弘治間慶陽天雨石子大如鵝卵小如雞頭皆作人

五雜組卷之九終

五雜組卷之十

吳航寶樹堂藏板

陳留謝肇淛著

物部二

松栢後凋松栢未嘗不凋也但於衆木爲後耳凡木皆以冬落葉至春而後發葉松栢獨以春抽新葉旣長而後舊葉黄落今南中花木有不易葉者皆然也迺知聖人下字不苟如此

王荆公字說云松栢爲羣木之長故松從公栢從白猶伯也此說雖近有理然實穿鑿

松柏之字直諧聲耳五等之封始於三代而松柏之字製於倉頡豈頡知後世有公伯之爵耶且松字古作㮤从公者後世省文也即且至微而从公彌但至岁之而从侯豈亦以蟲之長乎

槐者虚星之精晝合夜開故其字從鬼然周禮外朝之法面三槐爲三公之位王荆公觧槐黄中懷其美故三公位之吳草廬注云槐懷也可以懷遠人也春秋元命包云槐之言歸也古者樹槐聽訟其下使情歸實也然則槐之從鬼或

爲歸耳

洪武間出内府所藏桃核示詞臣核長五寸廣四寸七分前刻漢西王母賜漢武桃及宣和殿十字塗以金宋學士有蟠桃核賦宇宙之間固何所不有但謂西王母賜漢武者則妄誕無疑此必宣和間黄冠僞爲之以媚道君者耳王黼盛時廣求異物有以桃核半枚獻者中容米三四斗即此類耳吾閩荔支木有人僞作桃核刻之者歲久亂真殆無以辨此亦不可不知也

曲阜孔林有楷木相傳子貢手植者其樹十餘圍今已枯死其遺種延生甚蕃其芽香苦可烹以代茗亦可乾而茹之其木可爲笏枕及棋枰云敲之聲甚響而不裂故宜棋也枕之無惡夢故宜枕也此木殊方不可知以余所經他處未有見之者亦聖賢之遺跡也而守土之官日逐採伐製器以充餽遺今其所存寥寥反不及商丘之木以不才終天年不亦可恨之甚哉

余在嶧山見禹時孤桐於曲阜見孔子手植檜

及子貢手植楷木於閩雪峰見唐時枯木菴而枯木菴質紋形色政與嶧陽孤桐相類色如黃金而皮作斷紋不問知爲數千物也二處寺僧守護甚嚴故至今無恙楷木已朽腐斷折獨留根幹丈餘檜非聖人手植者乃其遺種也經金兵火廟宇樹木盡爲煨燼而檜復挺一枝於東廡間經今又三四百年矣不生不滅孑然獨聳數十年間輒一發生且其紋左旋而上無傍枝此爲異耳按孔林十里中雲木參天上無鳥巢

無鴉聲下無荆棘蒺藜刺人之草聖人生前不
語惟乃身後著靈異若此豈亦以神道設教耶
抑或有地靈呵護之也
孔廟中檜歷周秦漢晉幾千年至懷帝永嘉三
年而枯枯三百有九年子孫守之不敢動至隋
恭帝義寧元年復生生五十一年至唐高宗乾
封二年再枯枯三百七十四年至宋仁宗康定
元年復榮至金宣宗貞祐二年兵火摧折無復
孑遺後八十二年爲元世祖三十一年故根復

發於東廡頹址之間遂日茂盛翠色葱然至我
太祖洪武二年己巳凡九十六年其高三丈
有奇圍四尺許至弘治己未爲火所焚今雖無
枝葉而直幹挺然不朽不摧生意隱隱未嘗枯
也聖人手澤其盛衰關於天地氣運此豈尋常
可得思議乎
五嶺之間多楓木歲久則生瘿瘤一夕遇暴雷
驟雨其贅長三五尺謂之楓人越巫取之作術
有通神之驗此亦樟柳神之類也一云取不以

法則能化去故曰老楓化爲羽人政謂此耳
建寧行都司有豫章木其中空可設數席余在
福寧龍泉菴後有榕木其中亦可盤坐五六人
枝梢寄生大可數十圍方廣巖有木自深坑出
直至巖頂寺僧自巔垂絙縋下度之得二十丈
云而餘不甚巨半巖視之殊不覺其長也
宋時寢殿巨材謂之模枋模枋者人立其兩旁
不相見但以手摸之而已今之皇木徑亦逾丈
其最中爲棟者每株價近萬金而昇拽之費不

與焉然川貴箐峒中亦不易得也

嘗見採皇木者言深山窮谷之中人跡不到有洪荒時樹木但荒穢險絕毒蛇鷙獸出入山中蜘蛛大如車輪垂絲如組罥虎豹食之采者以

天子之命諭祭山神縱火焚林然後敢入其非王命而入者不惟橫罹患害即求之終年不得一佳木也

榕木惟閩廣有之而晉安城中最多故謂之榕城亦曰榕海云其木最易長折枝倒埋之三年

之外便可合抱柯葉扶疎上參雲表大者蔽虧百畝老根蟠拏如石焉木理邪而不堅易於朽腐十圍以上其中多空此莊子所謂以不才終天年者也閩人方言亦謂之松按松字古作㮤則亦與榕通用矣

閩人作室必用杉木器用必用榆木棺槨必用楠木北人不盡爾也桑椰槐松之類南人無用之者北人皆不擇而取之故棟梁多曲而不直什物多窳而不緻坐是故耳楩楠豫章自古稱

之而柟木生楚蜀者深山窮谷不知年歲百丈之餘半埋沙土故截以爲棺謂之沙板佳者解之中有文理堅如鐵石試之者以暑月作合盛生肉經數宿啓之色不變也然一棺之直皆百金以上矣夫葬欲其速朽也今乃以不朽爲貴使骨肉不得復歸於土魂魄安乎或以木之佳者水不能腐蟻不能穴故爲貴耳然終俗人之見也

木之有癭乃木之病也而後人乃取其癭瘤柯

礌者截以為器蓋有癭而後有旋文磨而光之亦自可觀但有南癭北癭之異南癭多楓北癭多榆南癭蟠屈秀特北癭則取其巨而多盛而已余在燕市中見癭杯有大如斗者後在一宗室見以癭木為浴盆此以大為貴也南方磊塊百狀或有自然耳可執小僅如雞子者此以小為貴也政如北人賣大葫蘆種謂可以為冊而南人乃取如栗大者為扇墜人之好尚不同如此按劉子十二云楩柟鬱蹷以成縟錦之瘤則癭木

之見重自古然矣
夫子稱松栢後凋蓋中原之地無不凋之木也
若江南樹木花卉凌冬不凋者多矣如茘支龍
目桂檜榕栝山茶之屬皆經霜逾翠蓋亦其性
耐寒非南方不寒也至於蘭菊水仙皆草本萎
菸當隕霜殺菽萬木黄落之時而色澤益媚非
性使然耶
俗言松三粒五粒段成式云粒當作鬣然亦不
知五鬣何義又云五鬣松皮不鱗今山中松未

見有不鱗者段又云欲松不長以石抵其直下便不必千年方偃然亦不盡然也凡松髡其頂則不復長旁榦四出久卽偃地矣京師報國寺有松七八株高不過丈許其頂甚平而枝榦旁出至十餘丈者數百莖夭矯如游龍然寺僧恐其折每一榦以一木支之加丹堊焉好事者攜酒上其頂盤踞羣坐此亦生平所未嘗見也澠水燕談載亳州法相寺矮檜亦類此

三衢爛柯山中有數松盤拏蹙縮形勢殊詭余

嘗過之歎其生於荒僻無能賞者又十數武石碣表於道周大書曰戰龍松朱晦翁筆也追思往歲過羅源山路傍有石巖下覆古樹虬枝蒼蔚其上坐而樂之徘徊士際得一石刻曰才翁所賞樹石蓋蘇公爲福守時所書也乃知古人識鑒其先得我心若此而必鐫題以表之則今人不能亦不暇也

南昌翊聖觀有二松相去五尺合爲一幹名爲義松余在福寧南峰菴見二榕樹亦然作門出

入其實非榦也乃根耳根初在土中後入土愈深土落而根出怒卷如樛枝焉土漸低則根漸高而成榦矣今人有僞作連理樹者皆用此也若以此松爲義宅木盡負心耶

嵩山嵩陽觀有古柏一株五人聯手抱之圍始合下一石刻曰漢武帝封大將軍人但知秦皇之封松而不知漢武之封柏也又唐武后亦封栢五品大夫

北人於居宅前後多植槐栁之類南人即不爾

而閩人尤忌之按桑道茂云人居而木蕃者去之木蕃則土衰土衰則人病今人忌之以此然術士之談何足信也土必膏沃而後草木蕃豈有木盛土衰之理乎

涿州之涞水道中有大桑樹高十餘丈蔭百畝云即昭烈舍前之桑也自漢及今千五百年矣而扶踈如故且其樾視常桑倍大土人珍之以相餽遺云余按蕭道成所住宅亦有桑樹高三丈許狀如車蓋道成好戲其下兄敬宗謂之曰

此樹爲汝生也今宅既灰滅而柔之有無亦無人能知之者信乎在人不在物也

古人墓樹多植梧楸南人多種松柏北人多種白楊白楊即青楊也其樹皮白如梧桐葉似冬青微風擊之輒淅瀝有聲故古詩云白楊多悲風蕭蕭愁殺人余一日宿鄒縣驛館中甫就枕即聞雨聲竟夕不絕侍兒曰病矣余訝之曰豈有竟夜雨而無簷溜者質明視之乃青楊樹也南方絕無此樹

白楊全不類楊亦如水松之非松類也李文饒有栁栢賦似是柏名而栁其葉者未審何木今閩中有一種栁其葉如松而垂長數尺其榦亦與栁不類俗名爲御栁夫詩人之咏御栁不過禁御中栁耳此則別是一種而强名之者也

梓也檟也椅也楸也豫章也一木而數名者也

蓮也荷也芙蓉也菡萏也芙蕖也一花而數名者也

楓棗二木皆能通神靈卜卦者多取爲式盤式

未必是否也
然皆無善無根而後生亦切松柏有根續數條
假須復活不知其所從由或云是老苔變成者
或云雨干而經歲不枯取置沙土中以水洗之
楚中有萬年松長一丈許其似側柏藏篋可中
畢如此蓋神之所棲亦猶鬼之棲柳根也
曰楓天棗地置之櫃則匪驗置之藏則申覆其
靈棋經法須用雷擊棗木爲之則乙神驗兵法
局以楓木爲上棗心爲下所謂楓天棗地是也

燕齊人採椿芽食之以當蔬亦有點茶者其初茁時甚珍之既老則菹而蓄之南人有食而吐者然椿有香臭二種臭者土人以湯瀹而滷之亦可食也考之圖經踈而臭者乃樗耳蓋二木甚相類但以氣味別之今人不復識認槩呼爲椿也

木蘭去皮而不死紫薇搔其皮則樹皆搖動

樺木似山桃其皮軟而中空若敗絮焉故取以貼弓便於握也又可以代燭余在青州侍官炬

者皆以鐵籠盛樺皮燒之易燃而無烟也亦可以覆菴舍一云取其脂焚之能辟鬼魅

竹譜曰竹之類六十有一余在江南目之所見者已不下三十種矣毛竹最鉅支提武夷中有大如斗者太姥玉壺菴竹生深坑中乃與崖上松栝齊稍計高二十餘丈其最奇者有人面竹其節紋一覆一仰如畫人面然又有黃金間碧玉竹其節一黃一碧正直如界然有鬰竹見雪峰語録今雪峰有之其它不可殫紀也

栽竹無時雨過便移須留宿土記取南枝此妙訣也俗說五月十三爲竹醉日不特此也正月一日二月二日三月三日直至十二月十二日皆可栽大要掘土欲廣不傷其根多砍枝梢使風不搖雨後移之土濕易活無不成者而暑月尤宜蓋土膏潤而雨澤多也

宋葉夢得善種竹一日過王份秀才曰竹在肥地雖美不如瘠地之竹或巖谷自生者其質堅實斷之如金石夢得歸而驗之果信余謂不獨

竹爲然凡梅桂蘭蕙之屬人家極力培養終不及山間自生者蓋受日月之精得風霜之氣不近烟火城市自與清香逸態相宜故富貴豢養之人其筋骨常脆於貧賤人也

栽花竹根下須撒穀種升許蓋欲引其生氣穀苗出土則根行矣

竹太盛密則宜芟之不然則開花而逾年盡死亦猶人之瘟疫也此余所親見者後閲避暑録亦載此凡遇其開花急盡伐去但留其根至明

春則復發矣

廣南多巨竹剖其半一俯一仰可以代瓦桂海虞衡志載徭人以大竹爲釜物熟而竹不灼㞮室山竹堪爲甑山海經舜林中竹一節可爲船蓋不獨爲椽已也

高潘州有竦節之竹六尺而一節黎母山有丈節之竹臨賀有十抱之竹南荒有芾竹其長百丈雲母竹一節可爲船永昌有漢竹一節受一斛羅浮巨竹圍二十尺有三十九節節長二丈

此君巨麗之觀一至於此

篔竹細竹也長數尺許其筍冬夏生可食近日黄白仲詩有篔竹爲椽之語誤矣

東南之美有會稽之竹箭焉竹自竹箭自箭乃二物也異物志箭竹細小勁實可爲箭故名之而竹之用多又不獨爲箭已也

移花木江南多用臘月因其歸根不知揺動也洛陽花木記則謂秋社後九月以前栽之蓋過此沍寒亦地氣不同耳獨竹於盛暑烈日中移

得其法無不成長蓋其堅貞之性不獨耐寒亦足敵暑如有德之士貧賤不移富貴不淫也
竹名妬母後筍之生必高前筍竹初出土時極難長累旬不盈尺逮至五六尺時潛記其處一夜輒尺許矣
武夷城高巖寺後有竹本出土尺許分兩岐直上此亦從來未見之種按宋史五行志天禧間太平興國寺亦有此而大中祥符間黃州江陵武岡晉原諸處且以祥瑞稱賀矣按陶穀清異錄載浙中有

天親竹皆雙岐自是一種

芝之蘭生於空谷不以無人而不香然芝之實無香也蘭閩中最多其於深山無人跡處掘得之者爲山蘭其香視家蘭爲甚人家所種紫莖緑葉花簇簇然若謂一幹一花而香有餘者爲蘭一幹數花而香而足者爲蕙則今之所種皆蕙耳而亦恐未必然也即山谷中絶香之蘭未見有一幹一花者吾閩蘭之種類不一有風蘭者根不着土叢蟠木石之上取而懸之簷際時爲風

吹則愈茂盛其葉花與家蘭全無異也有歲蘭
花同而葉稍異其開必以歲首故名其它又有
鶴蘭米蘭朱蘭朮蘭賽蘭玉蘭則另各一種徒
冒其名耳
蘭最難種太密則瘦太踈則枯太肥則少花太
瘦則漸萎太燥則葉焦太濕則根朽久雨則腐
久曬則病好風而畏霜好動而惡潔根多則欲
劚葉茂則欲分根下須得灰糞亂髮實之以防
蟲蚓清晨須用櫛髮油垢之手摩弄之得婦人

手尤佳故俗謂蘭好淫也須置通風之所竹下池邊稍見日影而不受霜侵始不夭札故北方人以重價購得之百計不能全活亦其性然耳

古者女子佩蘭故内則曰婦或賜之蘭則受而獻諸舅姑燕姞夢天與巳蘭文公遂與之蘭而御之淮南子曰男子植蘭美而不芳情不相與往來也則蘭之宜於婦人其來久矣

古人於花卉似不着意詩人所咏者不過苿苢卷耳蘋蘩之屬其於桃李棠棣芍藥菡萏間一

及之至如梅桂則但取以爲調和滋味之具初不及其清香也豈當時西北中原無此二物而所用者皆其乾與實耶周禮籩人八籩乾藾與焉藾卽梅也生於蜀者謂之藾商書若和羹汝作鹽梅則今烏梅之類是已可見古人卽生青梅未得見也況其花乎然召南有標梅之咏今河南關中梅甚少也桂蓄於盆盎有間從南方至者但用之入藥未聞有和肉者而古人以薑桂和五味莊子曰桂可食故伐之豈不寃哉然

余宦西北十餘年卽生薑芽亦不數見也
自暗香踈影之句爲梅傳神而後高人墨客相
繼吟賞不置然翫華而忘實政與古人意見相
反閩浙三吳之間梅花相望有十餘里不絕者
然皆俗人種之以售其實耳花時苦寒凌風雪
於山谷間豈俗子可能哉故種者未必賞賞者
未必種與它花卉不同也
菊於經不經見獨離騷有餐秋菊之落英然不
落而謂之落也不賞翫而徒以供餐也則尚未

爲菊之知巳也郎芍藥古人亦以調食使今人
爲之亦大殺風景矣
秦詩山有苞櫟隰有六駮毛氏注以爲駮馬此
固無害於義但木中原有六駮其皮青白遠望
之如獸焉見崔豹古今注且詩下章山有苞棣
隰有樹檖據其文意似皆指草木也故陸璣不
從毛氏之說雖詩人未必拘拘若此但以爲木
則相屬以爲獸則相遠且止言駮足矣何必六
也鄭詩山有喬松隰有游龍龍亦草名古人之

言往往出奇若此又豈得指爲游戲之龍乎又宋時里語曰斫檀不諦得莢蒾莢蒾尚可得駮馬莢蒾與六駁木相似言伐檀而誤得莢蒾得莢蒾而悞以爲駁得駁而悞以爲駁馬其去本來愈遠矣此見羅願爾雅翼爲拈出之

橘渡淮而北則化爲枳故禹貢揚州厥包橘柚錫貢蓋以其不耐寒故包裹而致之也然柚似橘而大其味甚酸與橘懸絕乃得附橘著名幸矣廣志曰成都有柚大如斗今閩廣有一種如

瓜者方言謂之柂蓋其帶最牢任風拋擲而不墜也其色味彌劣矣

柂花白色似玉蘭其香酷烈諸花無與敵者壬子上巳余與喻正之郡守禊飲郊外十里之中異香逆鼻諸君詫以爲奇余笑謂此柚花也形質既粗色味復劣故雖有奇香無賞之者衆采而遮鼻之果然夫香壓衆花而名不出里閈余至今尚爲此君扼腕也

合歡蠲忿萱草忘憂此寄興之言耳萱草豈能

忘憂而詩之所謂諼草又豈今之萱草哉羅氏曰諼忘也婦人因君子行役思之不置故言安得善忘之草樹之使我漠然而無所思哉然而必不可得也使果爲萱草何地無之而乃有安得之歎耶凡詩之言安得者皆不可得而設或擬託之詞也後人以萱與諼同音遂以忘憂名之此蓋漢儒傅會之語後人習之而不覺其非也萱草一名鹿葱一名宜男然鹿葱晏元獻已辨其非矣宜男自漢相傳至今未見其有明驗

也
古人於瓜極重大戴禮夏小正五月乃瓜八月剥瓜豳風七月食瓜小雅中田有廬疆場有瓜是剥是菹獻之皇祖曾孫壽考受天之祜今人醃瓜為菹不可以享下賓而况祭祖考乎但古人之瓜亦多種類非今之西瓜也西瓜自宋洪皓始攜歸中國自此而外有木瓜王瓜金瓜甜瓜廣志所載又有烏瓜魚瓜蜜筩瓜等十餘種不知古人所云食瓜的是何種今人西瓜之外

無有薦賓客會食者漢陰貫人夢食燉煌瓜甚
美燉煌西羌地也豈此時西瓜已有傳入中國
者但不得其種耶今時諸瓜其色澤香味豈復
有出西瓜之上者始信邵平五色浪得名耳
禮爲天子削瓜者副之巾以絺副析也既削之
又四析之而巾覆焉爲國君者華之巾以綌華
中裂之不四析也爲大夫累之累祼也謂不以
巾覆也士疐之謂不中裂但橫斷去疐而已庶
人齕之不橫斷也古人以一瓜之微乃極其瑣

脣若是既葅以祭便欲壽考受祜而食之之法又各有等限使不踰越不知何意以此爲訓宜乎曹孟德有進一瓜而斬三妾之事也

匏亦瓜之類也與瓠一種而有甘苦之異甘者爲瓠詩所謂幡幡瓠葉是也苦者爲匏不可食但可用以渡水而已詩所謂匏有苦葉濟有深涉是也故夫子謂子路吾豈匏瓜也哉豈爲能繫而不食言但可瓠而不可食也注者乃以繫於一處而不能飲食解之則凡草木之類皆然何

必匏爪此大可笑也然匏瓠古亦通用廣雅曰匏瓠也惠子謂莊子魏王貽我五石之瓠則亦匏也河汾之寶有曲沃之懸匏焉則亦瓠也今人以長而曲者爲瓠短項而大腹者爲葫蘆卽匏也亦謂之壺豳風八月斷壺鶡冠子中流失船一壺千金是也然則壺嫩而甘者亦可食老而苦者古人皆用以渡水今人則用以盛水而已與瓠形質既殊其熟瓠先而匏後而古人通用之者原一種也陸佃埤雅斷以爲二種固亦無害乃擇匏而又釋壺與瓠

爲三誤矣

余於市場戲劇中見葫蘆多有方者又有突起成字爲一首詩者蓋生時板夾使然不足異也最後於閩中見一葫蘆甚長而拗其頸結之若繩狀此物甚脆而蔓係於樹腹又甚大不知何以能結之也或云以燒酒沃之則軟而可結山東亦嘗見之但長頸者另一種耳

南州異物志載蕉有三種最甘好者爲羊角蕉其一如雞卵其一如藕子此皆芭蕉耳今閩廣蕉尚有數種有美人蕉樹葉皆似芭蕉而稍小

開花殷紅鮮麗千葉如槌經數月不凋謝摘置瓶中以水漬之亦可經一兩月也此蕉最佳書齋中多植之有鳳尾蕉其本巨葉長四五尺密比如魚刺然高者亦丈餘又有番蕉似鳳尾而小相傳從流球來者云種之能辟火患

美人蕉華而不實吳越中無此種顧道行先生移數本至家園植之花時賓朋親識賞者如雲以為從來未始見也先生喜甚以美蕉名其軒今復二十餘年不知何如耳番蕉云是水精故

能辟火將枯時以鐵屑糞之或以鐵丁釘其根
則復活蓋金能生水也物性之奇有如此者植
盆中不甚長一年纔落一下葉討長不能以寸
也亦不甚作花余家畜一本三十年中僅見兩
度花耳花亦似芭蕉而色黄不實

歷考史傳所載果木如所云都念猪肉子貍貍
果人面樹者今皆不可得見而今之果木又多
出於紀載之外者豈古今風氣不同或昔有而
今無或未顯於昔而蕃衍於今也今閩中有無

花果清香而味亦佳此即倦遊録所謂木饅頭者又有一種甚似皁莢而實若棗栗土人謂之肥皁果或云即菩提果至於佛手柑羅漢果之類皆不見紀載而山谷中可充口實而人不及知者益多矣

牡丹自唐以前無有稱賞僅謝康樂集中有竹間水際多牡丹之語此是花王第一知已也楊子華有畫牡丹處極分明之詩子華北齊人與靈運稍相後段成式謂隋朝種植法七十卷中

初不說牡丹而海山記迺言煬帝闢地爲西苑易州進二十相牡丹有赭紅頳紅飛來紅等名何其妄也自唐高宗後苑賞雙頭牡丹至開元始漸貴重矣然牡丹原止呼木芍藥芍藥之名著於風人吟咏而牡丹以其相類依之得名亦猶木芙蓉之依芙蓉爲名耳蓋古之重芍藥亦初不賞其花但以爲調和滋味之具而牡丹不適於口故無稱耳今藥中有牡丹皮然惟山中單瓣赤色五月結子者堪用塲圃所植不入藥

也

牡丹自闗以北處處有之而山東河南尤多埤雅云丹延以西及褒斜道中與荊棘無别土人皆伐以爲薪未知果否也余過濮州曹南一路百里之中香氣逆鼻蓋家家圃畦中俱植之若蔬菜然縉紳朱門高宅空鎻其中自開自落而已然北地種無高大者長僅三尺而止余在嘉興吳江所見迺有丈餘者開花至三五百朶北方未嘗見也此花唐宋之時莫盛於洛陽今則

徒多而無奇豈亦氣運有時而盛衰耶
牡丹各花俱有獨正黃者不可得不知當時姚氏之種何以便絕今天下粉白者最多紫者次之正紅者亦難得矣亦有墨色者須苗芽時以墨水溉其根比開花作蔚藍色尤奇也王敬美先生在關中時秦藩有黃牡丹盛開宴客敬美甚詫以重價購一本攜歸至來年開花則仍白色耳始知秦藩亦以黃梔水澆其根幻爲之以欺人也

牡丹芍藥之不入閩亦如茘支龍眼之不過浙也此二者政足相當近來閩中好事者多方致之一二年間亦開花如常但微覺瘦小過二三年不復生又數年則萎矣然北方茉莉經冬即死而茉莉不絶者致之多也閩人苟不惜貲力三年一致之何患無牡丹哉

閩中有蜀茶一種足敵牡丹其樹似山茶而大高者丈餘花大亦如牡丹而色皆正紅其開以二三月照耀園林至不可正視所恨者香稍不

及耳然牡丹香亦太濃故不免有富貴相蜀茶
色亦太艷政似淸華宫肥婢不及昭陽掌上舞
人也

世之咏牡丹者亦自獎借太過如云國色天香
猶可至謂芍藥爲近侍芙蓉避芳塵虚生芍藥
徒勞妬羞殺玫瑰不敢開恐牡丹未敢便承當
也牡丹豐艷有餘而風韻微乏幽不及蘭骨不
及梅淸不及海棠媚不及荼蘼而世輒以花之
王者富貴氣色易以動人故也芍藥雖草本而

一種妖媚手神殊出牡丹之右嘗之名姬嬌婢侍君夫人之側恐有識者消魂不在彼而在此不知世有同余好不

揚州瓊花種既不傳論者紛紛楊用脩以爲卽梔子花何言之太易也齊東埜語言絕類聚八仙但色微黄而香此與梔子有何干涉七脩類藳謂不但瓊花不傳卽聚八仙亦不知何似而以繡毬花當之余謂郎仁寶與楊用脩皆因不識聚八仙故遂妄模瓊花耳余在濮州蘇觀察

園中見有花如茉莉而八朵爲一簇問其人曰聚八仙也因之始識聚八仙而瓊花既云絕類則亦必八朵相簇若以爲梔子則僅八之一以爲繡裘則太繁密與聚八仙愈不相類但當時既云天下皆無獨揚州一株則必天生另一奇種而後人取其孫枝移接他樹安能如其故物而必求目前常有之花以實之宜乎說之益混也

瑞香原名睡香相傳廬山一比丘僧晝寢山石

下夢寐之中但聞異香酷烈覺而尋之因得此花故名睡香後好事者奇其事以爲祥瑞迺改爲瑞余謂山谷之中奇卉異花城市所不及知者何限而山中人亦不知賞之三吳最重玉蘭金陵天界寺及虎丘有之每開時以爲奇翫而支提太姥道中彌山滿谷一望無際酷烈之氣衝人頭眩又延平山中古桂夾道上參雲漢花墮狼藉地上入土數尺固知荆山之人以玉抵鵲良不誣也

子美於蜀不賦海棠此未必有別意亦偶不及之耳且詩中花譜不及之者亦多何獨海棠也自鄭谷有子美無情爲發揚之語而宋人動以爲口實至謂子美毋名海棠者不知出於何書亦可謂穿鑿之甚矣

詩有女同車顔如舜華舜木槿也朝開暮落婦人容色之易衰若此詩之寄興微而婉矣然花之朝開暮落者不獨槿花如蜀葵茉莉木芙蓉棗花皆然而銀杏花一開卽落又速於木槿也

但木槿色稍艷耳

本草綱目謂菊春生夏茂秋華冬實然菊何嘗有實此與離騷落英同誤矣牡丹與桂間有實者牡丹實可種而桂不可種也竹有花者而未見其實然竹花踰年即死謂之竹米此乃竹之疫非花也楊用脩謂餘于有竹實大如雞子此老語多杜撰吾未敢信

世傳黃楊無火入水不流此未之試或不盡然也物皆易長而此木最難長故有厄閏之說言

閏年則縮入土此說亦未必然但其不長耳

金陵僧寺齋前多植爲玩往往遊處三十餘年而不能高咫尺者柔嫩如故不但不長亦不老也

白茖可以血玉嘉榮之草服者不霆血玉者染玉使作血色也不霆者令人不畏雷霆也此二語甚奇

拾遺記載紫泥菱莖如亂絲一花千葉根浮水上實沉泥中食之不老今趙州寧晉縣有石蓮

子皆埋土中不知年代居民掘土往往得之有數斛者其狀如鐵石而肉芳香不枯投水中即生蓮葉食之令人輕身延年已瀉痢諸疾今醫家不察乃以番蓮子代之苦澀腥氣嚼之令人嘔逆豈能補益乎

古人重口實故梅被横差調羹芍藥杏桂屈作醬酪自唐而後稍稍爲花神吐氣矣然徒賞其華而不知究其用古人所以忘秋實之歎也傳記所載廬懷慎作竹粉湯蘭先生作蘭香粥劉

禹錫作菊苗虀今人有以玫瑰荼蘼牡丹諸花片蜜漬而啖之者芙蓉可作粥亦可作湯閩建陽人多取蘭花以少鹽水漬三四宿取出洗之以點茶絕不俗又菊蕊將綻時以蠟塗其口俟過時摘以入湯則蠟化而花茁馨香酷烈尤奇品也但蘭根食之能殺人不可不慎

司馬溫公有晚食菊羹詩采擷授厨人烹瀹調甘酸毋令薑桂多失彼眞味完古今餐菊者多生咀之或以點茶耳未聞有爲羹者亦不知公

所羨者花耶葉耶今人有采菊葉煎麪餅食之者其味香尤勝枸杞餅也

月令曰菊有黄華黄者天地之正色也凡香皆不以色名而獨菊以黄花名亦以其當揺落之候而獨得造化之正也然世人好奇毎以緋者墨者白者紫者爲貴至於黄則尋常視之矣菊種類最多其知名者不下三十餘種其栽培之方亦甚費力余在復州見好事家菊花有長八尺者花巨如盌後爲吳興司理偶得佳種自課

植之芟其繁枝去其旁蕊只留三四頭消秋亦高七尺許大亦如之過此不能常在宅中卽有其種不復長矣庚戌秋在京師始習見以爲常蓋貴戚之家善於培植故也

人生看花情景和暢窮極耳目百年之中能有幾時余憶司理東郡時在曹南一諸生家觀牡丹園可五十餘畝花遍其中亭榭之外幾無尺寸隙地一望雲錦五色奪目主人雅歌投壺任客所適不復以賓主俗禮相屬夜復皓月照耀

如同白晝權呼謔浪達旦始歸衣上餘香經數日猶不散也又十餘年在長安一勳戚家看菊高堂五楹主客几筵之外盆盎密砌間色成列凡數百本末皆齊正如一無復高下參差左右顧盼若一幅霞箋然旣而移觴中堂以及曲房夾室迴廊耳舍無不若是者孌童歌舞委蛇其中兼以名畫古器琴瑟圖書縱橫錯陳不行觴政不談俗事雖在畫欄朱拱之內蕭然有東籬南山之致蓋生平看花極樂境界不過此二度

耳居諸如流每一念之恍如夢寐中也
得勝花者未必有勝地得勝地者未必有勝時
得勝時者未必有勝情得勝情者未必有勝友
雕欄畫棟委巷村廛非地也凄風苦雨炎晝晦
夜非時也宦情生計愁懷病體非情也高官富
室村妓俗人非友也具花情然後擇花友偕花
友然後謀花地定花地然後候花時庶幾歲一
遇之矣然而不可必得也淳熙如皋志所謂李
嵩者自八十看花至一百九歲而終無一歲不

頽焉可謂厚幸矣而吾猶竊竊有恨也彼蹉跎於
壯年而徒摩闥於末景也

歐文忠在滁州命屬吏治花所謂我欲四時攜
酒去莫教一日不花開者可謂得種花之妙諦
矣滁爲江北花視南方較少若吾閩廣則四時
不絶之花人人力可辦不待教也今姑毋論其
他只蘭桂二種巳可貫四時矣閩中桂嘗以七
月開花直至四月而止五六二月長芽之候芽
成葉則復花矣蘭則自春徂冬無不花者故有

四季蘭之名其他相踵而發者固不可一二數也

令 朝廷進御常有不時之花然皆藏土窖中四周以火逼之故隆冬時即有牡丹花計其工力一本至十數金此以難得爲貴耳其實不時之物非天地之正也大率北方花木過九月霜降後即掘坑塹深四尺實花其中周以草秸而密墐之春分乃發不然即槁死矣南方攜入北者如梅桂梔子之屬尤難過臘至茉莉則百無

一存矣

凡花少六出者獨梔子花六出其色香亦皆殊絶故段成式謂卽薝蔔花楊用脩謂卽揚州瓊花然皆非也此花在閩中極多且賤與素馨茉莉皆不擇地而生者北至吳楚始漸貴重耳茉莉在三吳一本千錢入齊輒三倍酬直而閩廣家家植地編籬與木槿不殊至於薔薇玫瑰酴醾山茶之屬皆以編籬以語西北之人未必信也

蜀孟昶僭擬宮闕於成都四十里盡種木芙蓉每至秋時鋪以錦繡高下相照謂左右曰眞錦城也然木芙蓉極易長離披散漫至不可耐及其衰也殘花敗葉委藉狠狽蕭索之狀無與爲比此與朝菌木槿何異而乃誇以爲麗其敗亡也不亦宜乎

兗州張秋河邊有挂劒臺云即徐君墓季札所挂劒處也臺下有草一監一横如人倚劒之狀食之能巳人心疾余謂此草不生它所而獨產

挂劒臺豈季子義氣所感而生耶至於療人心疾之說亦不過廉頑立懦之遺意耳不知其偶然耶抑好事者傅會之也余在張秋覓所謂挂劒草者臺前後乃無有而鄰近民庄或有之至水部署中亦間有數莖此豈聞挂劒之風而興起者耶可爲一笑也

有睡草亦有却睡之草有醉草亦有醒醉之草有宵明之草亦有晝暗之草有夜合之草亦有夜舒之草物性相反有如此者

丘文莊謂棉花自元始入中國非也棉花雖有草木二種總謂之木棉花其實木種者廼班枝花非棉花也唐李商隱詩木棉花發鷓鴣飛通鑑梁武帝木棉皁帳史炤注釋甚詳與今棉花無異但云江南多有之今則燕魯燕洛之間盡種之矣豈元時始求種於江南而令北地種之耶若謂自虜地入中國則虜地何嘗有棉花漢中行說教匈奴得漢繒絮馳荊棘中即裂示不如氈毳之厚也況棉花極畏寒齊地若霜早則

花皆無收故宜於閩廣今友謂其自北而至可乎

人有召箕仙以白雞冠請詩者卽書曰雞冠本是臙脂染其人曰誤矣乃白色者也復續曰洗却臙脂似粉粧只爲五更貪報曉至今猶帶一頭霜又有召仙以紅梅爲題以儔頭牛爲韻箕云雪骨氷肌孰與儔人曰所求乃絳梅非白也良久書曰點點顏色在枝頭牧童睡起朦朧眼錯認桃林欲放牛二詩頗有致而事絶相類豈

好事者爲之耶

閩中山谷溪澗間有草蔓生類兎耳而色正碧

青翠孅妍異於他卉植移盆中甚有幽致殊勝

菖蒲躑躅也但性畏日稍曝即槁須置池畔巖

側濃陰倒石之下余行天下未有見此草者

芝者菌蕈同類本非難得之物但以産於室内

梁間非意得之故爲瑞耳若山谷間朽木潰爛

自然叢生朝夕雲霞薰蒸自成五色無足異者

宋景德間天書興丁謂獻芝至十餘萬本政和

閒花石綱興郡守李文仲采及三十萬本有一本數千葉衆色咸備是可謂之瑞乎

菌蕈之屬多生深山窮谷中蛇虺之氣薰蒸易中其毒西湖志載宋吳山寺產菰大如盤五色光潤寺僧以獻張循王王以進高宗高宗復詔還寺往返既久有汁流下犬舐之立斃始大驚懼瘞之又有笑菌食者笑不止名笑矣乎椰子厚有文紀之今閩人多取菌蕈油作菜油市人食者輙大吐委頓其毒甚者遂至殺人不可不

愼也

凡菌爲羹照人無影者不可食夷堅志載金溪田僕食蕈一家嘔血死者六人惟丘岑幸以痛飲而免蓋酒能解毒也又嘉定乙亥僧德明遊山忽得奇菌歸以供衆毒發僧行死者十餘人德明亟嘗糞獲免有日本僧定心者寧死不汚至膚理拆裂而死至今菴中藏有日本度牒其僧姓平氏日本國京東相州行香縣上守鄉元勝寺僧也寧死非命不汚其口亦庶幾陳仲子

之風矣
嘉靖壬子四月金陵有井皮竹者於其家竹林中得一大菌烹而食之數口皆毒死又有張椿種瓜爲業圃中留一瓜極大者以自奉方食兩片卽死聞其氣者亦病乃知異常之物不可輕食太平廣記載李崇貞在蜀庭中有一橘大而晚熟有小孔如針實僚驚異欲表進之久而乃羆及剖則有赤斑蛇蟠其中又韋皐鎭成都有柑大如斗欲以進醫者昝殷在座固持不可請

以針刺其蔕流血霑席駭而剖之乃兩頭蛇也
可不戒哉
學而不行謂之視肉山海經狄山有視肉注聚
肉形如牛肝有兩目食之至盡尋復生如故太
平廣記載蘭溪蕭静之掘地得物如人手臑而
食之甚美後遇一道士話之道士曰此肉芝也
壽等龜鶴矣江鄰幾雜志云徐稹廷評於廬州
河次得一小兒手無指𢤱而棄之此政所謂肉
芝者也狄山所産想亦此類

槐花黃舉子忙枇杷黃醫者忙

滇中有雞蹤蓋菌蕈類也以形似得名其油如醬可以點肉亦閩中烏蠡醬之類也

俗云黃金無假阿魏無真阿魏生西域中一名合昔泥其樹有汁沾物卽化人多牽羊豕之類繫樹下遙以物撼其樹汁落則羊豕皆成阿魏矣樹上之汁終不可得故云無真也其味辛平無毒殺諸蟲破癥瘕下惡除邪解蠱毒且其氣極臭而能止臭彼中以淹羊肉甚美中國止入

藥物而已又有馬思荅吉者似椒而香酷烈以當椒用有回回豆狀如榛子磨入麵中極香兼去麵毒

特迦香出弱水西形如雀卵色頗淡白焚之辟邪去穢鬼魅避之唵叭香出唵叭國色黑爇之不甚香而可和諸香亦能辟邪魅京師有賃宅住者其宅素凶既入不能便移但日焚唵叭香一爐至夜中豎子聞鬼物相與語曰彼所焚何物令我頭痛不堪當相率避之越一二日宅遂清

吉無患乃知博物志載漢武帝焚西使香宮中病者盡起徐審得鷹嘴香焚之一家獨不疫疾當不誣也

永樂初天妃宮有鶴卵爲寺僧所烹將熟矣老僧見其哀鳴命取還之數時雛出僧驚異探其巢得香木尺許五采如錦持以供佛後有倭奴見以五百金買之問何物曰此仙香也焚之死人可生即返魂香也

安息香能聚鼠其烟白色如縷直上不散又狼

糞烟亦直上故烽堠用之北虜氈帳中數百人共處中支一鍋其烟直透頂孔而出燒狼糞故也

血竭一名騏驎竭出南番中廣州亦有之樹高數丈葉似櫻桃而有三稜脂液滴下如膠飴狀久而堅凝色如乾血又能破積血止金瘡血故以血竭名也洪熙初李祭酒時勉因上元夜拾墜金釵俟其人至還之乃千戶之婦也夫婦德公甚厚餽遺俱不受乃出藥物一井曰此名血

竭出於異國往年征交廣所得既不費財而可
備緩急願公納之公乃受以語夫人後公以言
事忤旨爲金爪槌折其脅幾殆召醫視之曰傷
雖重可爲也但須眞血竭夫人卽取畀之遂得
甦時論以爲還金之報也一云是紫鉚樹之脂
驗者以透指甲爲眞
漢唐郎署近侍皆賜雞舌香以防口過雞舌香
卽丁香也有雌雄二種雌者大而長俗名母丁
香顆粒如山茱萸擊破有從理解爲兩向若雞

舌狀故名廣州有之
沉香樹類椿細枝緊實未爛者爲青桂黒堅沉
水者爲沉香帶斑點者爲鷓鴣沉半沉者爲棧
香形象雞骨者爲雞骨香象馬蹄者爲馬蹄香
在上中成薄片者爲龍鱗香亞於沉香爲速香
不沉者爲黃香交州人謂之蜜香佛經謂之阿
迦爐香一物而異名如此近於果中之蓮藕矣
用脩所記一香七名者誤也
宋宣和間宮中所焚異香有篤耨龍涎亞悉金

顏雪香褐香歡香之類今世所有者惟龍涎耳
又有瓠香猊眼香皆不知何物
龍涎於諸香中最貴游宦紀聞云每兩不下百
千次者亦五六十千近海旁常有雲氣罩山間
者龍睡其下也土人相約更守或半載或二三
載雲散則龍去矣往跡之必得龍涎或五七兩
或十餘兩又言大海洋中有旋渦龍伏其下涎
常湧出爲風吹日曬結成一片嶺外雜記云龍
涎石睡涎沫浮水積而能堅余問嶺南諸識者

則曰非龍涎也乃雌雄交合其精液浮水上結而成耳其精則腥穢之物豈宜用之清淨之所哉今龍涎氣亦果腥但能收歛諸香使氣不散雖經十年香味仍在故可寳也

呂惠卿對神宗言凡草木皆直種嫡出惟蔗側種根上庶出故字從庶然薯蕷亦側種旁出也嵇含草木狀作竿蔗謂其挺直如竹竿也今人乃作甘蔗誤矣

易曰莧陸夬夬陸商陸也下有死人則上有商

陸故其根多似人形俗名馬齒莧者是也取之之法夜靜無人以油炙梟肉祭之俟鬼火叢集然後取其根歸家以符煉之七日即能言語矣一名夜呼亦取鬼神之義也此草有赤白二種白者入藥赤者使鬼若誤服之必能殺人又荆楚歲時記三月三日杜鵑初鳴田家候之此鳥晝夜鳴血流不止至商陸子熟乃止蓋商陸未熟之前當杜鵑哀鳴之候故稱夜呼也

五雜組卷之十終

五雜組卷之十一　　吳航寶樹堂藏板

陳留謝肇淛著

物部三

古人造茶多舂令細末而蒸之唐詩家僮隔竹敲茶臼是也至宋始用碾揉而焙之則自本朝始也但揉者恐不若細末之耐藏耳

蘇才翁與蔡君謨鬭茶蔡用惠山泉水蘇茶稍劣改用竹瀝水煎遂能取勝然竹瀝水豈能勝惠泉乎竹瀝水出天台云彼人將竹少屈而取

之盈罋則竹露非竹瀝也若醫家火逼取瀝斷

不宜茶矣

閩人苦山泉難得多用雨水其味甘不及山泉

而清過之然自淮而北則雨水苦黑不堪烹茶

矣惟雪水冬月藏之入夏用乃絕佳夫雪固雨

所凝也宜雪而不宜雨何故或曰北地屋瓦不

淨多穢泥塗塞故耳

宋初閩茶北苑爲之最初造研膏繼造臘面既

又製其佳者爲京挺後造龍鳳團而臘面廢及

蔡君謨造小龍團而龍鳳團又爲次矣當時上供者非兩府禁近不得賜而人家亦珍重愛惜如王東城有茶囊惟楊大年至則取以具茶它客莫敢望也元豐間造密雲龍其品又在小團之上今造團之法皆不傳而建茶之品亦遠出吳會諸品之下其武夷清源二種雖與上國爭衡而所產不多十九饞鼎故遂令聲價靡不復振

今茶品之上者松蘿也虎丘也羅岕也龍井也

陽羨也天池也而吾閩武夷清源鼓山三種可與角勝六合鴈蕩蒙山三種祛滯有功而色香不稱當是藥籠中物非文房佳品也

閩方山太姥支提俱產佳茗而製造不如法故名不出里閈余嘗過松蘿遇一製茶僧詢其法曰茶之香原不甚相遠惟焙者火候極難調耳茶葉尖者太嫩而蒂多老至火候勻時尖者已焦而蒂尚未熟二者雜之茶安得佳松蘿茶製者每葉皆剪去其尖蒂但留中段故茶皆一色

而功力煩矣宜其價之高也閩人急於售利每
觔不過百錢安得費工如許即價稍高亦無市
者矣故近來建茶所以不振也
宋初團茶多用名香雜之蒸以成餅至大觀宣
和間始製三色芽茶漕臣鄭可間製銀絲氷芽
始不用香名爲勝雪此茶品之極也然製法方
寸新銙有小龍蜿蜒其上則蒸茶之法尚如故
耳又有所謂白茶者又在勝雪之上不知製法
云何但云崖林之間偶然生出非人力可到焙

者不過四五家家不過四五株所造止於一二銙而已進御若此人家何由得見恐亦嘗歠之嗜非正味也

文獻通考茗有片有散片者即龍團舊法散者則不蒸而乾之如今之茶也始知南渡之後茶漸以不蒸爲貴矣

古時之茶曰煮曰烹曰煎須湯如蟹眼茶味方中今之惟茶用沸湯投之稍着火即色黄而味澁不中飲矣迺知古今之法亦自不同也

昔人喜鬬茶故稱茗戰錢氏子弟取雪上瓜各言子之的數剖之以觀勝負謂之瓜戰然茗猶堪戰瓜則俗矣

薛能茶詩云鹽損添常戒薑宜煮更黄則唐人煮茶多用薑鹽味安得佳此或竟陵翁未品題之先也至東坡和寄茶詩云老妻稚子不知愛一半已入薑鹽煎則業覺其非矣而此習猶在也今江右及楚人尚有以薑煎茶者雖云古風終覺未典

以菉豆微炒投沸湯中傾之其色正綠香味亦不減新茗宿村中覓茗不得者可以此代

北方柳芽初茁者采之入湯云其味勝茶曲阜孔林楷木其芽可烹閩中佛手柑橄欖爲湯飲之淸香色味亦旗槍之亞也

昔人謂揚子江心水蒙山頂上茶蒙山在蜀雅州其中峰頂尤極險穢蛇虺虎狼所居得採其茶可蠲百疾今山東人以蒙陰山下石衣爲茶當之非矣然蒙陰茶性亦冷可治胃熱之病

凡花之奇香者皆可點湯尊生八牋云芙蓉可爲湯然今牡丹薔薇玫瑰桂菊之屬采以爲湯亦覺清遠不俗但不若茗之易致耳

酒者扶衰養疾之具破愁佐藥之物非可以常用也酒入則舌出舌出則身棄可不戒哉

人不飲酒便有數分地位志慮不昏一也不廢時失事二也不失言敗度三也余嘗見醇謹之士酒後變爲狂妄勤渠力作因醉失其職業者衆矣況於醜態備極爲妻孥所姍笑親識所畏

惡者哉北窻瑣言載陸相扆有士子脩謁命酌辭以不飲陸曰誠如所言已校五分矣蓋生平悔吝有十分不爲酒困自然減半也

吾見嗜酒者晡而登席夜則號呼旦而病酒其言動如常者午未二晷耳以晝夜而僅二晷如人則壽至百年僅敵人二十也而舉世好之不已亦獨何哉

酒以淡爲上苦冽次之甘者最下青州從事向擅聲稱今所傳者色味殊劣不勝平原督郵也

然從事之名因青州有齊郡借以爲名耳今遂以青州酒當之恐非作者本意

京師有薏酒用薏苡實釀之淡而有風致然不足快酒人之吸也易州酒勝之而淡愈甚不知荆高輩所從遊果此物耶襄陵甚冽而潞酒奇苦南和之刁氏濟上之露東郡之桑落醲淡不同漸于甘矣故衆口雖調聲價不振

京師之燒刀輿隸之純綿也然其性凶憯不啻無刃之斧斤大内之造酒閹豎之菽粟也而其

品假凡釀富不擅之酥酪羊羔以脂入釀呷麻以口為手幾於負矣此又儀狄之罪人也

江南之三白不脛而走半九州矣然吳興造者勝於金昌蘇人急於求售水米不能精擇故也泉冽則酒香吳興碧浪湖半月泉黃龍洞諸泉皆甘冽異常富民之家多至慧山載泉以釀故自奇勝

雪酒金盤露僞得名者也然尚未臻醜惡迨至蘭溪而濫惡極矣所以然者醇醲有餘而風韻不

足故也譬之美人豐肉而寡態者耳然太眞肥
婢寵冠椒房金華酤肆户外之屨常滿也故知
味者寔難
閩中酒無佳品往者順昌擅塲近則建陽爲冠
順酒卑卑無論建之色味欲與吳興抗衡矣所
微乏者風力耳
北方有葡萄酒梨酒棗酒馬奶酒南方有蜜酒
樹汁酒椰漿酒西陽雜俎載有青田酒此皆不
用麯蘖自然而成者亦能醉人良可怪也

荔支汁可作酒然皆燒酒也作時酒則甘而易敗邢子愿取佛手柑作酒名佛香碧初出亦自馨烈奇絶而亦不耐藏江右之麻姑建州之白酒如飲湯然果腹而已

鄱陽爲酒賦曰清者爲酒濁者爲醴清者聖明濁者頑騃此唐人中聖之言所自出也但醴酒醇甘古人以享上客楚元王嘗爲穆生設醴豈得云頑騃蓋善飲酒者惡甘故也

唐肅宗張皇后以鵶腦酒進帝欲其健忘也順

宗時處士伊初玄入宮飲龍膏酒令人神爽也
此二者正相反酉陽雜俎鶻生三子一爲鷂卽鴒字
古人量酒多以升斗石爲言不知所受幾何或
云米數或云衡數但善飲有至一石者其非一
石米及百斤明矣按朱翌雜記云淮以南酒皆
計升一升曰爵二升曰瓢三升曰觶此言較近
蓋一爵爲升十爵爲斗十斗爲石以今人飲量
較之不甚相遠耳
宋楊大年於丁晉公席上舉令云有酒如線遇

斟則見丁公云有餅如月遇食則缺

紅灰酒品之極惡者也而坡以紅友勝黄封甜酒味之最下者也而杜謂不放香醪如蜜甜固知二公之非酒人也

今人以秀才爲措大措者醋也蓋取寒酸之味而婦人妬者俗亦謂之吃醋不知何義昔范質謂人能鼻吸三斗醇醋便可作宰相均一醋也何男子吸之便稱德量而婦人吃之反爲娼嫉之名耶亦可笑之甚也

劉禹錫寒具詩云纖手搓來玉數尋碧油搓出嫩黄深夜來春睡無輕重壓匾佳人纏臂金則爲今之饊子明矣宋人因林和靖寒食詩有寒具遂解以爲寒食之具安知和靖是日不嘗饊子耶

禮有醢醬卵醬芥醬豆醬用之各有所宜故聖人不得其醬不食今江南尚有豆醬北地則但熟麵爲之而已寧辨多種耶又桓譚新論有脡醬漢武帝有魚腸醬南越有蒟醬晉武帝與山

壽書致魚醬枚乘七發有芍藥之醬宋孝武詩有匏醬又漢武内傳有連珠雲醬玉津金醬神仙食經有十二香醬今閩中有蠣醬鱟醬蛤蜊醬蝦醬嶺南有蟻醬則凡聶而切之醃藏者槩謂之醬矣乃古之醢非醬也

羹之美者則彭鏗之斟雉伊尹之烹鵠陳思之七寳明皇之甘露黄頷之臛虞悰所遺倉庚之肉郗氏止妬元和之龍東郡之梟子公以奄亂鄭子期以羊覆國鮑魼救伍熊可亡紂至於贊

皇一杯費錢二萬暴殄極矣彼千里蒪菰碧澗香芹杜云錦帶蘇製玉糝羅浮之骨董洪州之樂道篔季之瓜匏靈徹之雙暈仰山之道場陶家之十遠吳淑玉杵之咏相如露葵之賦僅果措大之腹難入八珍之譜臨海之猴頭交阯之不錄嶺南之象鼻九眞之鱟蝙俗巳近夷不如藜藿

今大官進御飲食之屬皆無珍錯殊味不過魚肉牲牢以燔炙醲厚爲勝耳不獨今日爲然也

周禮王之膳以八珎八珎者淳熬也淳母也炮豚也炮牂也擣珎也漬也熬也肝膋也此皆燥腸之䏲毒焦胃之斧斤也其它食用六穀膳用六牲飲用六清羞用百有二十品醬用百有二十甕然口不嘗藜藿之味目不視鹽菽之祭徒以耗津液滑天和耳曾謂周公作法於儉而肯以饕餮訓後世哉

龍肝鳳髓豹胎麟脯世不可得徒寓言耳猩唇獾炙象約駝峰雖間有之非常膳之品也今之

富家巨室竆山之珍竭水之錯南方之蠣房北方之熊掌東海之鰒炙西域之馬妳眞昔人所謂富有小四海者一筵之費竭中家之產不能辦也此以明得意示豪舉則可矣習以爲常不惟開子孫驕溢之門亦恐折此生有限之福孟子所謂飲食之人則人賤之者此之謂也

枚乘七發所謂犓牛肥狗熊膰鯉膾秋黃白露楚苗安胡者可見當時之珍味止於是耳其於荔支子鵝魚脡蛢臛固不數數然也五方之人

口食既殊腸胃亦異海嶠之人久住北方噉麵
食炙輙覺唇焦胃灼亦猶北人至南方一嘗海
物輙苦暴下其於蝌蠶蚌蛸之屬不但不敢食
亦不敢見之始信周禮所載八珍皆淳熬之類
亦其所習然也
黄鳥食之已妬鱟魚食之止驕鶺鴒食之不饑
箳餘食之不醉鯖魚食之已狂人魚食之已癡
古有斯語未諗其然也
人之口腹何常之有富貴之時窮極滋味暴殄

過當一遇禍敗求藜藿充饑而不可得石虎食
蒸餅必以乾棗胡桃瓤爲心使坼裂方食及爲
冉閔所簒幽廢思其不裂者而無從致之唐東
洛貴家子弟飲食必用煉炭所炊不爾便嫌烟
氣及其亂離饑餓市脫粟飯食之不啻八珍此
豈口腹貴於前而賤於後哉彼其當時所爲揀
擇精好動以爲觕惡而不能下咽者皆其驕奢
淫佚之性使然非天生而然也吾見南方膏粱
子弟一離襁褓必擇甘毳溫柔調以酥酪恐傷

其胃而疾病亦自不少北方嬰兒卧土炕啖麥飯十餘歲不知酒肉而彊壯自如又下一等若乞丐之子生即受凍忍餓日一文錢便果其腹人生何常率而處富貴有嬴餘時時思及凍餒無令過分物無精粗美惡隨遇而安無有選擇於胸中此亦動心忍性之一端也子瞻兄弟南遷相遇梧藤間市餅麤不可食黃門置節而嘆子瞻已盡之矣二蘇之學力識見優劣皆於是卜之吾生平未嘗以飲食呵責人其有不堪更

強而進至於宦中尤持此戒每每以語妻孥然未必知此吉也

孫承佑一宴殺物千餘李德裕一羹費至二萬蔡京嗜鶉子日以千計齊王好雞跖日進七十江無畏日用鯽魚三百王黼庫積雀鮓三楹口腹之慾殘忍暴殄至此極矣今時王侯閹宦尚有北風先大夫初至吉藩遇宴一監司主客三席耳詢庖人用鵝一十八雞七十二猪肉百五十斤它物稱是良可笑也

東南之人食水產西北之人食六畜食水產者螺蚌蠏蛤以爲美味不覺其腥也食六畜者狸兎鼠雀以爲珍味不覺其膻也若南方之南至於烹蛇醬蟻浮蛆刺蟲則近於鳥矣北方之北至於茹毛飲血拔脾瀹腸則比於獸矣聖人之教民火食所以別中國於夷狄殊人類於禽獸也

晉文公時宰人上炙而髮繞之召而讓焉以辯

獲免漢光武時陳正爲大官令因進御膳黄門

以髮寘炙中帝怒將斬正後乃赦之宋時有侍御史上章彈御膳中有髮曰是何穆若之容忽覩鬈如之狀當時以爲笑柄諂臣妄言不足責也而文公光武仁明之王反不及楚莊王之吞蛭何耶

中山君以一杯羹亡國以一壺漿得十二人顧滎以分炙免難庾悅以慳炙取禍詩云民之失德乾餱以愆噫寧獨民哉吾獨恠劉毅負英雄之名乃效羊斟司馬子期之所爲脩怨於口腹

之末宜其志業之不終也
文選有寒鵠寒鼈崔駰傳亦有雞寒七啓寒芳苓之巢龜李善注寒今胹肉也廣韻者煮肉熟食曰胹然寒字甚佳而煮熟之義極甚膚淺良可笑也但古人製造多方周禮膳羞之政凡刲烹煎和之事辨體名肉物及百品味各有所宜似非若後世之庖人一味煮而熟之已也
令人之食既自苟簡而庖人爲政一切調和醴齊醯醢之屬皆無分辨宴客之時恒以大鑊合

而烹之及登爼而後分雖易牙不能别其味也
至於火候生熟之節又無論已不知物性各有
所宜亦各有所忌如雞宜薑而豕則忌之魚宜
蒜而羊則忌之古人腥臊羶香死生鱻薧炮炙
醯醢秩然有條不相紊亂至於食齊宜春羹齊
宜夏醬齊宜秋飲齊宜冬凡和則春多酸夏多
苦秋多辛冬多鹹順四時之氣以節宣之非徒
爲口腹已也今江南人尚多列釜竈諸品不淆
然官厨已不能守其法矣况北方乎

膾不厭細孔子已尚之矣膾即今魚肉生也聶而切之沃以薑椒諸劑閩廣人最善爲之昔人所云金虀玉鱠縷細花鋪不足奇也據史冊所載昔人嗜鱠者最多如吳昭德南孝廉皆以喜斫膾名余媚孃造五色膾妙絕一時唐儉趙元楷至以衣冠親爲太子斫膾今自閩廣之外不但斫者無人即噉者亦無人矣說文膾細切肉也今人以殺人者爲劊子手劊亦斷切之義與膾同也按膾亦謂之劗齊東昏侯時謡曰趙鬼食鴨劗注細剉肉雜以薑桂是也

六朝時呼食爲頭晉元帝謝賜功德净饌一頭又謝齋功德食一頭又劉孝威謝賜果食一頭一頭卽今一筵也然古未前聞不知何義

餅麵餈也方言謂之餛飩又爲之餦餭餛飩卽今饅頭耳非餅也京師謂之餺饘胡餅卽麻餅也石勒諱胡故改爲麻餅又有蒸餅豆餅金餅索餅籠餅之異而唐時有紅綾餡餅惟進士登第日得賜焉故唐人有莫嫌老缺殘牙齒曾喫紅綾餡餅來之詩今京師有酥餅餡餅二種皆

稱珍品而內用者皆以玫瑰胡桃諸品尤勝民間所市又內中所製有琥珀糖色如琥珀有倭絲糖其細如竹絲而扭成團食之有焦麵氣然其法皆不傳於外也

上苑之蘋婆西凉之蒲萄吳下之楊梅美矣然校之閩中荔支猶隔數塵在也蘋婆如佳婦蒲萄如美女楊梅如名伎荔支則廣寒中仙子冰肌玉骨可愛而不可狎也

荔支之味無論卽濃綠枝頭錦丸纍垂頳射朝

霞固已麗矣而奇香撲人出入懷袖卽殘紅委
地遺芬不散此豈百果所敢望哉
荔支以楓亭爲最核小而香多也長樂之勝晝
次之肌豐而味勝也中觀又次之色味俱醇而
繁多不絕也三者之外人間常見尚有二十餘
種如桂林金鍾火山之類品中稍劣矣然猶足
爲扶餘天子也
有鵲卵荔支小僅如鵲卵而味甚甘核如粟大
間有無核者又有雞引子一大者居中而小者

十餘環向之熟則俱熟味無差別
黄香色黄白蜜色白江家緑色緑雙髻生皆並蔕七夕紅必以七夕方熟此皆市上所不恒有者也

荔支核種者多不活即活亦須二十年始合抱結子閩人皆用劣種樹去其上梢接以佳種之枝間歲即成實矣龍目亦然

荔支龍目皆以一年長葉一年結子如遇結子之年雨水過多亦不實而長枝過年則蕃滋加

倍矣園中樹欲其高大遇結蕊之時即摘去之如此數年便可尋丈

果將熟時專有飛盜緣枝接樹趫捷如風園工防之若巨寇然瞬息不覺則千萬樹皆被漁獵名曰夜鸛五月初時有入市色斑而味酢者皆夜鸛橐中出也不獨戕其生亦且敗其名可恨莫甚焉此果人未采時蟲鳥不敢侵一經盜手羣蟲攻之矣

荔支核性太熱補陰人有陰症寒疾者取七枚煎湯飲之汗出便差亦治疝氣

楊貴妃生於蜀故好啖荔支今蜀中不過重慶數樹其實色味俱劣不堪與閩中作奴不知驪山下一騎紅塵者的從何處來也滇中沐國府中亦有一樹每實時以金柈盛三五顆餉藩臬大吏受之者以白鏹一兩售其從者鄧汝高學憲在滇日沐亦致焉酢甚不能下咽歸語妻孥一笑而已

白樂天在忠州時所言荔支之狀至於朶如蒲桃漿液甘酸可知蜀中荔支形味閩中生者豈

但如蒲桃又何嘗有此酸味耶
傳記載啖荔支過多內熱當以蜜漿解之閩人日啖數百不覺熱也但過多恐腹膨脹少以鹹物下之即消矣
荔支龍眼不但以味勝食之亦皆有益於人𧇊渭補髓通神益智列仙傳云有食荔支而得仙者而龍眼乾之煎汁爲飲尤養心血治怔忡不寐健忘諸疾
人之口食固亦無恒曹丕稱蒲桃則云甘而不

餶脆而不酸南方有橘正裂入牙時有甜耳徐君房之答陳昭則云金衣素裏見苞作貢向齒自消良應不及則又爲橘左袒也吳中王百穀苦欲以楊梅敵荔支余與往返論難數百言終未以爲然也然生長吳中未嘗荔支固宜輕於持論凡物須眼所見則涇渭自分合以相並則妍媸自見

廣雅以龍眼爲益智爾雅以益母爲茺蔚其實非也

北地有文官果形如螺味甚甘類滇之馬金囊或云即是也後金囊又訛爲檳榔遂以文官果爲馬檳榔不知文官果樹生馬金囊蔓生也

西域白蒲桃生者不可見其乾者味殊奇甘想可亞十八孃紅矣有兎眼蒲桃無核即如荔支之焦核也又有瑣瑣蒲桃形如茱萸小兒食之能解痘毒（于文定筆麈云瑣瑣即馺娑之訛未知是否）

滇中梧桐子大如荳其形與它處殊不類殻光薄不皺味如松子又有神黃豆似五倍子能令

見童稀豆然亦不甚驗也

閩楚之橘燕齊之梨霜液滿口足稱荔支龍眼之亞矣閩中梨初稱建陽今福州有一種十月方熟一顆重至二斤甘酥融液不可名狀但人家有者不常見耳此外有夫人李佛手柑菩提果皆禦囿中佳植也

餘甘與橄欖味相似而實二物也臨海異物志謂餘甘即橄欖誤矣餘甘形大小如彈丸理如瓜瓣初入口苦澀末爲甘香閩漳泉亦有之但

餘甘少而橄欖多世人因東坡有餘甘回齒頰之語乃混而一之可乎

齊中多佳果梨棗之外如沙果花紅桃李杏栗之屬皆稱一時之秀而靑州之蘋婆濮州之花謝甜亦足敵吳下楊梅矣

楊梅以吳興太子灣者爲佳紫黑若桑椹入口甘而不酢又有一種白色者名爲水精楊梅余於己酉夏避暑吳山臧晉叔見餉數十顆甘美勝常家人驚異傳翫以爲在吳興五年所未嘗

見也

青州雖爲齊屬然其氣候大類江南山饒珍果海富奇錯林薄之間桃李櫨梨柹杏蘋棗紅白相望四時不絕市上魚蝦腥風逆鼻而土人不知貴重也有小蝌如彭越狀人家皆以喂貓鴨大至蟳蟹黃甲亦但醃藏臭腐而已使南方人居之使山無遺利水無遺族其富庶又不知何如也

五穀者稻黍稷麥菽也鄭司農注周禮謂麻麥

黍稷豆而不及稻豈鄭未至南方耶王之膳食
用六穀鄭注稻黍稷粱麥苽又三農生九穀鄭
注稷秫黍稻麻二豆二麥其說亙異恐亦以臆
斷耳炙轂子云九穀者黍稷麻麥稻粱苽大小
豆酉陽雜俎云九穀者黍稷稻粱三豆二麥然
北方之穀尚有粟有蜀秫有蕎麥而豆之屬有
黃豆菉豆黑豆江豆青豆扁豆豌豆蠶豆不啻
三也南方雖止於稻米而稻之中已有十數種
矣后稷之時已稱百穀說者謂五穀之屬各有

二十合而爲百近於穿鑿百成數也五穀者舉其大言之也甘石星經又謂八穀應八星八穀者黍稷稻粱麻菽麥烏麻也其星在河車之北

明則俱熟

稻有水旱二種又有秫田其性黏軟故謂之糯米食之令人筋緩多睡其性懦也作酒之外產婦宜食之又謂之江米陶彭澤公田五十畝巻令種秫蓋亂離之世藉酒以度日耳然督郵一至便爾解綬所種秫田未嘗得升合之入也所

謂張公吃酒李公醉者耶書此以發一笑

百穀之外有可以當穀者芋也薯蕷也而閩中有番薯似山藥而肥白過之種沙地中易生而極蕃衍饑饉之歲民多賴以全活此物北方亦可種也按嵇含草木狀有甘藷形似薯蕷實大如甌皮紫肉白可蒸食之想卽番薯未可知也

燕齊之民每至饑荒木實樹皮無不啖者其有草根爲葅則爲厚味矣其平時如椰芽榆莢野蒿馬齒莧之類皆充口食園有餘地不能種蔬

競拔草根醃藏以爲寒月之用毛詩所謂我有旨蓄以禦冬者想此類耳彼詎知南方有凌冬彌茂之蔬耶

京師隆冬有黄芽菜韭黄蓋富室地窖火炕中所成貧民不能辨也今大内進御每以非時之物爲珍元旦有牡丹花有新瓜古人所謂二月中旬進瓜不足道也其它花果無時無之蓋置炕中溫火逼之使然然經年樹即枯死蓋其氣爲火所傷故也至於宰殺牲畜多以慘酷取

味鵝鴨之屬皆以鐵籠罩之炙之以火飲以椒
漿毛盡脱落未死而肉已熟矣驢羊之類皆活
割取其肉有肉盡而未死者寃楚之狀令人不
忍見聞夫以供　至尊猶之可也而巨璫富戚
轉相效尤血海肉林恬不為意不知此輩何福
消受死後當即墮畜生道中受此業報耳
重朿為棗竝朿為棘棘亦棗之類也埤雅曰大
者棗小者棘棘蓋今酸棗之類而棗樹之短者
亦蔓延針刺鉤人衣服其與荆棘又何别哉惟

脩而長之接以佳種遂見珍於天下此亦君子小人之别也其菓中諸果皆稱名於棗獨加大字明小者不足用也

千年人參根作人形千年枸杞根作狗形中夜時出遊戲烹而食之能成地仙然二物固難遇亦難識也相傳女道士師弟二人居深山中其徒出汲井畔常見一嬰兒語其師師令抱至成一樹根師大喜搆火烹之未熟值糧盡下山化米師出門而水大漲不得還徒饑甚聞所烹者

香美遂食之三日噉盡水落師還則其徒巳飛
昇矣又維揚一老叟常擾衆酒食一日邀衆治
具丐者數人捧一盤至一蒸小兒一蒸犬也衆
嘔噦不食道士懇請不從乃歎息自食之且盡
其餘分諸丐者乃謂衆曰此千歲人參枸杞求
之甚難食之者白日昇天吾感諸公延遇特以
相報而乃不食信乎仙分之難也言未巳羣丐
化爲金童玉女擁道士上昇矣夫此二者或遇
之而不能識或識之而不得食而弟子及丐者

以無意得之豈非命而何
偓佺食松實形體生毛兩目更方山中毛女食柏葉不饑不寒不知年歲彭鏗常食桂芝之八百餘歲赤將子輿啖百草花能隨風雨上下魯定公毋服五加皮以致不死張子聲服五加皮酒壽三百年房室不絕任子季服茯苓輕身隱形韓衆服菖蒲遍體生毛隆冬裸袒趙他子服桂日行五百里移門子服五味子色如玉女林子明服术身輕數舉楚子服地黃夜視有光陵陽

子仲服遠志有子二十七老更少容壯子微服天門冬八十年日行三百里庾肩吾服槐實年七十餘鬚鬢更黑青城上官道人食松葉九十如童趙瞿餌松脂百歲髮不白齒不落人於草木之實餌之不輟皆足補助血氣培養壽命但世人輕而不信耳夫鉤吻烏喙足以殺人人所共信也惡者有損善者豈得無益與其服草木之實縱無益而無害也不猶愈於煉紅鉛服金石毒發而莫之救求長生而返速斃乎

閩廣人食檳榔取其驅瘴癘之氣至稱爲四德曰醒能使醉醉能使醒饑能使飽飽能使饑然檳榔破癥消積殊有神効余食後輙餌之至今不能一日離也按本草謂其能殺三蟲下胸中至高之氣夫余之百鍊剛化作繞指柔亦已久矣縱微服此胸中寧復有至高之氣乎本草原始曰賓與郎皆貴客之稱交廣人凡賓客勝會必先呈此故以檳榔名也

北人雖有梨而不甚珍之且畏其性寒多熱而

啖昔人謂得哀家梨亦復蒸食者是已至於菱
藕之類亦皆熟食山樝彌滿山谷什九爲童稚
翫弄之具惟閩人得之能去其滓煎作琥珀色
所謂楚有才而晉用之者也
人食巴豆則瀉鼠食巴豆則肥神仙食巴豆則
死蓋仙家煉氣皆用倒升泥丸之法故云順則
成人逆則成仙巴豆下氣而蕩滌臟腑開通閉
塞者也故不利於仙然使眞仙水火可入豈一
巴豆所能破哉

藥中有孩兒茶醫者盡用之而不知其所自出
歷考本草諸書亦無載之者一云出南番中係
細茶末入竹筒中緊塞兩頭投汙泥溝中日久
取出擣汁熬製而成一云卽是井底泥煉之以
欺人耳番人呼爲烏爹泥又呼爲烏疊泥俗因
治小兒諸瘡故名孩兒茶也

昔臨川一士人家婢有罪逃入深山中見野草
枝葉可愛拔其根啖之久而不饑夜宿大樹下
聞草中動以爲虎懼而上樹避之及曉下平地

欻然凌空若飛鳥焉如是數歲家人采薪見之
捕之不得乃以酒餌置往來路上婢果來食食
訖遂不能去與俱歸指所食之草視之乃黃精
也夫人豈必盡有仙骨但能服食靈藥便可長
生矣彼山麋野鶴壽皆千歲豈必脩道煉形哉
惟不食烟火耳
山藥原名薯蕷以避宋英宗諱改名山藥其種
亦多今閩中以山谷中所生大如掌者爲薯而
以圃中生直如槌者爲山藥不知原一種而强

分之也

肉蓯蓉産西方邊塞上塹中及大木上羣馬交合精滴入地而生皮如松鱗其形柔潤如肉塞上無夫之婦時就地淫之此物一得陰氣彌加壯盛採之入藥能强陽道補陰益精或作粥啖之云令人有子

東堅志載僧有病噎死者剖其胃得蟲諸藥試之皆不死時方治藍澱以藍汁澆之即化爲水然藍不獨治噎兼治瘟瘧及解百毒殺諸蟲唐

張延賞在蜀有從事爲斑蜘蛛所螫頭項腫如數升盌幾不救張出數千緡募有能療之者一游僧自云能張命試之遂取藍汁一盌取蜘蛛投之困不能動又別擣藍汁加麝香末更取蜘蛛投之卽死又更取藍汁麝香復加雄黃末和之取一蜘蛛投卽化爲水張與賓從皆異之遂令傳患處不兩日平復如常故今治大頭瘟毒者多用之

唐河東裴同父患腹痛不可忍臨終語其子曰

衙草也以物名者也言艮崇山天竺一迦南以地
蒲公英也以人名者也鹿蹄草也注羊蹄也麋
徐長卿也使君子也王孫也杜仲也丁公藤也
迎春者也半夏也忍冬也以時名者也劉寄奴也
與藍汁治害蠱同也
以明回且言其故人服瞭者服二藏草多論此
刀欄于一日剞二藤草飼馬其欄米消爲水歸
之乾以如高一宕鶴而飼之文形與發達以箭
吾死可訓腹之回從命得一物如鹿蹦條懸

名者也虎掌狗脊馬鞭烏喙鵝尾鴨蹠鶴蝨鼠
耳以形名者也預知子不留行骨碎補益母狼
毒以性名者也無名異没石子威靈仙没藥景
天三七則無名而強名之者也牝鹿銜草以飴
其牡蜘蛛齧芋以磨其腹物之微者猶知藥餌
而人反不知也可乎
藥有五天決明爲肝天紫菀爲肺天神麯爲脾
天遠志爲心天從容爲腎天
藥中有紫稍花非花也乃魚龍交合精液流注

黏枯木上而成一云龍生三子一爲吉弔上岸與鹿交遺精而成狀如蒲槌䏰壯陽道療陰痿此與肉蓯蓉大略相似夫人之精氣自足供一身之用乃以斲喪過度而藉此腥穢汚濁之物以求助長之効鮮有不速其斃者也

神農嘗百草以治病故書亦謂之本草可見古之入藥者不過草根木實而已其後推廣乃及昆蟲然殺衆物之生以救一人之病非仁人之用心也況醫之用及昆蟲又百中之一二乎孫

思邈道行高潔法當上昇因著千金方中有水
蛭蝼蛄爲天帝所罰故觖却而不用亦推廣仁
術之一端耳
今本草中禽獸昆蟲巨細必載大自虎狼鸛鶴
小至蚊蚋蜂蛚無不畢備遂令殺生以求售者
日盈於市余見山東蒙陰取蠍者發巨石下探
其窟穴討以升斗以火逼死纍纍盈筐此物不
良死固不足惜然藏山谷中者何預人事而取
之不休亦可憫也至於蝦蟆龜蛇之屬皆靈明

有知而刲腸剔骨慘酷異常又其大者射鹿取血剥驢爲膠即可以長生不死君子不爲也而况未必効乎

蝦蟆於端午日知人取之必四遠逃遁麝知人欲得香輒自抉其臍蛤蚧爲人所捕輒自斷其尾蚺蛇膽曾經割取者見人則坦腹呈創物類之有知如此不獨雞之憚爲犧也

蛤蚧偶蟲也雄曰蛤雌曰蚧自呼其名相隨不捨遇其交合捕之雖死牢抱不開人多采之以

爲媚藥又有山獺淫毒異常諸牝避之無與爲偶往往抱樹枯死其勢入木數寸破而取之能壯陽道視海狗腎功力倍常也今山東登萊間海狗亦不可多得往往僞爲之迺取狗腎而縫合於牝海狗之體以欺人耳蓋此物一牡管百牝牡不常得故也齊東埜語云山獺出南丹州土人名之曰插翹一枚值黃金兩

蠱蟲北地所無獨西南方有之閩廣滇貴關中延綏臨洮皆有之但各處之方有不同耳閩廣

之法大約以端午日取蛇蜈蚣蜥蜴蜘蛛之屬聚爲一器聽其自咬其它盡死獨留其一則毒之尤矣以時祭之俾其行毒毒之初行必試一人若無過客則以家中一人當之中毒者絞痛吐逆十指俱黑嚼豆不腥含礬不苦是其驗也其毒遠發十載近發一時初覺之時尚可用甘草菉豆諸藥解之及真麻油吐之三月以後不可爲也又有挑生蠱食雞魚之類皆變爲生者又能易人手足及心肝腎腸之屬及死視之皆

木石也又有金蠶蠱毒川筑多有之食以蜀錦其色如金取其糞置飲食中毒人必死能致它人財物故祀之者多致冨或不祀則多以金銀什物裝之道左謂之嫁金蠶夷堅志所載有得物者夜而蚘至其人知其蠱也生捉而啖之至盡飲酒數斗而卧帖然無恙說海載福清有訟金蠶毒者取二刺蝟取之立得然今福清不惟無金蠶亦無刺蝟也

宋宣和間有貴妃病嗽侍醫李姓者診治百計

不効而痰喘愈甚面目浮腫如盤上臨幸見之深以爲憂責李三日不効取進止李技窮夫婦相泣中夜聞有賣藥者呼曰專治痰嗽一文一貼永不再發李以十錢易十貼尚疑草藥性厲先以二貼自服之無恙旦攜以入一服而瘥比旰如常上大喜兩宮賜賚逾千緡李恐內中索方無以對亟令物色賣藥者以百金請其方曰我軍人也貧窮一身豈用多金哉李固予之曰此不過天花粉青黛二種耳此藥易辦故持以

度日非有宅也李拜謝之
世宗末年一日患喉閉甚危急諸醫束手江右
一糧長運米入京自言能治　上親問之對曰
若要玉喉開須用金鎖匙　上首肯之命處方
以進一服而安即日授太醫院判冠帶而歸後
有人以此方治徐華亭者亦効徐予千金令上
坐諸子列拜之曰生汝父者此君也恩德詎可
忘哉金鎖匙即山豆根也以一草之微而能爲
君相造命而二人者或以貴或以富始信張寶

藏以華擬一方得三品官不虛也

江左商人左膊上有人面瘡亦無它苦戲滴酒口中其面亦赤以物飼之亦能食食多則膊內肉脹起疑其胃也不食之則一臂痹焉有醫者教以歷試草木金石之藥皆無苦惟至貝母則聚眉閉口商人喜曰此藥必可治也以葦筒抉其口灌之遂結痂而愈此與藍之治噎蟲雷丸之治應聲蟲相類然本草於貝母但言其治煩熱邪氣疝瘕喉痹安五臟利骨髓而已不言其

有殺蟲之功也豈人面瘡亦邪熱所結耶又一書載人面瘡乃鼂錯所化以報袁盎者則又生前宿寃非貝母所能療矣

孟子謂七年之病求三年之艾故艾以老者爲良人五十曰艾然少者亦謂之艾何也春秋外傳曰國君好艾大夫殆孟子曰知好色則慕少艾一說謂艾者外也妻子爲內少艾爲外也本草艾以覆道生者爲佳亦重外之意也此說甚新姑筆之凡灸艾以圓珠承日得火者爲上鑽

槐取火吹之而熬藥膏者又以桑火爲上取其剛烈能助藥力蓋各有所宜也

唐鄭相國自叙云予爲南海節度年七十有五越地卑濕傷於内外衆疾俱作陽氣衰絶服乳石補益之劑百端不應元和七年訶陵國船主李摩訶知予病狀遂傳此方并藥予疑而未服摩訶稽顙固請乃服之經七八日漸覺應驗自爾常服其功如神十年二月罷郡歸京録方傳之破故紙十兩擇淨皮洗過擣篩令細用胡桃

瓤三十兩湯浸去皮細研如泥郎入前末好蜜
和勻盛瓷器中旦日以煖酒二合調藥一匙服
之便以飯壓如不飲酒熟水代之彌久則延年
益氣悅心明目補添筋骨但禁食芸薹羊血餘
無忌也
何首烏五十年大如拳服一年則鬚髮黑百年
大如椀服一年則顏色悅百五十年大如盆服
一年則齒更生二百年大如斗服一年則貌如
童子走及犇馬三百年大如三斗栲栳其中有

鳥獸山嶽形狀久服則成地仙矣

草木之藥可以延年續命者多矣而世獨貴人參以其出自殊方宅處稀得蓋亦家雞野鶩之喻也人參出遼東上黨者最佳頭面手足皆具清河次之高麗新羅又次之嘗有贊曰三椏五葉背陽向陰故唐韓翃詩曰應是人參五葉齊是也今生者不可得見其入中國者皆繩縛蒸而夾之故上有夾痕及麻線痕也新羅參雖大皆用數片合而成之其功力反不及小者擇參

惟取透明如肉及近蘆有橫紋者則不患其僞
矣
參在本地價甚不高中國人轉市之庚山海諸
關納稅而上之人求索無窮近日加以內監高
淮毎一檄取動以數百斤計故數年以來佳者
絶不至京師其中上者亦幾與白鏹同價矣王
荆公有言平生無紫團參亦活到今日今深山
荒谷之民茹草食藿不知藥物爲何事而彊壯
壽考不聞疾病惟富貴膏粱之家子弟婦人起

居無節食息不調而輙恃參术之功遠求貴售若不可須臾離者卒之病殤夭札相繼不絶亦何益之有哉

醫家有取紅鉛之法擇十二四歲童女美麗端正者一切病患殘疾聲雄髮粗及實女無經者俱不用謹護起居候其天癸將至以羅帛盛之或以金銀爲器入磁盆内澄如硃砂色用烏梅水及井水河水攪澄七度曬乾合乳粉辰砂乳香秋石等藥爲末或用雞子抱或用火煉名紅

鉛丸專治五勞七傷虛憊羸弱諸症又有煉秋石法用童男女小便熬煉如雪當鹽服之能滋腎降火消痰明目然亦勞矣人受天地之生其本來精氣自足供一身之用少壯之時酒色喪耗宴安鴆毒厚味戕其內陰陽侵其外空餘皮骨不能自持而乃倚賴於腥臊穢濁之物以爲奪命返魂之至寶亦已愚矣况服此藥者又不爲延年祛病之計而藉爲肆志縱欲之地往往利未得而害隨之不可勝數也滁陽有聶道人

專市紅鉛丸廬州龔太守廷賓時多内寵聞之
甚喜以百金購十丸一月間盡服之無何九竅
流血而死可不戒哉

金石之丹皆有大毒即鍾乳硃砂服久皆能殺
人蓋其燥烈之性爲火所逼伏而不得發一入
腸胃如石灰投火烟焰立熾此必然之理也唐
時諸帝如憲文敬懿之屬皆爲服丹所誤宋時
張聖民林彦振等皆至發瘍潰腦不可救藥近
代張江陵末年服丹死時膚體燥裂如炙魚然

夫鍊丹以求長生也今乃不能延齡而反以促壽人何苦所爲愚而恬不知戒哉蓋皆富貴之人志願已極惟有長生一途欲之而不可得故奸人邪術得以投其所好寧死而不悔耳亦可哀也

金石無論即兎絲杜仲一切壯陽之劑久服皆能成毒發疽老學庵所載可見至於紫河車人皆以爲至寶亦不宜常服此藥醫家謂之混元毬取男胎首生者爲佳丹書云天地之先陰陽

之祖乾坤之橐籥鉛汞之匡廓胚胎將兆九九
數足我則乘而載之故謂之河車紫其色也此
藥雖無毒而性亦大熱虛勞者服之恐長其火
壯盛者服之徒增其燥夫天地生人清者爲氣
濁者爲形父精母血凝合而成氣足而生至寶
具矣胞衣者乃臭腐之胚胚血肉之渣滓故一
旦瞥然脫胎下世猶神仙之委蛻也人生已棄
之物寧復藉此而補助哉況聞胞衣爲人所烹
者子多不育故產蓐之家防之如仇惟有無賴

私媪貪人財賄乘間竊之以希厚直耳夫忍於
夭殤人子以自裨益仁者且不爲也而况未必
其有功而徒以靈明高潔之府爲藏汚納穢之
地也
泰山有太乙餘糧視之石也石上有甲甲中有
白白中有黄相傳太乙者禹之師也嘗服此而
棄其餘故名又有石中黄卽餘糧之未凝者水
溶若生雞子焉又會稽有石亦重疊包裹而中
有粉如麵者名禹餘糧皆治欬逆破瘕癥恐是

一物因其黃白二色所產異地而分別之耳其益州所產空青則中但有清水而無重疊也語曰醫家有空青天下無盲人余友陳幼孺瞽疾有人遺之者延醫治之竟不効也

人啖豆三年則身重難行象肉亦然啖榆則眠不欲覺食燕麥令人骨節解斷食燕肉入水爲蛟龍所吞食冬葵爲狗所齧瘡不得差食葉豆服藥無功藕與蜜同食可以休糧大豆多食可以不饑芎藭常服令人暴亡銀杏亦然余五六

歲時食銀杏過多卒然暈眩仆地死半日方甦

亦不知其所由活也

黿脂可以燃鐵駝糞能殺壁蝨瓜兩蔕莫雙仁

者皆能殺人生人髮挂樹上烏鳥不敢食其實

栗子於眉上擦三過則燒之不爆誤吞銅鐵亭

薺解之誤吞稻芒鵝涎解之誤吞木屑鐵斧磨

水解之誤吞水蛭田泥解之中鵰鴿毒薑汁解

之中諸藥毒甘草解之中砒毒菉豆解之中鉛

錫毒陳土甘草湯解之中蛇毒白芷解之中麪

毒蘿蔔解之中瘈狗毒斑猫解之中菌蕈毒地漿解之烟薰死者蘿蔔汁解之諸蟲入耳生油灌之此皆人之所忽不可不知也

閩中一軍將因夜行飲水覺有物黏鼻間自是患腦痛不可忍色黃如蠟醫巫百端莫能愈懸百金募療之者一村氓夜卧荒廟中聞二鬼語曰我輩受其家祭賽多矣其病本易治但醫不識耳一鬼曰柰何曰取壁間蠮螉窠泥和飯汁吹入鼻中俟其嚏可見矣遂喏而散翌日甿往

揭榜如法療之初覺鼻中攪痛暈絶有頃大噎
有馬蝗大小數十皆隨之出已死矣宿疾豁然
余按宋寶祐間龍興富家子患壁虱事政與此
同人不能治而鬼識之蓋天假手以活斯人也

五雜組卷之十一　終

古典精粹

五雜組

下册

［明］謝肇淛 撰

中國書店

五雜組卷之十二

吳航寶樹堂藏板

陳留謝肇淛著

物部四

太公筆銘云毫毛茂茂陷水可脫陷文不活則周初巳有筆矣衛詩稱彤管有煒援神契孔子作孝經簪縹筆又絶筆於獲麟莊子畫者吮筆和墨則謂筆始蒙恬非也崔豹古今注謂恬始作秦筆以枯木爲管鹿毛爲柱羊毛爲被所謂蒼毫非兎毫竹管也果爾則退之毛穎傳謂中

山人蒙恬賜以湯沐者亦悞矣

古人書爲文小篆似不用筆亦可自眞草八分興而筆之權逾重矣鍾繇張芝王右軍皆用鼠鬚歐陽通用貍毛爲心蕭子酒用胎髮爲柱張華用鹿毛嶺南郡牧用人鬚陶景行用羊鬚鄭虔謂麝毛一管可書四十張貍毛八十張又有用豐狐蜻蛉龍筋虎僕及猩猩毛狼毫鴨毛雀雉毛者恐皆好奇之過要其純正得宜剛柔相濟終不及山中之兎下此則羊毫耳然羊毫柔

而無鋒終非上乘
王右軍嘗嘆江東下濕兎毛不及中山然唐宋
推宣城自元以來造筆之工卽屬吳興兆地作
者不敢望也吳興自兎毫外有鼠毫羊毫二種
近乃以兎毫爲柱羊毫輔之剛柔適宜名曰巨
細其價直百錢然行書可用楷非所宜
草書筆須柔然過柔無鋒近墨猪矣皇象謂草
書欲得精毫蒄筆委曲宛轉不叛散者非神手
不能道此筆中事也

巨細筆直柔耳若要楷書正鋒須是純毫大約鋒欲其長管欲其小頭欲其牢柱欲其細吳興作家多不辨此也

南北異宜兎毫入北地一經霜風即脆故長安多用水筆然不過宜於傭胥輩耳今書家賣字爲活者大率羊毫不但柔便耐書亦賤而易置耳古人退筆成塚倘皆百錢之直貧士安所辦此

漢揚子雲把三寸弱翰賫白素三尺問異語弱

翰柔毛筆也故今人相沿動稱柔翰然則筆之
尚柔其來久矣

相傳宣州陳氏世能作筆有右軍與其祖求筆
帖藏於家至唐柳公權求筆老工先與二管語
其子曰柳學士如能書當留此筆若退還可以
常筆與之既進柳果以爲不堪用遂與常筆乃
大稱佳陳退歎曰古今人不相及信遠矣余謂
柳書與王所以異者剛柔之分耳右軍用鼠鬚
筆想當苦勁非神手不能用也歐虞尚用剛筆

蘭臺漸失故步至魯公誠懸雖有筋肉之別其取態一也宜其不能用右軍之筆耳公權又有謝筆帖云蒙寄筆出鋒太短傷於勁硬所要優柔出鋒須長擇毫須細管不在大副切須齊副齊則波擎有憑管小則運動省力毛細則點畫無失鋒長則洪潤自由即此數語公權之用筆可知矣

筆之所貴者毫中用耳然古今談咏多及鏤飾劉婕妤折琉璃筆管晉武賜張茂先麟角爲管

袁彖贈庾廙象牙筆管南朝筆工鐵頭者能瑩管如玉湘州守贈李德裕斑竹管段成式寄溫飛卿葫蘆筆管西京雜記天子筆管以錯寶爲跗雜寶爲匣廁以玉璧翠羽漢末一筆之匣雕以黃金飾以和璧綴以隨珠文以翡翠湘東王筆有三等金玉爲上銀竹次之至於王使君以鼠牙刻筆管作從軍行人馬毛髮屋宇山川無不畢具噫精則極矣於筆何與譬之擇姝者不觀其貌而惟衣飾之是尚也惑亦甚矣

歐陽通能書者也猶以象牙犀角爲筆管況庸人乎右軍謂人有以琉璃象牙爲筆管者麗飾則有之然筆須輕便重則躓矣惟有緑沉漆竹及鏤管可愛余謂筆苟中書卽緑沉漆鏤亦不必可也

蔡君謨云宣州諸葛高造鼠鬚及長心筆絕佳常州許頵所造二品亦不減之則君謨尚用鼠鬚筆也今吳興作者間用鼠很毫臧晉叔以貂鼠令工製之曾寄余數枝圓勁殊甚然稍覺肥

筆用之亦苦不能自由政不知右軍端明所用
法度若何耳
鼠鬚苦勁何以中書陸佃埤雅云栗鼠蒼黑而
小取其毫於尾可以製筆世所謂鼠鬚栗尾者
也其鋒乃健於兔然則實尾而名以鬚耳栗鼠
若今竹鼲之類亦非家鼠也
僞唐宜王從讜喜用宣城諸葛氏筆名爲翹軒
寶帚君謨所謂諸葛高者想其子孫也吳興元
時馮應科筆至與子昂舜舉擅名三絶可謂幸

矣今之工者急於射利而不顧敗名上之取者
虧其價值而不擇好醜故湖筆雖滿天下而眞
足當臨池之用者千百中一二也
硯則端石尚矣不但質潤發墨卽其體裁渾素
大雅亦與文館相宜無論琉璃金玉靡俗可憎
卽龍尾紅絲見之亦當爽然自失政似邢夫人
衣故衣時䏂令尹夫人自痛不如也
皇象論草書宜得精毫㲊筆委曲婉轉不叛散
者紙欲滑密不沾汚者墨欲多膠紺黝者梁竟

陵玄子邑之紙妍妙輝光仲將之墨一點如漆仲英之筆窮神盡意獨於硯無稱焉蓋硯視三者稍可緩耳今人知寶數十百金之硯而不知精擇紙筆以觀美則可耳非求實用者也子邑左伯字仲英當作伯英張芝字考章誕奏魏公書可見

柳公權論硯以青州為第一絳州次之殊不及端今青州所出石即紅絲硯也唐彥猷亦謂紅絲石為天下第一蔡君謨問其故曰墨黑物也施於紫石則曖昧不明在紅黃則色自現一也

斫墨如漆石有脂脉能助墨光二也其言甚辨

然余習於用端有鮮有未鮮耳

唐李咸用端溪硯詩有着指痕猶濕經旬水未

低鴝眼工諳謬手肝士乍封捧受同交印矜持

過秉珪等語劉夢得謝人惠端州石硯詩端州

石硯人間重李賀青花石硯歌云端州匠者巧

如神露天磨劍割紫雲則知唐人原重端硯朱

新仲猗覺寮雜記又載柳公權論硯云端溪石

爲硯至妙益墨青紫色者可直千金則非不知

貴也難得故耳

蔡君謨云東州可謂多奇石自紅絲出後有鵲金黑玉硯最爲佳物新得黃玉硯正如蒸粟續又有紫金硯又得褐石黑角石尤精向者但知有端巖龍尾求之不已遂極品類余之所好有異於人乎近代莆田蔡知蔡一槐酷好硯石足跡半天下凡遇片石佳者必收行囊中常有數十百枚蔡氏可謂世有硯癖矣

端硯雖有活眼死眼之別然石之有眼猶人之

有斑瘢其貴原不在此但端石多有眼以此別
其爲端耳宋高宗謂端硯如一段紫玉瑩潤無
瑕乃佳不必以眼爲貴余謂石誠佳即新者自
可亦不必以舊爲貴也

今之端硯池皆如線無受水處亦無蓄墨滲處
其傍必置筆池若大書必置椀盛墨亦頗不便
間有斗槽者便爲減價此但論工拙耳非擇硯
者也余蓄硯多擇有池者吾取其適用耳豈以
賣硯爲事哉及考宋晁以道藏硯必取玉斗樣

每日硯石無池受墨但可作枕耳乃知千古之
上亦有與余同好者
宋時供御大内無非端石航海之難舟覆於莆
之涵頭禁中之硯盡落民間然其始人尚未知
貴重其後吳人有知之者微行以賤直購之久
而漸覺價遂騰湧高者直百金低亦不下一二
十金而莆人耳目既熟轉市新石妙加鐫琢視
之宋硯毫髮不殊散之四方於是吳人轉爲所
欺矣

銅雀瓦雖奇品然終燥烈易乾乃其發墨倍於端矣洮河緑石貞潤堅緻其價在端上以不易得也江南李氏有澄泥硯堅膩如石其實陶也有方者六角者旁刻花鳥甚精四週有羅箋紋較之銅雀又爲良矣

馬肝龍卵色之正也月暈星涵姿之奇也魚躍雲興石之性也結鄰璧友名之佳也稠桑栗岡地之僻也金月雲峰製之巧也芝生虹飲器之瑞也青鐵浮槎質之詭也頗黎玉函用之靡也

磨穴腹窪業之篤也盧擲陶碎道之窮也

楊雄桑維翰皆用鐵硯東魏孝靜帝用銅硯景龍文舘用銀硯今天下官署皆用錫硯俗陋甚矣

一日呵得一擔水纔直二錢廉者之言也然亦殺風景矣質潤生水自是硯之上乘譬之禾生合穎麥秀兩岐可謂多得一石穀纔直二百錢乎蕭穎士謂石有三灾當併此爲四也

韓退之毛穎傳名硯爲陶泓鄭畋盧攜擲硯相

詬王鐸歎曰不意中書有瓦觧之事則唐人硯
尚多用瓦也
袁彖贈庾翼以蜯硯蔣道支取水上浮查爲硯
則硯之不用石蓋多矣
古人書之用墨不過欲其黑而巳故凡烟煤皆
可爲也後世欲其發光欲其香又欲其堅故造
作百端淫巧遝出價侔金玉所謂趍其末而忘
其本者也
三代之墨其法似不可知然周書有涅墨之刑

晉襄有墨縗之制又古人灼龜先以墨畫龜則
謂古人皆以漆書者亦不然也又云古有黑石
可磨汁而書然黑石僅出延安晉陸雲與兄書
謂三臺上有藏者則亦稀奇之物安得人人而
用之況墨之爲字從黑從土其爲煤土所製無
宜但世遠不可考耳至漢始有隃麋之名至唐
始有松烟之制然三國時皇象論墨已有多膠
黝黑之說則謂魏晉以前皆用漆而不用膠者
亦誤也至於用珠則自李廷珪始用腦麝金箔

則自宋張遇始自此而競爲淫巧矣按太白詩有蘭麝凝珍墨之語則唐墨已用麝

李廷珪唐僖宗時人其墨在宋時如王平甫石昌言秦少游蔡君謨輩皆有藏者　國朝馬愈日抄言在英國府中曾一見之今又百五十年矣大內不可知人間恐不可復得即張遇陳朗潘谷皆罕存者以今之墨不下往昔故也

廷珪自易徙歙遂爲歙人則歙墨源流其來久矣廷珪弟庭寬寬子承宴宴子文用皆世其業

而漸不逮又有柴珣朱君德小墨此皆唐宋二代知名者張遇王迪葉茂實潘谷陳朗陳惟達李仲宣宋墨之良者也元有朱萬初純用松烟

國朝方正羅小華邵格之皆擅名一時近代方于魯始發其妙其五十前所作九玄三極前無古人豈敢後程君房與魯伉敵鑿之元盡氣以歷之二家各爭其價紛拏不定然君房大駔亡命不啻倫輩故士論翕歸之方焉

李廷珪墨毋料用眞珠二兩擣十萬杵故堅如

金石羅小華墨亦用黄金珍珠雜擣之水浸數宿不能壞也羅墨今尚有存者亦將與金同價矣宋徽宗以蘇合油搜烟爲墨雜以百寶至金章宗購之每兩直黄金一斤夫墨苟適用藉金珠何爲淫巧奓靡此爲甚矣今方程二家墨上者亦須白金一斤易墨二斤聞亦有珍珠麝香云余同年方承郁爲歙令自造青麟髓價又倍之近日潘氏有開天容墨又倍之蓋復用黄金矣然以爲觀美則外視未必佳以爲適用則亦

無以甚異也此又余之所不觧也

墨太陳則膠氣盡而字不發光太新則膠氣重而筆多纒滯惟三五十年後最宜合用方正墨今用之巳作煤土色矣不知仲將何以一點如漆或曰古墨用漆故堅而亮今秪用膠故數經黴濕則敗矣余家藏歙墨之極佳者攜至京師冬月皆碎裂如礫而廷珪當時政在易水得名恐用漆之說不誣耳

徐常侍得李超墨一挺長近尺餘兄弟日書五

千字凡用十年乃盡宋元嘉墨每丸作二十萬字乃知昔墨不獨堅而耐磨亦挺質長大羅小華墨雖貴重每挺皆一兩餘規者五兩餘近來方程墨苦於太小大僅如指用之易盡而靑麟髓開天容尤小家居無事每遇乞書狼籍時不一月輙盡且亦不便於磨也

方于魯有墨譜其紋式精巧細入毫髮一時傳翫紙爲涌貴程君房作墨苑以勝之其末繪中山狼傳以詆方之負義蓋方微時曾受造墨於

法於程迨其後也有出藍之譽而君房坐殺人擬大辟疑方所爲故恨之入骨二家各求海內詞林縉紳爲之游揚軒輊不一然論墨品人品恐程終不勝方耳

于魯近來所造墨亦不逮前萬曆戊戌秋余親至于魯家令製長大挺每一挺四兩者然求昔年九玄三極料已不可得又十年于魯死子孫急於取售其所製益復不逮矣大率上人之求取無厭而市者之賞鑒難得自非巨富而護名

何苦而居難售之貨此亦天下之通弊也

唐陶雅爲歙州刺史責李超云爾近所造墨殊不及吾初至郡時何也對曰公初臨郡歲取墨不過十挺今數百挺未已何暇精好爲噫今之守令取墨豈直數百挺而已耶

古人養墨以豹皮囊欲遠其濕又云宜以漆匣密藏之欲滋其潤

今人謂紙始造於蔡倫非也西漢趙飛燕傳篋中有赫蹏書應劭云薄小紙也孟康曰染紙令

赤而書者今黃紙也則當時已有紙矣但倫始
煮穀皮麻頭及敝布魚網擣以成紙故紙始多
耳

澄心堂紙今尚有存者然余見之不多未敢辨
其眞僞也宋箋差可辨耳陳後山云澄心堂乃
南唐烈祖節度金陵之燕居也世以爲元宗書
殿誤矣蔡端明云其物出江南池歙二郡今世
不復作蜀牋不耐久其餘皆非佳品宋時去南
唐不遠此紙散落人間尚多今則絕無而僅有

梅聖俞有詩謝歐公送澄心堂紙云江南李氏
有國日百金不許市一枚當時國破何所有帑
藏空竭生莓苔但存圖書及此紙棄置大屋墻
角堆幅狹不堪作詔令聊備粗使供鑾臺可見
宋時此紙之多宋子京作唐書皆以澄心堂紙
起草歐公作五代史亦然而今五百年間貴如
金玉可爲短氣
今世若無佳紙柬帖腐爛不必言綿料白紙頗
耐然澁而滯筆古人箋多砑光取其不留也華

亭粉箋歲久糢糊愈不可堪蜀薛濤箋亦澁然
着墨即乾但價太高尋常豈能多得耶高麗繭
紙膩粉可喜差易購於薛濤然歲久則蛀自此
而下灰者竹者非胥曹之羔雉即剞劂之芻狗
耳不意剡溪子孫不振乃爾
宋之諸帝留心翰墨故文房所製率皆精品澄
心堂紙之外蜀有玉版有貢餘有經屑有表光
歙有墨光有氷翼有白滑有凝光又越中有竹
紙江南有楮皮紙溫州有蠲紙廣都有竹絲紙

循州有藤紙常州有雲母紙又有香皮紙苔紙桑皮紙芨皮紙蔡君謨言績溪烏田古田由拳惠州紙皆知名今試觀宋人書畫紙無一不佳者可知其製造之工且多也

蔡君謨嘗禁所部不得用竹紙至於獄訟未決而案牘已零落者至於今時有剛連連七毛邊之目尤極腐爛入手即碎而人喜用之者價直輕爾毛邊之用上自奏牘下至柬帖短札徧於天下稍濕即腐稍藏即蠹紙中第一劣品而世

用之不敗者光滑便於書也

印書紙有太史老連之目薄而不蛀然皆竹料也若印好板書須用綿料白紙無灰者閩浙皆有之而楚蜀滇中綿紙瑩薄尤宜於收藏也

作字高麗薛濤不可常得矣綿紙砑光差宜於筆墨余在山東爲魯藩作書內中有香箋數幅甚貴重之然亦是毛邊之極厚者加以香料而打極緊滑書不留手甚覺可喜但未知耐藏否耳初書行草二幅俱不當意最後書赤壁賦計

格截然上下整齊乃大稱善尤可笑也
歐陽率更不擇紙筆無不如意而蔡中郎非紈
素不下筆然既能書亦須自愛重魏晉人墨迹
類是第一等褚先生即宋元猶然今人不擇紙
而書者多矣亦由請乞太濫粗惡競進却之則
重拂其意易之則責人以難故往往以了酬應
耳

饒州有鄱陽白長如一疋絹元李氏藏古紙長
二丈餘今世有白鹿疋紙亦長丈餘蓋出江右

所造甚爲鉅麗但爛溢不中書耳

紙須白而厚堅而滑筆須健而圓長而輕墨須黑而有光硯須寛而發墨置之明窓凈几時書一二段文選小説亦人間至樂也

昔人書字多用箋素書於扇者蓋少故右將軍書六角扇老嫗爲之不懌郎宋元人書畫見便面者不一二也今則以扇乞書者多於紙矣然元以前多用團扇絹素爲之未有摺者元初東南夷使者持聚頭扇人共笑之　國朝始用摺

扇出入懷袖殊便然漢張敞以便面拊馬則又似今之摺扇也

古人多用羽毛之屬爲扇故扇字從羽漢時乗輿用雉尾扇周昭王時聚鵲翅爲扇諸葛武侯吳猛皆執白羽扇庾翼上晉武帝毛扇今世輙以毛扇爲賤品上自宮禁下至士庶惟吳蜀二種扇最盛行蜀扇每歲進御餽遺不下百餘萬

上及中宮所用每柄率值黃金一兩下者數銖而已吳中泥金最宜書畫不脛而走四方差

與蜀箋埒矣大內歲時每發千餘令中書官書詩以賜宮人者皆吳扇也

蜀扇譬之內酒非富人筒中則婦女手中耳吳扇初以重金粧飾其面爲貴近乃并其骨製之極精有椰玉臺者白竹爲骨厚薄輕重稱量無毫髮差爽光滑可鑒每柄值白金半兩斯亦淫巧無用者矣

扇之有墜唐前未聞宋高宗宴大臣見張循王扇有玉孩兒墜子則當時有之矣蓋起於宮中

不時呼喚便於挂衣帶間今則天下通用而京師合香爲之者暑月以辟臭穢尤不可須臾去身也

唐以前皆於揚州貢鏡以五月五日取揚子江心水鑄之凡鏡無它但水清冽則佳矣今之鏡北推易水南數吳興亦以其水也然易鏡不逆湖鏡遠甚

秦鏡背無花紋漢有四釘海馬蒲桃唐製鼻紐頗大及六角菱花宋以後不足貴矣凡鏡逾古

逾隹非獨取其款識斑色之美亦可辟邪魅禳火灾故君子貴之

今山東河南關中掘地得古塚常獲鏡無數它器物不及也云古人新死未歛親識來吊率以鏡護其體云以妨屍氣變動及殯則内之棺中有一塚中鏡數百者歲久爲屍血肉所蝕又爲苔土所沁成紅緑二色如朱砂鵰鴣碧鈿諸寶相斯爲貴矣其傳世者光黒如漆不能成紅緑也然臨淄人僞爲之者最多

洛陽人取古塚中鏡破碎不全者截令方四片
合成加以柱而成鑪焉謂之鏡鑪製則新也而
質實舊物置之案頭猶勝饒鼎
周火齊鏡闇中視物如晝秦方鏡照人心膽漢
史良娣身毒鏡照見妖魅隋王度鏡能却百病
唐葉法善鐵鏡鑒物如水長安任仲宣鏡水府
至寶爲龍所奪秦淮漁人鏡洞見五腑六臟王
宗壽鏡照見樓上青衣小兒宋呂蒙正時朝士
有古鏡能照二百里安陸石巖村鏡何楚言河

朔鏡皆照十數里孫鉉鏡只見一眼李士寧軒轅山鏡洞見遠近嘉祐中吳僧鏡照見前途吉凶孟蜀軍校張敵鏡光照一室不假燈燭慶曆中宦者鏡背鑄兔形影在鑑中盧彥緒鏡背有金花承日如輪近時金陵軍人耕田得鏡半面能照地中物持之發塚掘藏大有所得又大中橋民陳某脩宅垣中得長柄小鏡照之則頭痛持與人照無不痛者庚巳編載吳縣陳氏祖傳古鏡患瘧者照之見背上一物鷩去病即瘥余

戊子歲在彭城見賣鏡者其面如常其背照之則人影俱倒斯亦異矣

脩養家謂梳爲木齒丹云每日清晨梳千下則固髮去風容顔悅澤夫人一日之功全在於晨晏眠早起欲及時也頭梳千下廢時失事甚矣縱能固髮悅顔何益

笄不獨女子之飾古男子皆戴之三禮圖笄士以骨大夫以象蓋即今之簪耳范武子怒文子擊之以杖折其委笄蓋童子未冠時也

漢惠帝時黄門侍中皆傅脂粉順帝時梁冀奏李固胡粉飾貌搔頭弄姿曹子建以粉自傅何晏動静自喜粉白不去手蓋魏晉以前習俗如此夫婦人之美者猶不假粉黛況男子乎

以丹注面曰的古天子諸侯媵妾以次進御有月事者難以口説故注此於面以爲識如射之有的也其後遂以爲兩腮之飾王粲神女賦曰施華的結羽釵傅玄鏡賦點雙的以發姿非爲程姬之疾明矣唐王建宫詞密奏君王知入月

喚人相伴洗裾裾則亦無注的事也潘岳芙蓉
賦丹輝拂紅飛須垂的王敬美早梅詩暈落朱
唇微有的則又借以咏花矣
漢中山王來朝成帝賜食及起而襪係解成帝
以爲不能也於是定陶王得立然文王伐崇至
鳳凰之墟而襪係解武王伐紂行至商山而襪
係解晉文公與楚戰至黃鳳之陵而履係解古
之聖王霸主皆有然者何獨中山王耶
古人以跣爲敬故非大功臣不得劍履上殿褚

師聲于襪而登席而衛侯怒至於見長者必脫屨於戶外曹公令曰議者以祠廟當解履則漢末猶然矣

漢王喬爲葉縣令每朝會雙鳧飛來網之得雙舃盧耽爲州治中元會不及朝化爲白鵠迴翔威儀以帚擲之得雙履南海太守鮑靚嘗夜訪葛洪達旦乃去人訝其往來之頻而不見車騎密伺見雙燕飛來網之得雙履此三事絕相類而人但知雙鳧事也

漢時着屐尚少至東京末年始盛應劭風俗通
載延熹中京師好着木屐婦人始嫁作漆畫屐
五色采為系後黨事起以為不祥至晉而始通
用阮孚至自蠟之謝靈運登山陟嶺未嘗須臾
離也想即以此當履耳晉書五行志云初作屐
者婦人頭圓男子頭方至太康初婦人屐乃頭
方與男無別此亦古婦人不纏足之一證今世
吾閩興化泉漳三郡以屐當靸洗足竟即跣而
着之不論貴賤男女皆然蓋其地婦人多不纏

足也女展加以彩畫時作龍頭終日行屋中閣
閣然想似西子響屧廊時也可發一笑
相手板法出於蕭何或曰四皓後東方朔見而
善之天下事之不經莫此爲甚宋庾道愍相山
陽王休祐板以爲多忤後密易褚彦回者不數
日彦回對帝誤稱下官大被譴訶夫明帝猜忌
忍虐之主故休祐見疑若遇平世明主此笏能
令人忤乎唐李參軍善相笏休咎皆驗又有龍
復本者無目凡象簡竹笏以手捻之必知官祿

年壽宋初聶長史者相丘巒三笏異用而皆如
其言也然則紀傳所載不足徵耶曰精卜筮術
數者藉物以起數如管輅郭璞之流耳非專相
笏也使笏易地易人則數又隨之變耳
董偃卧琉璃帳張易之爲母製七寶帳王譚作
翠羽帳元載寵姬處金絲帳唐武宗珉瑁帳同
昌公主設連珠帳又大秦國金織成五色帳有
明月夜珠帳斯條王國作白珠交結帳侈靡極
矣然琉璃珷玞玉石之屬豈堪作帳當是郭字

之誤耳

孟光舉案齊眉解者紛然亦大可笑事古人席地而坐疾則憑几食及觀書則皆用案几即今之卓子案似食格之類豈可便以几爲案乎漢王賜淮陰玉案之食玉女賜沈義金案玉杯石季龍以玉案行文書古詩何以報之青玉案漢武帝爲雜寶案貴重若此必非巨物榻用脩以爲盌亦非也且漢時皇后五日一朝皇太后親奉案上食高祖過趙趙王敖自持案進食甚恭

則古人之舉案爲常事何獨孟光哉

古人以几杖爲優老之禮康王疾大漸憑玉几孫翊謂任元褒吏憑几對客爲非禮魏文帝賜楊彪延年杖及憑几今之憑几對客者衆矣

漢文帝時魯少年拄金杖武帝有玉箱杖嘉平中袁逢作三公賜玉杖晉佛圖澄金杖銀鉢劉向別傳有麒麟角杖曹操賜楊彪銀角桃杖今人但用竹杖耳漢昌邑王至滎陽買積竹刺杖龔遂諫曰積竹刺杖少年驕蹇杖也今武陵有

方竹爲杖甚佳及蜀卭州杖巨節如雞骨然夫
杖扶老登山取其輕便爲貴金玉徒爲觀美未
未必當於用也
皮日休有天台杖色黯而力遒謂之華頂杖有
龜頭山疊石硯高不二寸其仭數百謂之太湖
硯有桐廬養和一具怪形拳跼坐若變去謂之
烏龍養和養和者隱囊之屬也按李泌以松膠
枝隱背謂之養和後得如龍形者獻帝四方爭
効之今吳中以枯木根作禪椅蓋本於此

陶器柴窰最古今人得其碎片亦與金翠同價矣蓋色既鮮碧而質復瑩薄可以妝飾玩具而成器者杳不可復見矣世傳柴世宗時燒造所司請其色御批云雨過青天雲破處這般顔色做將來然唐時已有秘色陸龜蒙詩九天風露越窰開奪得千峰秘色來惜今人無見之耳余謂洛中人有掘得漢唐時墓者其中多有陶器色但浄白而形質甚粗蓋至宋而後其製始精也

柴窯之外有定汝官哥四種皆宋器也流傳至今者惟哥窯稍易得蓋其質厚頗耐藏耳定汝白如玉難於完璧而宋時宮中所用率銅鈐其口以是損價

今龍泉窯世不復重惟饒州景德鎮所造徧行天下每歲內府頒一式度紀年號於下然惟宣德款製最精距迄百五十年其價幾與宋器埒矣嘉靖次之成化又次之　世宗末年所造金籙大醮壇用者又其次也

宣窰不獨款式端正色澤細潤即其字畫亦皆
精絕余見御用一茶盞乃畫輕羅小扇撲流螢
者其人物毫髮具備儼然一幅李思訓畫也外
一皮函亦作盞樣盛之小銅屈戌小鎖尤精蓋
人間所藏宜窰又不及也
蔡君謨云茶色白故宜於黑盞以建安所造者
爲上此說余殊不解茶色自宜帶綠豈有純白
者即以日茶注之黑盞亦渾然一色耳何由辨
其濃淡今景德鎮所造小壇盞做大醮壇爲之

者白而堅厚最宜注茶建安黒窰間有藏者時
作紅碧色但免俗爾未當於用也
今俗語窰器謂之磁器者蓋河南磁州窰最多
故相沿名之如銀稱朱提墨稱隃麋之類也
景德鎮所造常有窰變云不依造式忽爲變成
或現魚形或浮果影傳聞初開窰時必用童男
女各一人活取其血祭之故精氣所結凝爲怪
耳近來禁不用人祭故無復窰變 一云恐禁中
得知不時宣索人多碎之

茶注君謨欲以黃金爲之此爲進御言耳人間文房中即銀者亦覺俗且誨盜矣嶺南錫至佳而製多不典吳中造者紫檀爲柄圓玉爲紐置几案間足稱大雅宜興時大彬所製瓷餅一時傳尚價遂湧貴吾亦不知其解也

范蜀公與溫公遊嵩山以黑木合盛茶溫公見之驚曰景仁乃有茶具耶夫一木合盛茶何損清介而至驚駭宋人腐爛乃爾

昔人云凡銅物入土千年而青入水千年而綠

在人間者雖未得而朱斑其色已有蠟茶者有漆黑
者然古墓中鐵朱砂青綠者有不必入水也古
入棺內多遭水銀浸有水銀古者然亦視其款
製何如耳未必古者盡佳也
古玉器物亦有紅如血者謂之血古又謂之屍
古蓋塚中爲血肉所蝕也又有黑漆古有渠古
有雖古然古人比德於玉但取其溫潤色澤及
當於用且久乃必以古色爲佳此俗見之不可
解者也

玉惟黄紅二色難得其餘世間皆有之即羊脂玉亦常見也

唐太宗賜房玄齡黄銀帶欲賜如晦時如晦已死帝泣曰世傳黄銀鬼神畏之更取金帶送其家則黄銀非金明矣漢武帝紀收銀錫造白金則白金非銀亦明矣

龍珠在頷鮫珠在皮蛇珠在口鱉珠在足魚珠在目蚌珠在腹又蜘蛛蜈蚣極大者皆有珠故多爲雷震者龍取其珠也凡珠龍爲上蚌次之

今海南所出者皆蚌珠也海中諸物蜃蛤蜆蠣之屬皆有珠但不恒有耳萬曆初吾郡連江人剖蛤得珠不識也烹之珠在釜中跳躍不定火光燭天鄰里驚而救之問知其故啓視已半枯矣徑一寸許此眞夜光明月之質也而厄於俗子悲夫

魏惠王徑寸之珠前後照車各十二乘者十枚隋煬帝殿內房中不然膏火懸大珠一百二十以照之江南寵姬宮中每夜綴大珠十數照耀

如同白日張說賂九公主夜明簾古人不貴異物而珍寶充牣若此今時隋珠趙璧毋論民間即天府亦不可多得也蓋經一番兵火便消耗一番而金元之變中國之物輦入夷狄者又不知其數也漢梁孝王薨庫中黃金至四十萬斤今之禁中有是乎糜竺助先主黃金十萬斤今之富室有是乎

今世之所寶者有猫兒眼祖母綠顛不剌蜜臘金鴉鶻石蠟子等類然皆鑲嵌首飾之用惟琥

珀瑪瑙盛行於時皆滇中産也犀則多矣而遁天罒魚辟水駭雞皆未之見也祖母綠云是金翅鳥所成出回回國有紅刺一顆重一兩以上即值錢千緡然亦不可多得滇中又有緬鈴大如龍眼核得熱氣則自動不休緬甸男子嵌之於勢以佐房中之術惟殺緬夷時活取之者良其市之中國者皆僞也彼中名曰太極丸官屬餽遺公然見之箋牒矣

昔人謂松脂墮地千年爲琥珀又云是楓木之

精液多年所化恐皆未必然中國松楓一木不乏何處得有琥珀而夷中産琥珀者豈皆松嶺楓林之下乎此自是天地所生一種珍寶即他物所變化孰得而見之又如氷晶云千年老氷所化果爾則宜出於北方沍寒之地而南方無氷却有水精可知其說之無稽矣琥珀血珀爲上金珀次之蠟珀最下人以拾芥辯其眞僞非也僞者傅之以藥其拾更捷

唐魏生於虔州砂磧中拾得片玉後以示胡人

鷲異頂禮謂爲寶毋價至千萬云毋月望日設
壇上致祭一夕百寶皆聚則天時西國獻青泥
珠后不知貴以施西明寺金剛額後胡人以十
萬貫求買之曰但投泥中泥悉成水可以覓衆
珍寶李林甫生日沙門極讚功德冀得厚襯及
畢乃以紅帊藉一物如朽釘者施之僧大失望
後有波斯以數十萬市之曰此寶骨也肅宗施
安國寺寶珠云直億萬僧不知貴貨之亦無酬
者月餘有西域胡人見而大喜以四千萬貫市

之云此水珠也行軍時掘地埋之水自涌出咸陽嶽寺有周武帝綴冠珠爲一士人所取至陳留諸胡合五萬緡市之至東海重湯煎爒月餘有龍女二人投入瓶中合而成膏塗足步行水上而去不知所之吳越孫妃以物施龍興寺形如朽木筯寺僧不知寶此有胡人曰此日本龍蕊簪也以萬二千緡買之此數者信天下之奇寶也然不遇識者則與瓦礫不殊夫夜光之璧暗投不免按劍況耳目所未聞見者乎

唐時揚州常有波斯胡店太平廣記往往稱之
想不妄也今時俗相傳回回人善別寶時游閩
廣金陵間有應主簿者持祖母綠一顆富商以
五百金購之不售也有回回求見之持玩少頃
即吞入腹中應欲訟之既無證佐又懼纏累一
慟而已又有富家老妾沈氏所戴簪頭乃猫兒
眼回回窺見遂賃屋與隣時以酒食奉之歲餘
乃求市焉沈感其意只求二十金回回得之甚喜
因石稍枯市羊脂裹之暴烈日中坐守稍怠瞥

有饑鷹掠之而去大爲市人揶揄歸家怨恨而死此二事皆近代金陵人言與異苑所載胡人索市王曠井石事相類皆可笑也

清波雜志載成都市中有聚香鼎以數爐焚香環於外則烟皆聚其中又巴東寺僧得青磁碗投米其中一夕滿盆皆米投以金銀皆然謂之聚寶盆　國朝沈萬三富甲天下人言其家有聚寶盆戲說耳不知此物世間未嘗無也

今天下交易所通行者錢與銀耳用錢便於貧

民然所聚之處人多以賭廢業京師水衡日鑄十餘萬錢所行不過北至盧龍南至德州方二千餘里耳而錢不加多何也山東銀錢雜用其錢皆用宋年號者每二可當新錢之一而新錢廢不用然宋錢無鑄者多從土中掘出之所得幾何終歲用之而錢亦不加少又何也南都雖鑄錢而不甚多其錢差薄於京師者而民間或有私鑄之盜閩廣絕不用錢而用銀低假市肆作姦尤可恨也

滇人以貝代錢毎十貝當一錢貧民誠便然白金一兩當得貝一萬枚攜者不亦難乎且易破碎非如錢之可復鑄也宋元用鈔尤極不便雨浥鼠齧卽成烏有懷中橐底皆致磨滅人惟日日作守鈔奴耳夫銀錢之所以便者水火不毀蟲鼠不侵流轉萬端復歸本質葢百貨交易低昻淆亂必得一至無用者衡於其間而後流通不息此聖人操世之大術也

今人銀槩謂之朱提按漢書地里注朱提出銀

食貨志朱提銀八兩爲一流直一千五百八十它銀一流直一千則朱提地名既不可名銀而朱提之銀又非凡銀比也漢銀八兩直錢一千可見當時銀賤而錢貴今時銀一兩卽值千錢矣朱音殊提音匙

靺鞨本蠻夷國名其地產寶石中國謂之靺鞨其色殷紅大者如栗太平廣記載李章武所得狀如槲葉紺碧而泠今中國賈肆中者皆如厖礫耳

古者婦人皆着襪穿履與男子原無分別也唐李郢詩高歌一曲劉郎醉脫取明金壓繡鞋則當時始有繡者至纏足之制興而男女之履始迥別矣今之婦女亦罕有着襪者楊用脩以屨人掌后之服屨爲周公病蓋未之深思也

側注儒冠也鵕武冠也鵕鸃侍中冠也豸惠文法冠也遠遊博山太子冠也翼善平天通天高山天子冠也却敵衛士冠也貂蟬功臣冠也却非僕射冠也巧士黄門從官冠也進賢羣臣冠

也毋追收夏冠也章甫哻般冠也委貌周冠也
華山宋鈃冠也鹿皮張欣泰冠也桑葉原憲冠
也竹皮高皇帝亭長冠也獺皮陳伯之冠也交
讓公孫述冠也步搖江充及慕容跋冠也進德
唐太宗賜貴臣冠也玉葉太平公主冠也方山
舞人冠也九星靈芝夜光上元夫人冠也晨嬰
西王母冠也芙蓉衛叔卿冠也胥蘇高麗冠也
無頭宋康王冠也鷸冠鄭子臧冠也貊冠屈到
冠也豹冠范獻子冠也北斗道冠也虎皮胡冠

也

今內監帽樣高麗王冠制也　國初高麗未服
太祖密遣人瞰其冠命諸內竪皆冠之及其
使至指示之曰此皆汝主等輩也皆已服役汝
主尚不降耶使者歸言之遂奉正朔

古婦人亦着帽漢薄太后以冒絮提文帝注帽
也趙昭儀上飛燕金花紫綸帽又賀德基於白
馬寺逢一婦人脫白綸巾以贈之諸葛武侯遺
司馬懿巾幗婦人之服則古婦人亦有巾也

古人幘之上加巾冠想亦因髮不齊之故今之網巾是其遺意但幘以布絹爲之又加屋其上故亦可以代冠如董偃綠幘孫堅赤罽幘之類即今俗名腦包者也網巾以馬鬃或線爲之功雖省而巾冠不可無矣北地苦寒亦有以絹布爲網巾者然無屋終不可見人

童子幘無屋者示不成人也近時三五十年前總角者猶繫一網巾邊是其遺制既云童子幘無屋明丈夫幘皆有屋矣又云王莽以頂禿加

屋何耶董偃武帝時人以綠幘見天子必非無
屋者幘本賤者之服綠幘又其賤者近代樂工
着綠頭巾亦此意也

紂衣寶玉自焚漢上官太后服珠襦霍光耿秉
薨皆賜玉衣太始元年頻斯國人來朝以五色
玉爲衣近代豪富之家有衣珍珠半臂者而玉
衣未有聞矣

二代之爲信者符節而已未有璽也周禮九節
璽居一焉璽亦所以爲節鄭康成謂止用之貨

賄蓋亦用以鈐封恐人之僞易也秦得和氏之璧令李斯篆之爲傳國璽故天子始稱璽書諸侯而下稱印而巳然攷印藪所載漢時印大小不同文亦殊絶蓋或制於官或私刻之固自不同而公卿列侯卒於位者皆以印綬賜葬致仕策免者始上印綬則一人一印非若今之爲官物也古者百官之印皆組穿之而佩於腰或令吏人繫之於臂至宋而後印大而重繫之不便楊虞卿爲吏部始置匱以鎖之而綬繫於鑰今

之有印則有綬是也至今日則綬亦不以繫於鈕而虛佩之矣　國家之制天子玉璽侯王大將軍皆金印二品以銀三品之下以銅其非掌印而給者謂之關防印方而關防長以此爲別耳其實出　欽給者亦得謂之印也

唐時文武官三品以上金玉帶四品五品並金帶六品七品並銀帶八品九品並鍮石帶庶人銅鐵帶五品以上皆賜魚袋飾以銀三品以上賜金裝刀子礪石一具其衣紫爲上緋次之綠

爲下綬則紫爲上艾墨次之黄爲下至於天子之服色尚黄則自漢以來然矣
唐時百官隨身魚符左一右一左者進内右者隨身皆盛以袋則似今京官之牙牌耳宋賜金帶者例不佩魚惟兩府賜佩謂之重金今之牙牌自宰輔至小官任京師者俱有之蓋以鬚若印綬然其官職皆鐫牌上拜官則於尚寶司領出出京及遷轉則繳還蓋　祖制也
國朝服色以補爲別皆用鳥獸蓋取古人以爲

紀官之意文官惟法官服豸其餘皆鳥武官皆獸至於帶則以犀居金之上皆有不可曉者

國朝服色之最濫者內臣與武臣也內官衣蟒腰玉者禁中殆萬人而武臣萬戶以上卽腰金計亦不下萬人至於邊帥緹騎冒功邀賞腰玉者又不知其幾也

說文曰帶紳也男子鞶帶婦人絲帶古人之帶多用韋布之屬取其下垂詩云容兮遂兮垂帶悸兮匪伊垂之帶則有餘似今衣之有大帶耳

至魯仲連謂田單曰將軍黄金橫帶騁於臨淄之間則金帶之制興矣

古人仕者有帶有綬又有囊囊綬皆綴於帶者八座尚書荷紫以生紫爲袷囊綴之服外加於左肩傳云周王負成王制此服唐時亦以爲朝服或云漢世用盛奏事負之以行未詳也至宋有金魚袋　國朝俱無之

晉書輿服志云漢世着鞶囊者側在腰間謂之傍囊或謂之綬囊然則以囊盛綬耳

三代聖人治定功成然後制禮作樂以爲翊贊太平之具故其精蘊足以節宣陰陽感動天地非聖人不能作也而後世之治其最失聖人意者無如禮樂二端蓋自漢之初叔孫之所謂禮者巳不過緜蕞拜跪之儀而賈生之所陳文帝之所謙讓未遑者亦不過易正朔改車服定律呂而巳此果三代之所謂禮樂乎噫何易言之也然以此數者爲足以盡禮樂則亦何必聖人而後制作以此數者爲不足以盡禮樂則又未

見聖人於數者之外而別有所經營籌度也抑
其所謂無體之禮無聲之樂者皆在治定功成
之先而持借此以爲潤色之具耶不然則其不
可傳者與其人皆已朽而所傳於後世者皆其
芻狗糟粕而不足憑耶自漢以下一代各有一
代之禮樂非無之也而禮止於度數已耳樂止
於節奏已耳與三代聖人之所言者固判乎其
不相蒙也而樂之失視禮尤甚何者禮之節度
尚可繹思而樂之旨趣茫無着落也

古先聖人一代之樂必敘一代之治想其音律節奏詞語次序皆敘開創守成之事如所謂一成而北出再成而伐商者蓋紀其實也孔子謂韶盡美又盡善武盡美未盡善夫以周公之才之美非不能以唐虞揖遜之音文其放伐哉而終不以彼易此者非是不足以昭成功揚丕烈祖宗弗享也然舜之樂流傳至春秋音響節奏俱在以齊國之覇習急功利喜夸詐迨其末也田氏專政主德日衰縱日奏虞庭之樂能令四

方風動鳳儀獸舞耶故吾以爲樂者飾治之具
而非致治之本也但不知孔子之所讃歎忘肉
季札之所謂如天之無不覆如地之無不載者
將謂其聲音耶抑因聲而想其政治耶抑聲中
之詞義深美如所謂三頌者耶若止於聲音則
列國皆可放效工瞽皆可傳習何孔子不以之
語太師而必至齊始聞之耶抑列國各有樂不
相授受而舜之樂竟爲胡公家傳之譜耶學者
徒據紙上之談而不能深惟其故亦何益之有

也

古樂不復作矣即知樂者世能有幾季札觀樂而知列國興衰師曠吹律而知南風不競即隋唐之間亦有知宮聲往而不返爲東幸不終之兆者彼太常樂官但知較度數考分杪辨累黍量尺寸而已縱使事事合古分毫不差然於樂之理毫無干涉也蓋自宋以來胡瑗范景仁之徒已不勝其聚訟而況至於今日上之人既不以爲急務而學士大夫亦無復有深心而精究

之者郊廟燕享之間笙磬柷圉徒存虛器考擊拊搏僅爲故事而其它之行於世者不過篪築之胡聲與淫哇之詞曲耳以此爲樂吾所不敢知也

識錞于阮咸者知樂器而未知樂音識斷絃卧吹者知樂音而未知樂理李嗣眞知諸王之踪跡王仁裕卜禁中之鬭爭王令言知宮車之不返劉羲叟卜聖躬之眩惑庶幾季札師曠之亞矣而理不可得而聞也至於玄鶴二八延頸哀

鳴二龍翔舟木末震動稱賞之詞恐過其實
今人間所用之樂則觱篥也笙也簫也箏也鐘
鼓也觱篥多南曲而笙簫多北曲也其它琴瑟必
箜篌之屬徒自賞心不諧衆耳矣又有所謂三
弦者常人合簫而鼓之然多淫哇之詞倡優之所
習耳有梅花角聲甚淒清然軍中之樂世不恒
用余在濟南曹尚寶家見一胡雛能捲樹葉作
笳吹之其音節不可曉然亦悲酸淒惻切余謂王
人昔中國吹之能令胡騎北走今胡兒吹之反

今我輩噇淚乎一笑而已

今鼓琴者有閩操浙操二音蓋亦南北曲之別也浙操近雅故士君子尚之亦猶曲之有浙腔耳莆人多善鼓琴而多操閩音至於漳泉遂有鄉音詞曲侏𠌯之甚即吾郡人不能了了也

夫子謂鄭聲淫淫者靡也巧也樂而過度也艷而無實也蓋鄭衛之風俗侈靡纖巧故其聲音亦然無復大雅之致也後人以淫爲淫慾故槩以二國之詩皆爲男女會合之作失之遠矣夫

閭閻里巷之詩未必盡入樂章而國君郊祀朝會之樂自胙土之初即已有之又安得執後代之風謠而傳會爲開國之樂聲乎聖人以其淫哇不可用之於朝廷宗廟故欲放之要其亡國之本原不在此也招之在齊不能救齊之亡則鄭聲施之聖明之世豈能便危亡哉宋廣平之好羯鼓寇萊公之舞柘枝不害其爲剛正也況懸之於庭乎但終傷綺靡如淫詞艷曲未免擯於聖人之世耳

中散之琴李謩之笛鄒衍之管梓慶之鐻皆冥
通鬼神功參造化吾聞其語未見其人也中郎
之識何亭𥳑眞之辨鐘鎛宋沇之知編鐘李琬
之聽羯鼓賞鑒入神匠心獨詣求之於今豈復
有其人乎太常之所師受不過樂章之糟粕里
巷之所傳習率皆拍板之章程守而勿失便爲
知音矣豈復有能新翻一曲别造一調而叶之
律呂令人傳誦者哉故吾謂今之最不古若者
此一途也

京師有瞽者善彈琵琶能作百般聲音嘗宴冠裳匿屏幃後作之初作老嫗喚伎者聲繼作伎者稱疾不出往復數四誶訶勃谿遂至擲器破鉢大小紛紜或詈或哭或勸或助坐客驚駭欲散徐撤屏風則一瞽者抱一琵琶而已它無一物也又有以一人而歌曲擊鼓鈸拍板鐘鐃合五六器者不但手能擊足亦能擊此亦絶世之伎惜乎但爲玩弄之具非知音者也

詩也律也詞曲也古者合而成樂而今分爲三

四矣以詩入音樂必不能悅里耳以曲比管絃必不可薦郊廟且其疾徐高下之節任意爲之未必一一中古人之法度也況於宮商之變黄鍾太簇之節哉唐摩詰陽關詩尚堪疊以成聲劉夢得巴渝諸曲皆絃而吹之者也至宋重歌詞其去音律漸覺差遠蓋泛聲多而音響難調不容毫釐差謬豈知三百篇之詩何曾平仄一一脗合耶至曲興而詞廢去古愈遠矣魏文侯聽古樂而惟恐卧聽鄭衛之音則不知倦當時

尚爾何況今日哉

唐明皇好羯鼓一時臣庶從風而靡以宋廣平之正直亦有頭如青山峰手如白雨點之喻它可知已不知羯鼓有何趣而嗜好之至目爲八音領袖殊可笑也此樂本羯胡之音獨太簇一韻高邑龜茲諸夷皆習用之其聲焦殺特異衆樂而好之不已卒召胡兒之禍悲夫

漢嫁烏孫公主令琵琶馬上作樂以慰其心後石季倫明妃詞云其送明君亦必爾已自臆度

可笑而圖經所謂昭君在路愁怨遂於馬上彈琵琶以寄恨相沿而誤愈甚矣今人不知琵琶爲烏孫事而槩用之昭君又不知琵琶爲送行之樂而槩以爲昭君自彈蓋自唐以來誤用至今而不覺也

五雜組卷之十二終

鼓聲　〈鼕〉　十下　一〇四〇

五雜組卷之十三

吳航寶樹堂藏板

陳留謝肇淛著

事部一

昔人云富不如貧貴不如賤此憤急之言非至當之論也易曰崇高莫大乎富貴夫子曰富與貴是人之所欲也聖人之心豈迥與人殊哉惟不以其道得之故棄之若浼耳後世名高之士平居大言矯枉過正勝於聖人迨其利交勢怵往往不遑寧處而失身濡足爲天下笑葢其中

未能自信而特大言以欺人也

死生亦大矣聖人教人未嘗語及死生之故但曰未知生焉知死幽冥一貫蓋難言之矣莊生汪洋自恣至於齊萬物小天地彭殤一致菌椿其年似也然其言曰人而無情安得謂之人其妻死曰是其始也吾安能無慨然即此兩語則其底裏亦自不與人異矣釋氏雖談空說有然於生死輪迴之際不免拳拳諄復焉纔覺牽罣便成障礙不如生老病死時至則行猶爲達者

之言也

聖人之貴知命謂安於命不趨利避害也今人之欲知命則求趨利避害也是不謂之知命謂之逆天

孔子得之不得曰有命此對子路之言也聖人安土樂天無往不可進退存亡之故知之審矣何必以義命自安始無怨尤哉今之人能以義命自安不求逼不諱窮亦可以爲賢矣噫吾未之見也其言能安命者皆憧憧往來無可柰何

而委之命也

世之人有不求富貴利達者乎有衣食已足不顧羸餘者乎有素位自守不希進取者乎有不貪生畏死擇利避害者乎有不喜諛惡謗黨同伐異者乎有不上人求勝悅不若已者乎有不媚神諂鬼禁忌求福者乎有不卜筮堪輿行無顧慮者乎有天性孝友不私妻孥者乎有見錢不悋見色不迷者乎有一於此足以稱善士矣吾未之見也

婚而論財其究也夫婦之道喪葬而求福其究也父子之恩絕婦之凌轢其夫者恃於富也子之暴露其父者惑於地也

以才名驕人未有不困者也以富貴驕人未有不敗者也以貧賤驕人未有不取禍者也

富貴驕人多出婦人女子之態才名驕人間亦文士墨客之常惟近世一種山人目不識丁而剽竊時譽傲岸於王公貴人之門使酒罵坐貪財好色武斷健訟反噬負恩使人望而畏之若

山魈木客不敢嚮邇足以殺其身而已矣
高而怙權足以殺身胡惟庸石亨是也才士不
遜足以殺身盧柟徐渭是也積而不散足以殺
身沈秀徐百萬是也恃才妄作足以殺身林章
陸成叔是也異端橫議足以殺身李贄達觀是
也其不然者幸而免耳
一日看除目三年損道心除目今之推升朝報
也其中升沉得喪毀譽公私人情世態畔援歆
羨種種畢具若戀戀於此有終身喪其所守者

豈止三年損道心已耶

晉人戲言云我圖一萬戶侯尚不可得卿乃圖作佛耶夫萬戶侯誠難求也即心是佛何遠之有

以圖果報之念而學佛終無成佛之日矣學佛者從慧眼入較易

易有太極聖人已自一言道盡矣不須更說無極也天下事物莫不自無而有此何必言即天地亦自無中來也但理須有寄寓如火傳於薪

薪盡則火滅矣謂火非薪亦可謂薪即火亦可謂薪盡而火存亦可謂薪火相終始亦可不必更着一語也

老氏道德之旨非煉形求仙之術也而世之學仙者託之老氏如今之士子讀經書以應科第而曰此吾儒之教也

今之號爲好學者取科第爲第一義矣立言以傳後者百無一焉至於脩身行巳則絶不爲意矣可謂倒置之甚然三者殊不相妨生前之富

貴偶然耳倖之可也不必惡而逃之死後之文章較之功名差爲久遠不可不留意也至於講明義理孜孜爲善即不必談道講學獨不可使衾影無媿人稱長者乎若輕佻反覆甘於文人無行之爲又何足道

貧賤不如富貴俗語也富貴不如貧賤矯語也貧賤之士奔走衣食妻孥交謫親不及養子不及教何樂之有惟是田園粗足丘壑可怡水侶魚蝦山友麋鹿畊雲釣雪誦月吟花同調之友

兩兩相命食牛之兒戲着郗間或兀坐一室習靜無營或命駕扶藜留連忘反此之爲樂不減眞仙何尋常富貴之足道乎

人有恒言文章窮而後工非窮之能工也窮則門庭冷落無車塵馬足之嬲事務簡約無簿書酬應之繁親友斷絶無徵逐游宴之苦生計羞澁無求田問舍之勞終日閉門兀坐與書爲仇欲其不工不可得已不獨此也貧文勝富賤文勝貴冷曹之文勝於要津失路之文勝於登第

不過以本領省而心計閒耳至於聖人拘囚演
易窮厄作經當變如一樂天安土又不當一例
論也

竹樓數間負山臨水踈松脩竹詰屈委蛇怪石
落落不拘位置藏書萬卷其中長几軟榻一香
一茗同心良友閒日過從坐卧笑談隨意所適
不營衣食不問米鹽不叙寒暄不言朝市丘壑
涯分於斯極矣

淒風苦雨之夜擁寒燈讀書時聞紙窸外芭蕉

浙瀝作聲亦殊有致此處理會得過更無不堪
情景
景物悲歡何常之有惟人處之何如耳詩曰風
雨如晦雞鳴不巳原是極凄凉物事一經點破
便作佳境彼欝欝牢愁出門有碍者卽春花秋
月未甞一伸眉頭也
讀未曾見之書歷未曾到之山水如獲至寶嘗
異味一段奇快難以語人也
四十從政五十懸車耳目未衰筋力尚徤或縱

情山水或沉酣文酒優游卒歲以保天年足矣
今之仕者涉世既深宦術彌巧桑榆已逼貪得
滋甚干進苟祿不死不休生平未嘗享一日之
樂徒爲僕妾圖輕肥子孫作牛馬耳白樂天所
謂官爵爲他人者有味哉其言之也
宋宗室郡王允良者不喜聲色不近貨利惟以
晝爲夜以夜爲晝旦則就寢至暮始興盥櫛衣
冠而出燃燈燭治家事飲食宴樂達旦始罷人
以爲疾余以爲此驕癖也非疾也吾郡中紈袴

子弟常有日午始興雞鳴始寢者然貧賤之家無之也賢子弟無之也勤以治生者無之也驕奢淫佚反天地之性背陰陽之宜不祥莫大焉然而近數十年始有之也

什一致富者不過市井之行居官自潤者未負貪穢之聲故吾見大賈之起家矣未見汚吏之克世也

余嘗見取富室之女者驕奢淫佚頗僻自用動笑夫家之貧務逞華靡窮極奉養以圖勝人一

切孝公姑䁖妯娌敬師友惠臧獲者㮣未有聞
曾不數時奩槖俱罄怨天尤人譖擾萬狀或以
破家或以亡身其夫雖沾餘沫豐衣美食而舉
動受制笑啼不敢至於志慮昏顇意氣沮喪甘
爲人下而不辭者未必不由此也
朱子詩傳謂周禮以仲春令會男女而以桃之
始華爲婚姻之候此誤也周禮媒氏之職以仲
春令會男女司其無夫家者而會之是月也奔
者不禁蓋先王制禮士如歸妻迨氷未泮則昏

姻之期當在冬末春初而貧賤之家有過期不得嫁娶者至仲春而極矣故聖人以是時令媒會合之無使怨女曠夫過是月也其有法令不及之處私相約而奔者亦不禁奔者非必盡淫奔也凡六禮不備者皆謂之奔故曰聘則爲妻奔則爲妾昏期已過即草率成親亦人情也此即詩所謂求我庶士迨其今兮之意也

小慈者大慈之賊也小忠者大奸之托也建白者亂政之媒也講學者亂德之藪也

奔車之上無仲尼覆舟之下無伯夷性之者也

孔子家兒不識罵曾子家兒不識鬭習之者也

丹朱不應乏教甯越不聞被箠語其變也

裴晉公有言吾輩但可令文種無絕然其間有

成功能致身卿相則天也葉若林云後人但令

不斷書種為鄉黨善人足矣若夫成否則天也

此二語政同黃山谷云四民皆有世業士大夫

子弟能知忠信孝友斯可矣但不可令讀書種

子斷絕噫今之人但知教子弟取富貴耳非真

能教之讀書也夫子弟之賢不肖豈在窮達哉有富貴而隕其家聲者有貧賤而振其世業者未可以日論也

夜讀書不可過子時蓋人當是時諸血歸心一不得睡則血耗而生病矣余嘗見人勤讀有徹夜至嘔血者余嘗笑之古人之讀書明義理也中古之讀書資學問也今人之讀書不過以取科第也而以身殉之不亦惑哉莊子所謂臧穀異業其於亡羊均者此之謂也

今人之教子讀書不過取科第耳其於立身行己不問也故子弟往往有登膴仕而貪虐恣睢者彼其心以爲幼之受苦楚政爲今日耳志得意滿不快其欲不止也噫非獨今也韓文公有道之士也訓子之詩有一爲公與相潭潭府中居之句而俗詩之勸世者又有書中自有黃金屋等語語愈俚而見愈陋矣余友王粹夫自祖父以來三世教子惟以不妄語爲訓可謂有超世之識也已

人能捐百萬錢嫁女而不肯捐十萬錢教子寧
盡一生之力求利不肯輟半生之功讀書寧竭
貨財以媚權貴不肯捨些些微以濟貧乏此天下
之通惑也
素位而行聖人之道也以進爲退老氏之術也
然聖人亦是退一步法易經一書每到盛滿便
思悔吝故曰日中則昃月中則食天地盈虛與
時消息但聖人灼見事理定當如此至老氏曰
將欲取之必故予之將欲翕之必固張之及知

白守黑知雄守雌等語則是有心求進而姑爲
是以伺人未免有鷙鳥將擊必匿其形之意矣
故太史公謂申韓原於道德亦千古卓識也
名利不如閒世人常語也然所謂閒者不狥利
不求名澹然無營俯仰自足之謂也而閒之中
可以進德可以立言可以了死生之故可以通
萬物之理所謂終日乾乾欲及時也今人以宫
室之美妻妾之奉口厭粱肉身薄紈綺通宵歌
舞之場半晝牀笫之上以爲閒也而修身行己

好學齊家之事一切付之醉夢中此是天地間一蠹物何名利不如之有

訛言之興自古有之但平治之世則較少爾周末之詩曰民之訛言曾莫之懲然不知當時所訛者何事至漢晉時始有爲東王公行籌之說又唐時有訛言官遣棖棖殺人取心肝以祭天狗者又有訛言毛人食人心者有謂獏母鬼夜入人家者宋元時有訛言取童男童女製藥者國朝間亦有之然竟不知其所由起也至於黒

眚馬騮精之類似訛而實有怪妖言童謡無意矢言事後多驗如檿弧箕服之屬又非訛矣今朝野中忽有一番議論一人倡之千萬人和之舉國之人奔走若狂翻覆天地變亂白黑此之爲訛言蓋不但烏頭白馬生角已也

宋林存爲賈似道所擯道死於漳漳有富民蓄油粘木甚佳林氏子弟求之價高不可得因撫其木曰收取收取待賈丞相用無何似道謫至漳死於鄭虎臣手郡守其門人也與之經營竟覓

得此木以殲孰謂天道無知哉
道非明民將以愚之故倉頡作書而鬼夜哭聖
人曰民可使由之不可使知之夫使民得操知
之權則安用聖人爲矣
今人動稱陽春白雪爲寡和蓋自唐人詩已誤
用之矣宋玉本文陽春白雪國中屬而和之者
數十人引商刻羽雜以流徵屬而和者不過數
人而已則寡和者流徵之曲非陽春之曲也且
云客有歌於郢中者亦非郢人自歌也

宋人有迂濶可笑者徐仲車父名石終身不踐
石行遇橋則使人負之而過陳烈弔蔡君謨之
喪及其門首率諸弟子匍匐而進或問之曰凡
民有喪匍匐救之故耳夫徐幸生江北使在江
南則終身無出門之日陳幸生江南使在江北
則當墜汚泥溝澮中矣腐儒不逼乃至於此
唐道人侯道華性好子史手不釋卷或問安用
此爲答曰天上無愚懵仙人明金陵唐詩慕道
煉丹有道流勸之出家入山者唐曰家有老母

世間無不孝神仙此二語可謂的對亦可謂求道之格言也今人無慧業無至性而強欲出世難矣

晉汲桑當盛暑重裘累茵使人扇之恚不清涼而斬扇者宋党進當大雪擁紅爐酌酒醉飽汗出捫腹徐行曰天氣不正天下之事何嘗無對哉

夢之無關於吉凶也審矣今兒童俗語皆謂誕妄之言曰說夢言其的非眞也乃周禮特爲設

占夢之官以日月星辰占六夢之吉凶然爲王者而設猶之可也季冬聘王夢羣臣庶人獻吉夢於王王拜而受之乃舍萌於四方以贈惡夢不亦太兒戲乎天下之廣億兆之衆使盡獻其吉夢太人不勝占而王亦不勝拜也臣民吉夢於王何與而王拜之此眞癡人前說夢耳此書蓋見詩人有熊羆虺蛇之語而傅會見牧人之有夢遂以爲獻夢於王也不知詩之所咏皆祝贊稱頌之詞豈眞熊羆虺蛇一時而同入夢哉

此又夢中說夢矣

今人見紀載中所紀之夢多驗如良弼九齡射日生蘭之類遂以爲古人重夢也夫人無日不夢驗者止此則不驗者不可勝數矣況多出於附會而不足憑耶孔子大聖也少時欲行道則夢見周公及老而衰遂不復夢則夫子少時之夢亦不驗矣蓋人有六夢惟正夢可占吉凶其乇噩夢思夢寤夢喜夢懼夢皆意有所感而魂不寧想像成境非真夢也余最不信夢乃一生

吉凶禍福並無一夢故知其不足憑也
程正叔渡江中流風浪忽起怡然不動有負薪
人問之曰公是舍後如此達後如此程異而欲
與之言則已去矣夫舍者輕性命死生若飲非
告子是也達者齊脩短得喪若漆園子桑戶是
也舍直是勇往不顧達則有見解矣舍者未必
達達者自可舍渡江中流而風浪作縱欲不舍
逃將安之謝太傅與桓宣武會稽王會於溧江
狂風忽起波浪鼓湧諸人有懼色惟謝怡然自

若頃閶風止桓問之謝徐笑曰何有三才同盡理此達者之言也天道不可知卽使一日同盡亦豈懼所能免乎惟聖人之言曰生寄也死歸也余何憂於龍哉此知命委化之言而達與含俱盡之矣

孔子曰人有三死而非命也人自取之爾夫寢處不時飲食不節使勞過度者疾共殺之居下位而上忤其君嗜欲無厭而求不止者刑共殺之少以犯衆弱以侮強忿怒不量力者兵共殺

之此三者者非造物之舛也今之人貪色健鬪冒險求利而不終其天年往往委於命豈知命者哉

好利之人多於好色好色之人多於好酒好酒之人多於好奕好奕之人多於好書

好書之人有三病其一浮慕時名徒爲架上觀美牙籤錦軸裝潢衒燿驪牝之外一切不知謂之無書可也其一廣收遠括畢盡心力但圖多蓄不事討論徒涴灰塵半束高閣謂之書肆可

也其一博學多識矻矻窮年而慧眼短淺難以
自運記誦如流寸觚莫展視之肉食面墻誠有
間矣其於沒世無聞均也夫知而能好好而能
運古人猶難之況今日乎
其有不事蒐獵造語精進者此是天才抑由夙
慧然南山之木不揉自直磨而礱之其入不益
深乎高才之士多坐廢學良可惜也
宋人多善藏書如鄭夾漈晁公武李易安尤延
之王伯厚馬端臨等皆手自校讎分類精當又

有田偉者爲江陵尉作博古堂藏書至七萬五千餘卷黄魯直謂吾嘗校中秘書及遍遊江南名士圖書之富未有及田氏者而名不甚章惜夫

俗語謂京師有三不稱謂光祿寺茶湯武庫司刀鎗太醫院藥方余謂尚不止於三者如欽天監之推卜中書科之字法國子監之人材太倉之蓄積皆大舛訛可笑而内秘書之藏不及萬卷寥寥散逸卷帙淆亂徒以飽鼠蟫之腹入胠

篋之手此亦古今所無之事也

余嘗獲觀中秘之藏其不及外人藏書家遠甚但有宋集五十餘種皆宋刻本精工完美而日月不及日就浥腐恐百年之外盡成烏有矣胡元瑞謂欲以三年之力盡括四海之藏而後大出秘書分命儒臣編摩論次噫談何容易不惟右文之主不可得即知重文史者在朝之臣能有幾人而欲成萬世不刊之典乎內閣書目門類次第僅付之一二省郎之手其淚淆魚豕不

下矇瞽而不問也何望其它哉

夷堅齊諧小說之祖也雖莊生之寓言不盡誣也虞初九百僅存其名桓譚新論世無全書至於鴻烈論衡其言具在則兩漢之筆大略可睹已晉之世說唐之酉陽卓然爲諸家之冠其敘事文采足見一代典刑非徒備遺忘而已也自宋以後日新月盛至於近代不勝充棟矣其間文章之高下既與世變而筆力之醇醨又以人分然多識畜德之助君子不廢焉宋錢思公坐

則讀經史臥則讀小説上廁則閱小詞古人之篤嗜若此故讀書者不博覽稗官諸家如啖粱肉而棄海錯坐堂皇而廢臺沼也俗亦甚矣

求書之法莫詳於鄭夾漈莫精於胡元瑞後有作者無以加已近代異書輩出剞劂無遺或故家之壁藏或好事之帳中或東觀之秘或昭陵之殉或傳記之裒集或鈔錄之殘賸其間不準之誣阮逸之贗豈能保其必無而毛聚爲裘環斷成玦亦足寶矣但子集之遺業已不乏而經

史之翼終泯無傳一也漢唐世遠旣云無稽而
宋元名家尚未表章二也好事之珍藏靳而不
宣卒歸蕩子之魚肉天府之秘册嚴而難出卒
飽鼠蠹之饔飧三也具識鑒者厄於財力一失
而不復得當機遇者失於因循坐視而不留心
四也同心而不同調同調者多享敝帚而眇夜光同
調而不同心者或厭家雞而重野鶩五也故善
藏書者代不數人人不數世至於子孫善鬻者
亦不可得何論讀哉

今天下藏書之家寥寥可數矣王孫則開封睦㮶南昌鬱儀兩家而已開封有萬卷堂書目庚戌夏余托友人謝于楚至其所鈔一二種皆不可得豈秘之耶于楚言其書多在後殿人不得見亦無守藏之吏塵垢汙漫漸且零落矣南昌盡讀書者非徒藏也而卷帙不甚備士庶之家無逾徐茂吳胡元瑞及吾閩謝伯元者徐胡相次不祿篋中之藏半作銀盃羽化矣伯元嗜書至忘寢食而苦貧不能致至餬口之資盡捐以

市墳素家中四壁堆積充棟然常奔走四方不
得肆志繙閱亦闕陷事也
建安楊文敏家藏書甚富裝潢精好經今二百
年若手未觸者余時購其一二有鄭樵通志及
二十一史皆　國初時物也余時居艱亟令人
操舟市得之價亦甚廉逾三月而建寧遭陽侯
之變巨室所藏盡蕩爲魚鱉矣此似有神物呵
護之者今二書即百金索之海內不易得也
胡元瑞書蓋得之金華虞參政家者虞藏書數

萬卷貯之一樓在池中央小木爲彴夜則去之榜其門曰樓不延客書不借人其後子孫不能守元瑞啖以重價紿令盡室載至凡數巨艦及至則曰吾貧不能償也復令載歸虞氏子既失所望又急於得金反托親識居間減價售之計所得不十之一也元瑞遂以書雄海內王元美先生爲作酉室山房記然書目竟未出而元瑞下世矣恐其後又蹈虞氏之轍也

書所以貴宋板者不惟點畫無訛亦且箋刻精

好若法帖然凡宋刻有肥瘦二種肥者學顏瘦
者學歐行款疎密任意不一而字勢皆生動箋
古色而極薄不蛀元刻字稍帶行而箋時用竹
視宋紙稍黒矣　國初用漙綿紙若楚滇所造
者其氣色超元匹宋成弘以來漸就苟簡至今
日而醜惡極矣
宋時刻本以杭州爲上蜀本次之福建最下今
杭刻不足稱矣金陵新安吳興三地剞劂之精
者不下宋板楚蜀之刻皆尋常耳閩建陽有書

坊出書最多而板紙俱最濫惡蓋徒爲射利計
非以傳世也大凡書刻急於射利者必不能精
蓋不能捐重價故耳近來吳興金陵騷騷蹈此
病矣
近時書刻如馮氏詩紀焦氏類林及新安所刻
莊騷等本皆極精工不下宋人然亦多費校讎
故舛訛絶少吳興凌氏諸刻急於成書射利又
慳於倩人編摩其間亥豕相望何怪其然至於
水滸西廂琵琶及墨譜墨苑等書反覃精聚神

窮極要眇以天巧人工徒爲傳奇耳目之玩亦可惜也

近來閩中稍有學矣刻者然止於吾郡而已能書者不過三五人能梓者亦不過十數人而板苦薄脆久而裂縮字漸失眞此閩書受病之源也

內府秘閣所藏書甚寥寥然宋人諸集十九皆宋板也書皆倒摺四周外向故雖遭蟲鼠嚙而中未損但文淵閣制既庳狹而牖復暗黑抽閱

者必秉炬以登內閣老臣無暇留心及此徒付
莞鑰於中翰涓人之手漸以汩沒良可嘆也吾
鄉葉進卿先生當國時余爲曹郎獲借鈔得一
二種但苦無傭書之資又在長安之日淺不能
盡窺東觀之藏殊爲悵悵耳

王元美先生藏書最富二典之外尚有三萬餘
其它卽墓銘朝報積之如山其考覈該博固有
自來汪伯玉卽不爾豈二公之學有博約之分
耶然約須從博中來未有聞見寡陋而藉口獨

栩者新安之識固當少遜瑯琊耳近時則焦弱侯李本寧二太史皆留心墳索畢世討論非徒爲書麓者余與二君皆一交臂而失之未得窺其室家之好也

昭武謝伯元一意蒐蘿智力畢盡吾郡徐興公獨耽奇僻驪牝皆忘合二家架上之藏富侔敵國矣吾友又有林志尹者家貧爲掾不讀書而最耽書其於四部篇目皆能成誦每與俱入書肆中披沙見金觸目即得人棄我取悉中肯綮

與公數年之藏十七出其目中也

常有人家緗帙簇簇自詫巨富者余托志尹物色之輙曰無有衆咸訝之及再覈視其尋常經史之外不過坊間俗板濫惡文集耳寵羹鷄炙一紙不可得也謂之無有不亦宜乎夫是之謂知書

春秋以後宇宙無經矣班固以後宇宙無史矣經之失也詞繁而理舛史之失也體駁而事雜故詞以載理理立於詞之先則經學明矣體以

著事事明於體之中則史筆振矣疏注不足以
翼經而反累經者也實錄不足以爲史而反累
史者也
淮陰侯之用兵司馬子長之文章王右將軍之
作字皆師心獨剏縱橫變化無不如意亦其天
分高絶非學力可到也淮陰驅市人而使之戰
囊沙背水拔幟木罌皆人意想所不到之境而
卒以成功司馬子長大如帝紀六書小至貨殖
刺客龜策日者無不各極其致意之所欲筆必

從之至伯夷屈原諸傳皆無中爲有空外爲色直游戲三昧耳今之作史旣無包羅千古之見又無飛揚生動之筆只據朝政家乘少加潤色敘事惟恐有遺立論惟恐矛盾步步回顧字字無餘以之諛墓且不堪況稱史哉

班固之不及子長直是天分殊絶其文采學問固不讓也然史之體裁至扶風而始備譬之兵家龍門則李廣扶風則程不識耳

史記不可復作矣其故何也史記者子長倣春

秋而爲之迺私家之書藏之名山而非懸之國
門者也故取舍任情筆削如意宅人不能贊一
詞焉即其議論有謬於聖人而詞足以自達意
有所獨主知我罪我皆所不計也至班固劾輩
泚筆已爲人告發召詣秘書令作本紀列傳以
漢臣紀漢事所謂御史在前執法在後者即有
域外之議欲破拘攣之見已兢兢不保首領是
懼矣司馬温公作通鑑詳愼久而未成人即有
飛語謗公謂利得餐錢故爾遲遲公遂急於卒

業致五代事多潦草繁冗傍觀小人之掣人肘如此縱有子長之才安所施之太史公與張湯公孫弘等皆同時人而直書美惡不少貶諱傳司馬季主而抑賈誼宋忠至無所容封禪書備言武皇迷惑之狀如此等書今人非惟不能作亦不敢作也

董狐之筆白刃臨之而不變孫盛陽秋權臣怒之而不改吳兢之書宰相祈之而不得陳桱之紀事雷電震其几而不動容如是者可以言史

矣
余嘗爲人作志傳矣一事不備必請益焉一字未褒必祈改焉不得則私改之耳嘗預脩郡志矣達官之祖父不入名賢不已也達官之子孫不盡傳其祖父不已也至於廣納苞苴田連阡陌生負穢名死汚齒頰者猶娓娓相嬲不置或遠布置以延譽或强姻戚以祈求或挾以必從之勢或示以必得之術哀丐不已請托行之爭辯不得怒詈繼焉强者明掣其肘弱者暗敗其

事及夫成書之日本來面目十不得其一二矣
嗟夫郡乘若此何有於國史哉此雖子長復生
亦不能善其策也

王荆公作字說一時從風而靡獻諛之輩競爲
注觧至比之六經今不復見矣但以介甫之聰
明自用其破碎穿鑿之病固所不免而因之盡
廢其書亦非也凡古人之制字自必有說豈苟
然而成者若以荆公爲非則許氏說文固已先
之矣若不穿鑿附會引援故實必得古人之意

而止其不可解者闕之卽不敢比六經未可謂
非經之翼也
字有六義指事象形會意者正書也可解者也
諧聲轉注假借者書之變也不必解者也如江
之從工海之從每知其聲之相近而已必解其
何以從工何以從每則鑿也天下之事有本淺
者不宜深求之本易者不宜難求之本俗者不
宜文飾之蓋不獨一字說爲然也荆公若知此
意必不壞宋國家矣

鄭夾漈六書略凡二萬四千二百三十五字而諧聲者二萬一千三百四十一則諧聲居十分之九矣而欲一一說之可乎

切字有三十六字母相傳司馬溫公作也其中有一音而兩母者如羣溪徹牀等字葢因平聲有清濁故不得不爲兩母余常謂加一母不如加一聲凡字以五聲切之如通同統痛突之類則凡同母者可以盡廢又切平聲者當分清濁

一音如風字宜作方空切今俱作方馮切則逢

字也馮字宜作符同切今云符風則豐字也此類甚多蓋俗人但知拘沈約韻漫取韻中一字切之不知施之上去入則可平聲自有二種不可混而爲一也

切字之法余七八歲時一聞卽悟及長以語人有學數年而竟不知者故謂此書在悟者卽爲筌蹄而不悟者何殊嚼蠟廢之可也

道書以一卷爲一𢎘𢎘音軸今人卽謂之卷非也佛書以一章爲一則又謂一縛縛古絹字亦

卷字通用耳

今天下讀書不識字者固多而目前尋常之字誤讀者尤多其於四聲之中上去二聲極易混淆所以然者童蒙之時授書塾師皆村學究訛以傳訛及長則一成而不可變士君子作數篇制義取科第其於經籍十九束之高閣矣誰復有下帷究心者即有一二知其非而一傳衆咻世亦不見信從也故欲究四聲之正者當於子弟授書之時逐字爲之改正然與世俗不諧駭

人耳目人反以爲侏儒矣如上下動靜等字皆當從上聲人有不笑之者乎

韓昌黎詩云阿買不識字頗知書八分詩成使之寫亦足張吾軍夫世豈有不識字而能書者抑昌黎之所謂識字非世人之泛然記憶已也漢儒之訓詁極其宏博而獨稱子雲識字至使四方學者載酒以問此其學豈淺鮮者唐王起於世間字所不識者惟八駿圖中數字則識字良亦不易而昌黎之詩動用僻字古韻至今千

世之下讀之尚不盡識何況阿買也
吳孫休爲四子作名字皆取難犯䨻(灣)字曰莔(迄)𩃙(觥)字曰𠮵(礥)𡐛(莽)字曰㒷(舉)𡐛(褒)字曰𤋊(擁)此與八駿圖中𢿧(泰)𢿧(丙)二字相類亦好奇之過矣唐武后命宗楚客製十二字曌(照)𠀑(天)埊(地)☉(日)囝(月)〇(星)𠁾(君)𢘑(臣)𠡦(除)𠥭(載)𠡦(年)𠙺(正)而見它書者又有𤯔(人)𤯔(證)二字南漢劉巖制龑(儼)字爲名効顰轉甚余觀餘冬序錄載宋人有𥈲(矮)𡘙(齋)閪(穩)𡘙(同上)仦(嫋)奀(勒)歪(終)

不行贖奴大否勤門據於游水大況門勝扣彰此情

學字蓋便於俗之訛杜撰以成字耳豈六書之正

哉今人俗字有夯切和朗歪切和甭男少鍪縶犇手乇扎

爪封聲犇平傘荊拄占等字然多見之俗牒耳余

觀海篇直音中所載視說文不啻百倍蓋人以

意增減之無非字者恐將來字學從此益淆亂

矣

樂善錄載趙韓王病遣道士上章神以巨擘示

之濮烟冒其上但未有火字趙聞之曰此必秦

王庭美也余按美字從羊從大非火也豈神明
亦不識字耶其爲後人附會無疑
楊用脩最稱博識亦善杜撰而劉夫人碑中俊
迭二字及酒官牌中夂字皆不識余謂古今傳
記中難字固亦有限而釋道二藏中恐卽偏觀
未能盡識至於近代海篇直音偏傍上下類以
意增觸而長之無復窮極非六書之正何以能
識卽識之亦無用也
說文太略而海篇太繁沈約韻書踈漏益多惟

當以十三經二十一史合釋道二藏彙而訂之
奇而難識者即注見其書一切杜撰者悉去之
其於同文之治未必無裨也

余在山東行部沂州有毛陽逖檢司憒然不識
問胥曹曰音山歸檢字書皆無之因考史中郡
國志有奇字者附於此有㢘虎音盧夷 茌平今省為茌
郎音忌 玶音貢 𢘻題𢘻古茲字 鄎若么反 朸音力 𨛷音執 邦音夫 郙
鄏音屠孖罵馬 㯷劐音蒲圖 祢氏音精權 訮邯訮音男 而國淵
鄄絹盩周厔至人亦多不識也

東軒筆録載王沂公命王耿按陳絳事至中書立命進孰進孰不知何物以意度之似是具呈之義

博古而不通今一病也鉤索奇僻而遺棄經史二病也孟子之文每一議論必引書或詩以證之今人爲文旁採謳諺而不知引經是爲無本之學矣

博學而不能運筆天限之也陸澄劉杳是也高才而苦無學術人棄之也戴良李賀是也然以

才勝者患其跅弛可以陶鑄若徒書厨經庫吾末如之何也已

焦弱侯謂今之讀書者不識句讀皆由少年不經師匠因仍至此其論甚快因舉數事如至大至剛以直點爾何如講事以度軏等語文義皆勝舊但李彥平讀禮記一段余未敢從蓋男女不雜坐自爲句至不同巾櫛爲句不親授自爲句今似不同屬上句雖無害而巾櫛不親授則不通矣男女授受不親何獨巾櫛哉至四書九

經中句讀當改易者尚多如卒爲善句士則之履帝武敏句歆攸介攸止若此之類尚多未易枚舉也

少時讀書能記憶而苦於無用中年讀書知有用而患於遺忘故惟有著書一事不惟經自己手筆可以不忘亦且因之搜閱簡編遍及幽僻向所忽略今盡留心敗笥蠹簡皆爲我用始知藏書之有益而悔向來用功之蹉跎也

余自八九歲即好觀史書至於亂離戰爭之事

尤喜談之目經數過無不成誦然塾師所授不過編年節要綱鑑要略而已後乃得史記漢書及朱子綱目讀之凡三四過然止於是而已最後得二十一史則已晚矣然華官曹郎冷局得時時卒業也

漢光武好圖讖至用三公亦以讖書決之尹敏遂因其缺而增之曰君無口爲漢輔帝雖責之而竟不罪也讖書今世所禁不知作何狀亦不知何人所作但堪輿家常引讖語附會吉地以

爲讖地亦竟不知其所從出强半杜撰之詞耳今世所傳有推背圖相傳李淳風所作以占帝王世次其間先後錯亂云是宋太祖欲禁之不可乃命取而亂其序并行之人見其不驗遂棄去然多驗於事後雖知之何益聖人所謂百世可知者豈是之謂哉

東漢至三國罕複名者莽禁之也秦以前複名葢寡然僑如無忌去疾之類往往見於經史而二名不偏諱之義三代已有之則亦何嘗以複

名爲非也王莽矯誣遂著爲禁令至諷匈奴亦上書更名可笑甚矣迺其法亦行之二百餘年何耶今時則複者十七亦以歲久人繁易於重犯故耳且使子孫不偏諱未爲不可也

周公謹癸辛雜識載先聖初名丘已乃去其下二筆此事並無所出按先聖因毋禱於尼丘而生故名丘字仲尼豈有名兵之事妄誕甚矣

古之命名者不以郡國不以山川不以鳥獸惡疾然亦有不盡然者即周公子已名禽宣尼子

巳名鯉矣此蓋爲人君言之也人君之名當使人難知而易避不然者則當申臨文不諱之令夫減損點畫猶之可也至并其音而更之使千古傳襲恬不知改若莊光之爲嚴光玄武之爲眞武也可乎

宋時避君上之諱最嚴宋板諸集中凡嫌名皆闕不書如英宗名曙而署樹皆云嫌名不知樹音原不同曙也欽宗名桓而完亦云嫌名不知完音原不同桓也仁宗名禎而貞觀改作正觀

魏徵改作魏證不知徵禎不同音也又可怪者
眞宗名恒而朱子於書中有恒獨不諱不知其
解或以親盡而祧耶至於僞義二名其不諱宜
矣
陶穀原姓唐因避石晉諱而改眞德秀原姓愼
因避孝宗諱而改夫以君父一時之諱而更祖
宗百代之氏不孝孰甚矣陶不足責也而西山
大儒乃爲此耶
宋人高自誇詡毁譽失實如韓范二公將略原

非所長元昊跳梁二公心力俱憊尚不能支而
乃有西賊破膽之謠王安石剛愎自用亂天下
國家其罪不在蔡京童貫之下而引入名臣之
列張浚志大才踈喪師辱國劉琨殷浩之儔也
而盛稱其恢復之功比之諸葛武侯及其季叔
如楊龜山魏了翁者空言談道豈真有撥亂匡
時之略而猶惜其不見任用寧非噉名之過哉
吾謂宋之人物若王沂公李文正司馬温公之
相業寇萊公趙忠定之應變韓魏公之德量李

綱宗澤之撥亂狄青曹瑋岳飛韓世忠之將略
程明道朱晦翁之眞儒歐陽永叔蘇子瞻之文
章洪忠宣文信國之忠義皆灼無可議而且有
用於時者其它瑕瑜不掩蓋難言之矣
易之夬卦以衆君子而去一小人在決之而已
故謂之夬宋當元豐元祐之時君子多而小人
寡迺議論不斷自相矛盾使小人得乘間而進
及其敗也反謂熙寧之禍吾黨激成之譬之賊
勢猖獗主將首鼠致敗而反咎力戰者以爲挑

釁生事不亦愚之甚哉

性有善惡之言未甚失也而孟子力排之反經合道之言未甚失也而宋儒深非之皆矯而過正矣古之行權者如湯武之放伐伊霍之遷易周公之誅管蔡孔子之見南子何嘗不與經相反經者權之對也不反則不爲權矣然必反而合道不失其經易所謂萬物睽而其事類者也此語何足深非又何必抵死與辯耶

宋儒若明道晦菴皆用世之眞才也雖有迂濶

不失其高下乎此者不敢知也如朱子論周益
公云如今却是大承氣證却下四君子湯雖不
爲害恐無益於病即此數語朱之設施可知矣
伊川見人主折柳條便欲禁制之說書時顏色
莊嚴儼以師道自處此即子弟如是教之亦苦
而不入況萬乘之主哉陸秀夫於航海之日負
十歲幼主而日書大學衍義以講不知何爲近
於迂而愚矣聖人之談道皆欲行於世也大學
說明德便說新民中庸說中和便說位育孔子

一行相事便墮三都誅少正卯更無復逡巡道學之氣顏淵問爲邦孔子便以四代禮樂告之何嘗又以克己復禮使之教百姓耶宋儒有體而無用議論繁而實效少縱使諸君子布滿朝端亦不過議復井田封建而已其於西夏兆遼未必便有制馭之策也

唐虞三代君臣之相告語莫非危微精一之訓彼其人皆神聖也故授之而卽入受之而不疑下乎此者便當納約自牖就其聰明之所及而

啓迪之如教子弟然天子於顔曾不絶克復一貫之訓而於伯魚不過學詩學禮而已因其材也故主有所長則就其長而擴之主有所短則就其短而翼之時當治平則當陳潤色之略時值喪亂則當先救正之方使之明白而易曉簡易而可行求有益於世而已宋人硜硜守其所學必欲強人主以從已若哲徽寧理皆昏庸下愚之資而嘵嘵以正心誠意強聒之彼且不知心意爲何物誠正爲何事若數歲童蒙即以左

國班馬讀之安得不厭棄之也
事功之離學術自秦始也急功利而焚詩書學
術之離事功自宋始也務虛言而廢實用故秦
雖覇而速亡功利之害也宋雖治而不振虛言
之害也
甚矣宋儒之泥也貶經太過者至目春秋爲爛
朝報信經太過者至以周禮爲周公天理爛熟
之書不知春秋非孔子不能作而周禮實非周
公之書也至歐陽永叔以繫詞非孔子之言抑

又甚矣
古人五十服官六十懸車其間用世者才十年
耳夫以十年之久而欲任天下事敭歷諸艱無
乃太驟乎噫古之人論定而後官之非官而後
擇也隨才設官終於其職無序遷例轉也夫人
各舉其職官各得其人十年之間治定而功成
矣今之仕者議論繁多毁譽互起循資升降旣
不勝其患得患失之心任意雌黃又難當夫吠
形吠聲之口歷官半世而尺寸未聞立身累朝

而吏跡不定是用世之具與官人之術兩失之也

今之仕宦寧得罪於　朝廷無得罪於官長寧得罪於小民無得罪於巨室得罪　朝廷者竟盜批鱗之名得罪小民者可施彌縫之術惟官長巨室朝忤旨而夕報罷矣欲吏治之善安可得哉

古之相者病於怙權今之相者病於無權其病均也然寧以怙權而易相無以抑相而廢權相

者下天子一等耳以天下之重兆民之衆而責之一相不假以權權將安施哉堯拔舜於畎畝之中誅四凶進元愷惟其所爲耳下此卽桓公之於仲父昭烈之於武侯符堅之於王猛猶然也而國治民安天下萬世不以爲非自末代君臣上疑其下下亦自疑既不能擇其賢否又不能畢其才用天子既從中沮之羣臣又從旁撓之求安其身不可得也何暇治天下哉

上世之人善善長而惡惡短中古之人善惡相

半至於今日則衆人之所譽不能當一人之所毁也百行之盡善不能當一節之少瑕也譽者不以爲賢而毁者必以爲不肖也善者不過一時之揄揚而瑕者遂爲終身之口實也有始譽而終毁之者未聞既毁而肯譽之者也有始賢而後言其敗節者未聞始不肖而後許其自新者也有聞人過而終身訾之者未有聞人善而終身服之者也噫其亦未世之民也已

進賢退不肖均也論其等分則進賢宜多於退

不肖如人之養生進粱肉之時多而下藥石之時少也今之薦賢者則謂之市恩謂之植黨鄙不然亦以爲循故事塞人望而已至於攻擊醜詆不遺餘力穢行俚言纍纍滿紙初若令人怒髪衝冠不可忍耐久亦習以爲常矣不但言人者嚬笑都不由中而被其言者亦恬不以介意矣噫禮義廉耻國之四維臣子比肩立朝而令尋常得恣口汚衊之其究也使人頑不知耻而砥礪之道喪矣且也人不復以指擿爲羞則言

者愈輕言者愈輕則聽者愈無所適從而大貪巨慝潛入其中不復之能辨矣爲國家慮者不得不爲之三歎也

漢陰丈人聞桔槹之說則忿然作色謂有機事者必有機心師金語子夏以桔槹則謂人之所引非引人者也故俯仰而不得罪於人均一桔槹也在人引之則爲機心在從人所引則可免罪今之人引人者乎抑爲人所引者乎不可不辨也

五雜組卷之十二終

五雜組卷之十四

吳航寶樹堂藏板

陳留謝肇淛著

事部二

人之難知也聖人猶然嘆之今之取士也以文章而紙上之談不足憑也程官也以功狀而矯誣之績不足信也采之於月旦而沽名者進矣覈之於行事而飾詐者售矣居家而道學者大盜之藪也居官而建言者大奸之托也嗚乎世安得眞才而用之

亂世之奸雄其才必足以自文貪得之鄙夫其術必足以自固故干紀濟惡者皆世所謂才士也吮癰舐痔者皆世所稱善人也

任大臣則當略其小過用大才則當寬其小疵以吏事責三公非禮貌之體也以二卵棄干城非駕馭之術也

告令煩者官必闒茸禮數多者人必險陂議論繁者事必無成言語躁者學必不固

郡縣之間功令瑣屑故外官不若內官之逸也

朝廷之上事體掣肘故內事不如外事之辨也
故旅進旅退與世浮沉則金馬門儘可避世全
身如欲建尺寸之竪上有實政而下蒙實惠則
非外吏不可
臺諫雖以風聞言事然輕以贓私汚人名節則
過矣縱使有而發其陰私已非厚道况以傳聞
曖昧之事或愛憎毀譽之口而妄加誣衊乎宋
人小說載臺諫當上殿未有題目五更不寐平
生新舊一一上心有鄉人來訪延款殷勤而豈

日即上彈章者乃知此風其來已久

從來仕宦法罔之密無如本朝者上自宰輔下

至驛遞巡宰莫不以虛文相酬應而京官猶可

外吏則愈甚矣大抵官不留意政事一切付之

胥曹而胥曹之所奉行者不過已往之舊牘歷

年之成規不敢分毫踰越而上之人旣以是責

下則下之人亦不得不以故事虛文應之一有

不應則上之胥曹又乘其隙而繩以法矣故郡

縣之吏宵旰竭蹷惟日不足而吏治卒以不振

者職此之故也

上官蒞任之初必有一番禁諭謂之通行大率胥曹勦襲舊套以欺官而官假意振刷以欺百姓耳至於叅謁有禁餽送有禁關節有禁私訐有禁常例有禁迎送有禁華靡有禁左右人役需索有禁然皆自禁之而自犯之朝令之而夕更之上焉者何以表率庶職而下焉者何以令庶民也至於文移之往來歲時之申報詞訟之招詳官評之冊揭紛沓重積徒爲鼠蠹薪炬之

資而勞民傷財不知紀極噫弊也久矣
唐宋以前不禁本地人爲官如朱買臣即爲會
稽太守宋時蔡君謨莆人而三仕於閩我　國
家惟武弁及廣文不禁其外則土官與曲阜令
耳然亦不聞以鄉曲故法令不行也不知文職
何故禁之永樂中邵圯以浙人巡按兩浙則知
國初尚無此禁也南贛開府兼制閩廣然蒙詔
以廣人余從祖忞以閩人皆嘗爲之蒙不知云
何從祖當時已有稱不便者一二驕恣家奴且

挾勢不避監司矣不如引嫌之爲愈也又河道總督制及浙西而潘季馴以浙西人爲之毋行文移於監司守令常有格不行者古法之不可行於今此其一端也

地方若省冗官十可去其二三居官若省冗事十可去其六七京師之民最繁雜事最猥瑣而官常有餘閒者虛文省也只以人命一事言之京師有殺人者地方報之巡城御史行兵馬司相視其情眞者即了矣有疑不決然後行正官

檢視獄成上疏下之法司一讞而畢矣外藩則不然地方報縣先委簿尉相視情眞而後申府府有駁再駁而後申道道有駁再駁而後詳直指其間一檢不已再檢不已比至三檢所報分寸稍異又行覆檢遂至有數縣官會問者數司理會問者數太守會問者而兩造未服爭訟求勝自巡撫中丞直指使者藩臬之長守巡二道隔隣監司紛然批行解審及至獄成必歷十數問官赴十數監司而上人意見不一好作聰明

必吹毛求疵駁問以炫已長迨夫招成不變而死者已過半矣況轉詳又有京駁審録又有矜疑恤刑至部又紛紛告辯卒有元兇未正典刑而中證親屬相望告斃者至於官徇私而曲斷吏受賕而寢閣優柔不斷者動必經年遷轉不常者槩行停止其害又難以枚舉也嗟夫一事如此他事可知故不省虛文而望事集民安此必無之事也

國家於刑獄一途惓惓留意不啻三讞五覆而

往往有負屈以死者如往歲荷花之冤甚與宋
墨莊所載沉香事相類此皆初問之官不能用
心細察而草草下筆其後遂一成而不可變耳
又有人作聰明專以平反爲能者如山西趙思
誠初任萊州司理雪一寃獄得名拜諫議後出
爲監司一應强盜殺人之獄皆以爲誣悉縱之
此則以意爲輕重者也

元世祖定天下之刑笞杖徒流絞五等笞杖罪
既定曰天饒他一下地饒他一下我饒他一下

應答一百者止九十七杖亦如之此雖仁心亦近於戲矣我　國家絞之上有斬有淩遲而自流罪以下有大誥者減一等蓋當時頒大誥於天下欲人人習之故也後世相仍一槩減等而遇熱審及恤刑之期又減一等每歲决獄多特降旨停免故以詿誤陷大辟者多老死圜土中此亦法中之仁也

為守令者貪汚無論已上者高談坐嘯而厭薄簿書曰此一病也次者避嫌遠疑一切出內槩不

敢親此亦一病也而上之人其疑守令甚於疑胥役其信奸民甚於信守令一切錢穀出入俱令里役自收而官不得經手此何里役皆伯夷而守令盡盜跖也事有違道以干譽者莫此爲甚焉

爲令者有八難勤瘁盡職上不及知而禮節一跡動取罪戾一也百姓見德上未必聞而當道一怒勢難挽回二也醇醇悶悶見爲無奇而奸駔蜚語據以爲實三也凋劇之地以政拙招尤

荒僻之鄉以疎逖見棄四也上官所喜多見忌
於朋儕小民所天每見仇於蠹役五也繭絲不
前則責成梱至苞苴不入則萋菲傍來六也宦
成易息百里半於九十課最易盈銜蹶伏於康
莊七也剔奸釐弊難調騶僮之口杜門絶謁不
厭巨室之心八也至於郡守禮貌稍殊白黑難
淆雖百責攸萃較令稍易然時有漏網於吞舟
而負冤於覆瓿者此仲翔敬通所爲仰天長嘆
也

監司之臧否屬吏蓋亦難矣粉飾者見賞則闒脩者弗庸迎合者受知則骨梗者蒙棄搏擊者上考則長厚者無稱要結者得驩則孤立者無譽畔援者承旨則寒微者自疏至於資格一定則舍豺狼而問狐狸意見稍偏則昐夜光而寶燕石故下吏之受知長官有難於扣九閽者昔王荆公爲幕職讀書達旦猶不爲韓魏公所知況其他乎

宋劉偁爲陜州叅軍居官貧甚及歸賣所乘馬

爲糧跨驢而歸魏野贈以詩云誰似甘棠劉法
掾來時騎馬去騎驢及眞宗封禪求野著作得
此詩卽拜侮爲京官噫今之小官如侮者難矣
然不可謂無其人也但送行之詩多浮其實有
如野之不阿所好乎而貝錦一成泣血剖心上
人終不見信如宋眞宗者今監司千萬中無一
人也
古人長官之待僚幕眞如父子兄弟絕無崖岸
之隅如晉時庾亮登樓共諸從事踞牀嘯傲桓

宣武直入謝太傅室中至爲狂司馬所逼入内避之然此猶遠事也宋歐陽公在西京幕職與諸名士終日遊山時錢思公爲守至攜酒榼遣歌伎迎勞何嘗稍以勢分自居而亦何嘗失時廢事也今太守二千石下視丞判司理已如鵰之挾兎而瑣屑脂韋之輩趨承唯諾惟恐不及雖云同寮已隔若殿陛矣況上而藩臬又上而部使者乎上下相臨儼若木偶魚貫而進蒲伏而退其有賜清坐假顏色者即詫以爲國士之

遇矣敢與之抗是非爭可否哉禮文進退之節
平反出入之間一失其意朝白簡而夕報罷矣
故仕路相戒天子之逆鱗易犯而上官之意指
難違古人所謂善事上官無失名譽者亦有激
其言之也

藩司之職即行中書省之別名也臬司則漢之
刺史宋之提刑也但昔之權重可以巡歷黜陟
二千石以下皆得易置　國朝自有巡按御史
之設而提刑之權輕矣其分司於外者雖時一

舉行不過循襲故事耳其後以藩司分轄各郡爲分守臬司轄者爲分巡蓋藩臬之長以地遥不能周知而歲時復有視輦入 覲之役遷徙事變之故非分司不足用也自萬曆壬辰以後 天聽稍高銓補之牘不時得請藩臬十七空署事多兼攝而民愈不便矣

宋樞密使最尊其事權禮遇與宰相等當時文事出中書武事出樞密謂之兩府 國朝兵部僅在六卿之列而永宣之朝大司馬如馬公文

升劉公大夏時與輔臣同參密議蓋雖與相臣
有間而其權亦與冢宰埒矣但既爲宰相自當
兼管文武乃與樞密分權此宋制之失也
六卿之序唐則吏禮兵民刑工貞觀改吏禮民
兵刑工宋初以吏兵戸刑工禮爲次至神宗始
定吏戸禮兵刑工蓋用周禮之序也今雖沿宋
制而清貴之秩吏之下則禮禮下則兵兵下則
工工下則戸戸下則刑至於都察院雖居六卿
之下而權勢與吏部埒百年以前尚無定序今

則一成而不可變矣

太祖誅胡惟庸後罷丞相不復設而以九卿分治凡事可否聽自 上裁當時豈有内閣及票本之事哉永樂初以萬機多故於詞臣中選數人入閣辦事軍國重事面與商確而當時九卿亦召預議不獨閣臣也其後稍倦勤遂令票擬以進習以爲常三楊當 英廟之初主少國疑權由巳出天下遂以相名歸之而實非也夫以大學士爲相則學士不過詞林殿閣之職秩止

五品非相也如以處百僚之上則其尊多由兼
官或六卿或宮保非本等職業也票擬不過幕
賓記室之任可否取自　朝廷何權之有而其
後如分宜江陵之爲者如猾吏之市權竊之也
非眞權也唐宋宰相禮絕百寮坐中書堂行事
自九卿而下進見皆肴吏高唱鞠躬而入揖及
進茶皆抗聲贊喝待制以上見則直言其官皆
於席南橫設百官之位不迎不送其尊如此黜
陟予奪無一不自己出如申屠嘉廷辱鄧通蘇

良嗣咎薛懷義趙普按誅陳利用韓琦立召任守忠此宰相之權也今之權皆已散而歸之大小九卿而閣臣之門欲咎一人而無筆箋每日坐容膝之地晨入酉出喙息不休退居邸第丞郎皆與抗禮迎送僕僕安在其爲宰相也但去天尺五呼吸可通大小萬幾悉經心目　上之禮眷殊於百辟於是人始以爲天下事無一不由閣臣定者而不知閣臣票擬悉據九卿之成案不敢增一毫意見不敢踰尺寸成規者也夫

無宰相之實而冒宰相之名不能行宰相之事而天下必責以宰相之業故今之爲閣臣者亦難矣愚嘗謂永熙宣弘之朝若三楊劉謝等得君行道言聽諫從是以閣臣而做宰相之功業者也嘉隆以來若分宜新鄭江陵等廣布爪牙要結近侍是以閣臣而假　天子之威福者也至於今日　主上神聖威福既不可竊而上下否隔功業又不可就且議論繁多動輙掣肘其不以身爲射的則幸矣救死之不贍而何暇治

天下哉

史稱姚崇爲救時之相夫救時之相豈易得哉世衰道微主德不聰奸宄潛伺幾務叢脞百姓流亡卽以伊周處此亦不過成得救時二字耳相之治國如醫之治病也其人彊壯無疾則教以珍攝保養無所事事之方若病勢已深急當治標雖有盧扁亦必鍼石湯灸之劑可謂其非神醫而僅爲救病之醫哉宋儒敢爲高論而輕薄世務迺於干戈雲擾之際猶以正心誠意之

說進譬之垂絶之人教以吐納導引之方足以
速其死而已矣
三代而下只得救時之相爲上策何者主非神
聖人非結繩與其高談性命而無益於用不如
救偏補弊隨事幹蠱爲有實効也如張良當楚
漢之際孔明輔偏安之國李泌立革命之朝司
馬光處變革之日其所經畫設施亦不過視其
所急而先之故卒能反亂爲治功成事舉使四
君子者處三代之盛時豈不能陳王道與禮樂

哉而不盡用其所長者其時勢非也故曰識時務者在乎俊傑夫堯舜之知不過知所先務耳知先務者救時之相也

才足以撥亂者多鷙而自用量足以鎮俗者多懦而無為抱苦節之貞者必褊於容衆具通達之識者或昧於禔躬諸葛武侯外綜軍旅内和人民淡泊明志寧静致遠開誠布公集思廣益舉世之所難者而皆兼之三代以下一人而已矣

寇萊公爲相用人多不以例曰若用例則胥吏足矣何名宰相此格言也天子既以進賢退不肖之權寄之宰相與冢宰矣若復事事拘例人人循資又惡用進退之權爲也近來文罔既密奸弊亦多藩臬外吏以下一切論俸而銓選之時置籤掣防弊之典可謂至公至慎矣而於用人之道則未也

古之爲相及冢宰者其於天下賢才盡在胸中故可以不用例今之冗員既多事幾亦繁大小

九列之外不復知其人矣至於銓選猥雜尤極不得不循資例但掣籤之法終不可傳後世況其中弊竇亦自不少也

管仲之生誠不如召忽之死然一匡九合尊主庇民之績雖百召忽無爲也平勃之譎誠不及王陵之戇然乘機定亂反呂爲劉之功雖百王陵無爲也聖人於管仲不責其死而惟取其功其心之恕論之平如此而宋儒乃責平勃以不爭責王魏以事仇使平勃廢王魏死漢唐無文

貞觀之治此政孔子所謂匹夫匹婦之爲諒者也又云濟大事者當以狄仁傑爲法夫仁傑之法政得之平勃者也既以王陵爲正又以仁傑爲法俗語所謂要喫楊梅又怕齒酸不喫楊梅又怕口乾者也其無定見甚矣

才稟於天不可學而至也量成於人可學而至也故大臣當以德量爲先德量不足卽有周公之才之美亦不足觀如宋王臨川近代張江陵其才非不絕世然愎而自用褊而寡容其行事

必自以爲是而人莫敢矯其非故王終誤國而張竟覆宗所係非細故也　國朝夏忠靖原吉識量不減韓魏公人嘗問公量可學乎公曰何爲不可吾少時遇犯者必怒始忍於色中忍於心久之自熟殊無相校意卽大事亦不動矣故聖人謂小不忍則亂大謀忍於小者所以成其大也

處世須是耐煩而居官尤甚上自公卿下至守令但能耐煩便有識量着一急性者不得蓋事

多在忙中錯也至於讀書交友當户涉世無不皆然不惟涵養德性亦足占後來之造就使憧憧往來鹵莽裂滅之人即讀書亦不能咀嚼意味作事交友必且有始無終孔子所謂無恒之人也況於居官舉動食息不得自由不如意事舉目皆是若以忿懥躁競之心處之惟有投河赴海而已噫此雖人世之不古亦宇宙缺陷世界宜爾也故士必知命而後能樂天

易曰吉人之詞寡張釋之謂周勃張相如兩人

言吶吶不出諸口然言語者心之華也未有無學術無識見而能言者以孔門而獨宰予子貢居言語之科言亦何容易哉子產有詞諸侯賴之詞之不可以已也蓋春秋戰國時其習尚已然矣其後儀秦首軫之流皆以一言取卿相然觀其立談之頃析軍國之大計察海內之情形如指諸掌此雖非聖門之言語而其苦心考究押闔推測有後世宿儒所不能及者其難尤倍蓰之矣自晉一變爲清談言始不適於用宋一

變爲道學其言又皆糟魄芻狗而不可聽則又何貴於言哉

三代之人必習爲詞命童子入小學則教以應對蓋赫䖀未典赤牘未削一切利害事宜皆面陳而口宣之故必其平日學問該博事機熟透猝至而應莫不合宜如今日上一疏投一書不知經幾籌畫費幾改竄或假手他人或勦襲舊語猶自詫以爲奇而况於立談之頃乎吾讀史至子産之對晉人張祿之説秦王毛遂之定楚

從蔡澤之感應侯樊將軍數羽之言淮陰侯築壇數語匆匆旁午之時答辯如響皆成文章而見事定計發必破的若庖丁解牛以無厚入有間恢恢乎有餘地者其亦可謂命世之才也已自漢以後惟孔明見先主立定三分之計姚元之馬首倥偬以十事要明皇此皆脩詞決策頃定於平日者也范文正公自做秀才時便以天下爲巳任及天章閣召問皇恐不能對退而上書詞之難也甚矣

古人不作寒暄書其有關係時政及彼已情事
然後爲書以通之蓋自是一篇文字非信手苟
作者如樂毅復燕昭王楊惲報孫會宗太史公
復任少卿李陵與蘇中郎千載之下讀其言反
覆其意未嘗不爲之潸然出涕者傳之不朽良
有以也下此魯連之射聊城已墜縱橫之咳唾
鄒陽之上獄書不過幽憤之哀詞君子猶無取
焉況其他乎自晉以還始尚小牘然不過代將
命之詞叙往復之事耳言既不文事無可紀而

或以高賢見賞或以書翰爲珍非故傳之也今人連篇累牘半是須德之諛言尺紙八行無非溫凊之俚語而灾之梨棗欲以傳後其亦不知耻也亦甚矣

近時文人墨客有以淺近之情事而敷以深遠之華以寒暄之套習而飾以綺繪之語甚者詞藻勝而諄切之誼反微刻畫多而往復之意彌遠此在筆端游戲偶一爲之可也而動成卷帙其麗不億始讀之若可喜而十篇以上稍不耐

觀百篇以上無不嘔噦矣而敢名俗子褎然千金享之吾不知其解也

王安石立新法引用小人卒致宋室南渡其禍烈矣而其初不過起於執拗之一念蓋孟子所謂訑訑之聲音顏色距人於千里之外者當時亦但以快一時之意而不虞其害之至此極也

近來名公清貞苦節天下想望其風采及其得位行事動與世齟齬而不相入乃其自信愈篤而人之攻之也日益甚終不能安其位而去雖

詆訶者太過而亦有以自取之也
顧佐爲都御史疾惡如仇百僚莫敢闖其居者
待漏朝房至比隣十餘室無人聲其風釆可想
見然似亦過矣近代如海瑞在留都總憲諸御
史不敢私市一物卒之日布被蕭然而已其淸
而涓蓋天性也然撫金陵時所行過當者甚多
下弗堪也亦有必不可行者毋官舫行限以拽
夫十五名而止一月行部入淺河舟膠中流數
日不能前郤迎送之禁既嚴廩既俱絕不得已

自發白鏹僱舁者乃得行其在南吏部日中道
有訴寃者輒受其詞歸行之司屬司屬以非職
掌不受也行之法司法司以非通政司所准不
受也迺取而焚之其苛碎類若此然海公精力
幹辦尚能必行其意後人効之一步不可行而
物議沸矣

唐宋百官入朝皆乘馬宰相亦然政和間以雨
雪泥滑特許暫乘轎自渡江後俱乘轎矣蓋江
南轎多馬少故也　國朝京官三品以上方許

乘轎三五十年前郎曹皆騎也其後因馬不便以小肩輿代之至近日遂無復乘馬者矣晉江李公爲宗伯時嚴禁之然終以不便未久即復故蓋乘馬不惟僱馬且僱控馬持杌者反費於肩輿不但勞逸之殊已也

國朝進士皆步行後稍騎驢至弘正間有二三人共僱一馬者其後遂皆乘馬余以萬曆壬辰登第其時郎署及諸進士皆騎也遇大風雨時間有乘輿者迄今僅二十年而乘馬者遂絕跡

矣亦人情之所趨且京師衣食於此者殆萬餘人非惟不能禁亦不必禁也

宋趙清獻公有御試日記一卷蓋嘉祐六年御試進士公時爲右司諫與賈直孺范貫之皆充編排官所記自二月二十六日起至三月初九日止駕幸考校所者二幸覆考所者四幸詳定所者二幸編排所者一雖上巳寒食休暇之辰孜孜不厭訓敕勞賜茶果酒殽無日無之當時仁宗在御已四十年而猶憻重勤勸若此亦足

見作人之盛心有終之懿軌矣 國朝 御試進士惟以三月十五日而十八日傳臚二十二日謝恩故事 上皆視殿自 永陵之末高拱不出近日遂習以爲常矣至於撤 御膳賜考試官則間一行之如嘉靖之壬戌隆慶之辛未萬曆之癸丑是時慈谿江陵福清三公皆受主眷最隆故有殊典非例也

唐時進士及第醵金爲曲江之會即於同年中選最年少者二人爲探花使世謂之探花郎令

以一甲第三爲探花不知起於何時而以第二爲榜眼其名尤俗宋時及第不拘人數遇非常恩澤有一榜盡賜及第者亦有隨意唱一甲至三百二名方止者放進士至五甲而止本朝止於三甲而一甲入史館二甲授六曹三甲出爲郡縣其迥別不啻雲泥然故同籍之誼寖以衰薄矣

唐時進士榜出後便往期集院醵金宴賞於中請一人爲錄事二人爲探花其他主宴主樂主

酒主茶之類皆同年分掌之廣徵名伎窮搜勝境無日不宴至曲江大會先牒教坊奏請天子御紫雲樓以觀長安士女傾都縱觀車馬填咽公卿之家率以是日擇壻焉蓋不惟見聲名文物之盛豐亨熙豫之景亦以人臣起韋布登青雲故愼重其事以誘掖獎勸之也今里中兒入泮宮補弟子員猶簫鼓旌旗烜赫閭里而登第之日儼列而進分隊而退客邸蕭然親朋嘿坐桂玉莫措徵責梱集而當事者動欲禁諭之約

東之稍涉輕肥便滋物議此於士子之動心忍
性不為無裨而　國家右文重興之大典亦稍
輕矣譬之貧家取婦合巹未畢遽令出見飯緒麻
一不當音聲色相加此雖教婦之道而非攝盛
之禮也
唐時舉進士自狀頭以下皆以勢力游揚得之
以摩詰之才不難作梨園子弟以干公主及其
末也裴思謙紫衣懷閹監之刺求狀元及第而
試官不敢違奔競之風於斯極矣武陵之薦杜

牧黃裳之訪尹樞雖憐才之盛心而終非公愼之懿矩也至於宋而漸密矣然猶有玉山之援故人子瞻之私方叔也至　國朝而禁令益嚴二百年來法度之至公至愼者獨此一途耳

唐時士子入試皆遍謁公卿投贄行卷主司典試亦必廣訪名流旁蒐寒畯如王起放榜先問宰相所欲沈絢主春闈承其母命與宗人及第牛庶錫贄卷蕭昕要令首拔至於鄭薰錯認顏標雖被冬烘之誚亦不失爲激勸之盛心也宋

初舉人被黜者徃得擊登聞鼓聲寃上命重試必多見收當時謂之還魂秀才蓋其法網猶寛疑議亦少至　國朝而禁令之嚴極矣廸夫近日則投刺及門皆爲請謁知名識面盡成罪案上之防士如防吏虜而旁觀之伺主司如伺寇盜舉蕩平正直之朝化爲羊腸荊棘之路以登賢顓俊之典變爲防奸明刑之獄雖士習之漸靡有以致然而刻覈太過於拔茅連茹之初心亦稍悖矣

洪武丁丑會試天下進士已定因所取多南人士論不服始命重試取韓克忠等而先中者及考官劉三吾等皆得罪弘治己未會試程敏政典試給事中華昶劾其鬻題與徐經唐寅等及揭曉林廷玉又論之於是命李東陽重閱而黜經寅等十餘人敏政亦坐罷歸今萬曆庚戌湯賓尹爲房考越房取韓敬爲第一言官論之不已但終無左證韓與湯皆坐褫職而場中越房取者尚有十七人言者并及之於是行原籍取

所中硃卷會九卿臺省覆閱之然俱無他故不能深入也此事蓋三見矣而庚戌爲甚蓋議論紛紜不一越三四年始定其十七人中蓋多知名士云

宋初進士科法制稍密執政子弟多以嫌不令舉進士有過省而不敢就殿試者慶曆中王伯庸爲編排官其内弟劉原父廷試第一以嫌自列降爲第二今制惟知貢舉典試者宗族不得入其它諸親不禁也執政子弟擢上第者相望

不絕然顧其公私何如耳楊用脩作狀頭天下不以為私也至江陵諸子文皆假手他人而相聯登高第可乎萬曆癸未蘇工部濬入闈取李相公廷機為首卷二君蓋同筆研桑梓至相善也然蘇取之而不以為嫌李魁天下而人無間言公也庚戌之役湯庶子賓尹素知韓太史敬拔之高第而其後議論蠭起座主門生皆坐褫職夫以韓之才何門不可致及第而乃假手於故人卒致兩敗俱傷亦可惜也然科塲之法自

是日益多端矣

國家取士從郡縣至鄉試俱有冒籍之禁此甚無謂當今大一統之朝有分土無分民何冒之有即夷虜戎狄猶當收之況比鄰州縣乎且州縣有土著人少而客居多者一槩禁之將空其國矣山東臨清十九皆徽商占籍商亦籍也往年一學使苦欲逐之且有祖父皆預山東鄉薦而子孫不許入試者尤可笑也余時為司理力爭之始解　世廟時會稽章禮發解北畿衆鬨

然攻之　上問何謂冒籍其對所以　上曰普天下皆是我的秀才何得言冒大哉王言足以見天地無私之心也

拜主司爲門生自唐以來然矣策名朝廷而謝恩私室誠非所宜然進身之始不可忘也士爲知己者死執弟子禮非過也至於郡縣之吏拜舉主爲門生則無謂矣范文正以晏元獻薦入館終身以門生事之葢感特達之知非尋常比也今江南如閩浙得薦尚難至江北部使者諸

差旁午於道每循故事列姓名以報亦稱舉主門生其恩誼衰薄視朝夕相臨游揚造就者又逕庭矣近代惟霍海南韜張永嘉孚敬不拜主司然霍亦不受人作門生永嘉不能也永嘉登第時年逾五十主司見而憫其老也永嘉憾之其後大拜竟不及門云

訓蒙受業之師眞師也其恩深其義重在三之制與君父等至於主司之考校一日之遭遇耳無造就之素也當道之薦揚甄別之故事耳無

陶鑄之功也今人之所最急者舉主次殷勤者主司而少時受業之師富貴之日非但忘其恩併且忘其人矣夫所貴師弟者心相信也行相倣也勢可灼手則竿牘恐後門可羅雀則蹤跡枉絶甚至利害切身之日戈可操也石可下也何門生之有哉

朋友者五倫之一也古人之於師友皆恩深義重生死久要以巨卿元伯一言相許千里命駕伯桃角哀信誓爲期九原不爽蓋亦自重其信

義非徒爲人已也降及後世漸以衰薄然王陽
結綬而貢禹彈冠禹錫貶官而子厚易播尚有
休戚與共之意焉至今日而死友無論即生友
可托肝鬲者亦寥寥絕響矣
今友誼之所以薄者由友之不擇也今之人少
則同塾之友長則同課之友又長則有同調同
游之友達則有同年同僚之友然此數者皆卒
然而遇苟然而合非古人之所謂友也故其中
亦有心相孚行相契者𡬶不過十中之一二而敗

羣皆義憸薄無行之人亦已濫竽其中矣況少之羣居長則必離窮之追隨達則必隔是非毀譽縈其中世情交罔牽其外欲以驩然無間安可得哉夫士君子處世而無一二知巳之人可托死生急難者則又安用此生爲矣故欲全友道須先擇交其於同塾同游等輩之中觀其行事心術灼然無疑者而後以心許之勿爲形迹所拘勿爲讒毀所逡勿爲富貴貧賤所移則庶乎古人之所謂友矣噫談何容易虞仲翔謂海

内得一知巳死不恨韓昌黎謂感恩則有之矣知巳則未也故士必有一二知巳而後謂之士亦必僅有一二知巳而後謂之知巳其它市道之交去來聽之可也

今人處貧賤則泛濫廣交一切佻闥駔儈皆與遊處及富貴之日則疾之如仇逐之如虎惟恐其影響之不幽此雖友之無良而對面雲泥亦巳甚矣况其意不過爲保富貴計耶余筮仕佐郡相知者惓惓以絶交爲急務余戲謂朋友五

倫之一也使窮時之友可絕則窮時之父子夫婦兄弟皆可絕矣然余卒坐左遷而後聞言臣者其母訶之而不得見兄弟往而彼遂始知前言亦有行之者矣非戲也

自唐以前最重門族王謝崔盧僭名亦奕世其他若滎陽之鄭隴西之李雖皇族貴戚不敢與之爭先以侯景之篡逆欲求婚王謝而不可得莊宗起以不入郡姓蔣戟誾犯甚盛於時若是之嚴也其後貞觀開元屢加推抑而族望時尚然不

能禁婚姻嫁娶必取多貲故李稹謂爵位不如族望官至方岳惟稱隴西然士貴自立何如耳如其人則鯀夫巖築可以登庸彼王之莽也李之陵也獨非望族耶而名辱行敗玷宗多矣宋以後漸所不論至今日縉紳君子有不能舉其望者亦可恠也

三代以前因生賜姓胙土命氏故姓氏分而爲三男子稱氏婦人稱姓氏所以別貴賤姓所以別昏姻也然亦有一氏而分爲數姓者三代而

下姓氏合矣其同出而分支漸繁愈不可考矣春秋之時善論姓氏者曾有衆仲晉有胥臣鄭有子羽而其他諸子無稱焉遡流窮源若斯之難也世遠人亡文獻無徵兵革變遷國家更易故名世君子至有不能舉其宗者勢使然也然與其遠攀華胄牽合附會孰若闕所不知以俟後之人故家譜之法宜載其知者而闕其疑者漢高祖爲天子而其祖弟呼豐公母爲昭靈后而已名字不傳也蓋尚有古之遺意焉

今世所傳百家姓宋時作也故以趙錢爲始豈吳越之臣所成耶我　朝吳沉等進千家姓以朱承天運爲始其中有怪僻不經見者而海內之人又有出千家之外者惜當時儒臣未能遍行天下廣蒐之也漢潁川太守聊氏有萬姓譜今不復見近時吳興凌氏有萬姓統譜第恐其學識尚有限耳

夷狄之中極重氏族如契丹唯耶律氏與蕭氏世世爲昏姻天竺則以刹利婆羅門二姓爲貴

種其餘皆爲庶庶姓雖有功亦甘居大姓之下其宅諸國莫不如是故唐以後之重門地亦踵拔氏倡之也禮失而求之四夷殆謂是耶

弇州先生以王謝爲望族而謂謝安能比王王大也謝有衰謝之義此語太近兒戲可笑然余亦有語復之曰王者大也滿則招損謝者退也讓則受益天道惡盈而流讓於王謝宜何居焉不知先生九京亦有以難余否也

今世流品可謂混淆之極婚娶之家惟論財勢

耳有起自奴隸驟得富貴無不結姻高門締眷華胄者余嘗謂彼固侯景李建勳之見而爲名族者甘與秦晉而不耻何無別之甚也余邑長樂長樂此禁甚厲爲人奴者子孫不許讀書應試違者必羣擊之余謂此亦太過 國家立賢無方卽奴隸而才且賢能自致青雲何傷但不當與爲昬姻耳及之新安見其俗不禁出任而禁昬姻此制最爲得之乃吾郡有大謬不然者士家凌替落薄反俛首於奴之子孫者多矣世

事悠悠可爲太息者此也

昏姻不但當論門地亦當考姓之所自如姚陳胡田皆舜之後姬周魯衛曹鄭皆武王之後俱不宜爲昏其餘可以推類又歷代有賜姓者如項伯婁敬皆從劉徐勣安抱玉皆從李之類也有改姓者如䟽廣之後改爲束晳穀之後改爲陶之類也有杜撰者京房推律而定爲京氏鴻漸筮易而定爲陸氏之類也有支分者如趙括之後因馬服而爲馬李陵之後因丙殿而爲丙

之類也充義至類別嫌明微寧過於嚴毋傷於苛昏姻人道之始也加慎焉可也

古人喪禮爲父斬衰三年而父在爲母不過齊衰期而已此雖定天地之分正陰陽之位而揆之人子之情無乃太失其平乎子之生也三年然後免於父母之懷要之母之劬勞十倍於父也夫婦敵體無相壓之義以父之故而不得伸情於母豈聖王以孝治天下之心乎且父母爲長子齊衰三年而子於母反齊衰期亦倒置之

甚矣此禮三代無明文可考或出漢儒杜撰未可知也而舉世歷代無有非之者至我　國家始定制父母皆斬衰三年卽妾之子亦爲所生持服不以嫡故而殺此　聖祖所以順天理達人情自我作古萬世行之可也

古者嫂叔不相爲服所以別嫌也然兄弟同室一居杖期之喪而一緇衣玄冠不惟禮有不可亦心有不安矣我　國家定爲五月之服其於情禮可爲兩盡又古者有服内生子之禁今亦

無之夫喪不處內此自孝子之心有所不忍耳禁之無爲也律設大法禮順人情如我　國家之制可謂兼之矣

師友無服非不爲服也義恩厚薄不等故也如七十子於孔子以父喪之可也如管鮑雷陳以兄弟喪之可也然而不可爲常也先王制禮順乎人情求爲可繼也昔虢叔死閎夭太顛諸人爲之服禮可以義起也蓋師友至於今日恩義之衰薄極矣生時貴賤且隔雲泥況生死之際

平

今執親之喪不飲酒食肉者罕矣百日之内禁之可也過此恐生疾病少加滋味亦復何妨至於預吉事赴筵席則名教之罪人也江南之人能守此戒者亦寥寥矣尚有生辰元旦變易吉服者亦何心哉

人有乘初喪而婚娶者謂之乘凶此在它處不知云何吾郡則恒有之矣此夷俗也當事者爲之厲禁可也

閩俗於初屬纊之時有女適人者則壻家延巫置燈輪轉之男女環繞號哭爲之藥師樹甚無謂也死每七日則備一祭謂之過七至四十九日而止或有延僧道作道場功德者搢紳禮法之家不爾也死後朝夕上食至百日而止至六十日則不用本家食而須外家或女家送之相沿以久不知其故但吳越之俗親友來致祭主家皆用鼓樂筵宴款客閩中獨無之客來祭者一嘗茶果而出子姪族戚乃餕其祭餘較爲彼

善於此耳

喪不哀而務爲觀美一惑也禮不循而徒作佛事二惑也葬不速而待擇吉地三惑也一惑病在俗子二惑病在婦人三惑則舉世蹈之矣可歎也巳

古禮之尚行於今日喪得十七昏得十五至於祭則苟然而巳冠則絶不復舉矣吾長樂人最習家禮亦間有行之者然世多笑其迂也

昏禮之不舉樂思嗣親也此或爲長子之當戶

者言其若父母在堂而爲子娶婦即舉樂何傷且攝盛之禮既已極其隆矣而獨禁音樂無乃不情乎

嫁女三日父母家來餉食俗謂之餪女女於五月五日回省父母謂之歸寧此漢以來禮也今人三日後女偕壻省父母謂之回鸞閩人謂之轉馬蓋春秋時有回馬之義也五月歸寧謂之取夏衣按周禮后妃歸寧亦用絺綌則夏之歸寧其來久矣

張公藝九世同居古今以爲口實近代則浦江鄭氏耳蓋由祖宗立法謹嚴子孫世世相承不敢踰越縱有長舌之婦敗羣之子無所容其惡也然吾以爲人心不同一室之内豈無胡越況於孱瑣悍婦驕兒稗子代不乏人間隙一開仇釁漸起與其隱忍包涵中離外合不如分析各得其願使兄弟好合妯娌肅雍無害於義政不必慕古人之虚名而釀閲墻之實禍也余嘗見巨室兄弟衆多先後宛若日逐勃谿至於婢使

奴隸各爲其主怨尤譏嘲無所不至殆不能一日安其生者此雖女子小人之性亦宜分而强合有以致然也故必世世人人不畏婦而後可以同居如浦江者絶無而僅有者也

張公藝書忍字以進其意美矣而未盡善也居家馭衆當令紀綱法度截然有章乃可行之永久若使姑婦勃谿奴僕放縱而爲家長者僅含默隱忍而已此不可一朝居而况九世乎善乎浦江鄭氏對　太祖之言曰臣同居無它惟不

聽婦人言耳此格論也雖百世可也

古今同居者又有漢樊重晉郎方貴俱三世博陵李幾七世河中姚氏十三世宋會稽裘承詢十九世而魏楊播百口共爨陸象山累世義居又不知凡幾代也錄之以媿惡婦劣子之欲析産者

漢稱萬石君家法唐則穆質柳公權二家爲世所崇尚至宋則不勝書矣我　朝文物威儀之盛則在江西而純厚謹嚴西北士夫家居多風

氣使然也吾邑長樂雖海濱椎魯而士夫禮法
甲於它郡余初登第時至邑中不敢乘輿揺紳
往來者大率步行也出郭登車遇村落輒爲下
市者不飾價男女别於途不淫不盜不嚚訟不
逋賦先輩如鄭司寇世威家居猶布衣徒步蓋
海内所絶無而僅有者近來一二巨室侈土木
娛聲色騃騃鑿渾沌之竅矣然校之列邑猶爲
彼善於此也
禮有出於聖人而實似無謂者如祀郊以配天

祀明堂以配上帝是也天與上帝果有二耶無二而分之是矯誣也聖人不爲也又有世之所非而實是者歐陽濮議是也禮爲人後者不得顧其本生父母特不爲之服耳未嘗併父母之名沒之也禮有三父八母養者繼者皆父母也嗣次位而改其所生父爲叔伯於心安乎於理順乎此拘儒之見必不可行者也　肅皇帝之初廷臣亦有主呂誨之議者則愈非矣　肅皇於諒闇之後從邸入繼與英宗之乂養宮中者

又不同也弟承兄統而以兄爲父以父爲伯豈理也哉出公不父其父而禰其祖夫子所以有正名之歎也今不父其父而禰其兄於正名何居焉甚矣腐儒之誤國家事也且亡者猶可耳太后在也以嫂爲母而伯母其母置　太后於何地古人行一不義而得天下不爲也況不孝乎幸而　聖心獨斷天倫無虧其神武明決過宋英宗萬萬矣諸臣之杖譴雖永嘉不善處而亦有以自取之也

周禮大祝辨九拜一稽首二頓首三空首四振
動五吉拜六凶拜七奇拜八褒拜九肅拜鄭玄
注稽首頭至地也頓首頭叩地也空首頭至手
所謂拜手也振動戰栗變動之拜一云兩手相
擊也吉拜拜而後稽顙也凶拜稽顙而後拜也
奇拜屈一膝今雅拜是也或云一拜也褒讀爲
報報拜再拜也鄭司農云持節拜也肅拜但俯
下手今時揖是也揖卽揖也今人以頓首爲常
禮而稽顙稽首槩施之喪服矣不知稽首非凶

禮也尊長之施卑幼則云而拜而肅拜則惟藩
王用之其它空首振動等拜皆無知者矣又書
札中動稱九頓首此申包胥乞師於秦故事亦
非佳事也

五雜組卷之十四終

五雜組卷之十五

吳航寶樹堂藏板

陳留謝肇淛著

事部三

古人君卽位稱元年而已未有年號也故諸侯之國各稱其君之年而天子正朔反置之若罔聞知不知當時律曆之頒往來文告之詞以何爲準蓋夫子作春秋亦已仍其國史之舊矣自秦始皇立郡縣而民知有王漢武帝建年號而民知有朔萬世之後一統之治威令行於山陬

海隅者二君之功也至於廢井田築長城行夏時表六經皆爲後人遵守而不能易非有絶世之識獨𢭏之識何以與此而經生談無道主動以爲口實不亦寃乎

年號之改莫數於武氏其次則唐高宗漢武帝又其次則宋仁宗也武氏在位二十一年至十六改元朝令夕更直以爲戲耳高宗三十年中而十五改元葢自總章儀鳳以後政自牝鷄出矣漢武宋仁俱四十餘年而武改元者十一仁

改元者九其中或以人事或以符應多不過七八年少至一二年而遽改何不經之甚也古今不易年號者惟漢明帝隋煬帝唐高祖太宗憲宗宣宗懿宗而享祚不永者不與焉夫元者始也人無二始帝無二元而況十數乎我 國家列聖相承惟於即位之踰年改元終身不易亦可謂卓越千古矣

宋太祖改元乾德後因與蜀王衍年號相同有宰相須用讀書人之語然 國朝永樂則張遇

賢方臘已再命之二人又皆篡賊之靡何當時諸公失於詳考耶至於正德亦同夏乾德之號而自古以正爲號者多不利如梁正平天正元至正之類爲其文一而止也　武皇帝雖久享天位而海内多故青宫無出統卒移之　興邸命名之始可不慎哉隆慶亦州郡名改元之後復令改州此亦華亭不學之故也

凡帝王之命名不以山川郡邑爲其易犯也梁蕭正德改元正平識者笑之我朝建文之號亦

同　御名不知方黃諸君何鹵莽乃爾今　上
即位改河南之禹州同　御諱也而　皇太子
諱又同縣名與其更易於後孰若慎重於初乎
此亦禮臣之過也
古者嫌名不諱宋則併諱之矣　國朝雖無諱
例而亦有二字俱犯嫌名者如吾邑之長樂政
與　皇太子諱音相同不知將來當事者何以
處之姑記以俟它日
三代之法有必不可行者井田封建是也井田

無論已封建以厚骨肉甚善也然各守其疆政令不一一不便本支既繁賢愚異類二不便國有大小遂啓爭端三不便盛時制馭猶懷不逞委裘之際將若之何四不便且周之制但剏業時一分封耳子孫之兄弟無尺寸之地也同聚王畿其麗不億千里之內何以容之朝帶之亂勢使然也自秦之後一復於漢而有吳楚之亂厥後於國初而有靖難之師國之利器不可以假人審矣

處宗藩之法莫厚於本朝而亦莫不便於本朝
唐宋宗室不胙茅土其賢能者皆策名仕籍自
致功業而國家亦利賴之但賢者少而不肖者
多天衍懿親至與齊民爲伍亦稍過矣宋時宗
室散處各郡縣入籍應試在京師者別爲玉牒
所籍至紹興十一年從程克俊言以所考合格
宗室附正奏名殿試其後雜進諸科與寒素等
而宦績相業亦相望不絶書　國朝親王而下
遞降爲郡王將軍中尉庶人雖十世之外猶贍

以祿恩至渥也而禁不得與有司之事不得爲四民之業二百年來椒聊蕃息幾二十萬食租衣稅無所事事而薄祿斗粟不足餬口遂至有懷不肖之心覬不軌之行者矣今天下宗室之多莫如秦中洛中楚中賢者賦詩能文禮賢下士而常鬱鬱有青雲無路之歎至於不肖者貧困者鶉衣行乞椎埋亡命無所不至有司不敢詰行旅不敢抗也日復一日人愈衆而敝愈極當事者猶泄泄然不立法以通之可乎

祖宗九廟親盡亦祧子孫五世之後無復降殺
非法也世祿之子猶望象賢天衍玉牒不許入
仕非情也故宗藩之庶遞殺至於庶人極矣庶
人之外祿可裁也法可行也禁可寬也讀書者
許在各郡縣入籍應試其它力農商賈任其所
之奸盜詐僞有司以三尺繩之大辟以上奏聞
可也此處宗藩之第一義也
國朝立法太嚴無論宗室即駙馬儀賓不許入
仕其子不許任京秩此雖別嫌明微之道亦近

於矯枉過正者矣即如户部一曹不許蘇松及浙江江右人爲官吏以其地賦稅多恐飛詭爲奸也然弊孔蠹竇皆由胥役官吏遷轉不常何知之有今户部十三司胥算皆吴越人也察秋毫而不見其睫可乎　祖制既難遽違而積弊又難頓更故當其事者默默耳

國朝駙馬尚主皆不用衣冠子弟但以畿輔良家或武弁家擇其俊秀者尚主之後即居甲第長安邸中錦衣玉帶與公侯等其父封兵馬指

揮文林郎毋封孺人而已駙馬雖貴爲禁臠然
出入有時起居有節動作食息不得自由而妳
姆閹豎之老者威震六宮掌握由巳都尉反俛
首聽節制凡事務結其驩心稍不如意動生讒
間近日如冉都尉輿讓可鑑也
冉都尉所尚主乃　皇貴妃之女　上素所鍾
愛者伉儷甚篤無間言妳媪梁盈女恃其威福
每事動行節制冉不善也又恃宮中愛聓時與
齟齬一日漏下二鼓都尉自外入傳呼開邸中

門故事中門非妳媼不開盈女不時至都尉排闥而入有頃盈女至出誶語都尉乘醉擊之翌日入朝奏聞盈女率其黨數十人伏闕下要而毆之幾死　上不知也且怒都尉狂率冉遂棄衣冠從間道歸里　上益震怒遣緹騎跡之奪其父母爵祿廷中大小臣工力諫俱不報冉既自歸　上怒不解謫羈太學習禮自壬子冬至今半載尚未得與公主相見也時論以冉固未得善處之方而妳媼一老宮婢遂能煬灶蔽明

熒惑主聽一至於此蓋牀第之言易入浸潤之
譖難防故使椒房失其寵結褵隳其愛舉朝之
臣工不足敵一婦人亦異事矣昔之史乘所載
若王敦懾氣桓溫歛威負長佯愚以求免子敬
灸足以違詔王偃倮體於北階何瑀投軀於深
井蓋自漢晉以來相沿至於今日未之有改也
冉蓋不幸而遇其變耳
牝雞之晨家之索也以三代神聖之開基國祚
之悠久而不足供妺妲褒姒之一敗況其它乎

故詩書垂戒於婦人每惓惓焉知後世必有以是亡其國者也呂氏幾移漢祚武曌遂斬唐宗其始不過以色舉耳而禍之赫烈豈虞其至此漢之馬鄧宋之高曹賢矣而猶垂簾專政戀戀不忍釋手是亦牝之晨也此端一開能保其無妬悍淫虐者出其中乎我　國家之制少主委裘權一聽於輔臣而母后不得預也可謂上追三代而遠過唐宋矣

三代以下之主漢文帝爲最光武太宗次之宋

仁宗雖恭儉而治亂相半不足道也文帝不獨
恭儉其天資學問德性才略近於王者使得伊
周之佐興禮作樂不難也光武太宗以剏業而
兼守成緯武經文力行致治皆間世之賢主也
然建武之政近於操切貞觀之治末稍不終蓋
不惟分量之有限亦且輔相之非人宋仁宗四
十年中君子小人相雜並進河北西夏日尋兵
革苟安之不暇何暇致刑措哉四君之外漢則
昭宣明章唐則玄憲宣武宋則藝祖太宗孝宗

其撥亂守成皆有足多者而隋之文帝唐之明
宗周之世宗又其次也大約賢聖之君百不得
一中上之資十不得一庸者什九縱者十五世
安得而不亂乎
我　朝若　二祖之神聖創守兼資而紀綱法
度已遠過前代矣　仁宗之寛厚　宣宗之精
勤　孝宗之純一　世宗之英鋭　穆宗之恭
儉皆三代以下之主所不敢望者而　宣　孝
二主尤極仁聖眞所謂賢聖之君六七作者固

宜國祚之悠久無疆也

英宗初年委政三楊四海寧謐其後爲王振所誤致北狩之變後又爲石亨徐有貞所誤致奪門之慘迨武功竄曹石誅躬親萬機民安吏治天下謳歌太平者又十餘年然則輔相之功所關係豈少哉

本朝有二奇事己巳之變翠華陷虜而卻迴壬寅之變　聖躬被弒而無恙此皆天之所佑非偶然者其它如宸濠之叛流賊之熾北虜南倭

之警闢白楊應龍之桀驁而折箠撻之不煩再舉至今二百四十餘年而金甌無恙纖塵不警固知 太祖功德與天同大宜乎曆數之未艾也

世廟末年雖深居不出然威福無一不自己出者分宜父子怙權行私而密勿之地所以交結近侍窺伺 聖意者無所不至惴惴不保首領是懼蓋自夏言王忬楊繼盛張經之死天下之怒分宜始不可解而恩替勢敗亦自此發端矣

江陵之才智十倍分宜值今　上初年生殺予奪惟意所嚮而江陵生平多用申韓之學政事過於操切十年之間雖海內乂安比隆成昭而國家元氣不無斲喪矣逮夫末年固位挾勢奪情起復廷竄言官子弟相繼襲取大魁而人心始大失所望矣分宜性鷙而難犯江陵器小而易盈故嚴之老死牖下識者猶以爲幸而張之功皐自當不相掩也

江陵行事雖過操切然其實有快人意者如沙

汰生員廢書院裁減郡縣去諸冗員是也至於久任稍苦諸守令禁勘合則苦諸行旅是以人多怨之至其結馮保以收諸内監之柄北任戚繼光而虜不敢窺塞垣南任譚綸而倭寇讋服其才智明决有過人者昔張乖崖謂衆人千言不盡寇準一言而盡江陵有焉而未節驕奢縱恣以覆其宗則亦不學無術之過矣

江陵給假治喪自京師除道達其室四千餘里塡塹刊木廣狹如一所至廚傳列竈千計外藩

大吏望塵迎拜相屬於道獨吾郡鄭雲鑾爲河南方伯禮無少加焉及至楚楚方伯至披衰経代孝子守苫次江陵大悅不逾年方伯遂撫楚而鄭挂彈章歸矣時先大夫相吉藩聞諸藩有致千金賻者先大夫持不可力止之江陵恚嗾觀察趙思誠齮齕之先大夫聞即挂冠歸里而後撫楚者爲枌榆至戚猶以擅離職守叅奏致仕蓋當時之風吉可畏甚矣

唐玄宗會昌投龍文自稱承道繼玄昭明三光

弟子南嶽上眞人宋徽宗羣臣上尊號爲玉京金闕七寶元臺紫微上宮靈寶至眞玉宸明皇天道君其上章青詞自稱奉行玉清神霄保仙元一六陽三五璇璣七九飛元大法師都天教主噫莫尊於天子百神皆受號令者也而反屈萬乘之稱從黄冠之號不亦兒戲狂惑之甚哉其後會昌既變起帷幃而宣和亦身膏沙漠九天道教何無感應至是哉

古今奉佛之主莫甚於梁武帝唐懿宗奉道之

主莫甚於唐武宗宋徽宗求仙之主莫甚於秦始皇漢武帝然大則破國喪身小亦虛耗海內惟崇儒重道之主安富尊榮四海乂安而世之人君往往不以彼易此何也噫無論人君即士君子讀六經傳注以取科第而其後也不有非毀先儒棲心釋老者乎背本不祥反古不智是名教之罪人也

今之仕者爲郡縣則假條議以濟其貪任京職則假建言以文其短居里閈則假道學以行其

私舉世之無學術事功三者壞之也故愛民實
政循良之上乘隨分盡職省曹之懿矩褆身齊
家不言而化山林之高標總之聖人一言以蔽
之矣曰素位而行不願乎外
余每見郡縣吏禁約文告之詞布滿郊野條陳
利病之議連篇累牘似自以爲伯夷之清龔黃
之才而不知大貪大拙者伏於其中也友人王
百穀有言庖之拙者則椒料多匠之拙者則箍
釘多官之拙者則文告多有味其言之矣

臺諫言事自其職掌然近來紛嚚往復求勝不已可惜此白簡不用之觸邪而用之聚訟也其它省寺出位而言似於侵官矣然言之而當出位何傷若楊忠愍海忠介及近時鄒爾瞻吏部與趙吳諸太史人孰有議之者一二名譽不章識見譾劣或素行多疵居官滋穢而效顰建白掇拾唾餘或竊批鱗之名以雄行其鄉或攻必救之勢以自固其位人之視已如見肺肝亦何益之有哉

新建良知之說自謂千古不傳之秘然孟子諄諄教人孝弟已括破此局矣況又鵝湖之唾餘乎至於李材止脩之說益迂且腐矣夫道學空言不足憑也要看眞儒須觀作用新建抗疏定亂信文武之兼材然當獻俘金陵之際爲江彬所排陷進退去就一刀可以割斷而濡滯忍耻夜對池水欲弔汨羅何無決也名與身孰輕當時抗雷霆竄嶺海間關萬里不死而死於功成之後豈所謂重若鴻毛輕若泰山者公固未之

孰思耶此其地位尚未及告子孟施舍而何孔孟之有也至於李材邀功緬甸殺無辜以要爵賞身竄閩海揚揚自得此華士少正卯之流視新建又不知隔幾塵矣

古者天子五載一巡守周於四岳今一巡幸而所過郡邑囂然騷動矣古者諸侯王三載一朝覲絡繹不絕今一封藩而舟航傳置疲於供命矣蓋古者不獨上之節省其儀從有限亦且下之富饒其物力可供今則千乘萬騎征求無藝

而尺布斗粟無非派之丁田者至於供億之侈
靡中涓之需索日異而歲不同十年之間已不
啻倍蓰矣自此以往安所窮極故天子之不巡
守也侯王之不朝見也亦時勢使然也
今　上大婚所費十萬有奇而　皇太子婚禮
遂至二十萬有奇福邸之婚遂至三十萬有奇
潞藩之建費四十萬有奇而近日福藩遂至六
十萬有奇潞藩之出用舟五百餘而福藩舟遂
至千一二百餘此皆目前至近之事而已不同若此

潞藩莊田四萬頃徵租亦四萬一畝一分皆荒田也璐藩比例四萬頃而每畝徵租三分則十二萬矣夫民之窮日甚一日而用之費亦日甚一日公私安得不困乎

今人以拜官爲除官沈存中筆談云以新易舊曰除如新舊歲之交謂之歲除易除戎器戒不虞亦謂以新易舊之義而堦亦謂之除者自下而上亦更易之意也

今天下神祠香火之盛莫過於關壯繆而其威

靈感應載諸傳記及耳目所見聞者皆灼有的據非幻也如福寧州倭亂之先神像自動二月乃止友人張叔瓊親見之萬曆間吾郡演武場新神像一匠者足踏其頂出嫚褻語無何僵仆而死則余少時親見之江右張觀察堯文上計至桃源病革移入王祠中其兄日夜哀禱經七日復蘇親見神攝其魂以還張君言之歷歷如在目前者亦異矣王生時輔偏安之蜀功業不遂身死入手而沒後英氣乃亘千載而不磨若

此此其故有不可知者若以爲忠義正氣致然則古今如王比者未嘗無人也或謂神能禦災捍患則帝紀其功而遷其秩神功愈著則威望愈崇亦猶人世之遷轉耳然王自唐以前未之有聞迨宋以鹽池一事遂著靈異且張道陵於漢季爲黃巾妖賊王以破黃巾起家而冥冥之中又聽天師號令使其僞耶則當顯僇之使其眞耶吾未見道陵之賢於王也此益不可解者也

余嘗謂雲長雖忠勇有餘而功業不卒視之呂蒙智謀其不敵也明矣而萬世之下英靈顯赫日月爭光彼曹操孫權皆不知作何狀而王獨廟食千載代崇褒祀是天固不以成敗論人也而人顧有以一敗沒全功以一眚掩大節者獨何心哉使今人生子必願其爲阿蒙不爲雲長而慕府上功必以失陷荊州爲千古之罪案矣故今之人皆逆天者也

唐以前崇奉朱虛侯劉章家祠戶禱若今之關

王云然自壯繆興而朱侯之神又安之也今世所崇奉正神尚有觀音大士眞武上帝碧霞元君三者與關壯繆香火相埒遐陬荒谷無不尸而祝之者凡婦人女子語以周公孔夫子或未必知而敬信四神無敢有心非巷議者行且與天地俱悠久矣豈神佛之中亦有遭遇而行世者耶抑神道設教或相禪而興也

佛氏之教一味空寂而已惟觀音大士慈悲衆生百方度世亦猶孟子之於孔子也大士變相

無常而粧塑圖繪多作女人相非矣既謂大士豈得爲女既謂成佛則男女之相俱無矣蓋有相則有情識婬想故也

大士變相不一而世所崇奉者白衣爲多亦有白衣觀音經云專主祈嗣生育之事此經大藏所不載不知其起何時也余按遼志有長白山在冷山東南千餘里蓋白衣觀音所居其山鳥獸皆白人不敢犯則其奉祀從來久矣

眞武卽玄武也與朱雀青龍白虎爲四方之神

宋避諱改爲眞武後因掘地得龜蛇遂建廟以
鎭北方至今香火殆遍天下而朱雀等神絕無
崇奉者此理之不可曉
劉昌詩蘆浦筆記載草鞋大王事甚可笑初因
一人挂草屨於樹枝後來者効之纍纍千百好
事者戲題曰草鞋大王以後遂爲立祠大著靈
異其人復過怪而叩之則老鋪兵死而爲鬼憑
於是也大凡妖由人興人崇信之即本神未必
降而它鬼亦得憑藉之矣故村谷荒祠不可謂

無鬼神也
今佛寺中尚有清淨謹嚴者其供佛像一飯一水而已無酒果之獻無楮陌之焚無祈禱報賽之事此正禮也至觀音祠則近穢雜矣蓋愚民徼福者多求則必禱得則必謝冥楮酒果相望不絶不知空門中安所事此良可笑也然猶齋素也其他神祠則牲醪脯糗爛然充庭計所宰殺物命不計其數不知神之聰明正直亦惻然動念而嘔噦之否耶

江河之神多祀蕭公晏公此皆著有靈應受
朝廷勅封者蕭撫州人也生有道術沒而爲神
閩中有拏公廟不知所出金陵有宗舍人相傳
太祖戰鄱陽時一櫻纜也鬼憑之耳北方河
道多祀眞武及金龍四大王南方海上則祀天
妃云其它淫祠固不可勝數也
天妃海神也其謂之妃者言其功德可以配天
云耳今祀之者多作女人像貌此與祠觀音大
士者相同習而不覺其非也至於杜子美陳子

昂皆以拾遺訛爲十姨儼然婦人冠帔不尤堪
棒腹耶一云天妃是莆田林氏女生而靈異知
人禍福故沒而爲神余攷林氏生宋哲宗時而
海之有神則自古已然豈至元祐後而始有耶
姑筆之以存疑
羅源長樂皆有臨水夫人廟云夫人天妃之妹
也海上諸舶祠之甚虔然亦近於淫矣太凡吾
郡人尚鬼而好巫章醮無虛日至於婦女祈嗣
保胎及子長成祈賽以百數其所禱諸神亦皆

里嫗村媒之屬而强附以姓名尤大可笑也
男子之錢財不用之濟貧乏而用之奉權貴者
多矣婦女之錢財不用之結親友而用之媚鬼
神者多矣然患難困阨權貴不能扶也疾病死
亡鬼神不能救也則亦何益之有哉
箕仙之卜不知起於何時自唐宋以來即有紫
姑之說矣今以箕召仙者里巫俗師即士人亦
或能之大率其初皆出於游戲幻惑以欺俗人
而行之既久似亦有物憑焉蓋游鬼因而附之

吉凶禍福間有奇中卽作者亦不知其所以然也余友人鄭翰卿最工此戲萬曆庚寅辛卯間吾郡瘟疫大作家家奉祀五聖甚嚴鄭知其妄也乃詐箕降言陳眞君奉上帝勅命專管瘟部諸神令卽立廟於五聖之側不時有文書下城隍及五聖愚民翕然崇奉請卜無虛日適閩獄失囚召箕書曰天網固難漏人寰安可逃石牛逢鐵馬此地可尋牢無何果於石牛驛鐵馬鋪中得之名遂大譟遠近祈禳雲集時有同事數

人皆余友也余笑問之諸君亦自詫不知其何以中也消數年諸君倦於應酬術漸不靈矣然里中兒至今不知其僞也

新安諸生同塾中有學召箕者於塾中作之有頃鬼至問休咎畢而不得發遣之符鬼不肯去問之曰我游鬼也爲某處城隍送書適君中途見召今不得符驗何以得歸諸生無如之何鬼日夜哀嘯溷擾同學者皆驚散逾月餘一道人善符籙爲書一道焚之始去世間鬼神之事未

嘗無也

世傳箕詩亦極有佳者想是才鬼附之不然作者僞也余在東郡功曹有能召呂仙者名籍甚余托令代卜數事既至讀其詩不成章笑曰豈有呂純陽而不能詩者乎它日又以事卜則筆久不下扣之徐書曰渠人我詩不佳然此鬼能知余之笑彼而終不能作一佳詩相贈且後來之事亦不甚驗始知俗鬼所爲而乃托之呂先生呂何不幸哉

人平日能不殺生亦是佳事一切果報姑置勿論但生動游戲一旦斃之刀俎自所不忍令人愛惜花卉者偶被摧折猶懊惱竟日況血氣之倫乎但處世有許多交際力未能斷且肉食已久性有不堪耳平時居家當禁其大者如牛所不必言羊豕之屬市之可也雞鴨之類祭祀燕享付之庖廚可也自奉疾病之外不復特殺亦惜福之一端也

已既戒殺則於子孫家人當以義理曉諭之使

之帖然信從不必專言報應反啓人不信之端矣余嘗見新安一富室戒特殺而三牲之奉朝夕不絶責家人市已殺者家人私豢養之臨期殺以應命而利其腹中所有又見吾郡一友人佞佛最篤殺禁甚嚴而子姪鵝鴨成羣肉食自若宰殺皆絞其頸使不聞聲其爲寃苦甚於刀俎傍觀者莫不竊笑而二人終不悟也又有巨室子弟居親之喪飲酒食肉自如而祭祀之日惓於用財靈几之前果菜而已此又名教之罪

人也
祀先燕客無不殺牲之理卽受地獄之報吾亦
甘之且世之藉口不殺者直是慳耳何曾知惜
物命耶
佛教吾儒之所闢然有不必闢者戒殺是也但
佛家戒殺爲輪迴計吾之戒殺則不忍其死於
非命而已至於牛則有功於人甚大殺之與殺
良將何異三代之際天子無故不殺牛諸侯無
故不殺羊士無故不殺犬豕此戒殺之說非始

釋氏也今之羊豕無故而殺者多矣至於牛以天子之所禁而庶人日殺之可乎力未能盡去去其甚者可矣

古人之戒殺仁也釋氏之戒殺懼也今人之戒殺慳也已不殺而食人之殺者又可笑也

地獄之說所以警愚民也今縉紳士君子亦談之矣然談之者多而知避之者何少也　國家設律原以防民令匹夫盜一鐶以上吏執而問之貪官苞苴千萬梱載以歸而人不問也故懼

法者皆愚民而犯法者皆君子也但不知陰中之法亦如陽間漏網吞舟否耳

人之才氣須及時用之過時而不用則衰矣如蘇長公少時多少聰明文章議論縱橫飛動意不可一世屢經摧折貶竄下獄流離困苦至不能自保其身故其暮年議論慈悲可憐如竹蝨雞卵亦稱佛子食數蛤蟹即便懺悔向來勃勃英氣消磨安在須知人要脚跟牢踐實地則生死之念不入其胸中此公學力地位視韓歐一

公尚不無少遜耶蓋韓歐入門從吾儒來而蘇
公入門從諸子百家來也
陰德必有報此自世人俗語然爲報而後行陰
德其爲德淺矣昔人謂陰德如耳鳴人不知而
已獨知之謂陰德余謂亦非必全活物命而後
謂之陰德即行一善事出一善言皆是也亦皆
有報書曰惠迪吉從逆凶如李廣殺降不侯自
是道理上不該殺于定國全活人多大其門閭
自是應得全活不然縱賊爲民害亦可謂陰德

乎大凡有利於人及理所當爲者孳孳爲之皆德也不必計較人之知否亦不必望後之有報否也

古人云死生亦大矣然有生必有死生何足喜死何足懼即死而有報應不過善惡兩途善自可爲惡自不可爲何必計較報應譬如奸盜詐僞即律所不禁良民不爲也懼死而脩生惑矣懼來生而脩今生益惑矣

使今世之富貴貧賤皆由前生之脩否乎則富

貴而驕傒淫虐怙權亂政者比比而是前生之
脩何遽墮落至是也貧賤之士脩身立名不朽
於後世者多矣其所得與一時富貴孰多前生
不脩能致是乎夫士貴自立即今生之富貴貧
賤不必論也而况又追求之前生又希望來生
之富貴其志識卑陋亦可哀矣

屠儀部隆若談前生之説一日集余吳山署中
與黄白仲辯論往復遂至夜分然二君皆非真
有見解者不過死生之念重懼來生之墮落姑妄

言以欺人耳然惑之既久遂至自欺矣夫前生
既不能記憶後生又不可預期姑就今生百年
之中能脩得到無人非無鬼責地位亦足矣二
君定識既淺愛根甚重一切貪嗔邪婬妄語等
禁彼皆犯之今生已不勝罪過矣何論前後世
哉
甞愛趙子昂有題圓澤三生公案詩云川上清
風非有着松間明月本無塵不知一一子緣何事
苦戀前身與後身此千古以來第一議論也惜

不爲屠黃二君誦之

老氏三寶不過退一步法易經曰日中則昃月中則虧聖人處世亦是退一步法至釋氏則色想受識一切不留此雖不言來生而已隱然爲後來地矣譬之樹果今歲結實太盛明歲必無生譬之日用今日太飽明日必傷食此理之常無足恠者盈虛消息之理即天地不能違也而況於人乎

人有死而爲閻羅王者如韓擒虎蔡襄范仲淹

韓琦等皆屢見傳記而近日如海瑞趙用賢林
俊皆有人於冥間見之人鬼一理或不誣也劉
聰爲遮須國王寇準爲浮提王亦此類耳
太平廣記載貞元中江陵少尹裴君有子爲狐
所魅延術士治之有高氏子爲之醫治居數日
又有王生至見高曰此亦狐也少選又有道士
來見二人曰此皆狐也閉户相毆擊垂死則道
士亦狐也裴皆殺之而子差此寓言耳今人有
一事而言者指之爲私俄有救者又指言者爲

私而旁觀者又謂言者救者之皆私及事定局結則旁觀者亦私也近來三五年間此弊爲最多也

唐文宗有言去河北賊易去朝中朋黨難夫朋黨之分若果一正一邪易辨也亦易去也如宋元祐紹聖之黨是也正之中有邪邪之中有正其初起於意見之不同而其勢成於羽翼之相激各有是非各有君子小人難辨也亦難去也如唐牛李之黨是也李誠勝牛然李不純君子

而李之黨不盡君子牛不純小人而牛之黨不盡小人此其辨別去取上聖猶或難之而況唐之庸主乎然則調停之說是與曰眞知其中之各是各非而去取之可也漫無可否而兩存之適足以滋亂耳是子莫之執中也

執中無權此語切中今人調停之病夫使黨而果一正一邪則明明別黑白若愛牛羊而逐豺狼不害其爲中也使黨各有邪正不能盡用一偏亦當酌而察之如烏喙參朮擇其輕重而適其

所宜若徒調停執中一半參术一半烏喙有不殺人者乎噫謀國者不宜愛中立不倚之虛名而受首鼠兩端之實禍也

元馮夢弼乘驛向八番驛吏告以天晚馬絆在江上不可行馮不聽果遇惟物如屋拜之而滅腥浪襲人馬絆者馬黃精也遇之輒爲所啖今南方常訛傳有馬騮精能食人及史書所載猨母鬼者想皆此類但多訛言耳未有親見之者也宋宣和間黑眚見於宮禁中此自是亡國之

徽人家屋宅亦時有狐魅出入者大約妖由人
興門衰祚薄則邪乘之矣
江北多狐魅江南多山魈鬼魅之事不可謂無
也余同年之父安丘馬大中丞巡按浙直時爲
狐所惑萬方禁之不可得日就尫瘵竟謝病歸
魅亦相隨渡淮而北則不復至矣山魈閩廣多
有之據人屋宅淫人婦女蓋夷堅志所載木客
之妖者當其作祟之時百計不能驅禳及其久
也忽然而去不待驅之蓋妖氣亦有時而盡故

耳
國之禍常起於開邊家之禍常起於厚積身之禍常起於服餌三者皆貪心所使也滁州道人教人食息起居常至九分而止余謂九分亦已過矣若留有餘以還造化享不盡以遺子孫郎半取之何害保嬰要論云若要小兒安須帶三分饑與寒此格言也終身守之可也
臨沮鄧差家累巨萬而鄙吝不堪道逢估人初不相識邀差共食布列殊品差訝而問之客曰

人生在世止爲身口耳一朝病死能復進甘味乎終不如臨沮鄧生平生不用爲守錢奴耳差默然歸家宰鵝而食方一動筋骨哽其喉而死

人之享福信有厚薄然貧賤自甘猶可言也積而不散愚惑甚矣蓋苞苴科歛得之不以其道使復知享用是天助其爲虐也故多藏者必厚亡上不於其身必於其子孫非不幸也

節儉與慳吝原是二種今世之慳者動託於儉矣漢文帝衣不曳地露臺惜百金之產至於百

姓租稅動輒蠲免此眞儉也今之儉者急於聚歛入而不出廣布田宅以遺子孫至於應酬交際草惡酸嗇此眞貪而鄙耳何名爲儉孟子曰儉者不奪人今以奪人爲儉者多矣

官至九卿俸祿自厚卽安車食肉有千金之產原不爲過蓋不必强取之民而國家養廉之資已不薄矣今外官七品以上月俸歲得百金四品以上倍之餬口之外自有贏餘何至敝車羸馬懸鶉蔬糲而後爲廉吏也至於大臣則愈厚

矣論語稱季氏富於周公可見周公當時亦不富
諸葛武侯身歿之後亦有桑八百株田數十頃
古人之不貪財不近名如此蓋其心大公至正
之心也今人聚斂厚積者無論已一二位列三
事繩牀布被弊衣垢冠妻子不免饑寒不知俸
入作何措置既不聞其辭免又不見其予人此
亦大可笑事也而世競尚之以爲高吾以爲與
貪者一間耳貪者嗜利矯者嗜名一也貪者害
物而矯者不能容物亦一也

清如伯夷而不念舊惡任如伊尹而不以寵利居成功和如柳下惠而不以三公易其介此其所以爲聖也後世若元禮清矣而龍門太峻博陸任矣而晚節不終夷甫和矣而比之匪人其反不亦宜乎

近代若海忠介之清似出天性然亦有近詐者疾病之日人往伺之卧草薦上無席無帳以婦人裙蔽之二品之祿豈不能捐數鐶置一布帳乎不然直福薄耳唐盧懷慎妻子凍餓門不施

箔引席自障昔人已辨其非矣李嶠爲相臥布
被靑絁帳則安明皇賜以茵褥錦綺則逼夕不
寐或亦海忠介之類乎然忠介身後誠無餘財
近來効顰者家藏餘鏹而外爲纖嗇之態欲併
名與利而皆襲取之視海公又不啻天壤矣
爲伯夷之淸較易爲栁下惠之和較難淸不過
一味自守絶俗而已和而不失其正非有大識
見有大力量不能也後漢黃叔度汪汪若千頃
波澄之不淸淆之不濁夫淆之不濁易耳澄之

不清此地位難到也
八之相去誠隔數塵曲者能讓天下而貪者至
爭介文之亦曾見者汪于頂而倡者至于不能容
一要知者經緯天地而愚者至于不能辨六畜也
者不遷能護而依者至盜跖門賢者亦聖人
神而不肖者至窮奇檮杌非有生以來一定
而不可變者哉夫子曰上智與下愚不移是也
孟氏謂人皆可為堯舜而未敢以為然
夫子謂性相近習相遠又謂上知下愚不移明

言人性有上中下三般此聖人之言萬世無弊
者也孟子謂人皆可爲堯舜不過救世之語引
誘訓迪之言耳非至當之論也夫以孟子之辯
終日闢楊墨道性善而高第僅僅一樂正子猶
不免從子敖之齊以及門諸弟子求一人到善
信地位尚不可得何論堯舜乎至宋儒不敢違
孔子之言又不能原孟子立論之意遂𢬵爲義
理氣質之性以附會之此尤可笑義理者死物
也定位也天地之内六合之外無物非義理之

所寓安得謂之性也性從心而生非附血氣則無性之名矣喜怒哀樂之未發謂之性是有而未發也非全無也人死而形骸臭腐神魂灰滅可謂之無性矣不可謂之無理也性有有有無而理則無有無無也易曰繼之者善也成之者性也不信聖人之言而泥宋儒之語將愈解而愈窒礙矣

周處少時無賴鄉里稱其與白額虎巨蛟爲三害武后時酷吏郭覇死洛陽橋成大旱而雨中

若有十無一二蓋近來之吏治尚操切而人情詐
事上多為所中傷以貪敗者十尚五六以酷去
酷吏以擊剝為聲事上多以為能貪吏以要結為
足論其變也

重者有亡身破家輕者殘形毀體聞之洪水猛獸未
而復殺刑法以鉗其口使百里之內重足一息
而已哉余每見今之酷吏剝民膏脂以自封殖
水中之蛟而酷吏之死且為厲又豈橋成雨降
外傳為三豐鄉有啞人其室固不齊山上之虎

近名故也

殺人者死法也而有不盡然者妬婦殺人不死也庸醫殺人不死也酷吏殺人不死也猛將殺人不死也不惟不死且敬信之褒奬之死者枕籍乎前而不知也則法有時而窮也

釋氏地獄之說有抽腸拔舌油鍋火山刀梯碓剉之刑如此則閻王之酷虐甚矣即使愚民有罪無知犯法聖人猶憐憫之豈忍便加以人世所無之刑使之窮楚叫號求自新而不可得哉

蓋設教之意不過以入世之刑止於顯杖絞斬凌遲而極而犯者往往不顧故特峻爲之說使之驚懼而不敢爲惡此亦子產爲政莫如猛之意也然張湯杜周周興來俊臣之徒其獄具慘酷不減地府而不聞民之遷善改過也使冥冥之中萬一任使不得其人而夜叉羅刹得以爲政其濫及無辜貽害無類豈淺鮮哉老氏曰民不畏死柰何以死懼之世有一種窮奇檮杌兇淫暴戾者卽入之地獄而出其惡猶不改也小

說載華光天王之母以喜食人入餓鬼獄經數百年其子得道乃拔而出之再出獄門即求人肉其子泣諫母怒曰不孝之子如此苦無人食何用救吾出來世之爲惡者往往如此矣

小說野俚諸書稗官所不載者雖極幻妄無當然亦有至理存焉如水滸傳無論已西游記曼衍虛誕而其縱橫變化以猿爲心之神以猪爲意之馳其始之放縱上天下地莫能禁制而歸於緊箍一咒能使心猿馴伏至死靡他蓋亦求

放心之喻非浪作也華光小說則皆五行生尅之理火之熾也亦上天下地莫之撲滅而眞武以水制之始歸正道其他諸傳記之寓言者亦皆有可采惟三國演義與錢唐記宣和遺事楊六郎等書俚而無味矣何者事太實則近腐可以悅里巷小兒而不足爲士君子道也

凡爲小說及雜劇戲文須是虛實相半方爲游戲三昧之筆亦要情景造極而止不必問其有無也古今小說家如西京雜記飛燕外傳天寶

遺事諸書虬髯紅線隱孃白猿諸傳雜劇家如琵琶西厢荆釵蒙正等詞豈必真有是事哉近來作小説稍涉怪誕人便笑其不經而新出雜劇若浣紗青衫義乳孤兒等作必事事考之正史年月不合姓字不同不敢作也如此則看史傳足矣何名爲戲

戲與夢同離合悲歡非真情也富貴貧賤非真境也人世轉眼亦猶是也而愚人得吉夢則喜得凶夢則憂遇苦楚之戲則愀然變容遇榮盛

之戲則歡然嬉笑總之不脱處世見鮮耳近來
文人好以史傳合之雜劇而辨其謬訛此正是
癡人前説夢也
戲文如西廂蒙正蘇秦之屬猶有所本至於琵
琶則絶無影響只有蔡中郎一人而其餘事情
人物無非假借者此其所以爲獨冠之筆也
胡元瑞曰凡傳奇以戲文爲稱也無往而非戲
也故其事欲謬悠而無根也其名欲顛倒而亡
實也故曲欲熟而命以生也婦宜夜而命以旦

也開場始事而命以末也塗汚不潔而名以淨也凡以顛倒其名也此語可謂先得我心矣然元瑞既知爲戲一語道盡而於琵琶西廂董永關雲長等事又娓娓引證辯論不休豈胸中技癢耶

宦官婦女看演雜戲至投水遭難無不慟哭失聲人多笑之余謂此不足異也人世仕宦政如戲場上耳倏而貧賤倏而富貴俄而爲主俄而爲臣榮辱萬端悲歡千狀曲終場散終成烏有

今仕宦於得喪有不動心者乎罷官削職有不慟哭失聲者乎彼之慟哭憂愁不過一時而止而此之牽纏係累有終其身不能忘者其見尚不及宦官婦人矣然則古之名賢亦有悲愁拂欝者何也曰上等聖賢如孔孟之憂不遇爲道也其次名賢如屈原梁鴻之憂不遇爲國也又其次如退之子瞻之貶竄孟郊賈島之流落其憂爲身命也若今之世法網既寬山林皆樂流竄貶謫皆儼然安居高臥豐衣美食老死牖下

矣昔人所謂富不如貧貴不如賤正謂今日之仕宦言也而猶戀戀不已不亦惑之甚乎白樂天抗志辭榮似知道者而其詩有曰眼前何日赤腰下幾時黄識趣之卑陋甚矣宋夏侯嘉正常語人曰吾得見水銀銀一錢知制誥一日死無恨矣此正所謂腰纏十萬貫騎鶴上揚州者世間乃有此痴心漢眞堪一棒打殺也人若存一止足之心則貧賤而衣食粗足可以止矣富貴而博一官一第異於凡民亦可以止

矣流行坎止聽之可也若不知足必滿其願而止則將相不足必爲帝王帝王不足必爲神仙神仙不足必爲玉皇大帝又要超元會大劫之外方爲稱心也少不如意憂戚生矣死生亦然人之死也卒然而去即有天大未了之事只得舍之而行若語人以料理諸事俱畢而後就死則雖萬有千歲事無了期也人能於進退死生處之泰然保其必不墮落矣

韓侂胄用事時其誕日高似孫獻詩九章每章

用一錫字謂宜加九錫也辛棄疾以詞贊其用兵則用司馬昭假黃鉞異姓眞王故事二人皆名士也乃作此舉動當時筆端信手草草惟恐趨承之恐後豈知其遺臭萬世乎趙師睪之犬吠程松之獻妾不足異也當江陵柄國時其誕日有以天與人歸四字題冊子送之者有以禪授廢立命題者其留奪情之　旨有朕不日舉嚋庸之典者當時已作首相矣又將登庸非禪位乎一時臣工以逢迎爲戲諛之惟恐不足而

爲人臣子者受之而不疑當之而無驚畏之色是尚可立於天地間乎

爲大臣者處盛滿之極則意念難持爲小臣者見勢燄之張則立腳難定人能不以寵利居成功如諸葛汾陽終無傾覆之理能不以炎涼爲向背如汲黯宋璟豈有冰山之慮哉勛如博陸而竟以凶終才若元稹而未免濡足信哉自立之難也

國初各省試官臨期所命不拘資次洪武初吾

閩中一老廣文家居忽命主某省試事畢歸家
猶一廣文也亦不知主試之爲榮所取士子之
爲門生也弘正中漸用京官然王文成以主政
丁艱家居方闋即起主山東試其兩京主試向
亦有用本省人者如嘉靖癸卯則無錫華察戊
午則常熟瞿景淳辛酉則無錫吳情皆主南畿
試而情於是科同邑登榜者頗衆物論譁然自
此著爲令不用本省人矣然鄉會一體也主會
試者又安得於四海九州之外別擇一人使知

貢舉耶
宋試士以四場初本經次兼經大義十道次論一首次策三道其十道義知者直書本文不知者止云某知未審不敢對謹對十對其六以上即合格矣　國朝洪武初初場本經義一道四書義一道二場論一首詔誥表箋內科一道三場策一道而已後十日面試騎射書律四事至十七年始定今式初場七義次場去箋而加五判三場增策四道而面試廢矣然七義五策皆

似太多風膺寸晷力不能辦求其完璧事事精好安可得也然弘正以前書義三經義二亦有中式者詔誥與表惟人所擇今則俱榜出不收矣然論策判皆無用之物士子亦不甚究心即閱卷者亦以初場爲主也

省試南宮皆以文字爲主至廷試則必取字畫端楷無訛者居首以便進　御宣讀也相傳惟羅脩撰倫因策長書不能竟遂書於彤墀上　上命人錄之另謄以進隆慶戊辰　上初即位

問人言狀頭有可私得者乃於三甲卷中隨意取之得羅宗伯萬化擢爲第一羅素不善書卷中塗抹甚多信乎其有命也

天下之物妍媸皆一定而不易獨制義不然甲之所賞乙之所擯好醜紛然終無定價不獨此也一人之身昨所取士而今日糊名復試去取必不盡同矣甚可恠也唐韓愈昌黎應試不遷怒二過題見黜於陸宣公贄歲宣公復爲試官仍命此題昌黎復書舊作一字不易而宣公大加

稱賞擢爲第一以昌黎之文宣公之鑑猶無定

若此況今日乎

唐及宋初皆以賦詩取士雖無益於實用而人之學問才氣一覽可見且其優劣自有定評傳之後代足以不朽自荆公制義興而聰明才辯之士妥首帖耳勤呫嗶之不暇矣所謂變秀才爲學究者公亦自知其弊也至我　國家始爲不刊之典且唐宋尚有雜科而　國家則惟有此一途耳士童而習之白而紛如文字之變日

異月更不可窮詰即登上第取華膴者其閒
疵相半瑕瑜不掩十年之外便成芻狗不足以
訓今不可以傳後不足以裨身心不足以經世
務不知　國家何故而以是爲進賢之具也宣
正以前尚參用諸途吏員薦辟皆得取位卿相
近來即鄉薦登九列者亦絕無而僅有矣上以
是求即下不得不以是應雖名公鉅卿往往出
於其間而欲野無遺賢終不可得已後有作者
人材薦辟之途斷所當開而用人資格亦當少

破拘攣可也

國朝進士一人史館即與六卿抗禮鼎甲無論即庶常吉士亦爾二十年間便可躋卿相清華之選迄百官莫敢望焉弘成以前内閣尚參用外秩如陳山以舉人楊士奇以薦辟楊一清以大司馬張璁以南刑曹皆入綸扉五十年以來遂顓用詞臣矣說者曰内閣大學士原詞臣之官也而非相也然内閣既可兼吏戶則外秩豈不可兼學士乎唐宋以前出爲郡守入則兩制節

詞林亦未嘗擇人也今必以鼎甲及庶常吉士爲之已拘矣又以内閣必詞臣可入不見　祖宗故事耶近來枚卜之典言官娓娓論列欲循内外兼用之制而卒格不行蓋相沿已定遽難議更耳

漢卜式司馬相如皆入貲爲郎則知古者鬻爵之制其來已久蓋亦當時開邊治河軍國之需不足而取給於是也然止於爲郎而已至桓靈時始賣至三公唐至德宗告身纔易一醉財之

窘而爵之濫可知也　國朝設太學以待天下之英才最重其選銓選京職方面與進士等乃後來貢舉之外一切入貲爲之謂之援例其有子弟員屢試不利於鄉而援入成均者猶可言也民家白丁目不識字但有餘貲即厠衣冠之列謂之俊秀大都太學之中舉貢十一弟子員十二而此輩十之七也鮮衣怒馬酒肆倡家惟其所之有司不敢誰何司成不能遍察遂使首善賢士之關翻爲納汗藏穢之府制度之最失

古意者莫此爲甚矣
自邊餉之乏也河工之興也土木之繁也司農
司空惟以鬻爵爲良策矣葢損富室有餘之財
以佐官家不時之需事亦甚便而紈袴子弟捐
槖橐之腐鏹博進賢之榮秩又何苦而不爲至
於用度窘急之日當事者惟恐其招之不至令
之弗從每加貶損以示招徠故一時赴募雲集
響應雖足以供目前之緩急而於國家設官命
爵之典亦稍褻矣今　文華武英二殿中舍動

踰數百而鴻臚光祿二寺之屬亦皆以百計繡衣銀艾擁傳遨遊呵殿里閭雄行鄉曲所入幾何而其取價已不貲矣近來言事者屢形白簡欲行裁抑沙汰而卒不見施行亦勢有所不可行也

五行祿命財能生官故多貲之家可以致貴然余里中嘗有入粟得官而卒罄其產者人皆嗤笑之余謂古人亦有之諸君不察耳昔司馬長卿以貲爲郎至武騎常侍其後病免客遊梁家

徒四壁立非買官而貧之故事乎衆爲絶倒

漢文帝承諸呂之亂即位數年間匈奴寇邊濟

北叛逆乘輿行幸軍國之費不知紀極而民不

告困國有餘積二年十二年俱免天下田租之

半而十三年遂併其半之租稅盡除之末年又

令諸侯無入貢弛山澤不知當時國用於何取

給蓋文帝之恭儉節愛固自性成而當時差役

之法尚行用民之力不必僱募也然亦異矣轉

眼至於武皇遂至摧酤算緡海內虛耗令天下

漕粟之費數百萬有奇而上供　御用者名爲金花亦四百萬有奇其他司農司空之屬各項徵輸計不亦三百萬而不足者又取諸鹽課百餘萬取諸太僕馬價四十餘萬而度支猶告匱不已邊軍之餉常遲半載水衡之錢入不繼出至於礦稅之使四出張彌天之網設竟地之罘其取利無所不届而用度常苦不足此真不可解之事也

國用之不足雖由上之不節而下焉者綜覈之

未精虛文之糜費蠹尅之多端因循之虧耗亦
常居其半焉　三殿之工木取諸川貴吳楚每
條最巨者計費九千金而沿途傳置之費不與
焉若遇節省之朝一木可作一殿矣余在繕部
適　皇極門興工有鐵釘爐頭者一切鐵及柴
炭皆取諸官之外但鑄冶手工至一千五百金
其他大率往往如是真可笑也
朝廷御用之物其工直視民間常千百倍而其
堅固適用反不及民間計侵漁冒破之外得實

用者千分中之一分耳每一繕造必内使與臺省部寺諸臣公估其直直不浮内使不從也一物之進自外達内處處必索鋪墊一處不飽其欲物不得前也領官鏹置辦者皆京師大駔積猾内結近侍外通胥曹預支白鏹以營身肥家廣置田宅妻妾鮮車怒馬出入呵殿及期限時追則捐十之三以啗内使而以十之一供應實緣爲奸苟圖塞責而已其中千孔百穴盤據溷亂牢不可破稷蜂社鼠難以窮詰故財用坐困

而竟未嘗享其利也

宦官之尊貴者趙高爲中丞相龔澄樞爲內太師然日中日內猶所以別於廷臣也至唐魚朝恩始爲國子祭酒宋童貫爲樞密院使官至太師甚矣我　國家之制內臣秩止四品而其後如王振劉瑾覗指公卿不啻奴僕則亦無其名而有其實矣

漢時宦官驕橫目中至無天子然王甫一休沐歸舍司隸校尉捕治死於杖下猶孤雛腐鼠耳

唐宦官典兵柄廢立自由然鄭朗自中書歸李敬實衝路不避一疏奏聞立劍紫綬配南衙神策小將衝京兆尹前導得以立馬杖殺之至宋韓魏公之去任守忠又不足言也蓋當時內豎之勢雖盛而國家所以尊禮大臣而假借之者體貌常優即人主意向亦未嘗不欲除去此輩也但力不能耳我　國家宦官雖不與朝政不典兵權而體統尊崇常據百僚之右輔臣出入九卿避道而內監小豎揚揚馳馬交臂擊轂而

過前驅不敢問輔臣不敢嗔也如往年敖宗伯
爲一内使奔馬觸其輿仆地且鞭及其衣幸
上聖明爲笞内使而竄之然地既禁近人復衆
多聲勢烜赫動移主心近日宛平令李嗣善以
擅箠内竪幾罹不測賴廷臣力爭　上怒始觧
李止外謫然亦百年來揶見之事也至於外藩
採金榷税者皆蟒衣玉帶侍衛數百人建牙吹
角一與制府等郡縣大夫莫敢與横行也雖其
中不無彼善於此但習與性成善者十分中之

一二耳

宋吳味道對蘇公言販建陽小紗二百端計道路所經場務盡行抽稅則至都下不存其半宋當慶曆元豐盛時乃榷稅之繁重若此　國家於臨安滸墅淮安臨清蘆溝崇文門各設有榷關曹郎而各省之稅課司經過者必抽取焉至於近來内使四出稅益加重爪牙廣布商旅疾首蹙額幾於斷絶矣此輩不足責也吾輩受讒關之任者寛一分則受一分之賜柰何必以鬬

緣爲能而務朘民之膏血也
國初各省有鎮守内臣其權埒開府藩臬而下
不敢抗也近來礦稅之使其體稍殺然如陳增
之在山東陳奉之在湖廣高淮之在遼東皆妄
自尊大抑縣令使行屬禮然皆不久而敗其它
依違而已蓋我　朝内臣目不識字者多盡憑
左右撥置一二駔棍挾之於股掌上以魚肉小
民如徽之程守訓揚之王朝寅閩之林世卿皆
以衣冠子弟投爲鷹犬逢迎其欲而播其惡於

衆所欲不遂立破其家中戶以上無一得免故天下不怨內使之掊尅而恨此輩深入骨髓也卒之內臣未去而此輩已先敗矣

馬堂初以榷稅至臨清鴟張尤甚出入數百人皆郡國無賴少年白晝攫人井邑騷然商賈罷市州民王朝佐不勝忿率衆譟而攻之火其居堂僅以身免其黨三十七人盡甃煨燼中堂自此戢矣高寀至閩數時屢破鹽商之家後因怒一諸生之父廷杖之合學諸生大譟擊之幾不

免火其所建望京亭寀伏署中不敢喘林世卿極力救之且以軟語唱諸生乃散而寀虐談遂大減曩時所謂小懲而大戒小人之福也攻馬堂者王朝佐爲首時議欲寬之而按臣張大謨撫臣劉易從道臣馬怡皆與堂善遂列朝佐罪狀坐棄市攻高寀者余友人王武部宇爲首寀廉知之必欲得而甘心焉當事者莫之應王迺入北太學避之遂登高第二人者其激於義奮不顧身一也而幸不幸乃爾豈非天哉

高宗在閭閻縉紳不與往還者不過二三人耳
其他不惟與往還且稱公祖行旁門靦然自附
於子民之末且立石誦功德稱爲賢明亦可羞
也蓋吾郡縉紳多以鹽筴起家雖致政家居猶
親估客之事不得不受其約束耳噫天子不得
臣諸侯不得友者果何人哉

文徵仲作詩畫有三戒一不爲閹宦作二不爲
諸侯王作三不爲外夷作故當時處劉瑾宸濠
之際而超然遠引二氏籍沒求其片紙隻字不

可得亦可謂曠世之高士矣當徵仲在史局同事太史諸君皆笑其不由科目濫竽木天然分宜江陵之敗家奴篋中無非翰林諸君題贈詩扇者以此笑彼不亦更可羞哉

太祖時置一鐵牌高三尺許樹宮門外上鑄內臣不許干預政事八字至　英廟時王振專恣遂毁其牌永樂年間遣內官至五府六部禀事者內官俱離府部一丈作揖路遇公侯駙馬伯則下馬傍立至王振汪直劉瑾時呼喚府部如

呼所屬公侯伯遇諸塗反迴馬避之倒置甚矣
自　世宗革諸鎮守內使之權勢大減余官兩
都曹郎即司禮監守備極尊貴者皆彼此抗禮
至閩關稅使高寀欲搢紳執治民禮余謝絕之
不與往還在山東爲司理時馬堂陳增之橫皆
與鈞敵不敢有加也但南都守備內臣遇大閱
之時必據中席而大司馬侯伯皆讓之京師內
臣雖至賤者路遇相君亦揚鞭交臂不肯避道
此稍失　國初意耳

宦官之禍雖天性之無良而亦我輩釀成之輔
相大臣不得辭其責也當三楊輔政時王振鼠
伏不敢動及徐禧王祐輩逢迎諂媚以保富貴
於是振之威權漸熾商文毅擊汪直疏其十辠
西廠卽日報罷可謂易於發蒙矣而劉尹等繼
之使直之灰復然李獻吉之擊劉瑾閣臣從中
主之閹豎環跪啼泣彷徨無計　上心幾移矣
而李東陽持議不堅遂倒太阿以授之卒毒天
下豈天之未厭亂耶亦小人階之厲也

五雜組卷之十六

吳航寶樹堂藏板

陳留謝肇淛著

事部四

詩云善戲謔兮不爲虐兮古今載籍有可以資解頤者多矣苟悟其趣皆禪機也畧錄數端於左

尉有夜半擊令之門者求見甚急令曰半夜有何事請俟旦尉曰不可披衣遽起取火延尉入坐未定問曰事何急豈有盜賊竊發君欲往捕

耶曰非也然則家有倉卒疾病耶曰非也然則何以不待旦曰某見春夏之交農事方興百姓皆下田又使養蠶恐民力不給令曰然則君有何策曰某見冬間農隙無事不若移令此時養蠶是爲兩便令笑曰君策甚善古人不及但冬月何處得桑尉瞠目久之拱手長揖曰夜已深伏惟安置然周禮禁原蠶而閩廣之地桑經冬不凋有一歲四蠶者則尉之言未足深笑也

程覃爲京兆尹不甚識字有道人投牒乞執照

造橋覃大書昭執二字其人白云合是執照今作昭執仍漏四點覃取筆於執字下加四點與之乃爲昭熱庠舍諸生作傳以譏之

宋陳東通判蘇州權州事因斷流罪命黥其面曰特刺配某州牢城黥畢幕中相與白曰凡稱特者罪不至是而出於朝廷一時之旨非有司所得行東大恐卽改特刺字爲準條再黥之頗爲人所傳笑後有薦其才於兩府者石參政曰吾知其人矣得非權蘇州日於人面上起草者

乎

唐蕭炅不識字嘗以伏臘爲伏獵又一日張九齡送芋刺稱蹲鴟蕭以爲鴟鴞答云損芋拜嘉惟蹲鴟未至耳然僕家多恠亦不願見此惡鳥也九齡得書大笑

党進過市見縛勾欄者問汝說何人優者言說韓信進怒曰汝對我說韓信見韓信卽當說我此三頭兩面之人命杖之

周定州刺史孫彥高被突厥圍城不敢出廳文

符須徵發者於小總接入鑠州宅門及賊登壘
乃入櫃中藏令奴曰牢掌鑰匙賊來索愼勿與
也昔有人入京選皮袋被賊盜去其人曰賊偷
我袋將終不得我物用或問其故曰鑰匙在我
衣帶上此亦孫彥高之流也
錢良臣自諱其名幼子頗慧凡經史中有良臣
字輙改之一日讀孟子今之所謂良臣遂改云
今之所謂爹爹古之所謂民賊也一時閧傳爲
笑

馮道門客講道德經首章道可道非常道門客見犯其諱多乃曰不敢說可不敢說非常不敢說

洞庭湖濶數百里秋水歸壑惟一條湘川而已僧齊已欲吟一詩徘徊未就有蔡押衙者輙吟曰可憐洞庭湖恰到三冬無髭鬚人惟問之曰以其不成湖也

南燕慕容德時妖賊王始聚衆於太山萊蕪谷自稱太平皇帝父冏爲太上皇兄休等爲征東

征西將軍慕容鎮討擒之將斬於馬市有人問之曰何爲妖妄自取族滅父及兄弟何在答曰太上皇蒙塵在外征東征西爲亂兵所害如朕今日復何聊賴其妻趙氏怒曰君正坐此口死如何臨刑猶不改始曰皇后不達天命自古及今豈有不亡之國不破之家哉行刑者以刀鐶築其口始曰朕今爲卿所苦崩卽崩矣終當不易尊號德聞而笑之

虞集未遇時爲許衡門客虞有所私午後輒出

許毎往不遇病之因書於簡云夜夜出游知虞
公之不可諫虞歸見之卽對云時時來擾何許
子之不憚煩許大歎賞因薦於朝

唐玄宗登樓望渭水見一醉人臨水卧問左右
是何人左右不知黃幡綽奏曰此是年滿令史
上問何以知之對曰更一轉便入流上大笑

蘇子瞻戲謂佛印曰向嘗讀古人詩云時聞啄
木鳥疑是打門僧又云鳥宿池邊樹僧敲月下
門未嘗不歎息古人必以鳥對僧自有深意佛

印日所以老僧今日常得對學士坡無以應

魏人夜暴疾命門人鑽火是夕陰暝督迫頗急門人忿然曰君責人亦太無理今闇如漆何不把火照我使覓鑽具

劉述字彥思甚庸劣從子俁疾甚危篤述往候之其父母相對涕泣述立命酒肉令俁進之皆莫知其意或問之答曰豈不聞禮云有疾飲酒食肉可也又嘗其喪服值其子亦居憂客問其子安否答曰所謂父子聚麀何勞齒及

張丞相天覺好草書而不工識者譏笑之丞相自若也一日得句索筆疾書龍蛇飛動使姪書之當險怪處罔然而止問丞相曰此何字也丞相視之亦自不識詬其姪曰胡不早問致吾忘之

張由古有吏才而無學術累歷臺省常於衆中歎班固有大才而文章不入選或謂之曰兩都賦燕山銘等竝入選何因言無由古曰此是班孟堅文章何關班固事

齊王好相有稱神相者求見曰臣鬼谷子之高
第而唐舉之受業師也王大悅曰試視寡人何
如對曰王勿亟也臣相人必熟視竟日而後得
於是拱立殿上以視俄有使者持檄入白王色
變相者問其故王曰秦圍即墨三日矣當發援
兵相者仰而言曰臣見大王天庭黑氣必主刀
兵王不應須臾有人着械入見王色怒相者問
故王曰此庫吏也盜金帛三萬矣相者又仰而
言曰臣見大王地角青色必主失財王不說曰

此已往者請勿言但言寡人終身休咎何如耳相者曰臣仔細看來大王面部方正不是箇布衣之士

劉貢父晚年得惡疾鬚眉墜落鼻梁崩壞苦不可言一日與東坡會飲各引古人一聯相戲坡遽朗吟曰大風起兮眉飛揚安得壯士兮守鼻梁坐客皆笑貢父慼慘而已

彭淵材遊京師十年不歸一日跨驢南還以一卒挾布橐皆斜絆其腋一邑聚觀以爲必金珠

也或問之淵材喜見鬚眉曰吾富可敵國矣遂命開橐則李廷珪墨一丸文與可竹一枝歐公五代史草藁一部它無所有

陽伯博任山南一縣丞其妻陸氏名家女也縣令婦姓伍它日會諸官之婦既相見縣令婦問贊府夫人何姓答曰姓陸次問主簿夫人答曰姓戚縣令婦勃然入內諸夫人不知所以欲却回縣令聞之遽入問其婦婦曰以吾姓伍贊府婦遂云姓六主簿婦云姓七相弄若此餘官婦

若問必曰姓八姓九矣令大笑曰人姓偶爾何足恠乃令其婦出

劉義綦封營道侯始與王濬戲謂之曰陸士衡詩云營道無烈心此言似爲叔父發耶義綦曰下官初不識士衡何忽見苦

張敬兒開府襄陽欲移羊叔子墮淚碑綱紀白云此羊太傅遺德不宜遷動敬兒怒曰太傅是誰我不識

有窶書生欲食饅頭計無從得一日見市肆有

列而鬻者輙大叫仆地主人驚問曰吾畏饅頭主人曰安有是乃設饅頭百枚置空室中閉之伺於外寂不聞聲穴壁窺之則食過半矣亟開門詰其故曰吾今日見此忽自不畏主人知其詐怒叱曰若尚有畏乎曰更畏臘茶兩椀爾

御史臺儀凡御史上事一百日不言罷爲外官有侍御史王平拜命垂滿百日而未言事同僚訝之或曰王端公有待而發必大事也一日聞進劄子衆共偵之乃彈御膳中有髮其彈詞曰

是何穆若之容忽覩鬈如之狀

唐明皇坐勤政樓上見釘鉸者呼之曰朕有一破損天平冠汝能釘鉸否對曰能遂整之既完上曰朕無用此冠便以賜卿其人皇恐不敢受上曰俟夜深閉門獨自戴甚無害也

紹興末謝景思守括蒼司馬季思佐之皆名伋劉季高以書與景思曰公作守司馬九作倅想郡事皆如律令也聞者絶倒

唐王鐸鎮渚宫以禦黄巢寇兵漸近鐸赴鎮以

姬妾自隨留夫人於家中忽報夫人離京徑來
已在道中鏗謂從事曰黃巢漸以南來夫人又
將北至旦夕情味何以安處幕寮戲曰不如降
黃巢公亦大笑

唐時有士子奔馬入都者人問何急如此答曰
將赴不求聞達科宋天聖中置高蹈丘園科許
本人於所在自投狀求試時人笑之

宋時省試天子之堂九尺賦有一士曰成湯當
陛而立不欠一分孔子歷階而升只餘六寸蓋

湯九尺孔子九尺六寸也余憶新羅使人有入貢者見葵花不識問主人人紿之云名一丈紅也使作詩咏之末句云五尺闌干遮不盡更留一半與人看噫何中國夷狄工拙相去之遠乎又有貴老爲其近於親賦其破題云見龍鍾之黄耉思彷彿乎家尊傳以爲笑

宋王琪張亢俱在晏元獻幕客亢體肥大琪目之爲牛琪枯瘦亢目爲猴琪嘗嘲亢曰張亢觸牆成八字亢應聲曰王琪望月叫三聲一坐爲

之絶倒
田元鈞狹而長其夫人富彥國女弟也濶而短
石曼卿戲目之爲龜鶴夫妻
宋王文康公苦淋百計弗瘳洎爲樞密使疾頓
除及罷而疾復作或戲之曰要治淋疾惟用一
味樞密副使常服始不發又梅詢久爲侍從急
於進用晚年多病石中立曰公欲安乎惟一服
清凉散耳蓋兩府在京許張青蓋也
紹興末朝士多饒州人或謂之曰諸公皆不是

癡漢又有監司薦人以關節欲與饒州人或規其當先孤寒監司憤然曰得饒人處且饒人

蘇子由在政府子瞻在翰林有一故人干子由而未遂求子瞻助一言子瞻徐曰舊聞有人貧甚發塚爲生發一塚見一人裸坐曰吾楊王孫也裸葬何以濟汝又發一塚見王者曰朕漢文帝也遺令薄葬何以濟汝遂之首陽山見二塚相連先發其左見一人枯瘠如柴曰我伯夷也餓死山中尚有物乎其人嘆曰用力之勤久無

所獲不如且發右塚看何如伯夷曰勸汝別謀
於它所汝看我嘴臉若此舍弟叔齊豈能爲人
乎故人一笑而止
晉庾翌與其兄冰書曰天公憒憒無復皁白近
時唐伯虎亦有詩云駿馬每駄癡漢走巧妻常
伴拙夫眠世間多少不平事不會作天莫作天
雖謔詞亦有激之言也
相傳海上有駕舟入魚腹者舟中人曰天色何
陡暗也取炬然之火熱而魚驚遂吞而入水是

則然矣然舟人之言與其取炬也孰聞而孰見之本草曰獨活有風不動無風自搖石髀入水却乾出水則濕出水則濕誠有之矣入水即乾何從得知也言固有習聞而不覺其害於理者可爲一笑

江西有驛官以幹事自任白刺史驛已理請閱視乃往初一室爲酒庫諸醞畢具其外畫神問何神曰杜康刺史喜又一室曰茶庫諸茗畢貯復有神問何神曰陸鴻漸刺史益喜又一葅庫

諸蔬畢備復有神問何神曰蔡伯喈刺史大笑曰君誤矣

滄州南皮丞郭務靜性糊塗與主簿劉思莊宿於逆旅謂莊曰從駕大難靜嘗從駕失家口三日于侍官幕下討得之莊曰公夫人在其中否靜曰若不在中更論何事

子思薦苟變於衛侯一日子思適衛變擁篲郊迎執弟子禮甚恭變有少子亦從子思訝問何人左右曰此苟弟子孩見

宋王狀元十朋未第時醉墮沛河爲水神扶出曰公有三百千料錢若死於此何處消破明年遂登第歸以語人士有久不第者聞而効之陽醉落河亦爲水神扶出士大喜曰我料錢幾何曰吾不知也但有三百甕黄虀無處消破耳

有客於財者遇一親故求濟以酒一甌錢索一條送之云筋一條血一椀右搥胸奉上伏望鑒心肝人留納

有一措大言志一云我平生不足惟飣與睡耳

它日得志當吃飽飯了便睡睡了又吃飯　一云
我則異於是當吃了又吃何暇復睡耶

唐魏博節度使韓簡性麄率毎對文士不曉其
說心常恥之乃召一孝廉令講論語及講至爲
政篇明日謂諸從事曰僕近知古人淳朴年至
三十方能站立聞者莫不絶倒

晉桓溫少與殷浩友善殷常作詩示溫溫後見
之謂曰汝愼勿犯我我當出汝詩示人

程師孟知洪州作靜堂自愛之無日不到作詩

題於石曰每日更忙須一到夜深長是點燈來
李元規見而笑曰此是登溷詩也
何承裕知商州有舉人投卷覽其詩有日暮猿
啼旅思悽之句遽曰足下此句甚佳但上句屬
對未切奉爲改之何不云月明犬吠張三婦日
暮猿啼呂四妻舉人大慙而去
安祿山好作詩以櫻桃寄其子作詩云櫻桃一
籃子半青一半黄一半與懷王一半與周贄羣
臣請曰聖作誠高妙但以一半與周贄之句移

在上於韻更爲穩叶祿山怒曰我兒豈可使居
周贄之下乎
宋鄭廣以海寇來降授以職官旦望趨府群寮
無與立談者廣鬱鬱不言一日晨衙群寮談詩
廣起於坐曰鄭廣麄人有拙詩白之諸公乃朗
吟曰鄭廣有詩上衆官文武看來總一般衆官
做官却做賊鄭廣做賊却做官滿坐慙噱
商則爲稟丘尉值縣令丞多貪一日宴會起舞
令丞舞皆動手則但回身而已令問其故則曰

長官動手贊府亦動手惟有一個尉又動手百姓何容活耶

大曆中荆州馮希樂者善佞嘗謁長林令留宴語令云仁風所感猛獸出境昨入縣界見虎狼相尾而去有頃村吏來報昨夜有虎食人令戲語之馮遽曰此必掠食便過

蔡君謨美鬚髯一日内燕上顧問曰卿髯甚美夜間將覆之衾下乎將置之於外乎君謨謝不知及歸就寢思上語以髯置之内外悉不安遂

一夕不能寐蓋無心與有心異也

宋子京留守西都有同年爲河南令好述利便以農家藝麥費耕耨改用長錐刺地下種自旦至暮不能一畝又值蝗灾科民畜雞云不惟去蝗之害兼得畜雞之利尅期令民悉呈所畜㚔雞既集紛然格鬬勢不能止逐之飛走塵埃漲天百姓喧鬨不已相傳爲笑

李載仁唐之後也避亂江陵高季興署觀察推官爲性迂緩一日將赴召方上馬部曲相毆載

仁怒命急於厨中取餅及豬肉令相毆者對飡之復戒曰如敢再犯必以豬肉中加之以酥聞者笑之

曾純甫當國日有歸正官蕭鷓巴來謁既退有一客至因問曰蕭鷓巴可對何人客曰正可對曾鶉脯曾怒其㑪已遂與之絶

宋葉衡罷相日與布衣飲甚歡一日不怡問諸客曰某且死但未知死佳否耳一姓金士人曰甚佳葉驚曰何以知之曰使死而不佳死者皆

逃歸矣一去不返是以知其隹也滿坐皆笑無何而丞相下世

嘉靖末金陵吳擴有詩名曾有元日懷嚴分宜相國詩一友見之戲曰開歲第一日懷朝中第一官如此便做到臘月晦亦未懷及我輩也吳雖笑而甚慙

漢武帝對羣臣云相書云鼻下人中長一寸年百歲東方朔在側因大笑有司奏不敬方朔免冠云臣誠不敢笑陛下實笑彭祖面長耳帝問

之朔曰彭祖正八百歲果如陛下之言則彭祖人中可長八寸以此推之彭祖面長一丈餘矣帝大笑

漢有牛通爲隴西主簿馬文淵爲太守羊喜爲功曹涼部云三牲備身

簡雍字憲和時天旱禁酒釀者有刑吏於人家索得釀具論者欲令與作酒者同罰雍與先主游觀見一男女行道謂先主曰彼人欲行淫何以不縛先主曰卿何以知之雍對曰彼有淫具

與欲釀者同先主大笑而原欲釀者

侯白在散官隸屬楊素愛其能劇談每上番日卽令談戲弄或從旦至晚始得歸纔出省門卽逢素子玄感乃云侯秀才可與玄感說一箇好話白被留連不獲已乃云有一大蟲欲向野中覓肉見一刺蝟仰臥謂是肉臠便欲銜之忽被蝟卷着鼻驚走不知休息直至山中困乏不覺昏睡刺蝟乃放鼻而去大蟲忽起歡喜走至橡樹下低頭見橡斗乃側身語云旦來遭見賢尊

願郎君且避道

裴玄本好諧謔爲戸部郎中時左僕射房玄齡疾甚省郎將問疾玄本戲曰僕射病可須問之既甚矣何須問也有洩其言者旣而隨例看玄齡玄齡笑曰裴郎中來玄齡不死也

韋慶本女選爲妃詣明堂謝而慶本兩耳先卷朝士多呼爲卷耳公時長安令杜松壽見而賀之曰僕固知足下女得妃慶本曰何以知之松壽乃自摸其耳而卷之曰卷耳后妃之德也

陸長源以舊德爲宣武軍行司馬韓愈爲巡官
同在使幕或譏年輩相懸周愿曰大蟲老鼠俱
爲十二相屬何怪之有
于頔聞韋臯進奉聖樂亦撰順聖樂以進每宴
必使奏之其曲將半行綴皆伏而一人舞于中
央幕客韋綬笑曰何用窮兵獨舞以調頔爲襄
帥暴虐人呼爲襄樣節度
僧貫休有機辨杜光庭欲屈其鋒每相見必伺
其舉措以戲調一日因舞轡於通衢而貫休馬

忽墜糞光庭連呼大師大師數珠落地貫休曰非數珠蓋大還丹耳

左街僧錄惠江威儀程紫霄俱辯捷每相嘲誚江素充肥會暑者袒露霄忽見之曰僧錄琵琶腿江曰先生簸粟頭又見駱駝數頭霄指一大者曰此必頭陀也江曰此輩滋息亦有先後此則先生者非頭陀也

盧質字子徵性好詼謔爲莊宗管記會醫官陳玄補太原府醫學博士所司請稿質立草之末

句云既得厚朴之才宜典從容之職莊宗覽之久爲啓齒

李戎眞子從曮爲鳳翔節度使因生辰秦鳳持禮使陋而多髯舞魏博使少年如美婦人魏博戲云今日不幸與水草大王接坐秦鳳曰夫人無多言四座皆笑

康定中西戎寇邊王師失律當國一相以老得謝同列就第爲賀飲酣自矜曰某一山民耳遭時得君告老於家當天下無一事之辰可謂太

平幸民也石中立曰只有陝西一夥竊盜未獲滿座大笑

王荆公爲相大講天下水利時有獻策决乾太湖云可得良田數萬頃人皆笑之荆公因與客話及之時劉貢父在坐遽對曰此易爲也荆公曰何也貢父曰但旁别開一太湖納水則成矣公大笑

東坡謂呂微仲值晝寢久之方出見便坐有昌蒲盆養緑毛龜坡指曰此易得耳若六眼則難

得徵仲問六眼龜出何處坡曰昔唐莊宗同光中林邑國嘗進六眼龜時敬新磨在殿下獻口號云不要鬧聽取這龜兒口號六隻眼兒睡一覺抵別人三覺

嘉禾方千里一日會相識張更生千里乃作一令戲曰古人是劉更生今人是張更生手內執一卷金剛經問你是胎生卵生濕生化生更生謂方曰古人是馬千里今人是方千里手執一卷刑法志問你要一千里二千里三千里

吳給事女敏慧工詩詞後歸華陽陳子朝名儒也晚年惑一妾緣此遂染風疾一日親戚來問吳同妾在側因指妾曰此風之始也

晉康福鎮天水日嘗有疾幕客謁問福擁錦衾而坐客退謂同列曰錦衾爛兮福聞之遽召言者怒之曰吾雖生於塞下實唐人也何得爲奚腳有小瘡何至於爛一云是党進

有老嫗相讓道其一曰嫗年幾何曰七十曰吾六十九然則明年吾與爾同歲矣

艾子在齊居孟嘗君門下者三年孟嘗君禮爲上客既而自齊反乎魯與季孫氏遇季孫曰先生久於齊齊之賢者爲誰艾子曰無如孟嘗君季孫曰何也艾子曰食客三千衣廩無倦色不賢而能之乎季孫曰嘻先生欺余哉三千客余家亦有之豈獨田文艾子不覺歛容而起謝曰公亦魯之賢者也翌日敢造門下求觀三千客季孫曰諾明旦艾子衣冠齊潔而往入其門寂然也升其堂則無人焉艾子疑之意其必在別

館也良久季孫出見詰之曰客安在季孫悵然曰先生來何暮三千客各自歸家喫飯去矣艾子胡盧而退

艾子講道於嬴博之間齊魯之士從之者數十百人一日講文王羑里之囚偶赴宣王召不及竟其說一士怏怏返舍其妻問之曰子日聞夫子之教歸必欣然今何不樂之甚也士曰朝來聞夫子說周文王聖人也今被其主殷紂無道囚於羑里吾憐其無辜是以深生愁惱妻欲寬

其憂姑慰之曰今雖見囚久當放赦豈必禁錮終身士嘆息曰不愁不放只愁今夜在牢内難過活耳

燕里季之妻美而蕩私其隣少年季聞而思襲之一旦伏而覘焉見少年入室而門扃矣因起叩門妻驚曰吾夫也柰何少年顧門有牖乎妻曰此無牖有竇乎妻曰此無竇然則安出妻目壁間布囊曰是足矣少年乃入囊懸之牀側曰問及則紿以米也啓門内季遍室中求之不得

徐至牀側其囊累然而見觸之甚重詰其妻曰是何物妻懼甚囁嚅久之不能答而季厲聲呵問不已少年恐事露不覺於囊中應曰吾乃米也季因撲殺之及其妻艾子聞而笑曰昔石言于晉今米乃言于燕乎

齊有病忘者行則忘止卧則忘起其妻患之謂曰聞艾子滑稽多知能愈膏肓之疾盍往師之其人曰善於是乘馬挾弓矢而行未一舍内逼下馬而便焉矢植于土馬繫于樹便訖左顧而

覘其矢曰危乎流矢奚自幾乎中亍右顧而覘
其馬喜曰雖受虛驚乃得一馬引轡將旋忽自
踐其所遺糞頓足曰跲却犬糞汚吾履矣惜哉
鞭馬反向歸路而行須臾抵家徘徊門外曰此
何人居豈艾夫子所寓邪其妻適見之知其又
忘也罵之其人悵然曰孃子素非相識何故出
語傷人

虞任者艾子之故人也有女生二周艾子爲其
子求聘任曰賢嗣年幾何答曰四歲任艴然曰

公欲配吾女與老翁邪艾子不諭其旨曰何哉任曰賢嗣四歲吾女二歲是長一半年紀也若吾女二十而嫁賢嗣年四十又不幸二十五而嫁則賢嗣五十矣非嫁一老翁邪艾子知其愚而止

齊宣王謂淳于髡曰天地幾萬歲而翻覆髡對曰聞之先師天地以萬歲爲元十二萬歲爲會至會而翻覆矣艾子聞其言大哭宣王訝曰夫子何哭艾子收泪而對曰臣爲十一萬九千九

百九十九年上百姓而哭王曰何也艾子曰愁他那年上何處去躲這場災難

艾子畜羊兩頭於圄羊牡者好鬬每遇生人則逐而觸之門人輩往來甚以爲患請於艾子曰夫子之羊牡而猛請得閹之則降其性而馴矣艾子笑曰爾不知今日無陽道的更猛裏

楊素與侯白行道畔有槐樹枯死素曰侯秀才多能何計令此樹活白曰可取槐子懸之樹上卽活矣素問出何書白曰豈不聞子在槐何敢

死
又一日大雪擁爐白入素急問曰今旱有人被
蜈蚣咬痛欲死若爲治之白曰可取六月雪水
塗之素曰六月那得雪白曰六月無雪此時那
得蜈蚣左右服其機警
李褒建節晉州表兄武恭性誕妄又稱好道及
蓄古物遇褒生日無餉遺乃箱擎一故皁襖子
與褒云此是李令公收復京師時所服願尚書
功業一似西平褒以書謝後聞知恭生日箱擎

一破幞頭餉恭曰知兄深慕高眞求得一洪崖先生初得仙時幞頭願兄得道一如洪崖賓僚無不大笑余嘗讀謝綽宗拾遺錄云江夏王義恭性愛古物常遍就朝士求之侍中何勗已有所送而王徵索不已何甚不平嘗出行於道遇狗枷敗犢鼻乃命左右取之還以箱擎送之牋曰承復須古物今奉李斯狗枷相如犢鼻此頗與寶袠恭相類耳

姚峴有文學而好滑稽遇機即發姚僕射南仲

廉察陝郊峴初釋艱服候見以宗從之舊延於
中堂吊訖未語及他事門外忽有投刺者云李
過庭僕射曰過庭之名甚新未知誰家子弟客
將左右皆稱不知又問峴知之否峴初猶俛首
嚬眉頃之自不可忍斂手言曰恐是李趨兒僕
射久方悟而大笑
石參政中立性滑稽天禧中爲員外郎時西域
獻獅子畜於御苑日給羊肉十五斤甞率同列
往觀或曰彼獸也給羊肉乃爾吾輩忝預曹郎

日不過數斤人翻不及獸乎石曰君何不知分
也彼乃苑中獅子吾曹園外狼耳安可並耶
章郇公得象與石資政中立素相友善而石喜
談諧嘗戲章云昔時名畫有戴松牛韓幹馬而
今有章德象也
景祐中有郎官皮仲容者偶出街衢爲一輕浮
子所戲遂前賀云聞君有臺憲之命仲容立馬
媿謝久之徐問其何以知之對曰今新制臺官
必用僻姓者故以君姓知之爾蓋是時三院御

史乃仲簡論程堂手鈍也聞者傳以為笑
劉攽博學有俊才然滑稽喜謔虛中為開封
府試官出題以教思無窮命題舉人上請曰此卦
大象如何劉曰要見大象當詣南御苑也又有
語曰至于八月有凶何也答曰九月固有凶矣
蓋南苑豢馴象而榜帖之曰豢在八月九月之
問也馬喤為言官彈奏攽輕薄不當在文館
旅鬭而歎曰既為馬喤豈合驢鳴
荆公寓王虚中回任相府一日回侍朝忽有

虱自荆公襦領而上直緣其鬚上顧之笑公不自知也朝退禹玉指以告公公命從者去之禹玉曰未可輕去輒獻一言以頌虱之功公曰如何禹玉笑而應曰屢遊相鬚曾經御覽荆公亦爲之解頤

魯直戲東坡曰昔王右軍字爲換鵝字韓宗儒性饕餮每得公一帖於殿帥姚麟換羊肉十數斤可名二丈書爲換羊書東坡大笑一日公在翰苑以聖節製撰紛冗宗儒日作數簡以圖報

書使人立庭下督索甚急公笑謂曰傳語本官

今日斷屠

秦士有好古物者價雖貴必購之一日有人持

敗席一扇踵門而告曰昔魯哀公命席以問孔

子此孔子所坐之席也秦士大愜以爲古遂以

負郭之田易之踰時又有持枯竹一枝告之曰

孔子之席去今未遠而子以田售吾此杖乃太

王避狄杖策去邠時所操之箠也蓋先孔子又

數百年矣子何以償我秦士大喜因傾家資悉

與之既而又有持巧漆椀一隻曰席與杖皆周時物固未爲古也此椀乃舜造漆器時作蓋又遠於周矣子何以償我秦士愈以爲遠遂虛所居之宅以予之三器既得而田舍資用盡去致無以衣食然好古之心終未忍捨三器於是披哀公之席持太王之杖執舜所作之椀行丐於市曰那箇衣食父母有太公九府錢乞我一文聞者噴飯

唐李文禮累遷至揚州司馬質性遲緩時在揚

州有吏自京還得長史家書云姊亡請擇日發之李忽聞姊亡乃大號慟吏復白曰是長史姊李久而徐問曰是長史姊耶吏曰是李曰我無姊向亦怪矣

彭淵材初見范文正公畫像驚喜再拜前磬折稱新昌布衣彭几幸獲拜謁既罷熟視曰有奇德者必有奇形乃引鏡自照又捋其鬚曰大略似之矣但只無耳毫數莖耳年大當十相具足也又至廬山太平觀見狄梁公像眉目入鬢又

前再拜贊曰有宋進士彭几謹拜謁又熟覩久
之呼刀鑷者使刺其眉尾令作卓枝入鬢之狀
家人輩望見驚笑淵材怒曰何笑吾前見范文
正公恨無耳毫今見狄梁公不敢不剃眉何笑
之乎

唐陳國張伯偕與弟仲偕形貌一般仲偕娶妻
妻新粧畢忽見伯偕自窻外過妻問曰我今粧
飾好否答曰我伯偕也妻赧然趍避旣出房至
姑所又逢伯偕告之曰適見伯伯大羞伯偕笑

曰誤誤我固伯也

白汲與其弟孿生狀貌酷相肖人不能辨一日汲自外歸弟妻以爲其夫也迎而呼之不應卽時詈之遂批其頰汲正色謂之曰我乃伯也婦惶愧而退汲自是更其冠以爲別異

張思光嘗詣吏部尚書何戢誤通尚書劉澄融下車入門曰非是至戶外望澄又曰非是旣造席視澄曰都非是乃去

盧思道聘陳陳主用觀世音語弄思道曰是何

商人賫持重寶思道卽以觀世音語報曰忽遇
惡風漂墮羅刹鬼國陳主大慙

陸餘慶爲洛州長史善議論事而謬於判决其
子嘲之曰陸餘慶筆頭無力嘴頭硬一朝受訟
詞十日判不竟送案褥下餘慶得之曰必是那
狗遂鞭之時嘲之曰說事喙長三尺判事手重
五斤

郭功父過杭州出詩一軸示東坡先自吟誦聲
振左右旣罷謂坡曰祥正此詩幾分東坡曰十

分祥正驚喜問之坡曰七分來是讀三分來是詩豈不是十分耶

東坡與溫公論事偶不合坡曰相公此論故爲鱉廝踢溫公不諭其戲曰鱉安能廝踢曰是之謂鱉廝踢又東坡與時輩議論每每多所雌黃獨司馬溫公不敢有所輕重一日相與共論免差役利害偶不合及歸舍方卸巾弛帶乃連呼曰司馬牛司馬牛

吉州士子赴省書先牌云廬陵魁選歐陽伯樂

或誚之曰有客遥來自吉州姓名挑在擔竿頭
雖知汝是歐陽後畢竟從來不識修

東坡有小妹善詞賦敏慧多辯其額廣而如凸
坡嘗戲之曰蓮步未離香閣外梅妝先露畫屏
前妹即應歌云欲叩齒牙無覓處忽聞毛裏有
聲傳以坡公多鬚髯遂以戲答之時年十歲耳
聞者無不絕倒

坡公一日設客十餘人皆名士米元章亦在坐
酒半元章忽起自贊曰世人皆以芾爲顛願質

之子瞻公笑曰吾從衆
東坡閑居日與秦少游夜宴坡因捫得虱乃曰
此是垢膩所生秦少游曰不然綿絮成耳相辨
久而不决相謂曰明日質疑佛印理曲者當設
一席以表勝負及酒散少游即往叩門謂佛印
曰適與坡會辨虱之所由生坡曰生于垢膩愚
謂成于綿絮兩疑不釋將决吾師師明日若問
可答生自綿絮容勝後當作餺飥會既去頃之
坡復至乃以前書言之祝令答以虱本生于垢

膩許作冷淘明日果會具道詰難之意佛印曰此易曉耳乃垢膩爲身綿絮爲脚先吃冷淘後吃餺飥二公大笑具宴爲樂

有宗室名宗漢自惡人犯其名謂漢子曰兵士舉宮皆然其妻供羅漢其子授漢書宮中人曰今日夫人召僧供十八羅兵士太保請官教點兵士書都下鬨然傳以爲笑

田登作郡自諱其名觸者必怒吏卒多被榜笞於是舉州皆謂燈爲火上元放燈許人入州治

遊觀茂人遂書榜揭于市曰本州依例放火三日

慶曆中衛士有變震驚宮掖尋捕殺之時臺官宋禧上言此蓋平日防閑不密所以致患臣聞蜀有羅江狗赤而尾小者其黴如神願養此狗於掖庭以警倉卒時謂之宋羅江又有御史席平因鞫詔獄畢上殿仁宗問其事平曰已從車邊斤矣時謂之車斤御史

嘉祐治平間有中官杜漸者好與舉子同游學

交談不悉是非居揚州凡答親舊書若此事甚
大必曰茲務孔洪如此甚多蘇子瞻過維揚蘇
子容爲守杜在座子容少息杜遽曰相公何故
溘然其後子瞻與同會問典客曰爲誰對曰杜
供奉子瞻曰今日不敢睡直是怕那溘然
武帝與越王爲親遣東方朔泛海求寶毬期不
至乃微服齎絹問卜於孫賓賓延坐未之識也
及啓卜卦方知是帝惶懼起拜帝曰朕來覓物
卿勿言賓曰陛下非卜他物卜東方朔耳朔行

七日必至今在海中西面招水大嘆到日請詔之朔至帝曰卿約一年何故二載朔曰臣不敢稽程探寶未得也帝曰七日前卿在海中西面招水大嘆何也朔曰臣非嘆別事嘆孫賓不識天子與陛下對坐耳帝深異之

和州士人杜默累舉不成名性英儻不羈因過烏江入謁項王廟時正被酒霑醉才炷香拜訖徑升偶坐據神頸拊其首而慟大聲語曰大王有相虧者英雄如大王而不能得天下文章如

杜默而進取不得官語畢又大慟泪如迸泉廟祝畏其必獲罪雖扶以下掖之而出猶回首嗟嘆不能自釋祝秉燭檢視神像垂泪亦未已

謝希孟少豪俊在臨安狎娼陸氏象山責之曰士君子乃朝夕與賤娼女居獨不媿於名教乎希孟但敬謝而已他日復爲娼造鴛鴦樓象山聞之又以爲言希孟曰非特建樓且爲作記象山喜其文不覺曰樓記云何即口占首句云自遜抗機雲之死而天地英靈之氣不鍾於男子

而鍾於婦人象山知其侮己默然

東坡在玉堂一日讀杜牧之阿房宮賦凡數遍每讀徹一遍即再三咨嗟嘆息至夜分猶不寐有二老兵皆陝人給事左右坐久甚苦之一人長歎操西音曰知他有甚好處夜久寒甚不肯睡連作冤苦聲其一曰也有兩句好其人大怒曰你又理會得甚底對曰我愛他道天下人不敢言而敢怒叔黨卧而聞之明日以告東坡大笑曰這漢子也有鑒識

唐寇豹與謝觀同在崔裔孫門下以文藻知名豹謂觀曰君白賦有何佳語對曰曉入梁王之苑雪滿羣山夜登庾亮之樓月明千里觀謂豹曰君胡不作赤賦豹曰田單破燕之日火燎平原武王伐紂之年血流標杵文山效之作黑賦曰孫臏銜枚之際半夜失踪達磨面壁以來九年閉目座中一客賦青曰帝子之望巫陽遠山過雨王孫之別南浦芳草連天一客賦黄曰杜甫柴門之外雨漲春流衛青油幕之前沙含夕

照文出評月明千里得白之神曰火曰血不免著跡或改之曰孫綽賦天台景赤城霞起而建標杜牧咏江南春十里鶯啼而映緑又賦黄曰靈均之歎木葉秋老洞庭淵明之啜落英霜清彭澤升庵改黑賦云周庭之列畢蘇裳如蟻陣

陳閣之迎張孔鬢似鴉翎

五代袁正辭積錢盈室室中常有聲如牛人以爲妖勸其散積以禳之正辭曰吾聞物之有聲求其同類耳宜益以錢聲乃止

婁師德好諧謔則天朝大禁屠殺師德因使至陜庖人進肉師德曰何爲有此庖人曰豺咬殺羊師德曰豺大解事又進鱠復問之庖人曰豺咬殺魚師德大叱之曰智短漢何不道是獺遂不食

經生多有不省文章嘗一邑有兩人同官其一或舉杜荀鶴詩稱贊也應無計避征徑之句其一難之曰此詩失矣野鷹何嘗有征徑乎舉詩者解曰古人有言吕有失也必是當年科取翎

毛耳

唐蘇晉頲之子也學浮屠術嘗得胡僧慧澄繡彌勒佛一本寶之嘗曰是佛好飲米汁正與吾性合吾願事之他佛不愛也

丁謂謫崖州嘗謂客曰天下州郡孰爲大客曰京師也謂曰不然朝廷宰相往往爲崖州司戶則崖州爲大也聞者絕倒

石曼卿善諠嘗出御者失鞚馬驚曼卿墮地從吏遽扶掖升鞍曼卿曰賴我是石學士若是瓦

學士豈不跌碎乎

張逸密學知成都僧文鑒求見時華陽簿張唐輔同在客次唐輔欲搔首方脫烏巾睥睨文鑒置於其首文鑒大怒訴於張公公問其故唐輔曰某方頭痒取下幞頭無處頓放見太師頭閑遂權頓少時不意其怒也

張端爲河南司隸府當祭社買猪已呈尹其夜突入録廳端卽令殺之吏以白尹尹問端對曰按律諸無故夜入人家主人登時殺之勿論尹

大笑爲別市猪

王聖美爲縣令尚未知名謁一達官值其方與客談孟子殊不顧聖美聖美竊哂其所論久之忽顧聖美曰甞讀孟子否對曰平生愛之但不曉其義曰試言之曰卽孟子見梁惠王便從頭不曉此語達官訝之曰此有何奥義聖美曰既云不見諸侯復因何見梁惠王也其人愕然無對

艾子好飲少醒日門人謀曰此未可口舌爭宜

以險事怵之一日大飲而噦門人密袖裹膈置
噦中持以示曰凡人具五臟今公因飲而出一
臟矣何以生邪艾子熟視而笑曰唐三臟尚活
世況四臟乎
寶慶初元洪舜俞爲考功郎應詔言事論臺諫
失職詞甚剴切內有其相率勇往而不顧者惟
恭請聖駕款謁景靈宮而已句遂爲臺臣所摘
謂祇見宗廟重事也而洪舜俞乃云款謁景靈
宮而已詞語嫚易有輕宗廟之意遂被落三官

舜俞乃爲詩云不得之乎成一事却因而已失
三官

陳晟知隆慶府奉新縣有富人王乞升老而娶妻涂氏爲諸寵所沮當夜不成婚而成訟晟判云兩家好夫婦方結同心一夜惡姻緣遽爲反目這場公案好入笑林王乞升白髮皤然自謂力微而心在涂氏女青春過了亦須華落而色衰始焉草草婚姻終也匆匆聚散鴛鴦小小思珍偶輸與少年鳳凰寥寥不復閒遂成一夢

治平中省試大舜善與人同賦一舉人見點心甚不平其破題云道雖貫於萬世善猶同於衆人或有善譏者謂之曰以尿罐對油筒宜見黜落

梅詢爲翰林學士一日書詔頗多屬思甚苦操觚循堦而行忽覓一老卒卧於日中欠伸甚適梅忽歎曰暢哉徐問曰汝識字乎曰不識字梅曰更快活也

宋樞密交及翁嘗詠雪爲百字令詞云沒巴沒

臂霎時間做出睻天睻地不問高低併上下平
白都教一例鼓弄滕六招邀巽二只恁施威勢
識他不破至今道是祥瑞最是鵝鴨池邊三更
半夜誤了吳元濟東郭先生都不管撰上門兒
穩睡一夜東風三竿紅日萬事隨流水東皇笑
道山河原是我的蓋譏賈相打量也
王介性輕率語言無倫人謂其有風疾出守湖
州荊公以詩送之云吳興太守美如何柳惲詩
才未足多遥想郡人迎下擔白蘋洲渚正滄波

其意以水值風即起波也介諭其意遂和十篇盛氣而誦於荆公其一曰吳興太守美如何太守從來惡祝鮀生君不爲上柱國死時猶合代閻羅荆公笑曰閻羅見闕請速赴任

宋何承之除著作郎時巳老而諸佐郎並名家年少茍伯于嘲之常呼爲妳母承之曰卿當云鳳凰將九子何言妳母

馮道與趙鳳同在中書鳳有女適道仲子以飲食不中爲道夫人詬駡趙知令婢長號知院者

來訢凡數百言道都不答及去但云傳語親家今日好雪

嘉興許應逵爲東平守甚有循政而爲同事所中得論調去吏民走送哭泣不絕許君晚至逆旅謂其僕曰爲吏無所有只落得百姓幾眼泪耳僕嘆曰阿爺囊中不着一錢好將眼泪包去作人事送親友許爲一拊掌

唐益州每歲進甘子皆以紙裹之他時長吏嫌其不敬代之以細布既而恒恐有甘子爲布所

損毋歲多懷憂懼俄有御史甘子布至長史以爲推布褁甘子事因大懼曰果爲所推及子布到驛長吏但敘以布褁甘子爲敬子布初不知之久而方悟聞者莫不大笑

唐滄州南皮縣丞郭務靜初上典王慶通判案靜曰爾何姓慶曰姓王須臾慶又來又問何姓又曰姓王靜恠愕良久仰看慶曰南皮佐史惣姓王

唐裴佶少時姑夫爲朝官有雅望佶至宅會其

退朝深嘆曰崔照何人衆口稱美必行賄也如此安得不亂言未訖門者報曰壽州崔使君候謁姑夫怒呵門者將鞭之良久束帶强見須臾命茶甚急又命酒饌又命飰爲飯佶姑曰前何倨而後恭及入門有德色揖佶曰憩學中佶未下階出懷中一紙乃贈官絁千匹

北齊王元景爲尚書性雖懦緩而每事機捷有奴名典琴嘗旦起令索食謂之解齋奴曰公不作齋何故常云解齋元景徐謂奴曰我不作齋

不得爲解齋汝字典琴何處有琴可典
山東人娶蒲州女多患癭其妻母項癭甚大成
婚數月婦家疑壻不慧婦翁置酒盛會親戚欲
以試之問曰某郎在山東讀書應識道理鴻鶴
能鳴何意曰天使其然又曰松栢冬青何意曰
天使其然又曰道邊樹有骨䶉何意曰天使其
然婦翁曰某郎全不識道理何因浪住山東鴻
鶴能鳴者頸項長松栢冬青者心中强道邊樹
有骨拙者車撥傷是豈天使其然壻曰請以所

聞見奉酬不知許否蝦蟇能鳴豈是頸項長竹
亦冬青豈是心中强夫人項下癭如許大豈是
車撥傷婦翁羞愧無以對之

伯樂令其子執馬經畫樣以求馬經年無有似
者歸以告父更令求之出見大蝦蟇謂父曰得
一馬略與相同而不能具伯樂曰何也對曰其
隆顱趺目脊郁縮但蹄不如累趍耳伯樂曰此
馬好跳躑不堪也子乃止

唐汝南袁德師故給事高之子嘗于東都買得

婁師德故園地起書樓洛人語曰昔日婁師德園今乃袁德師樓

交廣間遊客各求館帖所至迎接甚厚贐賂每處十千廣師盧鈞深知其弊凡求館帖者皆云累路館驛供菜飯而已有客齎帖到驛驛司依帖供給客不發驛吏曰恐後更有使客前驛又違此非宿處客曰食帖如何處分吏曰供菜飯而已客曰菜飯供了還我而已來驛相顧莫知所爲客又迫促無計吏問曰不知而已何似客

曰而已大於驢小於騾君無可供但還我價直
吏問每一而已其價幾何客曰三五千驛吏遂
歛送耳

有覩隣人夫婦相諧和者夫自外歸見婦吹火
乃贈詩曰吹火朱唇動添薪玉腕斜遥看烟裏
面大似霧中花其妻亦候夫歸告之曰每見隣
人夫婦極甚多情適來夫見婦吹火作詩咏之
君豈不能學也夫曰彼詩道何語乃誦之夫曰
君當吹火爲別製之妻亦效吹乃作詩曰吹火

青唇動添薪黒腕斜遥看烟裏面恰似鳩盤茶
隋末劉黒闥據有數州縱其威虐合意者厚加
賞賜違意者即被屠割嘗閒暇訪得解嘲人召
入庭前立須臾水悪鳥飛過命嘲之即云水悪
鳥頭如鐮杓尾如鑿河裏搦魚無僻錯大悦又
命嘲駱駝嘲曰駱駝項曲綠蹄被他負物多因
大笑賜絹五十疋拜畢左膊上負絹走至戟門
倒臥不起黒闥命問何意倒地答云爲是偏擔
更命五十屯綿置右膊將去命明日更來還路

逢一知識問何處得此綿絹具說其事大喜而
歸語其婦曰我明日定得綿絹及曉即詣門言
極善解嘲黒闥大喜令引之適一獮猴在庭命
嘲之曰獼猴頭如鐮杓尾如鑿河裏擲魚無僻
錯黒闥已怖猶未之責又一鴟飛度復令嘲之
因云老鴟項曲綠蹄被他負物多於是大怒令
割一耳走出至庭又即倒地令問之又云偏擔
復令割一耳還家婦迎問綿絹何答曰綿絹割
兩耳只有面

唐初梁寶好嘲戲嘗因公行至貝州關貝州佐史云此州有趙神德甚能嘲即令召之寶顏甚黑廳上憑案以待須臾神德入兩眼俱赤寶即云趙神德天上既無雲閃電何以無準則答云向者入門來案後惟見一挺墨寶又云宮裡料硃砂半㫙供一國又答云磨公少拇指塗得太社北實更無以對愧謝遣之

唐封抱一任櫟陽尉有客過之既短又患眼及鼻塞抱一用千字文語作嘲之詩曰面作天地

玄鼻作雁門紫既無左達承何勞罔談彼
高敖曹嘗爲雜詩三首云塚子地握槊星宿天
圍棋開雲麥張日卷席牀剝皮又相送重相送
相送至橋頭墳堆兩淚眼難拨蒲胸愁又桃生
毛彈子瓠長捧槌兒牆欹壁亞腹河凍水生皮
唐元宗遠爲果州司馬有婢死處分直典云遠
家老婢死驅使來久爲覔一棺木殯之遠初到
家貧不能買得新者但得一經用者卽得亦不
須道遠買云君家自須直典出門說之一州以

爲口實

有人以釘鉸爲業者道逢駕幸郊外平天冠偶壞召令脩補訖厚加賞賚至山中遇一虎卧地呻吟見人舉爪示之乃一大竹刺其人爲拔去虎啣一鹿以報至家語婦曰吾有二技可立致富矣乃大署其門曰㟁脩補平冠兼拔虎刺

五雜組卷之十六終

ISBN 978-7-5149-2207-3
9 787514 922073 >
定價:445.00元（全三册）